河北省哲学社会科学规划研究重点项目
非物质文化遗产研究系列

燕赵文化研究系列丛书

# 河北文学通史

第三卷 上

【王长华 主编】

【陈超 本卷主编】

科学出版社
www.sciencep.com

# 内 容 简 介

中国幅员辽阔，每一地区有每一地区的风俗和文化，也同样每一地区的个性鲜明的文学。本书作为一部区域文学史著作，用 200 多万字的篇幅深入浅出地记述和描绘了中国大地上的一个重要区域——河北文学近三千年的发生和发展，第一次细致全面地展示了拥有光荣文学传统的古燕赵区域内自上古神话产生到今天文学蓬勃发展的整个历程。书中既有对文学史发展轨迹的分类和具体描绘，又有对重要作家作品的深入分析与评介。

本书既适合作为区域文学研究的参考教材，也适于中等文化水平以上的文学爱好者阅读、自学。

**图书在版编目 (CIP) 数据**

河北文学通史第三卷（上）/王长华主编.—北京:科学出版社,2010
（燕赵文化研究系列丛书）
ISBN 978-7-03-026052-9

Ⅰ.河… Ⅱ.王… Ⅲ.文学史-河北省 Ⅳ.Ⅰ209.922

中国版本图书馆 CIP 数据核字（2009）第 211172 号

责任编辑:王贻社　王剑虹　王昌凤/责任校对:张小霞
责任印制:钱玉芬/封面设计:鑫联必升

**科 学 出 版 社** 出版
北京东黄城根北街 16 号
邮政编码: 100717
http://www.sciencep.com

**双 青 印 刷 厂** 印刷
科学出版社发行　各地新华书店经销

\*

2010 年 1 月第 一 版　　开本:B5(720×1000)
2010 年 1 月第一次印刷　　印张:18
印数:1—1 500　　字数:330 000

定价:400.00 元（全 7 册）
（如有印装质量问题,我社负责调换）

# 燕赵文化研究系列丛书编委会

河北省哲学社会科学规划研究重点项目

# 河北文学通史

## 第三卷(上)

主　　编　王长华

本卷主编　马　云

撰 稿 人　前　言　张俊才

　　　　　第一编　张俊才

　　　　　第二编　马　云

　　　　　第三编　司敬雪

　　　　　第四编　王维国　马　云

　　　　　(其中第二章第四、五节　李惠敏;第四章第二节中的
　　　　　"杨朔"和第三节　李惠敏;第十一章郑欣欣;第十
　　　　　四、十五章　周大明)

前　言

## 一、现代河北的行政区划及其沿革

在我们正式叙述和评析河北现代文学史之前，有必要对现代河北的行政区划及其沿革作一些简要的说明，因为只有这样，我们才能尽量客观、准确地确定自己的研究范围和研究对象，才能使我们对河北现代文学史的撰述真正贴近现代河北曾有的历史，而不致使原本有其内在联系和发展血脉的河北现代文学史被现代河北多次发生的行政区划变更切割得形销肢残。当然，这里所说的"现代河北"并非一个严格的历史学概念，它更多地属于一个文化概念，其起始的时间与中国现代文学孕育和发生的时间相一致，即19世纪末20世纪初。如是，则一部河北现代文学史，实际上跨越了清末、民国和中华人民共和国三个历史时代。只是为了论述的便利，依照学界惯例，我们将把1949年以后的河北文学史别称为"河北当代文学史"，另列专册予以撰述。本书所撰述的，只是清末和民国时期的河北文学发展史。

### （一）清朝末期直隶省的行政区划

"河北"这一省名是1928年6月间根据南京国民政府的训令改称的。① 此前，无论是清朝末期还是北洋军阀统治的民国时期，今河北省所属区域均称"直隶"。清朝末年，直隶省下辖顺天、保定、永平、河间、天津、正定、顺德、广平、大名、宣化、承德、朝阳共12个

---

① 朱文通、王小梅：《河北通史·民国上卷》，河北人民出版社，2000年，第113页。

府，冀州、赵州、深州、定州、易州、遵化、赤峰共7个直隶州，张家口、独石口、多伦诺尔共3个直隶厅。以上各府、直隶州、直隶厅又分别下辖若干州（散州）或县。其中，朝阳府及其所辖县现在分别属于辽宁省和内蒙古自治区，赤峰直隶州及其所辖县与多伦诺尔直隶厅现在属于内蒙古自治区。在其余11府、6直隶州、2直隶厅中，保定、永平、正定、顺德、广平、承德6府和冀州、赵州、深州、定州、易州、遵化6直隶州所辖各州县以及张家口、独石口2直隶厅，均在今河北省境内。①其中稍有出入的，是河间府与宣化府。这2个府所辖州县中，除河间府下辖之宁津县今属山东省，宣化府下辖之延庆州今属北京市外，其余各州县亦均在今河北省境内。② 出入较大的是大名府、顺天府和天津府。大名府因与豫、鲁两省交界，早在雍正年间已有数县划归河南省，至清末，大名府仍辖1州6县。其中，开州和南乐、清丰、长垣3县属今河南省，东明县属今山东省，仅元城、大名2县（元城县后来又并入大名县）仍属今河北省。按清制，顺天府因系京师所在地，故地位高于普通府，首官不称知府而称府尹，在行政隶属关系上既直属朝廷，又兼属直隶省，重大事务由直隶总督和顺天府尹共同管理。至清末，顺天府共辖5州19县，其中3州（通州、蓟州、昌平州）11县（房山、大兴、宛平、良乡、顺义、怀柔、密云、平谷、武清、宝坻、宁河）分属今北京市或天津市，其余2州

---

① 保定府辖2州14县：祁州、安州、清苑、满城、安肃、定兴、新城、唐县、博野、望都、容城、完县、蠡县、雄县、束鹿、高阳；永平府辖1州6县：滦州、卢龙、迁安、抚宁、昌黎、乐亭、临榆；正定府辖1州13县：晋州、正定、获鹿、井陉、阜平、栾城、行唐、灵寿、平山、元氏、赞皇、无极、藁城、新乐；顺德府辖9县：邢台、沙河、南和、平乡、广宗、巨鹿、唐山（后改名尧山）、内邱、任县；广平府辖1州9县：磁州、永年、曲周、肥乡、鸡泽、广平、邯郸、成安、威县、清河；承德府辖1州1厅3县：平泉州、围场厅、滦平、丰宁、隆化；冀州直隶州辖5县：南宫、新河、枣强、武邑、衡水；赵州直隶州辖5县：柏乡、隆平、高邑、临城、宁晋；深州直隶州辖3县：安平、饶阳、武强；定州直隶州辖2县：曲阳、深泽；易州直隶州辖2县：涞水、广昌；遵化直隶州辖2县：玉田、丰润；张家口与独石口2直隶厅主要处理民族事务，并不领州县。

② 宣化府尚余2州7县：蔚州、保安州、宣化、赤城、万全、龙门、怀来、怀安、西宁；河间府尚余1州9县：景州、河间、献县、肃宁、任邱、交河、阜城、吴桥、东光、故城。

（涿州、霸州）8 县（三河、香河、文安、大城、保定①、固安、永清、东安）仍属今河北省。天津在明代为天津卫，清雍正三年（1725年）改置为天津州，属河间府管辖，旋又升格为直隶州。同治九年（1870年）天津直隶州始改置为天津府，下辖 1 州 6 县，其中，天津、静海两县属今天津市，庆云县属今山东省，其余 1 州（沧州）3 县（南皮、盐山、青县）仍属今河北省。清朝初期，不仅直隶省所辖地区比今天的京、津、冀三地之和还要大许多，而且省内首官的设置和省会的驻地亦无定制。直到康熙六年（1667年），清廷始改保定巡抚为直隶巡抚，越二年，即康熙八年（1669年），直隶巡抚驻地始由真定（正定）迁往保定，保定才正式成为直隶省省会。雍正二年（1724年），清廷又改直隶巡抚为直隶总督，驻地仍在保定。至同治九年（1870年），直隶总督同时兼任北洋通商大臣，保定仍为省会，但直隶总督在一般情况下已移驻天津，只是到冬季封河后才还驻保定，天津已设立直隶总督行馆。这种情况持续到光绪二十八年（1902年）以后，直隶总督就终年常驻天津办公，天津实际上取代保定成为直隶省的省会。②从以上介绍中不难看出，在清末，直到1912年中华民国建立之前，今河北省与北京市、天津市基本上同属一个省。天津在当时不仅一直受直隶省管辖，而且自同治朝以后更逐渐成为直隶省事实上的省会。即便是北京，在当时也兼属直隶省，并不是完全意义上的受朝廷"直辖"。③

---

① 此保定县非保定府所在地。保定府治所在清苑县，而保定县治所在今文安县西北新镇。

② 本节所述清末直隶省行政区划资料，参见袁森波、吴云廷：《河北通史·清朝上卷》，河北人民出版社，2000年，第38~49页。其中所录之县名及其属地后来屡有调整，与今之县名及其属地不尽一致。

③ 直到民国成立之前，顺天府对直隶省一直保持着"兼属"关系。例如，宣统元年（1909年）二月清廷在"预备立宪"活动中曾下令各省成立咨议局。同年七月直隶省设立"直隶咨议局筹办处"。至八月咨议局正式成立时因为所选议员分布地含顺天府在内，其名称遂正式定名为"顺直咨议局"。参见方尔庄：《河北通史·清朝下卷》，河北人民出版社，2000年，第274~278页。

（二）民国时期河北省的行政区划及其变更

民国建立之初，地方行政区划一开始仍沿袭清制，河北省仍称直隶，仍辖清末之12府、7直隶州、3直隶厅。但1913年（民国二年）1月北洋政府即颁布命令，决定废除府一级建制，同时所有直隶州、直隶厅及散州、散厅均统一名称为县。2月，直隶省正式裁撤府一级建制，并将各直隶州、直隶厅及散州、散厅改置为县。① 但顺天府因系首都北京所在地，特予以保留并直接隶属中央，这是北京与直隶省完全脱离隶属关系之始。直隶省在正式裁撤府一级建制后，又在省、县之间设立了四个观察使，俗称"道"。具体情况是：以原天津、河间、永平、承德、朝阳5府及遵化、赤峰2直隶州所属各县置渤海道（后易名为津海道），以原保定、正定2府及易州、定州、深州3直隶州所属各县置范阳道（后易名为保定道），以原大名、广平、顺德3府及冀州、赵州2直隶州所属各县置冀南道（后易名为大名道），以原宣化府及张家口、独石口、多伦诺尔3直隶厅所属各县置口北道。其后，直隶的行政区划又发生过如下四项较为重大的变更：

一是京兆特别区域的设立和北平特别市的建立。入民国后，顺天府仍袭清制，其辖区除首都北京外，另辖5州19县。1913年2月直隶省裁撤府一级建制时，顺天府虽然暂时得以保留，并且直接隶属中央政府，但它所属的5州却改置为县，故此时之顺天府实际下辖24县。1914年5月，顺天府所属文安、大城、保定、宁河4县划归直隶省渤海道，顺天府实际下辖20县。1914年10月，北洋政府决定废顺天府，改置京兆特别区域，京兆区仍辖20县。其中大兴、宛平、房

---

① 府一级建制裁撤后，以承德府直辖地置承德县，朝阳府直辖地置朝阳县（今属辽宁省）。各直隶州、直隶厅均改置为县：冀州直隶州改置冀县，赵州直隶州改置赵县，易州直隶州改置易县，深州直隶州改置深县，定州直隶州改置定县，遵化直隶州改置遵化县，赤峰直隶州改为赤峰县（今属内蒙古），张家口直隶厅改置张北县，独石口直隶厅改置独石县，多伦诺尔直隶厅改置多伦县（今属内蒙古）。

山、良乡、昌平、平谷、密云、怀柔、顺义、通县 10 县属今北京市；蓟县、宝坻、武清属今天津市；其余 7 县（涿县、三河、香河、安次①、永清、固安、霸县）仍属今河北省。及至 1928 年 6 月北伐战争基本结束时，南京国民政府发布训令决定直隶省改名河北省，同时决定撤销京兆区，将其所属 20 县全部并入河北省，将北京易名为北平，特置为受国民政府直辖的特别市。1930 年 6 月国民政府曾决定将北平市改为河北省辖市，但至当年 11 月又恢复其为特别市。② 这样，在整个民国时期，一方面是 1928 年以后原京兆区所辖各县都划归河北省，另一方面则是曾经作为北洋政府统治时期的民国首都的北京市和后来的北平市，除去 1930 年的短短几个月外都一直由中央政府直辖，与环绕着它的直隶／河北省不再存在兼属关系。

二是察哈尔特别区域的设立和察哈尔省的建立。1914 年 6 月，北洋政府决定设立察哈尔特别区域，直隶省仅以口北道所辖之张北、独石、多伦 3 县归之。口北道原来辖 13 县，其余 10 县仍属直隶省。1928 年 9 月国民政府决定将特别区改省。11 月察哈尔省政府成立，直隶省口北道所辖延庆、宣化、万全、怀安、阳原、蔚县、怀来、涿鹿、龙关、赤城等 10 县全部划归察哈尔省。

三是热河特别区域的设立和热河省的建立。1914 年 6 月，热河特别区域成立，直隶省以渤海道所辖承德、滦平、平泉、隆化、丰宁、围场、建昌、朝阳、阜新、建平、绥东、赤峰、开鲁、林西等 14 县归之。在这 14 县中，承德、滦平、平泉、隆化、丰宁、围场等 6 县属原承德府所辖，建昌、朝阳、阜新、建平、绥东等 5 县属原朝阳府所辖，赤峰、开鲁、林西等 3 县属原赤峰直隶州所辖。1928 年热河特别区域改置为热河省时，河北省与热河省之间未发生新的行政区划

---

① 民国初年，直隶省有 10 个县改名：广昌县改为涞源县，龙门县改为龙关县，东安县改为安次县，祁县改为安国县，安县改为安新县，安肃县改为徐水县，保安县改为涿鹿县，保定县改为新镇县，独石县改为沽源县，西宁县改为阳原县。另外，元城县撤销，并入大名县。

② 陈潮：《中国行政区划沿革手册》，中国地图出版社，2000 年，第 208 页。

变更。

四是天津市与直隶／河北省之间的分分合合。由于天津自同治九年（1870年）直隶总督兼任北洋大臣起就已具有直隶省省会的某种地位和功能，自1902年起事实上已取代保定成为直隶省新的省会，因此，入民国后直隶省的省会就正式设在了天津。1928年6月国民政府决定直隶省更名为河北省时，同时决定将天津与北平一起改为受国民政府直辖的特别市，而河北省省会则改设在保定。但是，由于当时驻防直隶的阎锡山一心要控制天津，因此，同年7月4日新的河北省政府不是在保定而是在天津原直隶省署举行了成立典礼。几乎与此同时（7月11日），在北平召开的政治分会会议上，白崇禧提出了北平改革的7项方案，其中第2项又明确主张河北省政府移设北平，其理由是只有借助河北省政府的力量才有利于北平的发展。白崇禧这一提议获得通过后又上报国民党中央，至8月29日国民党中央决定河北省政府由天津迁往北平办公。于是，自1928年10月河北省政府正式迁往北平府右街口前国务院旧址办公始，至1930年10月中原大战后接管平津的张学良令河北省政府由北平迁回天津原址办公止，新成立的河北省政府实际上设在了作为特别市的北平。1930年10月以后河北省政府又在天津办公，这种情况持续到1935年6月，由于日本侵略者对天津的不断骚扰和逼迫，经国民政府行政院批准，河北省政府才最终移驻保定。[①]

显而易见，自进入民国以后，或者说自中国进入现代国家的发展阶段之后，在清末还依稀存在的京、津、冀三地基本上为一个省的局面已不复存在。从1913年全国撤销府一级建制时顺天府暂时得以保留，到京兆特别区域的成立，再到北平特别市的建立，北京与直隶／河北省之间已不可能再保持所谓的兼属关系了。而天津尽管自1902

---

① 本节所述民国时期直隶／河北省行政区划资料，参见朱文通、王小梅：《河北通史·民国上卷》，河北人民出版社，2000年，第23～27页、第111～122页。

年之后已成为直隶省事实上的省会，但到了 1935 年也还是告别河北省而成为受国民政府直辖的"特别市"。

### （三） 新中国成立以来河北省的行政区划及其变更

1949 年中华人民共和国成立以后，河北省的行政区划又陆陆续续发生过一些较为重大的变更。一是察哈尔省、热河省相继被撤销，部分县重新划归河北省。察哈尔省于 1952 年被撤销，当年先后被划入察哈尔特别区域和察哈尔省的口北道 13 县中，除多伦县今属内蒙古外，张北、沽源（独石）、延庆（今属北京）、宣化、万全、怀安、阳原、蔚县、怀来、涿鹿、龙关、赤城等 12 县全部回归河北省。同时被划归河北的，还有 20 世纪二三十年代由察哈尔特别区域和察哈尔省设立的康保、尚义、崇礼等县。热河省于 1955 年被撤销，当年被划入热河特别区域的渤海道 14 县中，原属承德府下辖的承德、滦平、平泉、隆化、丰宁、围场等 6 县全部回归河北，原属朝阳府与赤峰直隶州下辖的建昌、朝阳、阜新、建平、绥东、赤峰、开鲁、林西等 8 县分别被划给今辽宁省和内蒙古自治区。二是天津与河北的再度分分合合。新中国成立后天津一开始仍为中央直辖市，到 1958 年被变更为河北省辖市，河北省省会也相应地由保定迁至天津。但到了 1967 年天津再度升格为直辖市，河北省省会也只得再度迁出，先是在保定，后来在石家庄扎下根来。三是部分县重新划归北京和天津。1928 年北平、天津两市被确立为特别市时，原京兆特别区域所属 20 县已全部划归河北，天津特别是在当时亦无下辖县。所以现在北京、天津两市所辖各县（或区），基本上都是新中国成立后由河北省划拨过去的。新中国成立后河北省行政区划几度变更，概而言之，由于察哈尔、热河两省的撤销和今张家口、承德两地区的回归，河北省的版图就其外缘来看，较之民国时期无疑更接近清末时期的直隶省版图。但北京、天津两座大城市的直辖，特别是天津与河北之间的再度分分合合，也无疑给当代河北政治、经济、文化、文学事业的发展提出了新的问题和挑战。

行政区划的调整和变更是任何社会发展过程中都难以避免的一种现象，因此我们需要做的只是依据这种历史事实合情合理地确定自己的研究范围和研究对象。毫无疑问，当代河北学者所撰述的河北现代文学史，自然应该以当代河北的行政版图作为依据来确定自己的研究范围和研究对象。循此原则，那些历史上曾经属于河北但现在却已划归别省或已单独成为省一级行政建制的地区，例如，北京市、天津市、辽宁省、内蒙古自治区乃至河南、山东两省那些曾经隶属于河北省（直隶）的市、县，均可以不再列为河北现代文学史研究的范围。但是，上述各地由于其自身的地理位置及各自所拥有的综合实力之间存在着太大的差别，它们在现代河北文化／文学事业的发展中曾经具有的地位和影响力是不可相提并论的。简言之，今属辽宁、内蒙古、河南、山东的那些市、县，包括后来又回归河北，但当年曾经随着察哈尔、热河特别区域或省的建立而脱离河北的张家口、承德地区各县，相比较而言，都属于当时河北（直隶）省的边远地区或欠发达地区，因此，它们的去留诚然也会给现代河北文化／文学事业的发展带来一定的、一时的影响，但这种影响绝不会是伤筋动骨的、致命的。对现代河北文化和文学事业带来重大影响的，是北京和天津两大都市的"直辖"。但这两大都市的"直辖"及其对河北的影响，情况又并不完全一样。

应该说，北京文学与河北文学是有关联的。这不仅因为清末的顺天府曾经兼属直隶，也不仅因为民初京兆区所属 20 余县后来都曾划归河北，而更重要的原因是两地同属燕赵文化圈，一些带有地域性的文化／文学品种如京剧、河北梆子、评剧、乡土文学等更容易相互亲近和交流。而北京作为首都所具有的影响力无疑也更容易辐射到河北，再加之 20 世纪 30 年代以后，某些文学组织如"北方左联"、"中国诗歌会北平分会"等，其所涵盖的范围实际上并不是依省划界，而是将京、津、冀视为一体的。因此，无视京、冀文化/文学事业的特殊联系是不妥的。但是必须看到，北京（北平）市自进入民国以后就一直受中央政府直辖，即使是在清末，顺天府也只是"兼属"直隶省而已，换言之，北京（顺天府、京兆特别区、北平）与河北（直隶）的文化／文学事业毕竟又有着各自相对独立的历史承传（管理体系、机构建制、相关报刊等）。因此，我们可以研究京、冀文学之间的联系和影响，却不可以也不必再把某一时期、某一阶段的北京文学纳入河北文学的研究范围。

但天津的情况却应该另当别论了，因为不仅自清末至20世纪30年代，天津就一直是河北（直隶）省的实际省会，而且新中国成立后天津又一度成为河北省的省会。众所周知，我国社会发展过程中长期存在着一个相当普遍的现象，即各地区之间社会发展的不平衡性。全国的情况如此，各省的情况亦复如此。惟其如此，一般来说，各省的省会都是该省的政治、经济、文化、文学事业的中心。就此而言，自清末至20世纪30年代，自20世纪50年代至60年代，作为河北（直隶）省省会所在地的天津，其文学事业、文学实力、文学成就理所当然地就是当时河北文学的形象代表。同时还要看到，由于天津曾长期是河北省的省会，因此，津、冀之间文化／文学事业相互关联的程度自然更为紧密。例如，评剧是在河北省唐山一带诞生的，但它的成熟、发展乃至扩大影响，却与天津关系极大。再如，梁斌、孙犁两位作家无论如何都是公认的河北文坛巨匠，但他们后来却由于行政区划的变更而"变"成了天津作家。因此，本书对现代河北文学史的书写，就所涉及的地域而言，将本着尊重历史事实的精神，把直辖以前的天津文学纳入现代河北文学史的书写范围。因为当时的天津文学实际上就是当时河北文学的主体和重心之所在，如果不谈当时的天津文学，不仅将无法反映出当时河北文学的真实面貌，而且不可避免地要把一部活的、具有自身生命形态和历史变迁踪迹的河北现代文学史，切割成几个孤立的、缺乏内在联系和发展血脉的历史"片断"。

## 二、现代河北的地缘文化特征及其对文学的影响

"地缘文化"甚至"地缘"一词的确切含义至今仍无法在包括《辞海》等大型辞书在内的词典中找到解释。"地缘文化"这一语词的形成及广泛使用，很可能与19世纪末20世纪初在西方形成的"地缘政治学"有关。所谓"地缘政治学"，按照《辞海》的释义，是一门关于国际政治现象受制于地理特征的政治学说。循此，所谓"地缘文化"，其较为确切的含义应该是受制于地理特征的文化现象。但由于对"地理特征"的具体含义有着并不完全相同的理解，人们对"地缘文化"的理解和诠释也就出现了一定的差异。国内的不少学者似乎都愿意把"地缘文化"理解为"地域文化"或"区域文化"。在他们看来，所谓"地缘文化"实际上就是历史上逐步形成的、受制于地理特征但又比现行的行政区划边界更为开放的"地域文化"或"区域文化"，例如，人们经常提到的三晋文化、陕秦文化、齐鲁文化、燕赵文化、吴越文化、岭南文化、巴蜀文化、荆楚文化、关东文化、湖湘文化、闽台文化等，应该都是他们所说的"地缘文化"。显而易见，他们在这里所强调的"地理特征"主要是指由特定区域内的山川地势、物产资源、气候条件、人文积淀等构成的人的生存环境和条件。他们所说的"地缘文化"主要是指由上述地理特征所决定的当地人的生活方式、道德风尚、民俗风情、精神气质、集体性格、审美兴趣等。例如，崔志远先生所著《乡土文学与地缘文化》一书在论及"燕赵文化"时，就是从古燕赵之地"高原、山地、平原并存的地貌条件"讲到"农耕文化和游牧文化在这里碰撞、交融"，并用赵武灵王"胡服骑射"的典故为例作出如下判断："'胡汉交融'，说尽了古燕赵文化的特色。这使燕赵儿女的性格，既温顺和平，又强悍豪爽，实在

是有机合一的丰富与雄浑。"①应该说，依照上述理解对文学进行地方性的、区域性的、乡土性的研究，已经不是什么新鲜的课题了。就全国而论，早在 20 世纪 90 年代中期，严家炎先生就曾主编过一套影响广泛的"二十世纪中国文学与区域文化丛书"②；就河北而言，崔志远先生除了有《乡土文学与地缘文化》一书问世外，还另有《燕赵风骨的交响变奏》③一书专论燕赵文化与当代河北文学之关系。

　　但是，"地缘文化"和"地域文化"或"区域文化"还是有所区别的。道理很简单，如果这三个语词的含义完全同一，那人们又何必在含义相当明晰的"地域文化"或"区域文化"之外，别创"地缘文化"这一语词呢？这里还须从"地缘政治学"说起。既然"地缘政治学"是一门关于"国际"的而不是关于"本国"的政治现象受制于"地理特征"的政治学说，那么，这里所谓的"地理特征"就不应该等同于本国疆域范围内的自然地理和人文地理特征，而应该主要是指本国疆域与他国疆域的接壤关系。在这里，"地缘政治"之"缘"，应该是本国国土与他国国土接壤亦即接缘（缘分）之"缘"或本国国土边缘之"缘"。事实上，人们也是在这一意义上使用"地缘政治"这一语词的。例如，对于俄罗斯反对"北约东扩"这一国际政治现象，人们一致认为这是出自地缘政治的考虑，因为"北约东扩"的直接后果将使俄罗斯在面对"北约"的武力时失去与自己毗邻的东欧国家这一地缘上的屏障。按照这一理解，我们在探讨河北的地缘文化特征时将不把目光凝固在"燕赵文化"的传统积淀上，而是把着眼点放在观察和解读河北在中华人民共和国版图中的区位特征和河北与相邻省市的接壤关系以及上述这种"地理特征"对河北文化乃至文学的影响

　　① 崔志远：《乡土文学与地缘文化》，中国书籍出版社，1997 年，第 100 页、第 101 页。

　　② 这套丛书共计十余种，第一批共 5 种，于 1995 年 8 月由湖南教育出版社出版，分别是李怡：《现代四川文学的巴蜀文化阐释》、费振钟：《江南士风与江苏文学》、逄增玉：《黑土地文化与东北作家群》、朱晓进：《"山药蛋派"与三晋文化》、吴福辉：《都市漩流中的海派小说》。

　　③ 崔志远：《燕赵风骨的交响变奏》，作家出版社，2001 年。

上。毫无疑问，河北既然以山东、河南、山西、内蒙古和辽宁诸省为邻，上述各省的文化与文学不可避免地会以某种方式影响河北的文化和文学，并因此而作用于河北地缘文化的形成。但是，上述影响一般来说只在局部地区发生作用，例如，内蒙古文化对冀北文化的影响，辽宁文化对冀东文化的影响，山西文化对冀西太行山地区文化的影响，河南和山东文化对冀南文化的影响等。因此，真正对"河北"而不是"河北某一地区"的地缘文化的形成构成影响的，乃河北在中华人民共和国版图中的区位特征和河北与北京、天津的接壤关系。因此，我们对现代河北的地缘文化特征及其对文学的影响的论述，也将围绕着上述区位特征和河北与京、津的关系进行。

关于河北在中华人民共和国版图中的区位特征和河北与京、津的关系，当代最经典的表述是"东临渤海，内环京津"。上溯到清末民初以至1967年天津再度成为直辖市之前，由于天津在前后累计大约三四十年的时间内都是河北省的省会，因此上述表述自然可以修改为"东临渤海，内环帝都"或"东临渤海，内环故都"。

"东临渤海"，使河北在北方省份中最早和较深地受到西方资本主义现代文明的影响。在1840年爆发的第一次鸦片战争期间，由于战场在南中国沿海地区，直隶的渤海湾一带尽管也有洋人滋扰，但天津、北京均未受到真正的威胁。第一次鸦片战争结束后，英法等国为了迫使清廷在中国南、北地区和长江沿岸增开商埠，以扩大其对华的商品输出，于1856年10月间又挑起了第二次鸦片战争。1858年四五月间英法联军袭取大沽口炮台，兵犯天津；1860年八九月间又先陷天津，继而攻入北京，并于10月间胁迫清廷签订了《北京条约》。正是在这个条约中，天津被辟为对外通商口岸；也正是从这个时候（1861年）起，清廷在天津设三口通商大臣，管理天津、牛庄（营口）、登州（烟台）的通商事务。及至1870年，清廷又决定裁撤三口通商大臣，改设北洋通商大臣，由直隶总督兼任，掌管北洋通商、外交、海防事务，由此，"直督"在全国各省督抚中才有了位更尊、权更重的特殊地位①。众所周知，列强对中国的侵略，其实际后果是二律背反的，即一方面侵害了中国的主权，变中国为半殖民地半封建国家，另一方面又刺激了中国资本主义的发展，促成了某些都市的形成或崛起。天津在直隶乃至全国政治经济棋盘中地位的迅速崛起正属于这种情况。事实上，自1860年被辟为对外通商口岸直至20世纪80年代改革开放以前，天津都一直是中国仅次于上海的沿海大都市。诚然，由于毗邻北京，容易受到盘踞在北京的封建统治势力控制和北京积淀厚重的传统文化的牵制，天津既紧临北京又有所谓租界②，生活条件中西合璧，一些下野政客、失势军阀多侨寓天津并借此窥视政坛，因此，天津走向"现代"的步履较上海总稍逊一筹；但华洋杂居、海通便利的条件还是使它紧随上海之后成为近代以来较早并大量向中国输入资本主义"现代"文明的又一条重要通道。1870年10月，李鸿章继曾国藩之后出任直隶总督兼北洋大臣，他在这个职位上效力22年，使西方资本主义的"现代"文明在天津及冀东一带率先登陆并获得较快发展：就工业生产而言，不仅先后多次扩建了天津机器局，使之成为中国北方出现的第一个采用机器进行生产的、拥有3000多名工人的大型工厂，而且创办了以"西法开采"的、拥有矿区铁路（唐山至胥各庄）的官督商办企业开平煤矿；就交通通信等基础设施而言，不仅在天津至大沽、上海、北京、旅顺、保定之间架设电报线，在天津设立电报总局，而且修建了天津经芦台、唐山至山海关的铁路（时人称"畿辅铁路"）；就文化教育而言，为了配合北洋海

---

① 天津由于地近北京，开埠后各方面的地位迅速上升。驻在天津的直隶总督兼北洋大臣不仅有权代表朝廷接见外国使节和签订各种条约，而且负责统率清廷的新式海陆军，权势与地位十分显赫，外国人因此把设在天津的直隶总督衙门（行馆）看成是中国的"第二政府"。

② 由于天津地近北京，列强纷纷在天津设立租界。1894年甲午战争爆发之前，天津已有英租界、法租界、美租界。甲午战争失败后，德国、日本亦在津设立租界。1900年八国联军入侵北京后，俄国、意大利、奥地利、比利时也在天津设立租界。至此，天津一地竟有九国租界，此种情况在全国是独一无二的。

军之创建，除派遣留学生到英法等国学习外，还在天津创办了北洋水师学堂和北洋武备学堂。总之，从 1870 年出任直隶总督兼任北洋大臣开始到 1894 年甲午海战爆发，李鸿章在天津及冀东一带实施的"洋务新政"，使天津及整个直隶省在"引进"西方资本主义的"现代"文明方面确实着了"先鞭"。正因为这样，在甲午战争失败以后中国掀起的新一轮"向西方学习"的大潮中，天津和整个直隶省依然能够在北方诸省中扮演"排头兵"的角色。简言之，"东临渤海"的区位优势使河北能够得风气之先，在北方省份中率先迈出走向现代化的步伐，这一点影响了清末民初之河北文学，不可小觑。

"内环帝都"或"内环故都"，使河北大地在全国所有省份中独一无二地享有"畿辅重地"、"首善之区"的美誉，同时也确实给河北的政治、经济、文化、文学的发展带来了独特的影响。就文化与文学而言，首先是河北的文化与文学除了有天津这样一个省内的中心和重镇外，河北的文化人和作家能够很便捷地融入"京师"或"首都"的文化圈和文学活动中去。这一方面使得历史上的京冀两地和今天的京津冀三地的文化和文学始终彼此渗透，血脉相通（一个非常显著的事实是京津两地的许多文学家、艺术家，其籍贯都在河北，而他们生活在京津，基本上没有"侨寓"异地的感觉，因为京津冀三地不仅有着相同的"燕赵文化"渊源，曾同属"直隶"大地，而且山水相连，阡陌相望，民风相近，有着十分密切的经济乃至亲缘联系），另一方面又使河北的文化和文学除了京津之外很难再形成像样的中心或重镇，例如，保定虽然在清末、民国和中华人民共和国三个历史时期都曾一度为河北省的省会，但由于离北京仅"一步之遥"，它的文学艺术事业虽然也有一定的历史积淀和成就，却从未独树一帜并"领衔"过河北的文学与艺术。其次，作为"畿辅重地"，河北不仅要主动地拱卫北京，服务北京，而且在政治、文化及思想的诸多方面都要受到北京作为"帝都"或"故都"的那种"庙堂政治"和传统文化思想的强势影响，其突出表现有二：其一、纯粹的文人不多。传统文化对士人人生价值的预设是"治国平天下"，纯粹的"文人"即"辞章之士"多是将其作为"余事"的一种追求。直至近代，河北（直隶）士人大约仍受这种思想的影响，因此南方已有不少"专业作家"出现，而河北却极少。这使得河北在近代中国这样一个"危机存亡之秋"能够涌现出张之洞这样一位名重一时的"能臣"，却未能产生一位像张之洞这样的有着巨大影响的"作家"；其二、"庙堂意识"较浓。河北的文学艺术在很长的历史时期内都呈现出较为明显的"庙堂意识"，保守持重有余，创新变革不足，离经叛道者甚鲜。以上也是我们研究河北文学特别是研究清末民初的河北文学时必须予以重视的。

综言之，由于特殊的地缘文化和政治的影响，清末民初的河北文学，一方面由于"东临渤海"，较早较多地受到西洋文化和文学的影响，较早地迈开了走向现代化的步履，在中国文学由古典向现代的转型中起过"排头兵"的作用；另一方面则由于"内环京津"而融入京津，难以形成与京津真正三足鼎立的属于自己的独特优势，同时又地近"帝都"而受到庙堂政治和文化意识的辐射和制约，不仅纯粹的文学家为数不多，相应的文学成就不够突出，而且整个文学艺术变革的力度也不够大，未能在全国形成可与上海、江浙等地媲美的文学地位和文学影响。

# 目　录

# 第一编

## 清末民初时期的河北文学

（1894～1919年）

在漫长的中国历史上，正如梁启超所云，近代是典型的"过渡时代"。所谓过渡，就是承先启后，一方面，近代历史延续古代社会文化脉系，另一方面也在向现代社会渐进。中国社会由古代向现代的过渡，主要不是自身生产力发展造成的主动嬗变，而是在帝国主义列强威逼下的被动应变。这就使这个时期文化思想的变革表现为新旧杂陈、终古萌新的复杂局面。

在这段历史中，河北具有特殊的地位。中国的近代工业是从洋务运动开始的，而洋务运动中的许多著名企业就出现在天津与唐山一带，诸如开平矿务局、天津机械局等。在思想文化方面，中国近代启蒙思想家严复也在天津活跃一时。他在天津水师学堂任职期间，竭力宣扬维新思想，使天津成为维新运动的北方舆论中心，他翻译的《天演论》更是影响深远。

进入20世纪，清王朝干脆把直隶省会迁到了天津。天津在推行"新政"方面，一马当先；在开办教育、报纸传媒方面都走在社会前列，带来了现代社会的新生息。在此背景下，文学创作也出现了现代的萌动。

# 第一章　现代的萌动

中国历史的分期往往把五四运动看做现代历史的界标，这是不错的，五四运动的确拉开了现代历史的帷幕。但是实际上，中国现代化的进程是一个缓慢推进的过程，近代以来，中国已经逐渐向现代社会进化，只是速度比较缓慢而已。五四运动中提倡的许多新思想新观念，在此之前都已经在萌动着。因此，近年来学界往往把近、现代联系在一起，把近代看做是现代的先导。

## 第一节　近代报刊的兴起与散文文体的新变

在传统散文向现代散文嬗变的过程中，近代报刊的兴起起到了极为重要的作用。例如，当历史发展到鸦片战争前后时，清王朝"康乾盛世"的釉彩已经剥落，一些敏感的知识分子开始意识到"衰世"的来临，于是他们的志趣逐渐告别了"宋学"和"汉学"的诱惑，转而面向现实，思考挽救危局的良策，用梁启超的话说，即"相与指天画地，规天下大计"①。正是在这一背景下，自道光迄同治年间晚清文坛涌动着一股经世致用的散文创作思潮。但是综观经世派作家的散文创作，无论是龚自珍、魏源还是林则徐、包世臣、冯桂芬的散文，虽然也表现了一种"开眼看世界"或"主变主逆"的时代要求，但就其总体风貌而言又很难说与传统散文有什么实质上的区别。因为这些作家"经世"的目的仍然是企图重振大清国的雄风，他们观察时局和阐述变革的思想武器都不脱古老的"变易之道"，他们使用的文学语言依

---

① 梁启超：《清代学术概论》，东方出版社，1996年，第69页。

然是传统的文言，他们变革的冲动中仍然摆脱不开复古的情结。因此，客观地说，经世派作家的散文创作还甚少有现代意义的新变。但是，到了下一个时期，当以王韬、郑观应等为代表的早期维新派和以梁启超等为代表的维新派的散文创作陆续问世后，散文创作中就逐渐孕育出了属于"现代"的萌芽：就散文中所表达的文化观念而言，作家们已程度不同地运用民主、自由、科学、进化等现代观念批判现实，吁求变革；就散文的文学语言而言，作家们不仅较多地使用外来词语，而且其文字风格也开始由典雅向通俗过渡；就散文的篇幅而言，虽然这些散文并非传统的写景言志小品，而是臧否政事、议论时局的"论说"之作，但其规模也开始向着短小、轻便的方向演化。同时，由于作家的写作大都能自由自主地抒写自我情怀，因而即使是政论散文，其个性色彩也十分鲜明。维新派的散文创作之所以有这样一些富有现代意义的新变，很重要的一个原因就是近代报刊的兴起。王韬的政论散文集《弢园文录外编》所收散文都曾发表于1874～1884年他在香港主编的《循环日报》上；郑观应的政论散文集《盛世危言》中所收散文大多数也曾刊登在王韬所办的《循环日报》上；至于梁启超的政论散文之所以在"新文体"之外还有"时务文学"、"新民体"等称谓，更显然是因为这些散文大多曾刊登在《时务报》或《新民丛报》等报刊上。而梁启超本人作为近代最著名的散文革新家和"报人"，对此则体会尤深，他说："自报章兴，吾国文体为之一变，汪洋恣肆，畅所欲言，所谓宗法家法，无复问者。"①

近代报刊的兴起之所以能对散文的新变产生如此明显的影响，原因是多方面的。首先，近代报刊作为有着特定政治倾向的舆论阵地和面向各色人等的公众空间，为散文尤其是政论散文在新的时代发挥其批评时

---

① 梁启超：《中国各报存佚表》，转引自郭延礼：《中国近代文学发展史》，第2卷，山东教育出版社，1991年，第1093页。

局、"监督政府"、输入新学、"向导国民"①的社会功能提供了条件和可能。众所周知，散文是中国传统文学的正宗，所谓"文以载道"主要是针对散文创作而言的。鸦片战争以来，特别是到了清末民初时期，对于那些激进的、入世的散文作家们来说，尽管他们也都还信奉"文以载道"之说，但"道"的内涵早已不是孔孟之道、程朱义理之类的"门面语"了，而是"倡民权"、"衍哲理"、"明朝局"、"厉国耻"、"广民智"、"振民气"②等具有新的时代色彩的"经世济民"之"道"。散文如要更好地发挥社会功能，它就必须尽可能快捷地走向社会，走向民间，走向广大的读者。而近代报刊由于具有出版定期、发行迅速和读者面广等优势，因此它的崛起必然为散文的传播和发展提供新的渠道和前景。其次，报刊由于版面有限，刊登的文章篇幅不能过长；而且由于其主要面向公众发行，文章的语言也不宜过于艰深。清末民初的散文创作之所以发生文字风格逐步走向通俗、文章规模逐步走向轻便的新变，在很大程度上正是由近代报刊业的这一"行规"所促成的。正因为这样，在具体论述清末民初河北（直隶）散文创作中"现代的萌动"之前，有必要先了解一下当时河北（直隶）近代报刊业的发展概况。

就直隶而言，近代化的报刊业首先是在天津出现的。天津的第一份新闻类报纸，也是中国北方的第一份新闻类报纸，是在李鸿章的支持下，由海关税务司德璀琳、英商怡和洋行经理茄臣于 1886 年 5 月 16 日联合创办的《时报》。《时报》分为中文版和英文版，其中文版系日报，主笔是英国传教士李提摩太。李提摩太是当时有名的"中国通"，他在主持《时报》的一年中，共为该报撰写"论说"近 200 篇，后来这些文

①　梁启超认为，报纸应具有"监督政府"、"向导国民"两大功能，其实这也是近代散文强调经世致用的基本诉求。此处引梁启超语，出自《敬告我同业诸君》一文，见夏晓虹编：《梁启超文选》（上），中国广播电视出版社，1992 年，第 166～168 页。

②　这是梁启超在《清议报一百册祝词并论报馆之责任及本馆之经历》中对《清议报》所刊文章内容的概括。报纸文章多系政论散文，因此这也是梁启超对政论散文的要求。原文载于 1901 年《清议报》第 100 册。

章又辑为《时事新论》一书出版，对维新运动产生了很大影响。《时报》停刊后，德国人汉纳根于1895年1月26日创办了天津的第二份中文报纸《直报》。汉纳根是李鸿章创建的北洋武备学堂的教官，《直报》之"直"字有两层寓意：一是说明此报系直隶省的报纸；二是表明此报奉行"直言不讳"的方针。《直报》创刊后曾派记者赴台湾地区采访，报道了台湾人民的反割台斗争；同时还发表了维新思想家严复的《论世变之亟》等政论文章，对北方思想文化界的革新颇有贡献。

但《时报》、《直报》都是外国人在津创办的报纸。在天津，中国人自办的第一份报纸，是严复与王修植、夏曾佑于1897年10月26日创办的《国闻报》。《国闻报》系日报，除译载国外报刊的重要消息和文章外，还刊登自采的国内外时事要闻，是当时国内比较完备和正规的一份报纸。严复在《国闻报》的"发刊词"中这样申明自己的办报宗旨："阅兹报者，观于一国之事，则足以通上下之情；观于各国之事，则足以通中外之情。"而中国倘能"取各国之政教，以为一国之政教，而吾之国强"①。严复等人在创办《国闻报》的同时，还编有一种旬刊《国闻汇编》，用以刊载分门别类收集的各种报纸上的议论。《国闻报》多发社论，而社论又多出自严复之手。《国闻汇编》更因发表严复翻译的《天演论》而闻名遐迩，梁启超曾称赞该刊"成于硕学之手，精深完粹"②。这使得当时天津之《国闻报》与梁启超在上海主办的《时务报》南北辉映，成为宣传维新思想的两大舆论阵地。

1900年以后，天津以及保定等地就逐渐出现了新的办报的热潮。1902年6月17日满族出身的天主教徒英华（敛之）在天津创办了著名的《大公报》。取名《大公报》表明其在宣传和报道上秉持"大公"之精神。英华曾在该报创刊号上作序，谓其创办此报之目的是"开风气，

---

① 转引自罗澍伟：《中国历史文化名城——天津》，见政协天津市委员会文史资料委员会编：《天津文史资料选辑》，天津人民出版社，2004年，第19页。

② 梁启超：《中国报馆之沿革及其价值》，转引自杨光辉等编：《中国近代报刊发展概况》，新华出版社，1986年，第11页。

牖民智，挹彼欧西学术，启我同胞聪明"①。《大公报》一问世即身价甚
高，发行量不断攀升，到 1949 年天津解放，该报共有 47 年历史，是旧
中国最有影响的报纸之一。1903 年 2 月，直隶省留日学生张继（沧州
人）等人在日本东京创办了一份宣传爱国救亡和资产阶级民主思想的刊
物《直说》。取名《直说》除申明该刊为直隶人所办外，更重要的是
"本编译述各说，唯取直捷爽快，一目了然，无事索引矜奇，使人难解，
故名之曰'直说'"②。《直说》的发行总所虽然设于日本东京，但国内
的北京、天津、保定、丰润、南京等地均设有代售处。1905 年 2 月同
盟会会员、保定陆军军官学校学生吴樾在保定创办了《直隶白话报》。
这是一种综合性的半月刊，共出版了 14 期。该刊不仅揭露帝国主义企
图瓜分中国的野心，而且大力宣传资产阶级的国家学说，因而出版后颇
受欢迎，先后在直隶各地及北京、上海、南京、奉天、安徽、日本东京
等地设立分销处。1906 年 12 月，直隶省另一留日学生王法勤也在保定
创办了一份《地方白话报》，此"报"初为半月刊，后改为旬刊，共发
行 14 期。王法勤以"高阳酒徒"之名，在该刊发表了不少"人之所不
敢言"的议论，宣传资产阶级民主思想，抨击清廷的腐败。《直说》、
《直隶白话报》、《地方白话报》的共同特点是宣传资产阶级民主思想，
反对封建专制。另外还有 1903 年创办的《民兴报》，后来成为直隶立宪
派的喉舌。据不完全统计，从 1900 年到 1911 年辛亥革命，直隶地区创
办的报刊已多达 30 余种。

入民国后，天津及直隶各地的报刊更如雨后春笋般纷纷出现。武昌
起义后创办的《民意报》是京津同盟会的机关报，旗帜鲜明，战斗力
强，1912 年 12 月 20 日孙中山特意为该报创办一周年撰写了祝词；继
《民意报》后的《国风报》是国民党燕支部的机关报，"出版一年，即被

---

① 转引自罗澍伟：《中国历史文化名城——天津》，见政协天津市委员会文史资料委员会编：《天津文史资料选辑》，天津人民出版社，2004 年，第 19 页。
② 转引自河北省社会科学院地方史编写组编：《河北简史》，河北人民出版社，1990 年，第 635 页。

禁止"。1912 年 12 月在天津创办的《庸言》杂志，是梁启超主编的一份以政论为主的半月刊，每期发行万份以上，在全国很有影响。1913年 4 月在天津创刊的《言治》月刊，是北洋法政学会的会刊，李大钊在赴日留学前曾担任该刊的编辑部长，并发表有《大哀篇》、《隐忧篇》等重要文章。《言治》一方面猛烈抨击反动统治，揭露社会黑暗，另一方面则大力倡言西方民主，寻求解决中国问题的途径，因而刊行后受到广泛欢迎。及至 1918 年李大钊宣示自己成为早期共产主义者的著名文章《法俄革命之比较观》、《庶民的胜利》和《布尔什维主义的胜利》，也是发表在《言治》季刊上的。1915 年 10 月 10 日天主教天津教区副主任雷鸣远又在天津创办了著名的《益世报》，这是在天津出版的继《大公报》之后又一份历史长、影响大的报纸。该报创刊不久，即发生了天津人民反对法国殖民势力强占"老西开"地区的斗争，《益世报》积极报道并热情支持了中国人民的反法斗争，因而给读者留下了良好印象。除了以上比较知名的报刊外，一些主要在学校发行的报刊也纷纷出现。例如，在早期的新文化运动中民主思想相当活跃的南开学校、直隶第一女子师范学校等，就先后出版了《敬业》、《校风》、《南开思潮》、《南开日刊》、《直隶第一女子师范校友会报》等进步刊物，积极介绍西方资产阶级新文化、新思想，猛烈抨击封建主义旧文化、旧思想，是直隶近代报刊业中的一支生力军。①

　　近代报刊业在河北的兴起，一方面是河北（直隶）社会和文化事业在清末民初迅速由古典向现代转型的标志，另一方面，报刊作为舆论的阵地和传播新文化的媒体，必然加快河北（直隶）社会和文化事业的近代化乃至现代化进程。而在这一过程中，为了传播新学并适应报纸读者的阅读期待，近代散文革新中的一支劲旅——政论散文或报章散文开始

　　① 本节所述天津、保定近代报业兴起的资料，据政协天津市委员会文史资料委员会编：《天津文史资料选辑》，第 14～19 页；河北省社会科学院地方史编写组编：《河北简史》，第 634～637 页、第 702～705页；杨升祥主编：《天津文化史》，天津社会科学院出版社，2003 年，第 108～110 页。

在河北（直隶）文坛中出现，其中，贡献最多、成就也最为突出者，当属严复（另章专论）。

## 第二节 民族危机的创痛与传统诗歌的新声

中国传统诗歌（含词）至唐、宋而达到极盛。唐、宋以后虽然历代诗人仍在不断努力，他们的创作实绩也不可一概轻视，但就一个朝代的总体创作成就而言，毕竟露出了日过中天的疲态。及至晚清，传统诗坛在"宗唐"之后又陷入了"宗宋"的死胡同而无力自拔。传统诗歌向何处去？或者说怎样为传统诗歌创作注入新的活力，遂成为诗坛上许多人关心的一个重要话题。1899 年梁启超在《夏威夷游记》中就此事提出了自己的见解："余虽不能诗，然尝好论诗，以为诗之境界，被千余年来鹦鹉名士（余尝戏名词章家为'鹦鹉名士'，自觉过于尖刻）占尽矣。虽有佳章佳句，一读之，似在某集中曾见过者，是最可恨也。故今日不作诗则已，若作诗，必为诗界之哥仑布、玛赛郎然后可。"接着，梁启超指出："欲为诗界之哥仑布、玛赛郎，不可不备三长：第一要新意境，第二要新语句，而又须以古人之风格入之，然后成其为诗。"梁启超所说的"新意境"、"新语句"，主要是指欧洲资产阶级的新思想、新精神以及与之相关的新语汇。这些新思想、新精神从梁启超本人的其他论述中可以看出，其具体所指的实际上就是 18 世纪西方资产阶级在启蒙运动中所倡导的自由、民主、独立、平等、科学、进步等现代意识。他表示："吾虽不能诗，惟将竭力输入欧洲之精神思想，以供来者之诗料可乎？要之，支那非有诗界革命，则诗运殆将绝。"[1]显然，在梁启超看来，要为疲靡已久的诗歌创作注入新的生机，就必须首先拓宽诗人的文化视野，更新诗人的文化观念，使其在诗歌创作中表现出西方资产阶级那种具有现代性的新思想和新精神。梁启超之所以极力主张在诗歌创作中输入此类新"诗料"，其文化层面的目的自然是为

---

① 夏晓虹编：《梁启超文选》（上），中国广播电视出版社，1992 年，第 388～390 页。

了"新民"，但其政治层面的目的则是为了"救亡"，因为在梁启超看来，"苟有新民，何患无新制度，无新政府，无新国家！"① 就此而言，梁启超倡导"诗界革命"包含着启蒙和救亡的双重目的，或者说他认为只有在服务于启蒙和救亡的实践中才能激活诗歌自身的生机。如果说梁启超主要是从面向世界并服务于启蒙和救亡这双重任务的角度探讨诗歌的出路和前途，那么1909年由柳亚子等人发起成立的"南社"则主要从面对当下服务于最紧迫的反清斗争的角度探索诗歌的出路和前途。众所周知，"南社"是中国资产阶级的第一个革命文学团体，它的宗旨是以诗歌创作配合当时正在进行的民族民主革命斗争，因而在政治倾向上有"同盟会宣传部"之称。1909～1915年是"南社"的兴盛期，在这期间，"南社"成员先是为推翻清王朝的腐朽统治而呐喊，后又投身到反对袁世凯称帝的"二次革命"之中，有的还为此献出了生命。"南社"的诗歌创作高扬着民族救亡的主题，有着鲜明的政治倾向。但是，一个简单的事实是，中国民族资产阶级所进行的民族民主革命斗争，其最基本的思想武器却也只能是西方资产阶级所倡导的自由、民主、独立、平等、科学、进步等现代意识。显然，从梁启超到柳亚子，从"诗界革命"运动至"南社"的诗歌创作，虽然他们各自的政治立场不尽相同，但他们却为中国传统诗歌的新生指出了一条大致相同的路径，这就是面向世界，走向现代，关注民族的生存和命运，在服务启蒙和救亡的实践中开辟诗歌的未来。历史也已经证明，中国传统诗歌的现代转型，大体上就是这样走过来的。

或许由于清末民初河北（直隶）纯粹意义上的文人特别是诗人本来就很少，或许由于"诗界革命"之倡导者当时正流亡日本，能够直接地接受其影响的大多是有海外背景的人士，而"南社"之成立又是在南方，并且在民国成立之前这个文学团体尚属"地下"状态，因此，无论是"诗界革命"运动还是民国成立之前"南社"的创作活动均未在清王朝控制甚严的畿辅重地河北（直隶）产生应有的回响。但是，在清末民

---

① 梁启超：《新民说》，见夏晓虹编：《梁启超文选》（上），中国广播电视出版社，1992年，第103页。

初的河北（直隶）文坛上，传统诗歌的现代转型同样迈开了艰难的步履。这一方面是由于河北东临渤海，又有天津这样一个重要的对外通商口岸，西方资产阶级那种具有现代性的思想和文化观念在这里进行了较为广泛的传播，因此传统诗歌转型所必需的面向世界、走向现代的条件并不缺少；另一方面则显然是受到了创痛巨深的国难的刺激，因为中国士人在传统文化的浸染下一般都以治国平天下为人生最崇高的抱负，这使得他们大多都具有忧国忧民的情怀。因此，面对创痛巨深的国难他们能够使自己的诗歌创作融入民族救亡的时代大潮之中。

有清一代，河北（直隶）因为是所谓"畿辅重地"，社会生活原是相对比较安定的。及至 19 世纪中叶鸦片战争以后，一方面清王朝统治机器已经严重老化，国内各种矛盾日趋尖锐，河北自然不能例外，1861年直隶东南部发生的白莲教起义、1863 年直隶南部发生的黄旗军和黑旗军起义、1867 年青县和沧州一带发生的盐民起义等，都是直隶社会各种矛盾日趋尖锐和激化的结果；另一方面由于河北既"内环帝都"，又"东临渤海"，列强如欲图既侵略中国又能给清王朝以重创，河北自然首当其冲，因而自鸦片战争之后河北便一次又一次地经受民族危机的创痛。甲午战争之前河北已屡受侵略战火的蹂躏，其中最严重的一次就是 1860 年第二次鸦片战争中英法联军的野蛮入侵，到 1900 年又有所谓"庚子事变"和英、法、俄、德、日、美、意、奥等八国联军的入侵。由于帝国主义的侵略加剧了中国社会内部的各种矛盾，因此从 19 世纪60 年代后期开始直隶各地就陆续发生了一些反对帝国主义教会势力的"教案"。至 19 世纪末由于各种矛盾的进一步激化，山东、直隶两省相邻的地区遂出现了以"扶清灭洋"相号召的义和团运动。据有关史料，至 1900 年初，义和团运动已遍及直隶中部各州县，清廷的心脏地区——京津保三角地带，也已成为义和团活动的中心。义和团的反帝爱国斗争一方面引起了帝国主义列强的恐慌和仇恨，另一方面又被清廷顽固派所利用，成为他们拒绝改革、盲目排外的工具。于是八国联军以"保护使馆"为名发动了侵略战争，1900 年 7 月 14 日天津陷落，8 月 13 日联军兵临北京城下，8 月 15 日凌晨西太后带同光绪皇帝狼狈出京西逃，北京陷落。联军攻占京津后又进一步扩大侵略，将战火烧遍了直隶大地。9～10 月，俄、英、德三国联军占领了天津至唐山、秦皇岛、山海关一带；10～11 月，德、英、法、意四国联军占领保定，并以搜捕义和团为名，派兵进犯安国、蠡县、肃宁、河间、青县、东光、新城、涞水、易州、涞源、唐县、曲阳、阜平、新乐、正定、获鹿、井陉等地；与此同时，另一支德、意联军还从北京出发，进犯并先后占领了昌平、沙河、宣化和张家口。这样，至 1901 年初，直隶全境几乎全部被蹂躏在侵略者的铁蹄之下。联军所到之处，肆意抢掠、焚烧、奸淫、杀戮，燕赵大地，从都市至乡村，皆满目疮痍。如此创痛巨深的民族危机和家国不幸，不仅激发了河北士人的忧患意识和爱国情怀，促使他们认真思考并寻找救国救民的道路，而且使他们的诗歌创作新声迭出，由此促成了面对现实、面向现代的转型。其中，最有代表性的人物应是在近、现代文化史和文学史上均留下一定影响的李叔同（另章专论）。

在清末民初的河北（直隶）诗坛上，能够感应民族危机的创痛、在传统诗歌的创作中发出"新声"并由此表现出"现代的萌动"这一迹象的，除了李叔同外，一些侨寓天津的外省文人的创作也值得重视，其中成就和影响均较大者，为"南社"女诗人吕碧诚。吕碧诚（1883～1943 年），安徽旌德（今为芜湖）人。其父吕瑞田曾任山西学政，家中藏书颇富。吕碧诚幼年即聪慧过人，且性格豪爽。父亲去世后，她投靠在塘沽做官的舅父，受到天津当时在北方独有的开放风气的影响。1904 年春夏之交，吕碧诚自塘沽至天津探访女学，受到《大公报》创办人英敛之的赏识。英敛之介绍吕碧诚认识了严复，严复又介绍吕碧诚认识了当时清政府学部大臣严修。经严修推荐，吕碧诚于是年主持设在天津的北洋女子公学。1906 年北洋女子公学又增设北洋女子师范科，吕碧诚认真"厘定课程，力求精进"，被时人目为"北洋女学界之哥伦布"①。在这一时期里，吕碧诚和著名的"鉴湖女侠"秋瑾有过往来，并在秋瑾1907 年创办的《中国女报》第二期上发表了《女子宜急结团体论》。文章指出："自欧美自由之风潮掠太平洋而东也，于是我女同胞如梦方觉，知前此之种种压制束缚无以副个人之原理，乃群起而竞言自立，竞言合群。或腾诸笔墨，或宣之演说，或远出游历，无不以自立合群为宗旨。……若于男女间论之，则不结团体，女权必不能兴；女权不兴，终必复受家庭压制。诸君以为今日已脱男子之羁轭，登自由之新世界乎？"吕碧诚当时思想之解放与激烈，于此可见一端。1909 年"南社"成立后，吕碧诚即加入"南社"，并参加过"南社"在上海徐园的两次雅集。1919 年"五四"运动后吕碧诚赴国外留学，有《欧美漫游录》记其事。1930 年吕碧诚皈依佛法，且信奉甚笃，1939 年她定居香港，直到逝世。吕碧诚早期的创作中自然也有一些颇多绮语之作，但作为"北洋女学界之哥伦布"，吕碧诚的创作中的一些作品，或宣传"自由"、"平等"、"女权"等西方资产阶级的新思想、新精神；或伤时感乱，抒发作者挽救民族危亡的爱国主义情感。例如，《书怀》一诗在昂扬奋发的格调中抒发了作者渴求妇女解放的心声："眼看沧海竟成尘，寂锁荒陬百感频。流俗待看除旧弊，深闺有愿作新民。江湖以外留余兴，脂粉丛中惜此身。谁起平权倡独立，普天尺蠖待同伸。"而《二郎神》一词则通过对戊戌六君子之一的杨深秀遗画的歌咏，肯定了维新变法运动的进步意义，歌颂了先烈为国捐躯的崇高精神，同时指出，"物穷斯变"，历史发展的规律是不可阻挡的。这首词前有小序："杨深秀所画山水画，儿时常摹绘之，先严所赐。杨为戊戌殉难六贤之一，变政之先觉也。"词云：

　　齐纨乍展，似碧血，画中曾污。叹国命维新，物穷斯变，
　　筚路艰辛初步。转日金轮今何在？但废苑，斜阳禾黍。矜尺幅

---

① 吕碧诚：《吕碧诚集》卷二，见郭延礼：《中国近代文学发展史》，第 3 卷，山东教育出版社，1993年，第 1894 页。

旧藏，渊亭岳峙，共存千古。

可奈，鹰瞵蚕食，万方多故。怕锦样山河，沧桑催换，愁入灵旗风雨。粉本摹春，荷香拂暑，犹是先芬堪溯。待箧底，剪取芸苗麝屑，墨痕珍护。

显然，在吕碧诚的创作中，同样可以见出当时河北（直隶）诗界"现代的萌动"。

## 第三节　现代教育的创立与南开新剧的兴盛

鸦片战争之后，帝国主义的坚船利炮使得士大夫阶层中的有识之士从往日对宋学或汉学的迷恋中惊醒过来，他们意识到西方列强在科学技术和工业生产方面的明显优势，于是"师夷长技以制夷"的救亡智慧得到了越来越多人的认同。正是在这一背景下，"中学为体，西学为用"的文化立场和教育救国的思潮在以引进西方的工业文明为主要特征的洋务运动中同时兴起。在咸丰、同治年间的洋务运动中，清政府不仅向美、英等国派遣了部分留学生，而且在上海、天津、福州、广州等沿海城市开办了一批专攻军事和工艺的专门学堂，这正是当时教育救国思潮的具体表现。这种教育救国思潮虽然囿于"中体西用"的文化立场，对西方资本主义的制度文化和思想文化仍然持排斥的态度，但它毕竟改变了国人"重义理，轻艺事"的传统观念，在一定程度上对古老的教育制度乃至科举制度造成了冲击。随着历史的发展，这种教育救国的思潮又逐步嬗变为维新变法思潮的重要组成部分。到1900年"庚子事变"后，当清政府不得不推行一系列具有改革意义的"新政"时，教育改革则成为当时一项最具积极意义和社会影响的"新政"。早在"庚子事变"之前，维新派人士就曾经多次痛斥科举制度的弊害，在"庚子事变"之后，袁世凯、张之洞等封疆大吏也上奏朝廷吁请立即废除科举。及至1905年各省督抚又会奏《立停科举以广学校折》，指出："科举一日不停，士人皆有侥幸得第之心，以分其砥砺实修之志。民间更相率观望，私立学堂者绝少，又断非公家财力所能普及，学堂决无大兴之望。"①在这种情况下，清廷不得不于是年 8 月"谕立停科举以广学校"，并于同年 12 月设立管理全国教育的"学部"，至此，中央一级的教育行政才从礼部中独立出来。科举制度废止后，从朝廷恢复和扩建戊戌变法年间创办的京师大学堂开始，各省也先后创办了本省的高等学堂、中学堂、小学堂和各种职业学堂、女子学堂，出现了中国近代史上兴办新式教育的热潮。

在近代中国兴办新式教育的潮流中，河北（直隶）作为沿海省份和京畿重地一直走在全国的前列。还是在咸丰、同治年间洋务派掀起的兴学热潮中，时任直隶总督兼北洋大臣的李鸿章就倡言："肄习西学，培养人才，实为中国富强之本。"因此，在他的推动下天津先后创办了北洋电报学堂（1880 年）、北洋水师学堂（1880 年）、天津武备学堂（1885 年）、天津军工学堂（1893 年）、北洋医学堂（1894 年）等几所培养各种技术人才的新式学堂。这些学堂在中国近代发展史上都曾产生过重要影响，例如，近现代著名教育家、南开学校创始人张伯苓，武昌起义时的鄂军都督、中华民国首任副总统黎元洪等，都是天津水师学堂的毕业生。而后来成为北洋新军的骨干并在民国初年的政治舞台上呼风唤雨的人物如冯国璋、段祺瑞、王士珍等，也都是天津武备学堂的毕业生。1895 年津海道盛宣怀又呈请当时的直隶总督王文韶上奏朝廷在天津创办了北洋西学学堂，翌年该校更名为北洋大学堂（今天津大学前身），这是近代中国按照西方模式创办的第一所正规大学，比维新运动中创立的京师大学堂还要早出三年。"庚子事变"之后，在清政府被迫推行"新政"期间，河北（直隶）省于 1902 在省城保定设立学校司（后来更名为学务处）负责全省教育。1904 年，时任直隶总督兼北洋大臣的袁世凯又特聘热心教育的天津名绅、南开学校另一创始人严修任直隶学务处督办，严修遂在直隶各州县设劝学所推动当地创办新式学校。

---

① 舒新城编：《近代中国教育史料》（4），中华书局，1933 年，第 124 页。

1905年袁世凯又令各州县选派1~2人赴日本游学并考察日本教育，以备回国后"充当学董"。袁世凯其人固不足论，但他在直隶推进新式教育这一事实本身还是值得肯定的。在袁世凯的大力提倡和严修等人的推动下，各种各样的新式学堂如雨后春笋般地在直隶大地涌现。据有关统计资料，到1907年直隶全省新建的各级各类新式学校已达4519所，在校学生人数已达88 744人。至1915年，直隶的学校数量又快速升至15 624所，在校学生人数也升至478 862人，无论是学校数量还是在校学生人数，在全国均居最前列。① 其中，影响较大的学校有直隶农务学堂（设保定，今河北农大前身）、北洋大学堂（八国联军入侵后被迫停办，1903年在天津重新开办）、天津南开学校（初为中学，后陆续增设小学、大学，成为闻名全国的系列学校）、山海关内外路矿学堂（设唐山，后来的唐山铁道学院，即今西南交通大学前身）、北洋师范学堂、北洋女子师范学堂（今河北师范大学前身）、直隶高等工业学堂、北洋法政学堂、保定师范学堂、天津中等商业学堂、保定商业学堂、保定育德中学等。

各类新式学校的创立，标志着河北（直隶）省的教育事业已完成了历史的转型，以私塾、书院为代表的传统教育已寿终正寝，从教育理念、教学制度、课程设置到教学管理都力图与发达国家"接轨"的现代教育基本确立，这是一个伟大的进步。这一进步不仅有利于河北人才的培养、河北民智的提高和河北社会的发展，而且出乎意料地促进了西洋话剧在中国的移植、生长和发育，为清末民初中国文学转型中"现代的萌动"又写下了重重的一笔。而在这一方面贡献独多，深得文学史家、艺术史家赞许的，是天津南开学校及其所成就的"南开新剧"。所谓"新剧"，即话剧，是西方话剧输入中国后的最初的名称，稍后又有"文明戏"之称，"话剧"其名，则大约是到了1926年以后才逐渐流行开来的。

---

① 河北省社会科学院地方史编写组编：《河北简史》，河北人民出版社，1990年，第697~699页。

　　话剧，无论怎样说都是一种舶来品。这种纯粹靠"说话"进行表演、以"写实"为基本方法的戏剧艺术，与唱念做打样样俱全、以"写意"为基本方法的中国传统戏曲属于两种完全不同的戏剧表演体系。中国传统戏曲无论怎样变革，都不可能从自身诞生出话剧这种戏剧艺术。话剧之输入中国，一般来说，有两条主要的渠道：一条是经由日本"中转"输入的渠道；另一条则是通过中国人学演原汁原味的西方话剧"直接"输入的渠道。值得骄傲的是，这两条渠道都与河北（直隶）的话剧爱好者有关。在第一条经由日本"中转"输入的渠道中，天津士子李叔同起到了举足轻重的作用。李叔同幼年在天津期间即酷爱传统戏曲。1905 年他留学日本后，正值日本的新派剧全盛时期。所谓"新派剧"即日本人演出的西式话剧，它虽然还带有歌舞伎表演的某些痕迹，但毕竟和西方话剧一脉相承，是话剧而非传统的歌舞伎了。日本的新派剧在明治维新期间大力宣传爱国思想，很受欢迎。受此影响，李叔同与曾孝谷、陆镜若、欧阳予倩等留日同学于 1906 年底在东京成立了著名的戏剧团体"春柳社"，并于次年 2 月和 6 月分别演出了话剧《茶花女》（仅演了其中两幕）和《黑奴吁天录》（演出了全部五幕）。李叔同在《茶花女》中饰演最重要的角色茶花女玛格丽特，在《黑奴吁天录》中饰演爱米柳夫人和醉客两个角色。李叔同不仅是春柳社最重要的组织者，也是春柳社同人中最具有艺术才能的一位。日本戏剧家松居松翁曾发表评论说："中国的俳优使我最佩服的便是李叔同君。当他在日本时，虽仅仅是一个留学生，但他所组织的春柳社剧团，在东京上演《春姬》（即《茶花女》）一剧，实在非常的好，不，与其说这个剧团好，宁可说这位饰演春姬的李君演得非常好。……李叔同君确是为中国放了新剧的最初烽火。"[①]话剧史家认为，《茶花女》是"真正由中国人用中国话演出的第一个话剧"，而《黑奴吁天录》则不仅"是春柳社第一次的正式演出，

----

①　孟忆菊：《东洋人士对李叔同先生的印象》，见田涛：《百年家族——李叔同》，河北教育出版社，2002 年，第 134 页。

也是中国完整的话剧第一次演出"①。如是，则李叔同在其中所发挥的骨干作用，足令河北文学艺术界闻之而扬眉了。1910 年前后春柳社同人相继回国，先后以新剧同志会、春柳剧场等名义，与进化团、新民社等话剧团体在上海及长江流域活动。春柳社在日本演出时，由于其所学习的范本是日本的新派剧，因此，和进化团、新民社等话剧团体相比，春柳社虽然被人们视为"洋派"，但他们的"洋"实际上主要是"东洋"新派剧之洋，而非严格的"西洋"话剧之洋。更重要的是，回国以后春柳社成员的演出风格又进一步向民族风格和地方色彩靠拢，这就使得当时活跃在上海及长江流域的初期话剧，和纯正的西方话剧相比，都存有一定的距离。② 西洋话剧输入中国的另一条渠道，即通过中国人学演纯正的西方话剧"直接"输入的渠道，则集中表现为天津南开学校的演剧活动。

南开学校创立于 1904 年。甲午海战失败以后，南开学校的两位创始人严修、张伯苓均深刻地意识到要挽救中国的积贫积弱之中，兴学育才实为根本之图，于是他们立定了教育救国的志向，开始了雄心勃勃的兴办新式教育的义举。严修（1860～1929 年），字范孙，幼年接受传统教育，饱读经籍。1882 年乡试中举，次年中进士，历任清翰林院编修、贵州学政、学部侍郎等职。严修虽为旧式教育培养出来的士大夫，但有维新思想，不仅积极倡导新式教育，而且热心于乡里兴学。张伯苓（1876～1951 年），名寿春，字伯苓，以字行，早年毕业于天津北洋水师学堂，接受"新学"熏陶，服务海军期间，亲历甲午海战的失败和清

① 张庚：《中国话剧运动史初稿》（第一章），见王卫民、王俊年等选编：《中国近代文学论文集·戏剧、民间文学卷》，中国社会科学出版社，1982 年，第 249～251 页。

② 这种以上海为基地的南方话剧在辛亥革命之前就已传到京津。1907 年王钟声在上海创立了春阳社，1908 年冬王即率团到津，与天津"移风乐会"会长刘子良共同创立了堪称一流的"大观新舞台"文明戏园，1909 年 10 月王钟声在此演出了《孽海花》、《林文忠焚烟强国》、《恨海》、《爱国血》、《宦海潮》等新剧，又在天津下天仙戏院演出了《秋瑾》、《徐锡麟》、《张文祥刺马》等新剧。就在南方话剧传至京津的同时，南开新剧异军突起，形成了独具特色的北方话剧。参见杨升祥主编：《天津文化史》，天津社会科学院出版社，2003 年，第 221 页。

朝政府的腐败无能，深感报国无门，遂弃戎从教，在严修家馆（时称"严馆"）教授西学。1904 年春严修出任直隶学校司督办后，决定以"严馆"为基础设立私立敬业中学堂，聘张伯苓为监督（即校长）。1907 年敬业中学堂改名南开中学堂，严修为校董，张伯苓仍为监督。1918 年严修与张伯苓同赴美国考察大学教育，次年二人又共同创办了南开大学，此后又陆续创立南开女中、南开小学。到 1928 年，独具特色的南开系列学校终于全部建成。

　　南开学校的演剧活动是与南开校长张伯苓及其胞弟张彭春教授的倡导和指导分不开的。他们的父亲即酷爱戏曲，当年是天津有名的"琵琶张"，受家庭熏染，二人对戏曲同样有着极深的爱好。20 世纪初正是国内的戏曲改良运动蓬勃兴起之时，著名的京剧改革家汪笑侬曾在天津演出。受此影响，张伯苓形成了以戏曲辅助德育、教化民众、推动社会进步的思想。1903 年他随同严修赴日考察日本的教育状况，对日本的新派剧也有一定了解。因此，1906 年他就在南开中学的前身敬业中学自编自导并亲自出演了他的第一出话剧《箴膏起废》。1908 年张伯苓以直隶省代表的身份赴北美、西欧考察教育，适逢西方的小剧场运动兴起之时。张伯苓又近距离地接触了西方话剧，对戏剧与教育、戏剧与国民精神改造的关系有了更清晰的认识。这样，他对话剧的倡导就上升到了更为自觉的阶段。1909 年，就在王钟声携春阳社在天津演出《林文忠焚烟强国》、《恨海》、《爱国血》等南方话剧的同时，他在南开学校和学生一起演出了他自己编导的第二出话剧《用非所学》。此后，严修和张伯苓便定下了一条校规：每逢校庆之日必公演新剧，同时把编写剧本作为国文教学的一项内容。1910 年张伯苓的胞弟赴美国留学，他虽然学的是哲学与教育，但却用了相当多的时间钻研欧美的戏剧理论和编导艺术。1916 年张彭春带着他在美国创作的话剧《醒》回到南开，充任刚刚成立的南开新剧团第一任副团长（张伯苓任团长）。从此，南开新剧在这位曾经直接向西方话剧学习、具有系统的西方戏剧专业知识的老师的指导下，获得了更快的发展。据有关史料，从 1909 年演出《用非所学》到 1937 年全面抗战爆发南开大学被迫南迁之前，一方面随着学生队伍的更新和壮大，新的戏剧人才不断地涌现，其中的佼佼者就有周恩来、曹禺、黄佐临、谢添、石挥、黄宗江等人；另一方面南开学校上演的话剧已多达 150 出左右，其中有不少都是南开师生自己编写的。在长期的演出实践中，"南开新剧"作为一个有独到成就和特色的话剧"品牌"，在清末民初至"五四"时期的北方戏剧界、文化界产生了很大影响，鲁迅、胡适、梅兰芳、陈大悲、宋春舫等人都曾看过南开新剧的演出或剧本。1919 年胡适曾对南开新剧作出这样的评价："北京也没有新剧团。天津的南开学校，有一个很好的新剧团。他们所编的戏，如《一元钱》、《一念差》之类，都是'过渡戏'的一类。新编的《新村正》，颇有新剧的意味。他们那边有几位会员（教职员居多），做戏的功夫很高明，表情、说白都很好，布景也极讲究。他们有了七八年的设备，加上七八年的经验，故能有极满意的效果。以我个人所知，这个新剧团要算中国顶好的了。"①

"南开新剧"之所以能成为中国初期话剧的重镇，原因之一是南开新剧在自己的发展过程中始终重视进行理论建设。话剧之输入中国，在一开始就带有很强的服务救亡的动机，特别是在辛亥革命前夕，活跃在长江流域的以进化团为代表的"天知派"话剧（进化团的领导人为任天知），更是把话剧为政治服务的功能发挥到了极致。及至辛亥革命以后，中华民国的成立使原本以"反清"为立身之本的南方话剧一时失去了政治依凭，于是许多话剧团体为养活班底又不得不迎合市场需求，大量演出所谓的宫廷戏、弹词戏、言情戏、滑稽戏。这种状况从某种意义上说，实际上是对辛亥革命之前过分单一地强调服务政治的话剧理论的惩

---

① 胡适与 TEC 关于《论译戏剧》的通信，见《新青年》，第 6 卷第 3 号，1919 年 3 月 15 日。笔者按：胡适认为《一元钱》、《一念差》等戏"都是'过渡戏'的一类"恐不准确，据有关资料，这些戏并不加唱词，已是比较标准的话剧了。但《新村正》是留美归来的张彭春按照西洋戏剧理论和编导方法导演的一出话剧，较之《一元钱》、《一念差》自然就更具有"新剧的意味"了。

罚。南开新剧既注重理论建设，又力避理论主张的偏颇性，而是始终从启蒙主义的文化立场出发，阐述戏剧与教育、戏剧与民智、戏剧与人生、戏剧与社会的关系。张伯苓校长明确提出，学校演剧的目的是"练习演说，改良社会"。南开学生曾中义对这一戏剧主张展开了充分的论述，他指出：编演新剧可以使学生"于书卷之外，不啻得一精细之讲义"、"于求学之外，又得此精深之阅历"、"于攻读之外，又知所以善处境遇"、"于遵校章之外，又知所以爱校誉，推此而大之，则知所以爱团体，爱社会，爱中华民国、文明黄种"。[①] 1916 年，当时的南开学生、南开新剧团布景部副主任周恩来又发表《吾校新剧观》一文，不仅总结了我国话剧运动的历史经验，而且考察了西方话剧的发展潮流，比较深入和系统地论述了话剧的社会功效、艺术特征和创作原则。周恩来认为，在中国这样一个"人民之贫极矣，智陋矣"的国度中，欲"感此昏聩"、"化此愚顽"、"重整山河，复兴祖国"，则不能不高度重视"通俗教育"，而"通俗教育最要之主旨，又在舍极高之理论，施以有效之事实。若是者，其惟新剧乎！"[②]总之，由于南开新剧始终注重纯正的话剧理论建设，因此南开新剧在自身的发展中也就有效地摆脱了其他话剧团体那种曲折的经历。

"南开新剧"之所以能成为中国初期话剧的重镇，原因之二是南开新剧在自己的发展过程中始终重视剧本的创作。"剧本剧本，一剧之本"。但是，中国的早期话剧却常常不重视剧本的创作，这就造成了所谓的"幕表剧"的流行，即演出时只有一个大致的提纲或情节提示（幕表），演员不需要研究人物的具体性格和心理，更不需要背台词，只需按照幕表的提示临场进行即兴的表演和发挥。幕表剧在中国话剧草创阶段难免会出现"剧本荒"的情况下固然有助于剧团的生存，但也迁就或加剧了初期话剧演出粗制滥造的现象。南开新剧并没有完全弃用幕表

---

① 曾中义：《说吾校演剧之益》，南开《敬业》，第 1 期，1914 年 10 月。
② 周恩来：《吾校新剧观》，南开《校风》，第 38、39 期，1916 年 9 月。

剧，但由于校方把编剧列为国文教学的一项内容，因而从总体情况来看南开新剧是颇为重视剧本创作的。具体而论，在1922年之前，由于当时国内成熟的话剧剧本还相当稀缺，南开新剧的剧本基本上都是由自己创作的，其中比较重要的有《用非所学》、《仇大娘》、《一元钱》、《一念差》、《理想的女子》、《平民钟》、《醒》、《新村正》等。1922年以后，南开新剧团在坚持自己创作剧本的同时，也排演国内较为成熟的话剧剧本，例如，欧阳予倩的《车夫之家》、袁昌硕的《孔雀东南飞》、丁西林的《压迫》、田汉的《获虎之夜》、熊佛西的《一片爱国心》、洪深的《五奎桥》等。与此同时，南开新剧团还改译、排演了许多外国名剧，例如，英国王尔德的《少奶奶的扇子》、挪威易卜生的《国民公敌》（南开改译本题名《刚愎的医生》）和《娜拉》、英国高尔斯华绥的《斗争》（南开改译本题名《争强》）、法国莫里哀的《悭吝人》（南开改译本题名《财狂》）等。综观"五四"之前南开新剧团创作的剧本，一般都具有反帝反封建的思想倾向，表现出明确的切合中国社会性质的启蒙现代性，例如，《一念差》反映了封建官僚制度的腐朽和官场的黑暗；《一元钱》揭露了封建思想、封建道德以及被金钱和权势所主宰的处世哲学已渗透到社会生活的方方面面；《理想中的女子》宣传了个性解放、妇女解放等新思想；而《新村正》在表现农民与地主、买办势力之间的矛盾冲突的同时，还塑造了一个朝气蓬勃，接受过现代学校教育、具有资产阶级民主意识，敢于与恶霸地主、买办势力进行斗争的农村青年李壮图的形象。这个剧本在我国话剧文学史上较早地揭示了辛亥革命的不彻底性，而李壮图这一形象的塑造则反映了在"民国"这一新的时代里资产阶级要求取代封建阶级登上政治舞台的强烈愿望。南开的新剧本不仅具有较高的思想意义，而且具有较高的文学价值。"五四"时期著名的戏剧批评家宋春舫曾从打破"团圆主义"的角度这样评价《新村正》："不要说旧戏了，中国的过渡戏、纯粹新戏，何尝不吃这'团圆主义'几个字的亏？所以我今天看了这本《新村正》，觉得非常满意。《新村正》的好处，就在打破这个'团圆主义'，那个万恶不赦的吴绅，凭他的阴谋，居然受了新村正。不但如此，人家还要送'万民伞'给他。那个初出茅庐、乳臭未干的李壮图，虽有一腔热血，只能在旁边握拳顿足，看他去耀武扬威呢。这样一做，可把吾国数千年来'善有善报，恶有恶报'两句迷信话打破了。"[①]

"南开新剧"之所以能成为中国初期话剧的重镇，原因之三是南开新剧在自己的发展过程中始终坚持了严肃认真、尊重话剧艺术规律的演出作风。以上海及长江流域的新剧为代表的中国早期话剧在探索话剧艺术如何适应中国观众的审美习惯时，曾较大幅度地向传统戏曲靠拢，最常见的表现是在话剧中加上少量唱词、使用锣鼓、增设串联情节的幕外戏等，这实际上并不是纯正的话剧。辛亥革命以后，话剧被迫按照市场的要求大演宫廷、言情、凶杀等戏剧，某些演员为了迎合观众的低级趣味，演出中又故意卖弄噱头，这就使早期话剧的艺术水平进一步下滑，以至到"五四"前夕，"文明戏"竟成为人们对话剧的"恶谥"。但是，南开新剧从诞生伊始就坚持了严肃认真、尊重话剧艺术规律的演出作风，所演话剧全都分幕，不用幕外戏，台词全用说白，不加任何唱词。1916 年南开新剧的重要骨干陈钢（铁卿）在论述戏曲改良时曾这样说："至于唱功，现今新剧皆未能免，惟本校新剧则否，然不能与外间新剧并论也。"[②]1919 年春柳社早期成员涛痕在评论《一念差》时也指出："吾国新剧之兴，当然以春柳社为嚆矢。其后，国内新剧团成立甚多，然较诸天津南开学校脚本而欲上之，亦殊不可得。《一念差》一出，北京某坤班亦演之，唯加添唱词，已非新剧之原则，即鄙人所谓'过渡戏'也。"[③]由此可见，南开新剧从一开始就是比较标准的话剧了，特别是在 1916 年张彭春回国担任了南开新剧团副团长后，又在南开新剧团

---

① 宋春舫：《评新剧本〈新村正〉》，《新潮》，第 1 卷第 2 号，1919 年 2 月。

② 铁卿：《说改良戏曲》，南开《校风》，第 17、20、22 期，1916 年 1 月 17 日、3 月 6 日、3 月 20 日。

③《春柳》杂志发表《一念差》时编者涛痕所加按语，见《春柳》，第 2 期，1919 年 1 月 1 日。

建立了导演制，并亲自担任导演，这比一般人所公认的1922年洪深自美国回国才在国内推行导演制，整整早出了6年。张彭春不是把演剧当做一般的娱乐来消遣，而是当做崇高的艺术来对待，因此他对演员的要求极为严格，强调演出中的一招一式都必须符合话剧的艺术特质，都必须切合人物的性格和生活的逻辑，表演不可过度，必须有很强的分寸感。一代话剧宗师曹禺后来这样回忆说："在有学识、有才能的导演张彭春教授十分严格的指导下，我跟同学们和比我大一二十岁的老师们，演了相当多的话剧。我开始明白为什么演戏，怎样演戏，甚至于如何写戏的种种学问。这一点一滴的艺术知识是经过年复一年的舞台实践理解的。彭春老师通过导演、演出，不断地指导，教给我们认识国内外许多戏剧大师。我时常怀念在南开中学礼堂后台和校长会议室排戏的情景。"①

南开新剧的兴盛，正是清末民初河北（直隶）文学所发生的"现代的萌动"！

## 第四节　剧坛花部的崛起与河北戏曲的繁荣

我国的传统戏曲，存在着昆腔、高腔、梆子腔、皮黄四大声腔系统。大约从明代中叶起，昆腔就已经走向成熟。昆腔系统的剧种即昆曲，昆曲与传奇是两位一体的东西，前者是其音乐体制，后者是其文学体制，或者说，前者是其舞台艺术，后者是其文学剧本。从明中叶至清初，昆腔由于文辞的典雅含蓄、表演的轻歌曼舞和剧目的丰富多彩，不仅被人们尊为"雅部"，而且在剧坛上一直占有压倒一切的优势。而高腔、梆子腔、皮黄三大声腔系统的剧种，则被称为"花部"，一般来说，

---

① 曹禺：《南开话剧运动史料（1909～1922年）·序》，见夏家善、崔国良、李丽中编：《南开话剧运动史料（1909～1922年）》，南开大学出版社，1984年，序第2页。笔者按：本节资料多出此书，谨此鸣谢。

主要活跃在乡野民间。然而，自清中叶开始，传统戏曲的发展趋势却是被尊为"雅部"的昆曲日渐衰落，而"花部"诸腔所属的各种地方戏却日渐崛起，其中尤以皮黄、梆子两大声腔系统的地方剧种发展惊人。皮黄腔中的汉剧、徽剧和粤剧基本上控制着当地的舞台，成为著名的地方大戏，而皮黄戏（京剧）则作为中国地方戏之翘楚，先是称雄于北京，后又发展到全国，成为举国认同的剧坛新盟主。梆子腔则覆盖了北方诸多省份，产生了一系列梆子剧种。清代戏曲演变的这一趋势在"近代"这一历史阶段里表现得尤为剧烈。据吴太初《燕南小谱·例言》，早在乾隆年间，昆曲与"花部"诸腔（又名"乱弹"）已"彼此擅场，各不相掩"，于是形成了"花雅争胜"的局面。但是隐藏在这"争胜"局面背后的，却是"雅部"昆曲的风光不再。迨光绪年间，昆曲更趋衰微。上海的昆班基本上解体，各地的皮黄戏班也不再夹演昆曲小戏，此前曾经存在的"昆乱同台"演出的现象逐渐消失，一些以"昆乱兼擅"名噪一时的演员也转向以演出皮黄为主。苏州本是昆曲的发源地和重要演出中心，但到清末民初时景况更为凄惨，昆曲演出队伍总共不过三四十人，且多浪迹江湖，聚散无定。就在南方昆曲一蹶不振的情况下，北方昆曲曾有过昙花一现式的挣扎。民国四年至民国五年，河北（直隶）高阳人韩世昌曾带领家乡的昆班进京演出，也许是由于人们的怀旧情绪使然，这次演出竟能轰动一时，一般的骚人文士，莫不趋之若鹜。但此时，皮黄剧（京剧）的"四大名旦"正声名鹊起，韩世昌自知不敌，因此，未几，"北昆"的这次挣扎也就偃旗息鼓了。[①]

　　"雅部"之衰落与"花部"之崛起，是由戏曲艺术的本体特征和戏剧自身的发展规律所决定的。如前所述，昆曲的文学剧本是传奇杂剧，而传奇杂剧区别于其他任何戏剧文本的根本之处是它的曲牌联套体制。这种体制是以被称为"词余"的"曲"作其本位的。"词"的填写方法、"曲"的结构形态被植入"戏"的文本创作之中，这种现象在我国戏剧

---

　　① 康保成：《中国近代戏剧形式论》，漓江出版社，1991 年，第 13～46 页。

发展史上曾起过积极作用：它使"戏"由杂耍、献艺进入文学之林。自元代以降直至清末民初那么多文人一往情深地醉心于传奇杂剧的创作，不能说这不是主要的原因之一。但是，曲牌联套体制在强化戏曲的文学性的同时却又派生出"重曲轻戏"的弊端，于是，词曲越来越典丽，结构越来越冗长，格律越来越严密，体式越来越板滞，戏曲理应具备的艺术综合性和舞台实践性则被不断地压抑和弱化。正由于此，以搬演传奇杂剧为能事的昆曲就不可避免地要领受衰落的凄凉了。而"花部"诸腔所属的各种地方剧种在自己的发展中却突破了传奇杂剧曲牌联套体制的束缚，创造了真正属于自己的板式体戏剧体制并使之成熟。这是一种全新的戏剧体制，其特点和艺术优长反映在唱词上，是不再依照一定的曲牌按谱填词，不再像"曲"那样过分追求文采的华丽典雅和抒情意味，而是依照板式编成以七字句、十字句为主的排偶句，用叙述的口吻道出，因而浅近质朴，易为观众听清听懂；反映在音乐结构单位上，是不再以曲牌套数作为基本单位，而是以可长可短的唱段为基本单位，这样戏曲的布局摆脱了曲牌完整性及套数的限制，情节的安排和进展获得了自由伸缩的余地；反映在戏曲情绪和氛围的创造上，是不再靠选用不同宫调的套曲来表现，而是主要靠歌唱的长短和板式的变化来调节。[①]显然，板式变化体制首先使戏曲的"曲"脱下了古典华贵、繁缛呆板的衣装，变得较为通俗和灵活。惟其通俗，它较之已经贵族化了的昆曲更易于被观众接受；惟其灵活，它使戏曲更易于强化"戏"的机能，使戏曲的艺术综合性特质和凭借舞台表演展示其生命存在的独特方式得到充分发展。实际上，通俗性以及艺术综合性、舞台实践性正是近代地方戏最为光彩照人之处，也是它最终战胜昆曲并获得长足发展的根本原因。戏曲这种古老的艺术进入"现代"阶段的基本标志，自然也可以表现在艺术形式的某种变革上。但这种变革的结果，只能是古老的艺术形式的发

---

① 任访秋主编：《中国近代文学史》，下编第五章《近代戏曲》，河南大学出版社，1988年，第444～465页。

展和新生，而不能是这种艺术形式的变异以至消亡。否则，这种变革将没有任何实际意义可言。就此而论，戏曲之进入"现代"的突出标志，与其说是艺术形式的某种变革，毋宁说是戏曲自身本体意识的觉醒和成熟。近代戏曲发展过程中出现的"雅部"衰落、"花部"崛起这一现象本身，其实正是戏曲自身追求通俗性、艺术综合性和舞台实践性的戏曲本体意识日渐觉醒和成熟的标志。如是，则清末民初河北（直隶）地方戏的发展与繁荣，应该也是这一时期文学艺术领域里一种不应被漠视的"现代的萌动"。

河北的地方剧种很多，人们熟知的有河北梆子、评剧、老调、丝弦、皮影、蔚县秧歌等。皮黄剧（京剧）形成于北京，自然不宜视为河北的地方剧种。但一则由于民国成立以前作为京师所在地的顺天府一直兼属直隶，二则由于河北与北京之间特殊的地缘关系，河北的许多艺人、戏剧家都曾为皮黄剧（京剧）的发展作出过直接的贡献，三则由于皮黄剧（京剧）从清末以至当代也是河北省内广大城乡长演不衰的一个剧种，其所拥有的演员和观众人数恐怕比河北的"省剧"河北梆子还要多，因此，在论及清末民初河北地方戏曲的繁荣时，我们将不能不对直隶（河北）戏剧家、艺人对皮黄剧（京剧）的发展所作出的贡献，进行必要的论述。

河北梆子形成于清道光年间（1821～1850年），是由民间艺人对流入直隶的山陕梆子进行改造后形成的一个新的剧种，初名京梆子、直隶梆子、津梆子等，20世纪50年代才定名为河北梆子。河北梆子的唱腔高亢、激越，富有燕赵慷慨悲歌之风，形成后深得人民喜爱，很快盛行于京津及直隶各地。至清末，河北梆子更是发展迅猛，一度成为京师舞台上的主要剧种。据光绪年间著作《天咫偶闻》载："光绪初忽竟尚梆子腔，其声至急而繁，有如悲泣，令闻者生哀。"[①]在清末民初河北梆子的迅猛发展中，田际云等人作出了重要的贡献。

---

① 马龙文、毛达志：《河北梆子简史》，中国戏剧出版社，1982年，第39页。

　　田际云（1864～1925年），字瑞麟，艺名想九霄、响九霄，河北高阳人。田际云12岁（1876年，光绪二年）入涿州白塔村双顺科班习花旦、小生，后随班入京，后又转赴热河、天津、上海等地演出，声誉日隆。1885年（光绪十一年）田际云在京创办小玉成班。1887年他率小玉成班赴沪演出，历时4年，在沪期间曾与皮黄演员汪桂芬等同台献艺，首开梆黄合演之风。1891年返京，田际云改小玉成班为玉成班，邀皮黄演员黄月山、夏月恒等加入，使玉成班成为一个梆黄合演的戏班。1892年（光绪十八年）他被选入宫为内廷演出，并任北京梨园会首，1898年（光绪二十四年）戊戌变法失败后，因曾暗中向光绪帝传递过维新书籍等物，被迫避祸上海，3年后得赦回京。1911年因邀请新剧（话剧）演员王钟声等在其经营的天乐园演出，田际云被清廷以"编演新戏，诋毁朝廷"之罪名拘禁百日。1912年（民国元年）他发起组织艺人团体正乐育化会，经选举任副会长。1916年（民国五年）他又在京首创女科班崇雅社，招收女生50余人。综上所述不难看出，田际云不仅是一位艺人，而且是一位思想进步、有着突出的组织才能的戏剧活动家。作为艺人，田际云同样声名远扬。他既工花旦，亦能演青衣、武生、老生、小生；既工梆子，又能演昆曲、皮黄，堪称能文能武、昆乱不挡的全才演员。他扮相俊美，长于做功，嗓音清脆，富于韵味，《瑶台小录》曾这样称赞他："姿韵幽娴，音调清脆，与凡为秦声者不同。……发吭引声，一座尽惊呼。于是，贵人达官，下至贩夫走卒，无不啧啧想九霄者。"[①]田际云为清末民初河北梆子之迅猛发展所作出的贡献是多方面的，其中最具时代特色、最能显现出"现代萌动"这一发展趋势的，主要是下述三个方面。

　　首先，他率先创办女子科班，支持妇女参与演剧活动。在我国戏曲发展史上，妇女参加戏剧活动虽然早有记载，但就梆子乃至皮黄而言，自清乾隆以至清末，在这将近200年的历史上却从无女伶粉墨登台的记

---

① 马龙文、毛达志：《河北梆子简史》，中国戏剧出版社，1982年，第70页。

载，所有旦角的正式演出，实际上都是由男演员扮演的。据一些零星史料记载，庚子（1900 年）前河北梆子已有女演员出现，至庚子后则"女优盛行"，入民国后又有大批新生力量加入。这些女演员不仅在天津、北京及直隶各地演出，其足迹更扩大至营口、沈阳、哈尔滨、济南、青岛、上海等地，影响越来越大。当时鼎足齐名的女演员已有所谓"花旦五霸"（刘喜奎、鲜灵芝、刘菊仙、金玉兰、杜红云）、"青衣四杰"（金刚钻、小香水、小荣福、张小仙）之称。据《半月戏剧》第 2 卷第 4 期载文记述："民国三四年间，女伶刘喜奎以梆子花旦献艺氍毹，声势煊赫，座价之昂，压倒老谭（鑫培），更无论杨小楼、刘鸿声、梅兰芳辈矣。……当时，老谭以喜娘锋芒过盛，竟久久不愿出台，且语至好谓'坤角不敌刘喜奎，男角不敌梅兰芳。'"①然而，河北梆子女演员的数量虽然不少，但绝大多数并非科班出身，而是艺人私授。为了改变这一现状，田际云于民国五年（1916 年）着手创办了河北梆子有史以来的第一个女科班——崇雅社，此后才有一些科班开始招收女徒。河北梆子率先出现女演员及女科班，原因诚然是多方面的，但最主要的，则是近代文学改良运动中戏曲观念更新的结果。当时，陈独秀曾以"三爱"为笔名发表《论戏曲》一文，不仅高度肯定了戏曲的教育功能，而且依据民主、平等的现代观念强调演员的地位应受到充分尊重。他指出："人类之贵贱，系品行善恶之别，而不在于执业之高低。我中国以演戏为贱业，不许与常人平等。泰西各国则反是，以优伶与文人学士同等，盖以为演戏事，与一国之风俗教化极有关系，决非可以等闲而轻视优伶也。"他这样礼赞戏园和演员："戏园者，实普天下之大学堂也；优伶者，实普天下人之大教师也。"②因此，河北梆子女演员的大量出现，从根本上讲是河北梆子这一地方戏种努力适应社会日益"现代"的结

---

① 马龙文、毛达志：《河北梆子简史》，中国戏剧出版社，1982 年，第 39 页。

② 三爱：《论戏曲》，原载《新小说》第 2 卷第 2 期，见阿英编：《晚清文学丛钞小说戏曲研究卷》，中华书局，1960 年，第 52～53 页。

果。实际上，清末民初河北梆子女演员的大量出现，不仅颠覆了男尊女卑、视演戏为贱业的传统观念，而且她们也确实为河北梆子的健康发展和走向"现代"作出了重要贡献。例如，当时最负盛名的女演员刘喜奎（1894～1964年，生于天津，原籍南皮县黑龙村）就曾在田际云、杨韵谱及话剧先驱王钟声等人的影响下，致力于改革旧戏。她曾在天津上演过抨击袁世凯父子的《铁血彩裙》、宣传妇女解放和婚姻自主的《水底情侣》、号召戒除鸦片的《黑籍冤魂》等时装新戏，成为戏曲界第一个演出时装新戏的女演员，被当时的报界称为"男女平等运动的魁杰"①。

其次，他开创"梆黄合演"之形式，推动梆子、皮黄两大剧种的交流与学习。"梆黄合演"，俗称之为"两下锅"或"两夹馅"，即在一台戏中，如果演折子戏，既有梆子戏码，也有皮黄戏码；如果演大本戏，则是半本梆子，半本皮黄。此外还有"风搅雪"之称，即在一出戏中，时而唱梆子，时而唱皮黄，但这种情况多出现在时装戏中。在中国戏曲发展史上，弋阳腔与昆腔、高腔与秦腔、秦腔与徽调之间都曾有过同台演出的先例。但就河北梆子与皮黄这两个相对较为年轻、在一段时间内又都主要以北京、天津为活动中心的剧种而言，"梆黄合演"这种形式却是由田际云首创的。如前所述，1887年田际云率小玉成班赴沪演出时就曾与皮黄演员汪桂芬等进行过"梆黄合演"的实验，由于营业状况极好，1891年返京后田际云便把小玉成班改造成为一个有皮黄演员加盟的玉成班，正式在北京及直隶境内倡导"梆黄合演"。由于这种形式非常新颖，而北京、天津与直隶各地的观众，相当一部分是既嗜梆子，又喜皮黄，因此演出后市场效果奇佳，其他各戏班也纷纷效仿，"梆黄合演"一时成为一种风气，不仅北京、天津这些大都会如此，直隶的中小城镇乃至农村，也有许多戏班都采用了这种形式。应该说，任何剧种都有自己独特的、自成体系的表演艺术和规律，就此而言，"两下锅"

---

① 中国戏曲志编辑委员会编：《中国戏曲志天津卷》，文化艺术出版社，1990年，第449页，"刘喜奎"条目。

这种形式多少会影响同一出戏中表演艺术的完整性与和谐性。但在清末民初那一历史时期，"梆黄合演"又确实收到了意想不到的效果：一是满足了观众在同一个时间段内能欣赏到两种戏剧艺术的审美需求；二是彼此都从对方移植了一些自己所欠缺的剧目，从而丰富了自己的剧目；三是促进了彼此之间艺术的交流。"梆黄合演"之前，河北梆子的武戏不甚发达，通过合演，河北梆子的武生行当得以健全，而皮黄也大量吸收了河北梆子花旦行当的表演艺术。总之，"梆黄合演"使梆子和皮黄两个剧种都得到了提高和发展，也使得北京与河北两地之间戏剧艺术联系愈加紧密，呈现出共生共荣的状态。

最后，他编演时装新戏，促使河北梆子剧目内容和表演方式的新变。为了激活传统戏曲的现实主义精神，促使其表演形式发生与时代同步的变革，庚子前后兴起的戏曲改良运动中许多剧种都曾经编演过时装新戏，即以现代人的服装演出现代人的生活。河北梆子自然也不例外，而田际云在其中也发挥了先行者的作用。1905年他自编自排了著名的《惠兴女士》一剧。该剧写满族妇女惠兴见八国联军入侵之后国势垂危，而国内却普遍民智不开，尤其是妇女，只知谨守三从四德，不知闻问国家大事，深以为忧。适湖广总督为推行新政，出劝学告示令广设男女学堂，惠兴得知甚喜，遂上书杭州将军瑞澂请求兴办女学获准，于是邀集杭城绅士筹款。众绅中本不乏反对新学者，经惠兴力陈兴学强国之道，众绅始捐款。为了筹措办学经费，惠兴又变卖了家产，但不幸失盗。在此情况下，惠兴又上书瑞澂请求资助，但却多次受阻于门吏。惠兴女士见筹款无望，新学难继，遂萌死念。于是她写好遗书，吞食鸦片，乘轿至瑞澂署衙，要求进禀。当门吏再次刁难时，惠兴因毒性发作而死于将军府前。此剧取材于当时发生在杭州的真人真事，不仅反映了清末要求男女平等的现代意识，也表现了关心国家存亡的爱国热情。田际云在其中亲自饰演惠兴女士，演出后反响热烈。1908年，为了劝戒鸦片，田际云不仅与名票乔荩臣筹建戒烟会，而且又编演了《烟鬼叹》、《拿罂粟花》等时装新戏，为戒烟会筹款。

在清末民初河北梆子编演时装新戏的实践中，贡献较大者除田际云外，尚有杨韵谱等人颇值得怀念。杨韵谱（1882～1957年），河北高阳人，艺名"还阳草"，既是一位著名演员，也是一位成就突出的编剧、导演和戏班组织者。他接受了戏曲改良的主张和影响，曾到上海观摩时装新戏，学习现代灯光布景，同时又与南开学校新剧团建立了联系。他不仅把南开新剧团的《一元钱》、《一念差》等话剧剧本改编成了梆黄合演的时装新戏，而且独立创作了《电术奇谈》、《新茶花》、《黑籍冤魂》、《二烈女》等河北梆子时装新戏。其中《电术奇谈》一剧又名《催眠术》，系杨韵谱根据日本作家菊池幽芳所著小说改编而成。剧作不仅通过英国人喜仲达与印度贵族小姐林凤美的悲惨遭遇，谱写了一段离奇曲折、哀婉动人的异国情缘，而且通过英国人苏士马为图财不惜以电术击死友人的行为，揭露了西方社会的某一种丑恶现象。《二烈女》一剧则是根据发生于天津的一桩时事编写的。剧本写的是贫女丽姑、春姑姐妹受妓院老鸨欺压，被迫吞火柴头自戕，其母诉至公堂，官府却不肯秉公断案的故事。剧中"灵堂"一场，直书"直隶高等审判厅伤天害理，南皮张氏二烈女杀身成仁"等语，其批判锋芒，可见一端。也正因为如此，此剧在天津六次备文上报当局要求公演，皆被驳回，后来还是在北京设法将其推上舞台。

除了河北梆子的迅猛发展和创新外，清末民初河北剧坛上的又一重大"事件"是评剧的诞生。评剧是在冀东民间说唱艺术的基础上发展起来的。在冀东的滦县、玉田、迁安、昌黎、丰润、乐亭一带，民间曾长期流行着一种名叫"莲花落"的说唱艺术和名叫"蹦蹦"的民间歌舞。莲花落其名源于使用的一种乐器，这种乐器非常简单，只不过是用绳子串连在一起的几块竹板（演出时一般是左手五块右手七块）而已。莲花落最初演唱时，演员只有两个，一男一女，边打竹板边唱，故又叫"对口莲花落"，许多穷人常借此谋生。蹦蹦原本是流行于东北农村的一种小型歌舞，即"二人转"，人物也只有一男一女，后来传至冀东一带，始名"蹦蹦"。两种民间艺术在长期的共存实践中，蹦蹦且歌且舞的演出形式及其腔调逐渐被"莲花落"艺人所吸收，因此，吸收了蹦蹦艺术的莲花落又被人称为"蹦蹦戏"①。光绪年间，随着开平煤矿的开办和铁路、海运的开通，唐山迅速发展成为冀东的重要城市，大批"蹦蹦戏"艺人纷纷离开土地进入唐山，开始以职业性的社班进行演出。为了适应"五方杂居"的城市观众的欣赏要求，"蹦蹦戏"又尝试演出一些"拆出戏"（即折子戏、小戏）。此时的莲花落已经能分角色演唱，人物也由两三人扩大到十余人。为了表现不同的戏剧人物的思想和感情，莲花落艺人又对蹦蹦的音乐进行了改造，一方面是将蹦蹦的腔调唱慢，尾巴不拖那么长，不拐那么多弯，另一方面又揉进了滦州皮影、乐亭大鼓的小腔，并开始以河北梆子的板胡做主乐（主弦），这就创造了所谓的"平腔"。显然，"拆出戏"时期的莲花落已具备了戏剧的雏形。后来，这种莲花落（"拆出戏"）又由唐山进入天津，虽然某些士大夫依然轻视它，称其为"鄙俚技艺"、"有伤风化"，但它毕竟在都市的文化市场上赢得了一席之地。张焘所辑《津门杂记》有这样的记载："北方之唱莲花落者，即如南方之花鼓戏也……一日两次开演，不下十人，粉白黛绿，体态妖娆，各炫所能，动人观听。"②1908 年光绪、慈禧相继病丧，清廷强令全国戴"双国孝"，禁止一切民间娱乐，各地的莲花落班社都被迫停止活动。在这种情况下，为图生存，著名的莲花落艺人成兆才（另章专论）等人相互联络，决定把莲花落改名为"平腔梆子戏"到冀东首府永平（今卢龙县，清末为永平府驻地）去演出。他们在永平以《马寡妇开店》、《乌龙院》、《鬼扯腿》三出唱作俱佳、文武兼备的"拆

① 直到 1935～1936 年，当著名评剧女艺人白玉霜等到上海演出时，评剧仍被人叫做"蹦蹦戏"。现代戏剧家洪深不仅为白玉霜编写了《阎婆惜》一剧，而且在 1936 年《文学》杂志第 7 卷第 1 号上发表《阎婆惜蹦蹦戏引序》一文，对"蹦蹦戏"予以肯定。1936 年文艺界还就对"蹦蹦戏"的评价展开过一场讨论。

② 方乐庄：《河北通史·清朝下卷》，河北人民出版社，2000 年，第 312 页。

出戏"赢得了从官府到普通民众的广泛认可。在此基础上，成兆才又组建了"京东庆春平腔班"坚持演出，这就使得莲花落（其实际情形当然已不是原本意义上的莲花落了）在极为困难的情况下冲破了禁忌，重新活跃在城乡舞台上。永平演出成功后，至"五四"前夕，在十年左右的时间里，成兆才等人一方面带领庆春班进唐山、入天津、走关外，不断扩大平腔梆子戏的影响，另一方面则在演出实践中继续吸收河北梆子、皮黄、皮影、乐亭大鼓的艺术营养，使平腔梆子戏由"拆出戏"向着大型化、多角化的更为完备的戏剧形式发展。于是，"平腔梆子戏"作为一个具有浓郁的冀东乡土气息的崭新剧种，终于在辛亥到"五四"年间出现在河北剧坛上。"平腔梆子戏"自然也可以简称为"平腔"或"平戏"，只是到了后来，由于北京被改名为北平，形成于北京的皮黄戏（即京剧）一度被人们称为"平剧"，为了与之有所区别，再加之此前就有人建议改"平"为"评"，以副戏剧自来就有的"评古论今"之意，于是，"平腔梆子戏"逐渐易名为"评剧"。

　　清末民初河北剧坛上另一个颇值得一书的"事件"，是河北（直隶）戏剧家、艺人对京剧（皮黄剧）的发展所作出的贡献。由于河北与北京极为特殊的地缘关系和文化联系，不仅河北的地方剧与京剧经常同城演出，彼此之间存在着相互学习、相互借鉴、相互影响的关系，而且不少河北艺人实际上都是"两下锅"：既能演梆子，又能演京剧。因此，前述田际云、杨韵谱等河北梆子著名戏剧家在他们各自的艺术生涯中也都为京剧的发展作出了重要的贡献。但这里尤其值得重视的，是齐如山。齐如山（1875～1962年），河北高阳人，著名的京剧理论家、剧作家、导演和活动家。齐如山的曾祖父齐竹溪和父亲齐禊亭，都是进士出身。优越的家庭环境使齐如山少年时代即博习经史，受到良好的传统教育。19岁入同文馆学习德文、法文。"庚子事变"之后，齐禊亭愤于朝廷腐败与列强侵略，不许子辈为朝廷做官，亦不许他们为洋人做事，齐如山及其兄长都只好经商。辛亥（1911年）前后齐如山曾几度赴法国办理商务，在欧洲期间他观看了西洋的歌剧、话剧，对比之下，对当时中国戏曲从内容到表演等方面的不足均有所领悟，由此萌生出振兴"国剧"的宏愿。齐如山所说的"国剧"并不仅仅限于"京剧"，举凡昆曲、梆子乃至全国各地的地方小戏，"凡国中产生的戏，都算国剧"，但京剧无疑是其关注最多的一个剧种。

齐如山的戏剧活动生涯，约略地说，可以划分为如下三个时期：自辛亥前后至 20 世纪 30 年代初为第一时期，其主要业绩是帮助梅兰芳打造"梅派艺术"和"国剧发扬到国外"（齐如山语）；自 30 年代初至 1949 年为第二时期，其主要业绩是创立国剧学会，创办《戏剧丛刊》、《国剧画报》等刊物，广泛收集剧本、乐器、剧照、唱片等各种史料和资料，并从事相关研究；自 1950 年至其逝世为第三时期，这一时期齐如山定居台湾省，继续从事中国戏曲相关史料、资料的整理和著述。在清末民初即已跻身中国戏曲研究的学者中，齐如山大体上可以与王国维、吴梅并列。但王国维之长是中国戏曲史尤其是宋元戏曲史的研究，吴梅之长是"曲学"即传奇、杂剧及昆曲的研究，而齐如山之长却是至今仍活跃在舞台上的以京剧、梆子为代表的"花部"戏曲的研究。在传统文人的观念中，戏曲，特别是"花部"戏曲都是不足观的"小道"，因此没有人肯认真研究它。齐如山却尽其毕生心力，在长达半个多世纪的时间里，殚精竭虑地从事京剧及其他地方戏的专门研究，这是十分难能可贵的。齐如山不仅学识渊博，而且治学深受清初以来在冀中就深有影响的"颜（元）李（塨）学派"的影响。齐如山的父亲禊亭先生为清初思想家李塨（1659～1733 年）的门人[①]，而李塨的老师又是大名鼎鼎的颜元。颜元（1635～1704 年），号习斋，博野人。李塨，号恕谷，蠡县人。颜、李二人强调"习行"、"习动"，倡导一种注重实学、反对读死书的学风。齐如山显然深得"颜李学派"之真传，他也注重书本之研究，注重从古代经籍、辞赋、笔记、风土志等各种古籍中考辑和钩沉相

---

① 陈纪滢：《齐如山全集·序二》，见齐如山：《齐如山全集》第 1 册，台北联经出版事业公司，1979年，序第 9 页。

关的知识，但更注重在现实生活中广泛收集"活"的资料，以与书本记载相参照。为了弄懂传统戏曲的表演、流派、舞台装置、化妆、切末、服装沿革等各方面的知识，他访谈过的艺人竟多达 4000 人左右，并留有许多珍贵的记录，他的著述有许多都是以此为基础的。这也决定了齐如山的戏剧理论，偏重于对戏曲创作和演出的方式、法则、规律、技巧的介绍和说明，因而就其主导性质而言，属于贴近实际、便于操作、富有实践指导功能的实用理论。当然，在戏曲基础理论的建构方面齐如山也有着相当的造诣。他积多年研究之心得，不仅十分精辟地指出中国戏曲的基本特点是"有声必歌，无动不舞"，而且将戏曲中的所有发声和动作都分为不同的等级和类别加以论述。例如，他将中国戏曲中的所有"发声"划分为如下四个歌唱等级：所有唱词因有音乐伴奏，是为一级歌唱；所有念诵因为有不同韵调，是为二级歌唱；所有话白因为有快慢、顿挫、气势、韵味之别，是为三级歌唱；所有哭、笑、嗔、怒、忧、愁、悔、恨乃至咳嗽等发声因为皆不同于生活真实，是为四级歌唱。因此，齐如山关于中国戏曲"有声必歌，无动不舞"的观点，是对中国传统戏曲基本特征最精炼、最准确的概括。齐如山著述宏富，其中较重要者有《观剧建言》、《中国剧之组织》、《戏班》、《上下场》、《国剧身段谱》、《行头盔头》、《脸谱》、《脸谱图解》、《国剧简要图案》、《戏剧音乐图案说明》、《皮黄音韵》、《京剧之变迁》、《梅兰芳艺术一斑》、《戏剧角色名词考》、《国剧概论》、《国剧要略》、《国剧的原则》、《国剧漫谈》、《谈平剧》、《清代皮黄名角简述》、《五十年来的国剧》、《国剧艺术汇考》等。上述著述中，《国剧艺术汇考》一书为晚年所出，内容丰富，考证周详，更修订了自己早期一些不成熟的看法，将有关京剧艺术的种种问题，擘肌分理，予以客观精审的考证，为京剧研究提供了一部充实完备的参考书。

齐如山的"国剧"研究，许多重要成果都是在 20 世纪 30 年代以后取得的。一则其性质属于学术而非创作，二则其时间也早已不是所谓的"清末民初"了。因此，在本章里我们只着重对齐如山戏剧活动的第一个时期进行评述。如前所述，在这一时期里，齐如山戏剧活动的主要业绩是帮助梅兰芳打造"梅派艺术"和"国剧发扬到国外"，而能做到这一点，一个很重要的前提是齐如山在中西戏剧的比较和对中国戏曲的深入研究中获得的对"国剧"的理性认识和民族自信。辛亥前后的齐如山其实是一个激烈的"国剧"改良论者。其所以强调"国剧"必须改良，乃是"因为看西洋的戏相当多，回头一想中国戏，一切都太简单，可以说是不值一看"①。齐如山认为，"国剧"有许多方面都不如西洋戏剧，一是西方的神话剧"都很高洁雅静"，而中国的神话剧却"不过是妖魔鬼怪"，"毫无神话戏清高的意味"；二是西方的言情剧都"相当高尚，并不龌龊"，而中国的言情剧却"够不上言情，都是猥亵不堪"；三是中国的戏剧在表演上常常有"不合道理"之处。他与梅兰芳结为终生师友，就是从批评梅兰芳演出《汾河湾》时薛仁贵在窑外唱大段"西皮"而梅却毫无表情、身段开始的。②显然，目及域外的文化视野和学术素养使齐如山能够以西洋戏剧为参照衡估"国剧"，认识到"国剧"的种种不足③，从而对"国剧"获得一种理性的认识。然而，齐如山却没有像"五四"时代的某些新文化运动的先驱者那样对"国剧"全盘否定，而是一面致力于"改良"（打造"梅派艺术"），一面以罕有的热情和毅力致力于"研究"。正是通过这种"改良"和"研究"，齐如山在准确把握"国剧"艺术特质的同时也重建了对"国剧"的自信。他曾经这样说："岂知研究了几年之后，才知道国剧处处有它的道理。"他强调，"国剧以歌舞为原则，为本体，倘废了舞，那国剧也就跟着消灭了"。因此他反对用"写实"的眼光来评判"国剧"，因为"国剧，无论何处何

① 齐如山：《齐如山回忆录》，北京宝文堂书店，1989 年，第 87 页。
② 齐如山：《齐如山回忆录》，北京宝文堂书店，1989 年，第 101、106、107 页。
③ 笔者按：齐如山所批评的"国剧"的种种不足，主要是就当时正日渐走红的"花部"戏曲而言的。应该承认，地方戏由于从业者大多缺乏较高的文化素养，再加之为赚钱而刻意迎合某些观众的畸形心理，因此包括皮黄在内的许多地方戏剧目确实存在着艺术品位低俗、粗糙的弊端。齐如山 1914 年出版的《观剧建言》中对此现象亦有论述。

时，都不许写实，有一点声音，就得有歌的意味；有一点动作，就得有舞的意味"①。

为了帮助梅兰芳打造"梅派艺术"并实现"国剧发扬到国外"的宏愿，在自辛亥至30年代初的20年时间里，齐如山主要进行了如下三个方面的工作。

其一，为梅兰芳编剧。民国初年，梅兰芳因扮相好、嗓音好、身材好，在北京剧坛已是初露头角。但其所演唱的剧目也都还是前人演过的剧目，许多表演也仍然沿袭前人，有不少"不合道理"之处。齐如山观看过几次梅兰芳的演出以后，就觉得梅"确是一块好材料"，决定"帮帮他的忙"。②于是，自民国元年（1912年）开始，齐如山就不断地给梅兰芳写信，指导其改进自己的表演，至1914年初，这类信件已多达百十来封。与此同时，齐如山又开始为梅兰芳编写剧本，至30年代初此类剧本已多达20余种，其中新编剧目有《牢狱鸳鸯》、《嫦娥奔月》、《黛玉葬花》、《晴雯撕扇》、《天女散花》、《洛神》、《廉锦枫》、《俊袭人》、《一缕麻》、《木兰从军》、《童女斩蛇》、《麻姑献寿》、《上元夫人》、《缇萦救父》等；改编的剧目有《西施》、《太真外传》、《红线盗盒》、《霸王别姬》、《生死恨》、《凤还巢》、《春灯谜》、《宇宙锋》、《游龙戏凤》、《天河配》等。齐如山为梅兰芳编写的剧本有三大优势：首先是可以"为梅叫座"，因为这些剧目虽然有的偏重于歌舞，有的偏重于情节，有的偏重于唱功，但其共同的特点是有利于梅兰芳的艺术天赋得到充分的展示。事实上，在"五四"前后竞争相当激烈的北京戏剧舞台上，梅兰芳能够迅速脱颖而出并成为当时的名旦之首，得益于上述剧目者实在不少。其次是有意识地要"借此把国剧往世界去发展"③。为此，齐如山创作的剧目努力矫正传统"花部"剧目艺术品位普遍简单、粗糙

① 齐如山：《齐如山回忆录》，北京宝文堂书店，1989年，第90、197页。

② 齐如山：《齐如山回忆录》，北京宝文堂书店，1989年，第106页。

③ 齐如山：《齐如山回忆录》，北京宝文堂书店，1989年，第116页。

甚至低俗的弊端，使其具有"走向世界"的资质和水平。他曾经这样回忆说："鄙人于民国二年初学编戏时，因皮黄多失之俗，故特往文里编。"的确，齐如山创作的言情戏如《牢狱鸳鸯》、《黛玉葬花》、《晴雯撕扇》等，品味高雅，彻底改变了此前所谓的言情戏越演越猥亵龌龊的低俗倾向；而他所创作的神话戏如《嫦娥奔月》、《天女散花》、《洛神》等，不仅内容高洁雅静，而且表演上以歌舞为重，显然已考虑到国外观众的欣赏需求。最后是具有较高的文学性。齐如山的剧作带有鲜明的文人创作特点。他善于在浩瀚的文学资源中择取富有戏剧情境的题材，善于运用诗化的语言塑造人物形象和抒发主观情致，善于通过且歌且舞的表演揭示人物的内心世界，使戏剧性与抒情性有机地融为一体。总之，通过为梅兰芳编剧，齐如山不仅帮助梅兰芳在京剧舞台上牢牢地站稳脚跟，而且实现了自己提升"国剧"剧本艺术水准和文学水准的夙愿，为使"国剧发扬到国外"做了必要的基础性的准备工作。

其二，为梅兰芳排戏。齐如山为梅兰芳编写的所有剧目，演出前都由齐如山帮助其排戏。所谓"排戏"，从某种意义上说就是导演。在帮助梅兰芳排戏的过程中，齐如山表现出极为可贵的创新意识，他不仅根据内容和现代社会的审美需要对某些服装、道具进行了大胆的改革，而且考虑到外国观众"欢迎歌舞剧"因而也有意识地"往这一路去发展"[1]。例如，在为梅兰芳排《嫦娥奔月》这出戏时，齐如山觉得旧式旦角的头饰、服装都不适用，于是他和梅兰芳以及其他朋友反复协商、试验，创制了淡雅而有仙气的古装，同时取消了旧式旦角的头饰，根据古画设计了发髻和佩件。齐如山还与梅兰芳共同琢磨，设计了嫦娥采药的花镰舞，这样就在中国戏曲舞台上开创了从未有过的"古装戏"。在为梅兰芳排《黛玉葬花》这出戏时，齐如山觉得林黛玉这个人物的性格其实也只适合淡雅的服装，因此他大胆地改变了此前"红楼戏"中林黛玉戴大头、披红帔的扮相，亦采用淡雅的古装，同时又与梅兰芳一起设

---

① 齐如山：《齐如山回忆录》，北京宝文堂书店，1989 年，第 116 页。

计了非常清灵美妙的花锄舞。在《天女散花》一剧中，齐如山在"云路"一场设计了著名的"绸舞"：天女御风而行，对沿途所见景物连唱带做，身上系两条各一丈三尺的长绸，象征腾云驾雾，且其长绸舞不用竹棍，全靠腕力。在"散花"这场戏中，齐如山又对整个表演作出如下设计：天女和花奴在云台上（相当于16张方桌的面积）先唱两支昆曲——"赏花时"、"风吹荷叶煞"，节奏由慢而快，歌舞合一。散花时，天女和花奴根据音乐节奏，把花一把一把地散到云台下文殊师利菩萨、维摩诘等人身上，最后，大幕在花雨缤纷、五彩飘扬的场景中徐徐拉上。齐如山在为梅兰芳排戏时固然强化了"舞"的成分，但所有舞又都是中国化的。他特别注意吸收昆曲载歌载舞的特点，因此他所设计的舞蹈，都是在继承传统的基础上发展、创造出来的，真正做到了歌舞合一。除了上述剧目外，齐如山还在《西施》中设计了"羽舞"，在《霸王别姬》中设计了"剑舞"，在《麻姑献寿》中设计了"杯盘舞"。应该说，所谓"梅派艺术"，除了梅兰芳剧目高洁文雅的美学价值和梅兰芳独有韵味的唱腔和表演外，上述各种歌舞合一的舞蹈也是其重要的组成部分。因此，"梅派艺术"之形成，齐如山确实是与有功焉。

其三，筹划梅兰芳出国演出。为了使"国剧发扬到国外"的理想成为现实，从20年代末到30年代初，齐如山又克服重重困难，筹划了梅兰芳的出国演出。梅兰芳先后出访过日本、美国和苏联等国，使中国京剧得以弘扬海外，跻身于世界三大古老戏剧文化之林，而齐如山为此所付出的心血和精力是不可埋没的。例如，为了促成梅兰芳赴美国演出，齐如山的准备工作竟达数年之久。他先从宣传入手，在美国报刊上刊登梅兰芳的照片和简历，尔后又专门写了《中国剧之组织》和《梅兰芳》两本书，向美国人介绍中国剧和梅兰芳。

# 第二章　严　　复

严复（1853～1921年），字又陵，又字几道，福建侯官（福州）人，近代著名的翻译家、启蒙思想家。严复幼年曾在当地名儒黄少岩指导下读经，打下了较为坚实的旧学根底。15岁（1867年）时严复入洋务派创办的马尾船政学堂，学习英文、数学、化学、物理、地质、天文、航海等，为其外语与自然科学知识奠定了扎实的基础。24岁（1876年）时严复被选派赴英国留学，在格林尼茨海军大学学习高等数学、化学、物理学、海军战术、海战公法、海军炮垒建筑等课程。严复留学英国期间，眼界大开，个人注意力逐渐由科学技术扩展到社会、政治、经济、法律乃至西方的文化源流方面。当时，著名的实证主义哲学家穆勒（密尔）去世未久，达尔文、赫胥黎、斯宾塞等人都还健在，他们的学说极大地拓展了严复的思想视野。27岁（1879年）时他奉调归国，在马尾船政学堂担任教习。1880年李鸿章创办北洋水师学堂，调严复至天津任北洋水师学堂总教习，后又升为会办、总办，直到1900年"庚子事变"爆发时方离任。离开北洋水师学堂后，直至辛亥革命前，严复先后担任过开滦煤矿华人总办、京师大学堂译书局总办、上海复旦公学校长、安徽高等学堂校长、清廷学部名词馆总纂等职，同时致力于译述西方的社会科学著作。在共计8种的"严译名著丛刊"中，除去《天演论》系任职北洋水师学堂总办时翻译的以外，其余7种（《原富》、《群学肄言》、《群己权界论》、《社会通诠》、《法意》、《名学》、《名学浅说》）都是在这期间完成的。入民国后，严复曾被任命为京师大学堂校长，不久即辞去，闲居北京。与一切立宪派人士一样，此时，严复的政治立场和文化思想也呈现出明显的落伍迹象：他曾经列名主张恢复帝制的筹安会，也曾反对"五四"新文化运动。1920年严复南归故里，1921 年逝世。

严复一生在天津生活了 20 年（1880～1900 年），他自己在诗中也写道："釃饮津沽水，燕居二十年。"① 在这 20 年中，他不仅以创办《国闻报》和《国闻汇编》的实绩，为天津、直隶全境乃至整个中国近代报刊业的发展奠定了基础，而且在《直报》、《国闻报》等报刊上发表了许多名震一时的政论，成为维新运动中最负盛名的启蒙思想家。他的生机勃勃的翻译事业也是在这里起步的，严复之所以被称为近代"先进的中国人"，在很大程度上是由这 20 年间严复在天津卓有成效的著译工作所决定的。因此，严复虽为闽人，但他与天津、与河北（直隶）却结下了不解之缘。严复在天津所进行的著译工作，不仅促进了国人的觉醒和"西学"的传播，而且对散文的新变也产生了积极影响，这主要表现在如下两个方面。

## 第一节　翻译《天演论》：传统古文的一次突围

《天演论》初载 1897 年 12 月至 1898 年 2 月间的《国闻汇编》第 2 册及第 4～6 册，1898 年 4 月由湖北沔阳卢氏慎始基斋以木刻本印行，其后陆陆续续有 30 多种不同的版本行世。《天演论》所译内容系英国生物学家赫胥黎宣传达尔文主义的论文集《进化论与伦理学及其他论文》中的一部分。严复用文言意译，并加了 29 条按语。严复把赫胥黎所宣传的达尔文主义的基本观点翻译成如下文字："以天演为体，而其用有二：曰物竞，曰天择。世万物莫不然，而于有生之类为尤著。物竞者，物争自存也，以一物以与物物争，或存或亡，而其效则归于天择。天择者，物争焉而独存。"②严复翻译《天演论》不仅是要向国人介绍一门西学，更主要的是要

---

① 严复：《六十一岁生辰，韩生以诗见寄，斐然有怀，次韵为答》，见王栻主编：《严复集》，第二册，中华书局，1986 年，总第 384 页。

② 严复译：《天演论上·导言一 察变》，见王栻主编：《严复集》，第五册，中华书局，1986 年，总第 1324 页。

借此服务于救亡的目的，因此，他以加按语的方式对赫胥黎的观点进行了适当的改写和发挥。按照赫胥黎的观点，由于人类具有先天的善良本性和同情心，所以物竞天择的进化论只适合于动植物界。换言之，人类社会的伦理关系不同于自然界的生存竞争，人类面对"天演公例"并非无能为力，而是可以"与天争胜"的。但严复却认为物竞天择的自然法则同样适合于人类社会，他在所加的按语中说："嗟夫！物类之生乳者至多，存者至寡，存亡之间，间不容发，其种愈下，其存弥难。此不仅物然而已，墨、澳二洲，其中土人日益萧瑟，此岂必虔刘腍削之而后然哉！……此洞识知微之士，所为惊心动魄于保群进化之图，而知徒高睨大谈于夷夏轩轾之间者，为深无益于事实也。"① 尽管严复不同意赫胥黎的伦理学，认为物竞天择的"天演公例"同样适合于人类社会，但他的目的自然不是鼓吹弱肉强食的强盗逻辑，而是借此向国人敲响救亡图存的警钟。因此，他对赫胥黎强调的人类能够"与天争胜"的观点又是十分推崇的。总之，《天演论》是中国近代第一部正式向国人介绍西方资产阶级学术文化思想的译著，作为一部渗透着译者特定意识的"达旨"之作，其思想意义可以说是启蒙主义的进化观念与反抗列强侵略的救亡意识的完美结合，因而在当时风行海内，成为许多爱国志士和一代知识分子观察时局、从事救亡活动的最主要的思想武器。

作为西方学术著作之译著，《天演论》自然并不是一般意义上的文学著作。但是，由于严复实际上是把翻译当成"文章"来作的，他在《天演论》的例言中说："译事三难：信、达、雅。求其信已大难矣，顾信矣不达，虽译犹不译也，则达尚焉。……《易》曰：修辞立诚。子曰：辞达而已。又曰：言之无文，行之不远。三曰乃文章正轨，亦即为译事楷模。故信达而外，求其尔雅，此不仅期其行远已耳。"② 而在严复

---

① 严复译：《天演论上·导言三 趋异》之按语，见王栻主编：《严复集》，第五册，中华书局，1986 年，总第 1331 页。

② 严复译：《天演论·译例言》，见王栻主编：《严复集》，第五册，中华书局，1986 年，总第 1321～1322 页。

这一代人的"文章"观中，文、史、哲三种文类并没有严格的界限，因此，这又使《天演论》的译文带有较高的文学性。不仅桐城派的末代宗师吴汝纶在为《天演论》写的序言中对严复的译文大为赞赏："抑汝纶之深有取于是书，则又以严子之雄于文，以为赫胥黎氏之旨趣，得严子乃益明。自吾国之译西书，未有能及严子者也。"①鲁迅先生也认为《天演论》的译文"桐城气息十足，连字的平仄也都留心，摇头晃脑的读起来，真是音调铿锵，使人不觉其头晕。这一点，竟感动了桐城派老头子吴汝纶，不禁说是与周秦诸子相上下了"②。这里不妨将《天演论》开头的一段译文转录如下，以见一斑：

> 赫胥黎独处一室之中，在英伦之南，背山而面野，槛外诸境，历历如在几下。乃悬想二千年前，当罗马大将恺彻未到时，此间有何景物。计惟有天造草昧，人工未施，其借征人境者，不过几处荒坟，散见坡陀起伏间，而灌木丛林，蒙茸山麓，未经删治如今日者，则无疑也。怒生之草，交加之藤，势如争长相雄。各据一抔壤土，夏与畏日争，冬与严霜争，四时之内，飘风怒吹，或西发西洋，或东起北海，旁午交扇，无时而息。上有鸟兽之践啄，下有蚁蟓之啮伤，憔悴孤虚，旋生旋灭，菀枯顷刻，莫可究详。是离离者亦各尽天能，以自存种族而已。数亩之内，战事炽然。强者后亡，弱者先绝。年年岁岁，偏有留遗。未知始自何年，更不知止于何代。苟人事不施于其间，则莽莽榛榛，长此互相吞并，混逐蔓延而已，而诘之者谁耶？③

应该说，《天演论》的译文确实具有较高的文学性，从其叙事简劲、有

---

① 严复译：《天演论·吴序》，见王栻主编：《严复集》，第五册，中华书局，1986年，总第1317页。
② 鲁迅：《二心集·关于翻译的通信》，见《鲁迅全集》，第4卷，人民文学出版社，1981年，第381页。
③ 严复译：《天演论上·导言一 察变》，见王栻主编：《严复集》，第五册，中华书局，1986年，总第1323页。

层次以及颇为讲究语言的声调、情韵等方面看，称之为有"桐城气息"也未尝不可。那么，严复运用带有"桐城气息"的古文翻译西洋的学术著作，就散文写作之演进而言有何意义呢？首先必须看到，严复在当时运用古文翻译西籍，一方面固然表现了严复在文学语言观上的某种保守倾向，比如，他认为"精理微言，用汉以前字法句法，则为达易；用近世利俗文字，则求达难"①；另一方面又是为了适应当时士大夫阶层的阅读习惯以利其广泛流通，正如胡适所云："严复用古文译书，正如前清官僚戴着红顶子演说，很能抬高译书的身价，故能使当日的古文大家认为'骎骎与晚周巨子相上下'。"②同时更应该看到，严复在当时运用古文翻译西方学术著作和林纾用古文翻译西洋小说一样，都是古文学为了适应时代的变革和需求而主动进行的一种革新。任何文学包括它所属的各种文类要想有长久的生命力，都必须因应时代的变化而不断地进行自我变革。就清代占正统地位的桐城派古文而言，从方苞的"义法说"到刘大櫆的"声调说"再到姚鼐的"神理气味格律声色"说，桐城派古文一直在不断地发展和完善自己。及至曾国藩出，将经世济民之"经济"实际上置于"义理"之上，更说明桐城派传人已意识到在新的历史条件下古文在谨守"学行程朱、文章韩欧"之规范的同时必须有所革新。惟其如此，与其说严复、林纾等人用古文译西书是在徒劳地延续古文的生命，毋宁说他们的实践表明了传统文学内在的一种革新欲望。自然，由于历史即将跨入"现代"的门槛，文言文即将寿终正寝，他们的努力未能使古文实现真正的脱胎换骨，但他们毕竟进行过革新的尝试，而这种尝试的大方向其实是指向"现代"的。事实上，胡适在他的《五十年来中国之文学》中，也是把严复、林纾的翻译视为"古文范围以内的革新运动"进行论述的。③ 因此，我们可以这样说，严复运用颇具

---

① 严复译：《天演论·译例言》，见王栻主编：《严复集》，第五册，中华书局，1986 年，总第 1322 页。

② 胡适：《五十年来中国之文学》，见《胡适文存》二集卷二，上海亚东图书馆，1924 年，第 115 页。

③ 胡适：《五十年来中国之文学》，见《胡适文存》二集卷二，上海亚东图书馆，1924，第 93 页。

"桐城气息"的古文翻译《天演论》这一文学事件本身所昭示的，是传统古文的一次突围。

## 第二节　报刊政论：近代"文界革命"之先声

1894 年 7 月甲午中日战争爆发，至 1895 年 2 月日军攻占威海卫，北洋舰队覆没。3 月清廷被迫派李鸿章为全权代表赴日"议和"，4 月《马关条约》签订，清廷除答应向日方赔款 2 万万两白银外，并允诺割让台湾及澎湖列岛。自 1840 年鸦片战争以来，丧权辱国，莫此为甚。消息传回，举国愤慨。5 月康有为在北京联合 1300 余名举人发起了著名的"公车上书"，提出拒约、迁都、抗战等救国主张，近代史上的反帝爱国维新运动正式兴起。作为一位真正具有世界眼光和西学视野的"先进的中国人"，由于甲午战争的爆发和清廷的腐败以及北洋舰队覆没，严复清醒地意识到"今日中国不变法则必亡"①，因此，他从 1895 年 2 月 4 日至 5 月 1 日连续在天津《直报》上发表了《论世变之亟》、《原强》、《辟韩》、《原强续篇》、《救亡决论》等五篇政论，率先在中国发出了维新变法、反帝救国的呐喊。

关于这五篇政论的写作缘起和基本思想，严复在致梁启超的信件中曾作过如下说明："甲午春半，当东事稍亟之际，觉一时胸中有物，格格欲吐，于是有《原强》、《救亡决论》诸作登布《直报》……故其为论，首明强弱兼并乃天行之必至，而无可逃；次指中国之民智、德、力三者已嵒之实迹，夫如是，而使嵒与嵒遇，则雄雌胜负不可知，及乎衰与盛邻，则其终必折以入。"②的确，严复这五篇《直报》政论所表现的思想倾向，毫无疑义地占据着当时中国思想界的前沿位置。首先，他对清王朝之腐朽衰败进行了严肃的抨击和揭露。《原强》在论及甲午战争

---

① 严复：《救亡决论》，见王栻主编：《严复集》，第一册，中华书局，1986 年，总第 40 页。
② 严复：《与梁启超书》，见王栻主编：《严复集》，第三册，中华书局，1986 年，总第 514 页。

的失败时写道："呜呼！中国至于今日，其积弱不振之势，不待智者而后明矣。深耻大辱，有无可讳焉者。日本以寥寥数舰之舟师，区区数万人之众，一战而劓我最亲之藩属，再战而陪京戒严，三战而夺我最坚之海口，四战而覆我海军。今者款议不成，而畿辅且有旦暮之警矣。"其次，他以明确的语言呼唤维新变法。《论世变之亟》一方面惊呼"观今日之世变，盖自秦以来，未有若斯之亟也"；另一方面则指出："夫士生今日，不睹西洋富强之效者，无目者也。谓不讲富强而中国自可以自安，谓不用西洋之术而富强自可致，谓用西洋之术无俟于通达时务之真人才，皆非狂易失心之人不为此。"如果说以上两点是当时敏感的、激进的知识分子普遍的认识和主张，是许多人都可以做到的，那么，当严复自觉地、大胆地运用"西学"对中国封建主义的文化观念进行批判，并在这一批判中宣传"民主"与"自由"等新思想、新观念、新学说时，他作为当时学贯中西的启蒙思想家的独特优势和贡献就异常醒目地显示了出来。众所周知，无论是从儒家的道统还是从文统上看，韩愈都是一个举足轻重的人物。韩愈的《原道》一文竭力为君尊臣卑民贱之封建等级秩序辩护，历来被视为儒学的重要典籍。有鉴于此，严复在《辟韩》中运用卢梭的民约论对韩愈之说进行了针锋相对的批驳，他指出："秦以来之为君，正所谓大盗之窃国者耳。国谁窃？转相窃之于民而已。……斯民也，固斯天下之真主也。"严复不仅对君主专制进行了如此猛烈的批判，而且通过中西文化之比较，展开了他的启蒙主义的思想宣传。在《论世变之亟》一文中严复指出："夫自由一言，真中国历古圣贤之所深畏，而未尝立以为教者也。彼西人之言曰：唯天生民，各具赋畀，得自由者乃为全受。故人人各得自由，国国各得自由，第务令毋相侵损而已。侵人自由者，斯为逆天理，贼人道。"正由于此，中西文化之间便存在着许多差异："中国最重三纲，而西人首明平等，中国亲亲，而西人尚贤；中国以孝治天下，而西人以公治天下；中国尊主，而西人隆民；……其于为学也，中国夸多识，而西人尊新知。其于祸灾也，中国委天数，而西人恃人力。"正是通过这种比较，严复在这五篇政论中对维新变法之要求不惜再三致意，其《救亡决论》写道："此理不明，丧心而已。救亡之道在此，自强之谋亦在此。早一日变计，早一日转机，若尚因循，行将无及。"

1899年梁启超在《夏威夷游记》中谈及日本明治维新时期的报章政论家德富苏峰等人时正式提出了"文界革命"的主张，他说："德富氏为日本三大新闻主笔之一，其文雄放隽快，善以欧西文思入日本文，实为文界别开一生面。……中国若有文界革命，当亦不可不起点于是也。"按照梁启超的说法，"文界革命"之起点应是在散文中输入"欧西文思"即西方资产阶级的文化思想。就此而言，严复的《直报》政论当之无愧地属于近代文界革命之先声。实际上梁启超也非常重视严复的政论散文，并在《时务报》上转载《辟韩》一文。严复的政论散文堪称近代文界革命之先声并不仅仅由于它输入了大量的"欧西文思"，同时也在于它具有较高的文学价值。政论散文从来都是中国传统文学散文之一大宗。周振甫在论及严复散文时曾引述过章学诚说过的这样一段话："《过秦》、《王命》、《六代》、《辨亡》论，抑扬往复，诗人讽谕之旨，孟荀所以称述先王、儆时君也。……旷世而相感，不知悲喜之何从。文人情深于诗骚，古今一也。"①严复的五篇政论也完全具有"诗人讽谕之旨"，堪称"情深于诗骚"之佳作。阅读严复这五篇政论，人们不仅将从其所介绍的西学知识中获得教益，而且时时会被严复那种强烈的忧国忧民之情而感动。在《论世变之亟》的末尾严复写道："噫！今日倭祸特肇端耳。俄法英德，旁午调集，此何为者？此其事尚待深言也哉？尚忍深言也哉！《诗》曰：'其何能淑，载胥及溺。'又曰：'瞻乌靡止。'心摇意郁，聊复云云，知我罪我，听之阅报诸公。"显而易见，严复政论与梁启超政论一样，均系"笔锋常带感情"之作。自然，严复政论之富有文学性，绝不止于他的政论中常常"情深于诗骚"这一点，而且表

---

① 章学诚：《诗教上》，见周振甫：《严复诗文选·后记》，人民文学出版社，1959年。

现在其他方面，例如，严复善用对比、比喻、排比、反问等修辞手法，善于在散体中杂以偶俪使骈散结合等，都增加了严复散文的文学性和感染力。

严复的翻译和政论是清末民初河北（直隶）散文感受时代脉搏而发生新变的突出标志，是河北（直隶）文学在这一时期所发生"现代的萌动"的显著表现。这一表现既然是时代使然，与当时直隶尤其是天津近代报刊业的兴起有直接关系，那么这种表现就不可能仅仅局限在严复一人身上。事实上，这一时期生活和工作在河北（直隶）的其他进步知识分子的散文创作，大体上都表现出了"现代的萌动"这一趋向。例如，辛亥革命以后，由于革命本身的不彻底等原因，民初的政局极为混乱，所谓"民国"只不过是一块空招牌而已。1913 年李大钊即在天津出版的《言治》月刊上发表了《隐忧篇》、《大哀篇》等政论，表达了自己对时局的观感和愤怒。其《大哀篇》不仅以极为哀痛之笔状写自己对于民初政局的失望情绪："哀哉！吾民瘁于晚清秕政之余，复丁干戈大乱之后，满地兵燹，疮痍弥目，民生凋敝，亦云极矣"，而且以"民主"、"人权"等现代意识为理论武器剖析了这个"民国"政体的名存实亡："所谓民政者，少数豪暴狡狯者之专政，非吾民自主之政也；民权者，少数豪暴狡狯者之窃权，非吾民自得之权也；幸福者，少数豪暴狡狯者掠夺之幸福，非吾民安享之幸福也。"[1]显而易见，无论是从文章中所传达的爱国情操和现代意识看，还是从文章中满溢着的血泪情感及其强烈感染力看，李大钊的《言治》政论写作中同样昭示出"现代的萌动"。

严复的翻译和政论虽然是清末民初河北（直隶）散文感受时代脉搏而发生新变的突出标志，但其缺陷正如梁启超所言，是"文笔太务渊雅，刻意摹效先秦文体，非多读古书之人，一缮殆难索解"[2]。应该说，

---

① 李大钊：《李大钊文集》（上），人民出版社，1984 年，第 6 页。

② 梁启超：《绍介新著〈原富〉》，见牛仰山、孙鸿霓编：《严复研究资料》，海峡文艺出版社，1990 年，第 267 页。

梁启超的这个批评是有道理的，作为报章文字由于要面向众多不同文化
程度的读者，因而走向通俗浅显亦是大势所趋。严复囿于"文人积习"
在这一点上几无建树，但清末民初之直隶报刊文章却分明展示出了这一
迹象。这里姑且转录1903年2月5日《大公报》上的一段文字，以见
其真，文章的题目是《再讲自欺》①：

> 中国人好自欺欺人，固然是各国没有不耻笑的。到底最自
> 欺欺人的事，再没有过于官样文章了。属员的禀帖，大官的奏
> 折，直如同刻了板的文章，千部一腔，千人一面。要是拿孔子
> 所说的事君"毋欺也而犯之"这句话，律律众位，恐怕对得起
> 这句话的人很少。唱戏虽然是常不改那词句，到底人的嗓子不
> 一样，也可以听听腔儿调儿，各有巧妙不同。最可笑的，每年
> 元旦钦天监必奏上一本，说"风从艮地起，主人寿年丰"，永
> 远是这一辙儿，也不知道这凭据在那里，这效验在那里，难道
> 庚子年没上这一本么？

这段白话文固然较少含"文学"的加工，显得过于质直和浅白，但在
20世纪之初的直隶报刊上已出现这样的白话散文，并且其内容带有维
新的气味，语言中也不乏鲜活的口语风致，毕竟说明世纪初直隶散文所
发生的新变，不仅表现在文章的内容上，同样表现在文章的语体上。

---

① 《再讲自欺》，载1903年2月5日《大公报》"附件"专栏，作者未详，原文无标点，但每句话后空
一格。早期《大公报》每期"附件"专栏均有此种白话文章。

# 第三章 李 叔 同

李叔同（1880～1942年），幼名成蹊，又名广平，学名文涛，字叔同，留学日本时号息霜，一生别署甚多，以字行。李叔同1880年农历九月二十日出生于天津的一个经营盐业的大家族。其父李世珍（字筱楼）进士出身，曾官吏部主事，后专营盐业，收入颇丰，为天津巨富。1884年父病故，李叔同在母亲和长兄的督责下诵习《百孝图》、《返性篇》、《格言联璧》、《名贤集》等。入学后他除读四书、五经、唐诗、宋词外，又读《孝经》、《毛诗》、《左传》、《古文观止》、《尔雅》、《说文解字》等传统文化典籍，打下了坚实的旧学根基。1896年其家又请人教授其算术及洋文，于新学亦有所涉猎。1898年戊戌维新运动兴起，李叔同赞同康、梁变法的主张，据传曾刻"南海康君是吾师"印以明志。维新运动失败后，李叔同奉母携眷迁居上海，不久即加入上海的"城南文社"。1900年庚子事件发生，李叔同伤时感事，是年冬作《李庐诗钟序》中有"又值变乱，家国沦陷。山丘华屋，风闻声咽。天地顿隘，啼笑胥乖"等语。[1] 1901年返津探亲，目睹山河破碎景象，作诗若干，回沪后辑为《辛丑北征泪墨》出版，并于是年秋入上海南洋公学特班，受业于蔡元培。此后，李叔同思想日趋进步，曾加入"沪学会"并为该会作《祖国歌》、《文野婚姻新戏册》。1905年春母亲病逝，李叔同携眷扶柩回津，首倡丧礼改革，以开追悼会的方式葬母，《大公报》曾以《文明丧礼》为题予以报导，称"河东李叔同广平，新世界之杰士也。……尽除一切繁文缛节，别定仪式"。是年秋，李叔同东渡日本留学。留日期间，除在东京上野美术学校学习油画外，他曾独立创办《音

---

① 苏迟：《李叔同传·弘一大师简谱》，见苏迟：《李叔同传》，团结出版社，1999年，第175页。

乐小杂志》邮回国内发行，并与学友一起成立中国第一个话剧团体春柳社，参与《茶花女》、《黑奴吁天录》的演出，成为中国现代话剧的创始人之一。1911年春李叔同毕业归国，任直隶模范工业学堂图画教师。1912年抵上海，李叔同加入革命文学团体南社，并任《太平洋报》文艺编辑。是年秋，他赴杭州任浙江两级师范学堂图画、音乐教师。1918年农历正月十五日在杭州虎跑大慈寺出家，法名演音，号弘一，弘扬南山戒律，成为一代宗师。

# 第一节　诗　词　创　作

李叔同的家庭既有商家色彩，又有儒雅气息。因此，从幼年时代起，李叔同就一方面像一切书香子弟一样大量阅读传统文化典籍，企图在科举道路上博取功名，光宗耀祖；另一方面却又沾染了盐商子弟的习尚：还是在天津生活期间，他就经常出入歌台舞榭，和当时的京剧名角孙菊仙、杨小楼、刘永奎等多有往还，对河北梆子坤伶杨翠喜更是欣赏，三五日必去捧场一次。1898年（19岁）李叔同移居上海后不仅与许幻园、蔡小香、袁希濂、张小楼等结为"天涯五友"，切磋文事，而且也时常走马章台，寄情声色，与沪上名妓李苹香、谢秋云、歌郎"金娃娃"等酬唱往还。这使得1900年（庚子）之前的李叔同从待人接物到读书写作，都表现出一个典型的旷达倜傥、不拘小节的翩翩公子的形象。与此相一致的是，他在庚子以前的诗（词）作，不仅鲜有时代的风云，而且还颇多绮语。其1899年作《戏赠蔡小香四绝》中就这样调笑他的好友、身为医生自然就免不了会给女性诊病的蔡小香："眉间愁语烛边情，素手掺掺一把盈。艳福者般真羡煞，佳人个个唤先生。""轻减腰围比柳姿，刘桢平视故迟迟。伴羞半吐丁香舌，一段浓芳是口脂。"①直到1900年以后，李叔同的诗词创作中好作绮语这一特点依然未能净

---

① 这里选录的是《戏赠蔡小香四绝》中的第一、三两首。

尽，其 1905 年作《高阳台·忆金娃娃》仍这样写道：

> 十日沉愁，一声杜宇，相思啼上花梢。春隔天涯，剧怜别梦迢遥。前溪芳草经年绿，只风情，孤负良宵。最难抛，门巷依依，暮雨潇潇。
>
> 而今未改双眉妩，只江南春老，谢了樱桃。忒煞迷离，匆匆已过花朝。游丝苦挽行人驻，奈东风，冷到溪桥。镇无聊，记取离愁，吹彻琼箫。

但是，1900 年肆虐在故乡河北（直隶）大地上的八国联军的入侵，毕竟给李叔同的精神和情感带来了沉重的创伤，他不能继续在衣食无忧、整日闲愁的富家公子生活中沉醉不起。1901 年（辛丑）李叔同由上海返回天津探亲，其间曾到北京访友，也曾想去河南看望在那里避难的仲兄李文熙，却因道路阻隔只好作罢。目睹劫后故乡的残破景象和故乡人民流离失所的生活，李叔同悲从中来，他将自己的所触所感所思所想发而为诗，并题名《辛丑北征泪墨》出版。在这些诗作中，李叔同或者触景伤情，描写劫后故乡的荒凉与破败，其《夜泊塘沽》一诗写道："新鬼故鬼鸣喧哗，野火磷磷树影遮。日似解人离别苦，清光减作一钩斜。"或者因时感事，抒发自己心中的悲愤与忧愁。到达天津的第二天，北风怒吼，金铁皆鸣，李叔同感念国事，难以入睡，特作《遇风愁不成寐》一诗抒发感慨："世界鱼龙混，天心何不平？岂因时事感，偏作怒号声。燃尽难寻梦，春寒况五更。马嘶残月堕，笳鼓万军营。"直到要告别故乡重返上海时，李叔同依然无法从"可怜肠断念家山"（《轮中枕上闻歌口占》）的痛苦和忧愤中走出来，其《登轮感赋》一诗再一次抒发了自己胸中的抑郁与不平："感慨沧桑变，天边极目时。晚帆轻似箭，落日大如箕。风卷旌旗走，野平车马驰。河山悲故国，不禁泪双垂。"李叔同此次故乡之行究竟都听到了哪样一些具体的传闻与消息，史无记载，但他一定听到了故乡人民曾经怎样同仇敌忾地以血肉之躯与入侵者激战，一定从这些消息中感受到了中华民族宁肯玉碎不肯瓦全的崇高气节和斗争精神，因此，曾经是只会在诗词、书画、印刻、碑帖、文玩中寄托闲情逸致并好作绮语的李叔同也露出了他血性男儿志在报国的一面，其《感时》一诗至今读来仍给人以铁骨铮铮、掷地有声之感："杜宇啼残故国愁，虚名况敢望千秋？男儿若论收场好，不是将军也断头。"总之，《辛丑北征泪墨》不仅标志着李叔同诗风与词风的转变，甚至可以说宣告着一个新的李叔同的诞生。

如前所述，梁启超在倡导"诗界革命"时曾强调诗歌须有"新意境"、"新语句"。他所说的"新意境"、"新语句"固然主要是指服务于"启蒙"的欧洲资产阶级的新思想、新精神以及与之相关的新语汇，但也同时包含着具有强烈"救亡"意旨的反抗侵略的爱国主义精神，这是由近、现代中国"启蒙"和"救亡"两大主题实际上是二位一体并相互为用的关系所决定的。事实上，从梁启超到黄遵宪等诗界革命运动的主要诗人，都写过大量的以反帝救国为主要内容的诗作。就此而言，李叔同的《辛丑北征泪墨》实际上与诗界革命运动中产生的"新派诗"已经取了同调。此后直到1918年李叔同遁入空门之前，伴随着他在政治倾向上曾师从蔡元培接受民主意识的熏陶，曾参与上海沪学会以传播现代文明为宗旨的移风易俗的改革活动，在个人的人生道路上曾赴日留学，发起春柳社演出新剧，创办《音乐小杂志》向国人普及现代音乐知识，曾加入南社与柳亚子、叶楚伧等辛亥革命前后的文坛健者相过从，李叔同的诗词创作中那些属于未来的"现代"的萌芽就越发明显了。

## 第二节　诗词创作的思想内容

首先，李叔同继续在他的诗词乃至歌曲创作中抒发了强烈的爱国之情。1905年李叔同决计东渡日本留学，临行前特作《金缕曲·留别祖国并呈同学诸子》表达自己的忧国忧民之情和决不辜负祖国的耿耿赤诚："披发佯狂走。莽中原，暮雅啼彻，几枝衰柳。破碎河山谁收拾？

零落西风依旧，便惹得离人消瘦。行矣临流重太息，说相思，刻骨双红豆。愁黯黯，浓于酒。漾情不断淞波溜，恨年来絮飘萍泊，遮难回首。二十文章惊海内，毕竟空谈何有？听匣底苍龙狂吼。长夜凄风眠不得，度群生那惜心肝剖！是祖国，忍孤负！"到了日本之后，异国的良辰美景、花花世界不仅没有使李叔同乐不思蜀，反而使他更加痛心祖国的积弱不振，更加忧虑祖国的前程。1906 他特意创作了一首仿词体的歌词《隋堤柳》："甚西风吹醒隋堤衰柳，江山非旧，只风景依稀凄凉时候。零星旧梦半沉浮，说阅尽兴亡，遮难回首。昔日珠帘锦幙，有淡烟一抹、纤月盈钩。剩水残山故国秋。知否知否，眼底离离麦秀。说甚无情，情丝蜿到心头。杜鹃啼血哭神州，海棠有泪伤秋瘦。深愁浅愁，难消受，谁家庭院笙歌又。"如果说上述创作中还明显地留有《辛丑北征泪墨》那种苍凉和哀伤的格调，那么，随着资产阶级民主革命运动的推进和发展，李叔同的此类创作便渐渐显出一些变化。1909 年李叔同在东京作《无题》一诗，诗风显得悲壮而沉郁："黑龙王气黯然消，莽莽神州革命潮。甘以清流蒙党祸，耻于亡国作文豪。"1911 年 3 月李叔同自日本回国后，先任教于直隶模范工业学堂，不久辛亥革命爆发，至1912 年 1 月中华民国即宣告成立。此时李叔同仍在天津，他想到有多少仁人志士为了这个"民国"的诞生曾经抛头颅，洒热血，心中不禁涌起对他们的景仰之情，于是特填《满江红·民国肇造》一词以歌颂他们的伟绩，词风则显然向慷慨豪放的一路倾斜：

> 皎皎昆仑、山顶月，有人长啸。看囊底，宝刀如雪，恩仇多少？双手裂开鼷鼠胆，寸金铸出民权脑。算此生不负是男儿，头颅好！荆轲墓，咸阳道；聂政死，尸骸暴。尽大江东去，余情还绕。魂魄化成精卫鸟，血花溅作红心草。看从今，一担好山河，英雄造！

其次，李叔同的创作在高倡"救亡"主题的同时，也开始传播或表现"民主"、"自由"等欧洲资产阶级的新思想、新精神，"启蒙"和

"救亡"两大时代主题在李叔同的创作中实现了较好的结合，李叔同创作的"现代"因素也更加明显。即如前引《满江红·民国肇造》一词，李叔同一方面讴歌了革命先烈"魂魄化成精卫鸟，血花溅作红心草"的献身精神，另一方面又指出，"民国"之"肇造"离不开"寸金铸出民权脑"的思想和文化革命的配合。这里不仅传播了"民权"这种现代意识，而且表明李叔同对辛亥革命的理解远较那些以"排满"为志的狭隘民族主义者深刻得多。事实上，李叔同自1898年到上海以后就较为深入地接受了西方资产阶级文化思想的影响。1905年他曾经为沪学会撰写过一本《文野婚姻新戏册》，这个新戏册今已不存，但李叔同当时曾系之以诗，这些诗后来又发表在留日学生创办的《醒狮》杂志上。从这些诗作上看，李叔同撰写这个"新戏册"的目的，就是为了宣传婚姻的自主和自由。其第二首诗显然是批判传统婚姻的"野蛮"性的："东邻有儿背佝偻，西邻有女犹含羞。螳蜋宁识春与秋，金莲鞋子玉搔头。"而其第三首诗则明显是讴歌现代婚姻的"文明"性的："河南河北间桃李，点点落红已盈咫。自由花开八千春，是真自由能不死。"

　　最后，即使是那些与歌郎、艺妓的往还酬唱之作，有的也寄托着家国兴亡之感，不全是毫无价值的流连欢场之作。1902年，也就是写过《辛丑北征泪墨》不久，李叔同写了一首《赠谢秋云》的诗，诗云："风风雨雨忆前尘，悔煞欢场色相因。十日黄花愁见影，一弯眉月懒窥人。冰蚕丝尽身先死，故国天寒梦不春。眼界大千皆泪海，为谁惆怅为谁颦？"1904年又作《金缕曲·赠歌郎金娃娃》一词，词曰："秋老江南矣，忒匆匆，喜余梦影，樽前眉底。陶写中年丝竹耳，走马胭脂队里。怎到眼，都成余子？片玉昆山神朗朗，紫樱桃，慢把红情系。愁万斛，来收起。泥他粉墨登场地，领略那，英雄气宇，秋娘情味。雏凤声清清几许？销尽填胸荡气。笑我亦布衣而已！奔走天涯无一事，问何如声色将情寄！休怒骂，且游戏。"显然，这两首诗词中都包蕴着一股愤慨不平之气，这种愤慨不平之气自然是源于作者的家国兴亡之感，所谓"冰蚕丝尽身先死，故国天寒梦不春"，所谓"奔走天涯无一事，问何如声色将情寄"，都清楚地说明了这一点。因此，尽管我们不必因此把李叔同寄情声色的原因都解释为"休怒骂，且游戏"式的自我麻醉，但李叔同思想的进展即使是在那些颇多绮语之作中也有所反映，毕竟是客观的事实。

# 第四章 成 兆 才

在评剧的形成和发展过程中，成兆才所发挥的作用至为重要。成兆才（1874~1929 年），字捷三（又作洁三），艺名东来顺，河北滦县人。18 岁时已开始学唱莲花落，初习旦角，后演老生、老旦、丑等角色。成兆才出身于贫苦农家，在 1895 年滦县一带发生的饥荒与瘟疫中，其父母与妻儿均不幸染病去世。因此，成兆才曾备尝生活的艰辛，不得不走村串镇给人打短工，或者在集市上卖些针头线脑聊以糊口。其间也曾以唱莲花落的方式四处谋生，正是在这一过程中，他结识了不少民间艺人并虚心向他们求教，使自己的艺术日趋成熟。1908 年与张化文（艺名张彩亭）、姚继生（艺名仙动心）、杜芝薏（艺名金菊花）等赴永平府演出，是成兆才戏剧生涯中辉煌时期的开始。从这时直到逝世，在 20 年的时间里，他基本上都在庆春班以及由庆春班演变的永盛合班、警世戏社从事戏剧活动，足迹遍及永平、唐山、天津以及关外的沈阳、营口、长春、哈尔滨等地。成兆才多才多艺，他不仅是一位出色的演员，而且能编剧，能导戏，在场面（音乐）上也是吹拉弹打，样样精通，因此，在评剧界他至今仍享有"祖师爷"的盛誉。

## 第一节 对评剧形成和发展的贡献

成兆才之所以能对评剧的形成和发展作出杰出的贡献，首先源于他出色的创新能力。在莲花落向评剧演变的历史上，每一次大的演变和发展都渗透着莲花落艺人的创新能力。在莲花落→蹦蹦戏→拆出戏→平腔梆子戏→评剧的演变序列中，成兆才的独到贡献是"平腔梆子戏"这一命名的提出和完善。此前莲花落已发展到"拆出戏"的阶段了，"拆出戏"尽管也是"戏"，但因为只能演一些小戏、折子戏，因而戏曲的功能是不健全的，更何况所谓"拆出戏"其实并不是一种剧种的命名，因为任何剧种都有自己的"拆出戏"。因此，当成兆才在慈禧、光绪的"双国丧"期间建议将莲花落改名为"平腔梆子戏"时，其意义就绝不仅仅是借此可以使莲花落这种"鄙俚技艺"恢复演出，而是体现出一种使莲花落成长为一个新剧种的创新意识。因为这一命名本身已经明确了成兆才们构想中的新剧种应该隶属的声腔系统及其在这一系统中的独特个性，因此，它标志着一个源自莲花落、蹦蹦戏却又不等同于莲花落、蹦蹦戏的新剧种将要脱离母体而独立生长了。成兆才不仅适时地提出了创建"平腔梆子戏"的构想，而且为使这一构想成为现实做出了极大的努力。当"平腔梆子戏"以"拆出戏"的形式在永平府演出得到观众认可后，成兆才和他的艺友们清醒地认识到，要想成为一个新的剧种仅靠演出一些"拆出戏"是不行的。于是，他们虚心地向皮黄、梆子的演员、鼓师求教，从剧本、唱腔、表演、锣鼓等方面，对莲花落又进行了一次大幅度的改革，使其终于演变成为一种有着独特艺术风格的新剧种——评剧。

成兆才之所以能对评剧的形成和发展作出杰出的贡献，还源于他出色的组织能力。莲花落最初仅仅作为一种民间说唱艺术而存在时，其艺人和社班常常处于分散的、自发的无组织状态中。这种状况不仅很难使艺人和社班在遭遇逆境和挫折时坚持下去，而且也不利于社班的组织管理和演员培养。成兆才在"平腔梆子戏"社班的管理和演员的培养方面表现出了很强的组织才能。他不仅为"庆春班"制定了"十不准"，即不准夜不归宿，不准嫖娼，不准赌博，不准打架斗殴，不准台上逗凑，不准错报姓名，不准丢环拉坠，不准批事不遵，不准辱骂师长，不准"咬艺"（互相妒忌、挑剔、拆台），使庆春班具有正规戏班、现代戏班的特点，而且在主演金菊花离班后大胆启用了年轻演员任善丰担任主演，并亲自给他取艺名月明珠。为了使月明珠早日成熟，成兆才不仅在艺术上对其严格要求，而且为其编写了《马寡妇开店》、《花为媒》、《占花魁》等剧本，使月明珠迅速在唐山、天津这些"大码头"唱红。月明珠有"评剧青衣创始人"之称，他扮相清秀，嗓音甜润，善于运用闪、顶、躲、掏、抑、扬、顿、挫等板式技巧，形成了旋律婉转多变、抒情韵味浓郁的演唱风格。当年在天津演出时，不仅梅兰芳等名伶都给以高度评价，连一向鄙视民间艺术的士绅商贾也送来贺幛，称"明珠出新蚌，一起平腔，压倒男伶女乐"。月明珠的成功，无疑促使"平腔梆子戏"在舞台上牢牢地站稳了脚跟。

成兆才之所以能对评剧的形成和发展作出杰出的贡献，另一个很重要的原因在于他出色的创作能力。任何一个独立的剧种都必然有一系列适合本剧种演唱的剧目，就此而言，剧目之是否丰富多样、是否具有较高艺术水准和文学水准、是否具有本剧种的个性和特色，就成为该剧种是否成熟、是否获得了独立性的主要标志之一。成兆才并未真正上过学，但他凭着自己的勤学好问，居然可以从事剧本的写作。而长期的舞台实践更使他熟谙评剧剧本的写作要求，因此他写作的剧本往往令人一读就可以"嗅"到其中的"评剧味"。据胡沙所著《评剧简史》的有关资料，确证无疑属于成兆才创作或改编的评剧剧本已有如下近百种：《桃花扇》、《金钗计》、《花为媒》、《假鸳鸯》、《异方教子》、《刘诚杀婿》、《百年长恨》、《潘才诡计娶表妹》、《天台山》、《刘善人》、《十粒金丹》、《金精戏窦》、《对银杯》、《金钗钿》、《阴谋遭谴》、《铁牌山》、《珍珠衫》、《枪毙阎瑞生》、《冤怨缘》、《拾万金》、《偏心眼》、《乌龙院》、《黄爱玉上坟》、《劝爱宝》、《三头案》、《打狗劝夫》、《感亲孝祖》、《李桂香打柴》、《狗报人恩》、《杀子报》、《安安送米》、《冯奎卖妻》、《卖子孙贤》、《大劈棺》、《占花魁》、《马寡妇开店》、《杜十娘》、《王少安赶船》、《六月雪》、《因果美报》、《巧奇冤》、《双婚配》、《回杯记》、《夜审周子琴》、《败子回头》、《洞房认父》、《雪玉冰霜》、《移花接木》、《高诚借嫂》、《盛德格天》、《状元桥》、《脏水记》、《小天台》、《黄氏女游阴》、《张小凤过年》、《孙悟空上坟》、《禅宇寺》、《华建游宫》、《孝感天》、《高怀德送女》、《二妓夺客》、《薄命图》、《恶奴告主》、《代友完婚》、《悔过愈疾》、《贤女化母》、《三节烈》、《横霸杀楼》、《水露出阁》、《芙蓉屏》、《悍妇传法》、《恶虎滩》、《二县令》、《樊金定骂城》、《雌兄雄弟》、《阴善毒儿》、《杨三姐告状》、《保龙山》、《黑猫告状》、《枪毙驼龙》、《安重根刺伊藤博文》、《韩湘子讨封》、《岳霄醉酒》、《埋金全兄》、《丑开店》、《枪毙驼虎》、《绿珠坠楼》、《乔太守乱点鸳鸯谱》、《盗金砖》、《老娶少妻》、《凌飞镜》、《老妈开嗙》等。① 上述剧目又大体上可以分为三类：一是根据传统莲花落旧本或其他民间唱本加以整理改编的剧目，如《马寡妇开店》、《六月雪》、《老妈开嗙》等；二是根据《今古奇观》、《聊斋志异》等改编的剧目，如《杜十娘》、《占花魁》、《花为媒》等；三是根据现实生活题材创作或改编的时装剧目，如《杨三姐告状》、《枪毙阎瑞生》、《安重根刺伊藤博文》等。

## 第二节　　评剧创作的艺术特色

　　成兆才创作的评剧剧本，在下述三个方面形成了自己的特色，并具有较高的艺术成就。

　　一是反映社会现实，贴近民众生活。其实这也是评剧最基本的艺术特色之一。1936 年著名现代戏剧家洪深在为评剧艺人白玉霜编写"蹦蹦"剧本《阎婆惜》时曾经这样说："蹦蹦戏原是农民自己的作品，到现在（整个的讲），还不曾离开过农民。农民戏的内容大都是切近农民本身的生活。……他们最能了解的，是男女的私情，婚姻的纠葛，家庭

---

　　① 胡沙：《评剧简史》，中国戏剧出版社，1982 年，第 47 页，笔者按：本书关于成兆才戏剧创作的评述，较多采用了胡沙此著的资料和观点，谨致谢。

生活的痛苦与变故。所以蹦蹦戏中，以描写这类现实的戏为最多。"①
成兆才创作的剧本中，几乎没有什么帝王戏。他的剧本中，无论是从现
实生活中直接取材，还是从民间唱本、《今古奇观》、《聊斋志异》中选
取题材，无论是叙写当代人物，还是表现古代人物，其基本的生活内
容、思想观念、价值标准、感情基调，都是贴近民众生活、贴近民间意
识的，因而也可以说是富有民众意识和民间风味的。例如，他最早创作
的一批剧目中，《马寡妇开店》虽然是一出历史故事戏，但作者笔下的
马寡妇，实际上就好似民国初年的一个中等家庭主妇，而且演出时马寡
妇的扮相也只是着蓝布褂子、蓝布裤子、一条围裙布而已。《花为媒》
虽然取材于《聊斋》，但作者对戏中女主角张五可和媒婆阮妈的描写，
同样充满着民间生活的趣味，对阮妈的描写更是乡土味十足。任何文学
作品，只要作者能努力贴近民众生活，它就有可能表现出一种现实主义
的倾向，就有可能对现实保持一种批判的立场。成兆才是靠着自学才能
识字并编写剧本的民间艺人，他不可能有什么现代文艺理论的修养。但
由于他的剧本能努力贴近民众生活，他的某些剧作就难能可贵地表现出
对现实黑暗的揭露和批判。例如，他早期的作品《老妈开嗙》，其主要
人物就是民国初年三河县的青年农民傻柱子和他在北京"阔大爷"家做
佣工的妻子"小老妈"。这出戏不仅生动形象地描写了河北青年农民夫
妻之间悲喜交加的生活，而且暴露了那个时代佣工的艰辛以及"阔大
爷"对"小老妈"的盘剥。而1919年创作的《杨三姐告状》，则明显地
受到了"五四"时代"劳工神圣"思潮的影响，它不仅是成兆才此类剧
目的代表作，也是整个评剧的经典剧目。这是一个根据当时发生在滦县
的一桩真实案件创作的现实题材剧。剧本写滦县地主高占英吃喝嫖赌无
所不为，他把自己的妻子杨二姐害死后，买通官府草草埋葬。二姐的妹
妹杨三姐察觉此中冤情，遂上县、州、府告状，但都因高家的暗中贿赂
和官府的贪赃枉法而败诉。但三姐矢志不改，层层上告，最后终于利用

---

① 洪深：《阎婆惜蹦蹦戏引序》，《文学》，1936年，第7卷第1号。

官府之间的矛盾打赢了官司，一个民间弱女子终于凭借"法律"为二姐申了冤。剧本不仅揭露了民国初年地主的凶残和官府的黑暗，而且歌颂了杨三姐不畏强暴、勇于斗争的精神。我们把这部剧作放在"五四"时期的新文学作品之中，应该说也是毫无愧色的。下面是该剧第十五场对地方官僚滦县帮审牛成的描写：

牛成：（念）毕业多年做帮审，民国法律记在心。

想我牛成，多蒙幼年之间结交的几位学友，给我捐了一名滦县的帮审。今坐早堂，所为办理学校之事。

[杨三姐上。

三姐：冤枉！

巡长：喊什么的？

三姐：喊冤的。

巡长：等一等。报告，有一民女喊冤。

牛成：叫她进来！

巡长：进来！

[杨三姐进，跪。

牛成：呃！现在是中华民国，没有这种礼法，站起来，方才是你喊冤来着？

·············

牛成：（念）读书多年，出外为官。不为名誉，光要洋钱。

昨天有石得三石先生给我拿五百块钱现大洋，要我把高家的官司翻过来。嘿！使人家钱财得给人家消灾，今天杨三姐不来便罢，如若来时，我定要给老高家做主。

·············

这里还需要指出的是，由于成兆才的创作能努力反映社会现实，这使得他的某些剧作也能够表现出时代的脉搏，折射着时代的声影。在这一点上，他似乎也不自觉地承受了清末民初戏曲改良运动的余荫。这不仅表现在他移植了一些早期话剧的剧目，编演了不少时装戏，如《杨三姐告状》等，而且表现在一些唱词中。例如，《花为媒》本是根据《聊斋》故事改编的，但作者却在剧中设计了这样的情节：媒婆阮妈告诉张五可，王俊卿因她"脚大脸丑鼻子歪"而不爱她了，于是张五可在房中对镜检查自己的身材相貌。当她最后看到自己的一双大脚时唱道：

> 往下看就是这双蠢大的脚，不为羞，现如今讲文明大脚为高。思想起，心好恼，养女缠的什么脚。一两岁怀中抱，三四岁缠上了。缠的松了不能够小，缠的紧了受不了。疼的她疼痛皱眉又把牙咬，劝同胞你们快快放脚吧，现如今讲文明大脚为高……

让《聊斋》人物宣讲放脚的道理，就艺术自身的真实性而言并不可取，但借戏剧人物之口宣传维新或革命的大道理，又确实是戏剧改良运动中存在的一种较为普遍的现象。因此，成兆才这样写是否合理并不重要，重要的是他作为一个崛起于乡野民间的"莲花落"艺人也能有意识地追随时代和新潮，这毕竟显示出他戏剧思想的某种先进性。

二是人物形象性格鲜明，极富地方色彩。就前面所引《杨三姐告状》中的这段描写来看，成兆才之善于刻画人物形象已可见一端。作者虽然用笔不多，但牛成这个民国新官僚的虚伪和贪婪已跃然纸上：他一面自称"民国法律记在心"，并制止杨三姐下跪，但另一方面却和历代的贪官污吏一样，为了敛财而不惜草菅人命。成兆才创作的评剧剧本中，人物形象大多血肉丰满、个性鲜明，再加之演员的表演坚持使用冀东方言，又极富地方色彩。例如，《老妈开嗙》中的傻柱子到北京接自己的媳妇"小老妈"时，夫妻俩儿在阔大爷门前相认的一段描写，就极富情趣和地方色彩地表现了这对年轻夫妻风趣、粗野、开朗、欢快的性格。

小老妈：（唱）你媳妇叫什么名字？

傻柱子：（唱）我的媳妇叫美不够，

　　　　　　　有个外号叫万人迷。

　　　　　　　我家住在三河县，

　　　　　　　我名叫做傻柱子。

　　　　　　　到此不为别的事，

　　　　　　　接我老婆回家去。

小老妈：（唱）小老妈闻此言抿着嘴的笑。

　　　　　　　叫一声三河县的傻柱子我的女婿。

　　　　　　　你当我是哪一个？

傻柱子：你是哪个？

小老妈：（唱）你来看，你是我的丈夫我是你的妻，你怎

　　　　　么不认的？

傻柱子：哎呀！（唱）

　　　　　　闻听此言我蹦着脚的乐，

　　　　　　四年半没见面你可大有出息。

　　　　　　在头上梳了一个"元宝转"、"牛屎盘"、"妈妈

　　　　　　髻"、"剪子料"，你咋这么臭美，戴一头簪环首

　　　　　　饰都假的。

小老妈：哪会有真的呀！

傻柱子：是我的媳妇跟我回家走，进了门，咱们两口子，

　　　　　　你剁馅，我擀皮，包饺子吃。

三是语言极为通俗质朴、风趣诙谐。这也是评剧最重要的特色之一。评剧由于是刚刚由民间说唱艺术演变而成的地方戏，因此，还十分明显地保留着民间文艺通俗和质朴的美学风范。评剧的艺术源头离不开冀东的莲花落和东北的二人转（蹦蹦），而冀东和东北，山水相连，往来密切，因此，冀东人民的生活习俗和性格也与东北人民有几分相似：

乐观、粗犷、风趣、诙谐。这种民风和民性也必然会影响到评剧的语言。成兆才的剧本，是评剧形成和诞生时期的剧本，它还来不及被文人学士们"雅化"，因此，它也就更明显地表现出通俗质朴、风趣诙谐的特色。且看《花为媒》中才貌出众的张五可质问王俊卿为何爱李月娥而不爱自己时的一段唱词：

> 张五可用目瞧，叫一声王俊卿太也心高。你光知黄铜在你眼前绕，不知真金颜色比它好。你拿着玛瑙当作烧料，你拿着玻璃珠儿当作水晶瞧。你拿我们上白面当作荞面，你拿着棒子面饽饽当切糕。你拿银子当锡来看，你拿着煤球当作元宵！我说花了眼的王俊卿，到底是她好还是奴好？至少你小心眼里放一个公道！

总之，作为评剧的创始人，成兆才在剧本创作方面的建树在当时也是首屈一指的，即使是今天，许多评剧的保留剧目依然在使用他的本子。当然，由于时代的、个人的思想局限，成兆才的部分剧本也存在着陈腐的道德说教，对于一位生活在清末民初的民间艺人来说，其创作存在这样一些瑕疵，应该是不足为怪的。

# 第二编

"五四"时期的河北文学

（1919～1927年）

　　"五四"新文化运动，掀开了中国文学史崭新的一页。在这个时期，河北文学以不凡的业绩被载入史册。有人说，"在中国现代文学史上，河北文学具有两个基本特色：一是革命，二是青春。这两大特色贯穿整个现代文学时期"，这是不错的。在新文化运动前后，李大钊以其敏锐的思想大力传播马克思主义和现代文化思想，成为新文化运动的先驱和启蒙思想家。这一文化传统对河北文学创作产生了深远的影响。尚在中学时代的天津"绿波社"和保定"海音社"的创作者们，以青春的朝气加入新文学创作者的队伍，用他们青春稚气的笔触记录那个时代青年人的情感与情绪。青年诗人冯至脱颖而出，以天才的诗情摘取了诗歌王子的桂冠，被鲁迅誉为"中国最为杰出的抒情诗人"。

# 第一章 "五四"新文化运动的兴起

近代以来，天津和保定先后作为河北首府，成为河北乃至北方地区政治、经济、文化中心，集聚了大量的知识分子和文化精英。城市文化迅速发展，茶园、剧院、舞场、影院等文化设施逐步建立起来，市民的文化娱乐活动十分活跃。教育和报业的发展，使新的信息和观念得到广泛传播，特别是在校的青年学生，思想开放，追求自由解放的愿望非常迫切，他们往往成为时代的先锋和革命的急进分子。早在"五四"运动爆发之前，直隶省女子师范学校的学生郭隆真、邓颖超、刘清扬等就组织了天津女界爱国同志会。5月3日，天津学生联合会成立。6月天津各界联合会成立。他们组织罢课、游行、请愿；宣传新思想，打倒封建礼教；提倡白话文，反对文言文；高扬个性解放、妇女解放的旗帜。天津与北京相呼应，造成"五四"运动的燎原之势。在这样的大势之中，河北作家有像李大钊这样走在时代前列，成为先行者和启蒙者的伟人；也有像冯至这样受新文学运动的影响，积极投身于新文学建设之中，有着骄人的业绩，影响延及后世的文学大家；也有分散在全国各地从事文学事业的作家和诗人。同时，在河北的土地上，一场轰轰烈烈的新文化运动正在有声有色地进行。

## 第一节 河北新文化运动的先行者

"五四"运动前后，南开中学十分活跃，成为河北"五四"新文学运动的策源地。在这里，他们组织学生社团，出版刊物，演出新剧，宣传新思想、新观念。《新青年》、《少年中国》、《新潮》等刊物在学生中竞相传阅。他们还邀请李大钊到天津演讲，宣传反帝爱国思想。在这些人中，周恩来是主要组织者和积极参与者。

周恩来（1898～1976年），生于江苏淮安，祖籍浙江绍兴。1913年，他随四伯父周贻赓到天津，考入南开中学。1914年初，周恩来和朋友组织了"敬业乐群会"，创办了会刊，取名为《敬业》，共出6期。周恩来用"恩来"、"翔宇"、"飞飞"等名字为会刊写了大量文章，他担任后几期刊物主编时，开辟了"飞飞漫墨"专栏。1914年春，周恩来在《敬业》第1期发表诗作二首《春日偶成》："极目青郊外，/烟霾布正浓。/中原方逐鹿。/博浪踵相踪。//樱花红陌上，/柳叶绿池边，/燕子声声里，/相思又一年。"

这首诗中已表现出周恩来对社会现实的关注，对军阀混战的忧虑。周恩来还以"飞飞"署名撰写了一篇侠义小说《巾帼英雄》，连载在1914年10月和1915年4月《敬业》第1、2期上。小说讲述了一个女子洪飞影的故事。洪飞影喜欢穿青色衣服，故呼之青儿。青儿父亲尚武，会拳术，侠义，青儿承其父，劫狱救朋友，来无影去无踪。故事叙事颇类旧体小说。1916年4月周恩来在以"飞飞"署名写了三首诗，刊载于《敬业》第4期。周恩来作《送蓬仙兄返里有感》三首，送他的同学张蓬仙："相逢萍水亦前缘，/负笈津门岂偶然。/扪虱倾谈惊四座，/持螯下酒话当年。/险夷不变应尝胆，/道义争担敢息肩。/待得归家功满日，/他年预卜买邻钱。""东风催异客，/南浦唱骊歌。/转眼人千里，/消魂梦一柯。/星离成恨事，/去散奈愁何。/欣喜前尘影，/因缘文字多。""周侪争疾走，/君独著先鞭。/作嫁怜侬掘，/急流让尔贤。/群鸦恋晚树，/孤雁入廖天。/惟有交游旧，/临岐意怅然。"表现出周恩来重友谊、重情感的性格特征，也表现出重道义、重责任的远大胸怀和抱负。

1917年，周恩来去日本留学，他在日本写了《雨中岚山》、《雨后岚山》、《游日本园山公园》、《四次游园山公园》白话诗四首。1919年，周恩来从日本回到天津，积极投身新文化运动，由其主编的《觉悟》杂志于 1920 年 1 月创刊，因遭军阀政府的迫害，只出版了一期。《觉悟》中发表的作品，没有署名，只标号码。1920 年 11 月 7 日，周恩来前往法国留学，在留法期间，他仍与天津文化界保持密切联系，写了反映欧洲战后经济危机和工人罢工的通信《西欧通信》50 余篇，洋洋洒洒 30 万言，发表在天津《益世报》上。

邓颖超（1904～1992 年），生于广西南宁，少年时代在天津度过，曾在直隶第一女子师范学校读书。"五四"运动爆发后，邓颖超积极投身其中，发起组织女星社、觉悟社，并开始写作新诗。1923 年，她在《新民意报》文学副刊《朝霞》第 3 期发表了 3 首新诗《感怀》、《竟肯》、《答友》，表达对现实的不满和对理想的追求。1924 年，邓颖超又写了《实践之灯》、《胜利》、《复活》、《爱与教》、《小诗》等，发表在天津《妇女日报》上。诗的内容主要是反对封建礼教，唤醒妇女挣脱旧思想的束缚，争取自身的解放。

刘清扬，1894 年生于天津，早年参加中国同盟会。"五四"运动期间，她任天津女界爱国同志会会长、天津各界联合会常务理事、觉悟社成员。1920 年，刘清扬赴法勤工俭学，1923 年回到天津，参加女星社，任《妇女日报》社长。在此期间，刘清扬写了大量宣传妇女解放的文章，如《贤妻良母之是非》、《"贞操"与"节妇"》等。

南开中学也是北方开展话剧运动最早的地方，1909～1918 年共编了 33 个剧目。他们编写的剧作大多还是文明戏，先由师生想故事，故事想好后再行分幕，然后找适当角色，角色找好则排演，剧词随排随编，剧已排好，词已编完，编完之后，再请善于辞章者加以润色，剧本具有集体创作性质。在这些创作演出中，有完整的剧本形式且影响较大的是《一元钱》、《一念差》、《新村正》。这些话剧不仅是南开中学演出本中最好的，也是早期话剧创作的佼佼者，甚至有人认为《新村正》才是中国现代话剧的开山之作，而不是胡适的《终身大事》。① 《新村正》

---

① 王之望主编：《天津作家论》，天津社会科学院出版社，2002 年，第 43 页。

的作者张彭春就是现代话剧的一位开拓者。

　　张彭春，字仲述，1892年4月22日生于天津，1908年毕业于南开中学，同年考入保定学堂。1910年，张彭春与胡适等人赴美留学，先后就读于克拉克大学、哥伦比亚大学，学习和研究欧美现代戏剧。1915年张彭春从哥伦比亚大学研究院毕业，同时获文学硕士及教育学硕士学位。1916年张彭春回国，任南开中学专门部主任。他在美留学期间曾创作话剧《外侮》，受到胡适称赞。在南开中学，他参加了南开剧社，任副团长。1918年，张彭春编导的五幕话剧《新村正》公演成功。剧本的背景是在辛亥革命以后，故事围绕周家庄关帝庙一带的土地是出租给外国公司，还是从外国公司赎回的问题展开冲突，表现农民与封建地主势力、农村经济与外国资本侵入的激烈矛盾。恶霸地主吴绅勾结官府，强奸民意，把土地强行租给外国公司，从中渔利。失去了土地的老百姓得不到补偿，流落街头，无家可归。吴绅当上了新村正，愚昧的村民没有认清他的真面目，反而把他当做自己的保护神，给他送上了"万名伞"。剧中还塑造了一个青年李壮图的形象。李壮图是一个受过现代教育的青年，有同情心和正义感。围绕这场斗争，李壮图始终站在农民一边，他同吴绅展开了坚决的斗争，揭穿吴绅的阴谋，帮助群众解决困难。可是他得不到大多数人的支持，在与吴绅的较量中失败了，最后只好眼看着村民送给吴绅"万名伞"，只有离开周家庄。剧作具有强烈的反帝反封建意识，反映了辛亥革命的不彻底性，具有很强的现实意义。剧本中人物语言完全口语化：

　　　　村农：李先生，您看吾们去周旋去，全是出于没有法子。
　　　　　　　吴二爷是什么样的人，吾们还不知道吗？这话可又
　　　　　　　难说啦，谁让他是新村正了呢？吾们怎么敢不巴结
　　　　　　　巴结。
　　　　李壮图：你去吧。
　　　　（农由左端下。）

李壮图（向左遥望，向陈说）：那边那群人是做什么的？

陈妇：这些人真是没良心，又没有胆量，因为吴二爷升了
　　　新村正，今儿个要回城里去，他们昨儿个就敛钱做
　　　了一把万名伞，这是送伞来啦。

李壮图：谁给他们出的主意呢？

陈妇：出主意人就是公司的经理，现在的新村董，也就是
　　　欺负吾们母女那个姓魏的。您想他说的话谁敢不
　　　听？他让人拿钱，无论怎么穷，谁敢不拿？

李壮图：吾这才知道好利的人还好名。①

　　剧本公演后受到很高的评价。胡适认为《新村正》完成了从文明剧向现代话剧的过渡。剧评家宋春舫认为《新村正》打破了传统戏剧大团圆的结局。张彭春于 1945 年以"什么是现代化"为题，在重庆南开中学发表演说时说："个人三十年来，时时萦绕在脑际的中心问题，就是现代化，也就是中国怎么样才能够现代化。"② 他的话剧有一种现代意识在里面。

## 第二节　文学社团和报刊的涌起

　　在中国现代文学 30 年中，第一个 10 年，文学发展的中心在北京；第二个 10 年，文学发展的中心转移到上海；第三个 10 年，文学发展分成了几个区域。在这期间，天津文学似乎身在其中，又似乎处于边缘。《中国新文学大系》第一个 10 年的资料中记录了天津及河北"五四"时期的文学杂志 20 余种：《小说旬刊》、《文学半月刊》、《中州文艺》、《玄背》、《古城》、《星夜》、《虹纹》、《晨风》、《国闻周报》、《雪花》、《朝霞》、《微声》、《诗园》、《诗坛》、《新纪元》、《新生命》、《绿竹》、《绿

---

① 王卫民编：《中国早期话剧选》，中国戏剧出版社，1989 年，第 592 页。
② 王之望编：《天津作家论》，天津社会科学院出版社，2002 年，第 37 页。

波》、《觉悟》等。但天津人民出版社出版的《中国现代文学期刊目录汇编》却对以上期刊无一记载。这一方面是编选者的遗漏，另一方面也说明"五四"时期的天津与河北文学的影响力不够大。新文学的初创者大都是青年学生，甚至是初高中的学生，人生轨迹和人生目标还没有定型。一些学生社团一般没有持续很久，成员毕业后就分散了，社团自动解体。他们创办的杂志本来缺乏资金，加上社会的压迫，基本上是办一两期就停刊了，还没造成影响就消失了。有些期刊依附于报纸，是报纸的副刊，如《朝霞》是《新民意报》的副刊，报纸停办，文学副刊也就没有了。赵景深说，"五四"时期天津的文学期刊除了《新民意报》外，"其余的书刊时起时落，没有一个是长命的"①。但不管怎样，天津在新文化运动的影响下，文学运动迅速开展起来，文学社团与文学报刊得以兴起。1922年，冯至与陈翔鹤等在北京发起成立了浅草社，创办文学刊物《浅草》。1923年，焦菊隐、赵景深、于赓虞、万曼等在天津成立了绿波社，会员开始有17人，后与北京曦社互为社员，会员最多达60多人。他们创办了诗专刊《诗坛》，这是继《诗》、《诗学半月刊》之后第三个大诗专刊。他们还出版了绿波社丛书，结集出版了诗合集《春云》。同时，焦菊隐还主编出版过一期《虹纹》季刊，其中有诗歌、小说、翻译作品、文学评论等，内容十分丰富，艺术上也达到了相当的水准，可惜只出了一期。赵景深和孔襄我、吕一鸣一起编过天津第一种纯文学刊物《微波》，希望在当时的文坛能够掀起"微波"来，但是也只出了一集。1925年，冯至又与陈翔鹤等人成立了沉钟社，创办文学刊物《沉钟》。1923年，保定育德中学张秀中等发起成立文学社，创办《微声旬刊》。同年，冀县第六师范成立了文学会，创办文学刊物《微笑》。1924年，邢台师范王亚平等成立了文艺研究社。1929年，保定育德中学张秀中、谢采江等发起了海音社，成立了海音书局，出版了"短

---

① 赵景深：《五四时期的天津文学界》，见赵景深：《我与文坛》，上海古籍出版社，1999年，第337页。

歌丛书"。1928年，保定河北大学李景其等成立了文学研究会，创办了《河北大学文学丛刊》。其中，冯至与陈翔鹤等创办的浅草社和沉钟社影响最大，被鲁迅誉为"最坚韧、挣扎的最久的团体"。

除了专门的文学期刊，一些报纸也往往设有娱乐版面。1902年，天津创办了影响深远的《大公报》。20世纪30年代是集中关注文学的时期。1926年以前，《大公报·文艺副刊》有一些零散的文学作品。随着新文化运动的兴起，这份报纸也随着时代的步伐前进。在新文化运动初期，《大公报》也与许多报刊一样，处在新旧交替和转型期，报刊的语言是文白交杂，有旧体诗，也有新诗，有白话小说，也有文言小说。野史在《大公报》发表连载小说许多部，几乎每过几天就有一篇新的小说出现，如《绣花针》、《阿耨达地》、《杜文秀》、《十年一梦》、《东江外纪》、《堕粉残泪》、《弈缘》、《硃虎符》、《一片石》等等。野史的小说大都是历史题材，用文言叙述，还是旧小说的形式。还有一些小说仍是章回体，但语言是白话。同时，一些白话小说已是地地道道的新小说了。《大公报》发表的小说种类很多，如纪实小说、闺情小说、社会小说等。

《益世报》是一份由教会办的报纸，在新文化运动中，它也不可避免地跟着时代走。相对而言，《益世报》比《大公报》要滞后很多，到1926年前后，它的娱乐版《益智粽》还主要刊载旧体小说、旧体诗词。刊载的小说主要是通俗小说，例如，濯缨的鸿篇巨制《新新外史》就是在《益世报》连载的，还有荫孤的应时小说《巨匪祸乡记》、瘦鹤的应时小说《哀鸿泪》等。

赵景深在谈到"五四"时期天津文学时候："造成天津文学界势力的，全靠这份永久不懈的《新民意报》。""文学界的中枢要算是《新民意报》。"[①] 1920年7月，《新民意报》在天津创办，开始设副刊《国民良友》和《新娱乐部》，后改《新娱乐部》为《文学附刊》。1923年1

---

① 赵景深：《五四时期的天津文学界》，见赵景深：《我与文坛》，上海古籍出版社，1999年，第337页。

月，《新民意报》副刊改成书册式，分《星火》、《朝霞》两部。马千里主持《星火》，赵景深主持《朝霞》。天津文学界与外界联系更加密切，经常发表外地作者寄来的稿件，也发表很多翻译的外国作品。

## 第三节　现代小说的初创

在"五四"文学运动的背景下，河北小说创作走上了一条步履蹒跚的道路。从新旧交替的文白交杂到白话新小说，这一时期虽然没有产生具有全国影响的小说大家，但也显示了河北小说发展的潜力，为后一个时期小说创作的繁荣和发展奠定了基础。在现代小说的初创期，有几位作家不应被忘记。

裴文中（1904～1982年），字明华，河北滦县人。1917年入北京大学学习，1921年毕业，从事地质研究工作。1929年第一个发现中国猿人头盖骨化石。1935年赴法留学，入巴黎大学学习，获博士学位。回国后，历任周口店办事处主任、北京师范大学教授。新中国成立后，裴文中先后任北京自然博物馆馆长、中国科学院古脊椎动物与古人类研究所研究员，长期从事古人类学研究工作。他著有《中国新世界》、《中国人的最古的祖先》等。在"五四"时期，裴文中"并不是向来留意创作的人"，但他却以预言式的话语给河北文学定了一个音。1924年11月，他在《晨报》副刊发表短篇小说《戎马声中》，客观地再现了生活在战乱中的人们对亲人的挂念，对战争的怨愤和焦虑。可以说，河北的文学创作，是在戎马声中开始的，弥漫着刺鼻的战火硝烟。这一创作题材几乎贯穿河北文学创作的始终，从20世纪20年代开始，到三四十年代、五六十年代，甚至到新时期，河北文学一直用大量篇幅书写着战争。裴文中的短篇小说《戎马声中》被鲁迅选入《中国新文学大系·小说二集》，这位"并不是向来留意创作的人"在新文学创作中留下了他的影响。不是偶然的，裴文中一直关注文学，并且有自己的文艺观。1926年

2月2日，他在《哈尔滨晨光》副刊《光之波动》发表《平民文学的产生》一文，主张作家要有平民意识，关心平民的生活，表现平民的苦难；不一定要喊口号，只要把他们的情感与苦闷，老老实实地写在平民文学上，平民读了，就会受到启蒙，产生革命的思想。同年4月2日，他在《哈尔滨晨光》副刊又发表了另一篇文章《平民文学的需要》，进一步深化了关于平民文学的思想。他认为，首先，平民文学是平民本身的需要，现有的传统文学贵族气太浓，不适合平民的需要，我们要创造一种适于平民学习、娱乐的平民文学。其次，平民文学也是时代的需要。他还认为，建立平民文学有两条途径：一是创造新的有价值的平民文学；二是改造旧的平民文学。可以说《戎马声中》即他这一文学观的实践。小说写的是民国初期军阀混战、民不聊生的境况。L夫人等待她的丈夫归来，因战乱，火车不通，丈夫不能如期归来，她和丈夫的朋友都在焦急地等待着；"我"的家乡也在遭受战争的创伤，对父母亲人的牵挂使"我"噩梦不断。小说没有多少情节和故事，纪实性地描述了动乱年代的史实，表现了平民百姓在战乱中动荡不安的生活，表达了人民渴望和平安定的心声。

诗人冯至在这一时期也写了一些短篇小说，其中《蝉与晚祷》、《仲尼之将丧》被鲁迅选入《中国新文学大系·小说二集》。《蝉与晚祷》写一位青年感伤的情绪，没有情节和故事，只有青年伴着蝉声对往事的点滴回忆，失落和惆怅的意识的流动，在其中多少可以看到作者的影子。这是一篇诗化的小说，意绪是跳动的，情感是流动的，语言也是跳跃的，是诗的结构，诗的思维。顾随此时也写小说，其《失踪》被鲁迅收入《中国新文学大系·小说二集》。可以说，河北小说创作的起点还是很好的，但是因为这几位作者的关注点并不在小说上，这种势头没能继续下去。

何心冷（1897～1933年），江苏苏州人。1920年在上海参加国闻通讯社工作，开始在该刊发表小说和文艺作品。1926年调到天津，参加新记公司《大公报》的筹备工作。他创编了《大公报》第一个综合性文艺副刊《艺林》，次年增加了综合性副刊《铜锣》。1928年，两个副刊合并，易名《小公园》，成为《大公报》连续出版时间最长、在读者中影响最大的综合性文艺副刊。何心冷自己在副刊开设专栏"灯下闲谈"，写一些简言乃至格言式的语录。《国闻周报》有《心冷小说集》的广告刊出，但这本小说集没有找到。1927年，他出版了小说集《抵押品》，收短篇小说58篇。在序言中，他坦陈自己出版这部小说集的目的是为了换钱。向别人借钱总会招致拒绝，不如把自己的心血作为抵押来换钱。在这里，他有意淡化了小说创作的社会功用，只把小说作为一种消遣娱乐。但事实上，他在描写人们的日常生活的同时，客观地呈现了社会的现状。《深痛》讲的是贫民在那个动乱年代里最容易遭遇的悲剧。桂生的母亲病重，请来医生为母亲诊病，开了药方。当他进城买药的时候，看到街道上关门闭户、冷冷清清。他不知道发生了什么事，看到一家药店开了一扇小窗营业，于是，他将药方塞了进去，但还没来得及拿药，就被一群士兵抓走了。后来他设法逃了回去，可是母亲已经不幸去世。《预支》写一位小学的算术老师，妻子即将生产，手里没有钱。他向校长预支一个月的工资，而校长推脱半天，最后只给他预支了半个月的工资。无奈之下，他只好把身上的衣物典当出去换了两块钱。何心冷的小说没有传奇的故事和离奇的情节，写的是人们身边的事，每个人都可能遇到，每天都可能发生。《钻饰》写一个爱面子、讲排场的女人的悲剧。她梦想得到一些钻饰以便在人前显示，但家庭的现状使她难以圆梦。后来丈夫升迁加了薪，收入多了，她用了一年的时间攒钱买了钻饰。从此，她就热衷于交际，她很在意别人的眼光，对钻饰呵护有加，甚至成为她的心理负担。有几次，她以为钻饰丢了，闹得人心惶惶，而其实不过是她记错了。最后一次是她晚上出去看戏、打牌回来的时候，坐的车子坏了，她只好徒步走在胡同里，遇到一个歹徒，把她的钻饰抢了去，她的耳朵都被扯破了，鲜血淋淋。这位爱虚荣的女人最后得到了这样的回报。小说写得人情入理，情节的发展完全依照人物的性格和心理轨迹，表现出小说家对生活的了解，对人物心理的洞察能力。何心冷的《抵押品》中最好的小说是《联合家庭》，这篇小说被放在小说集的第一篇，也许是作者也较为看重的。小说写雪涛、惠钧、梦萱、启承四个好朋友，有一天心血来潮，计划组织一个联合家庭，没想到这个提议得到了共同的响应。于是四个小家庭合成一个联合家庭，合租一套公寓，共请两个女仆，吃饭轮流做，过着共产式的生活。第一个月相安无事，大家都觉得新鲜，一起过日子还能节省些钱。然而不久，矛盾就出现了，不是这家小孩子闯了祸，就是那家主妇丢了东西，或者相互之间搬弄是非，虽然是生活琐事，但天长日久，彼此都感到不快。于是有人首先提出分居，又勉强维持了两个月，这个联合家庭便告解散。小说从日常生活中发现了人性问题，写出了人性的深度，颇耐人寻味，语言朴实简洁，人物生动形象。这篇小说即使放在"五四"时期的小说中，也是值得重视的。何心冷的小说没有时髦的理念，没有说教，只有活生生的生活。

1923 年 1 月，焦菊隐主编的文学季刊《虹纹》刊载了短篇小说 10 篇。这些小说是散文化或者是诗化的，故事情节很淡，只是作者的一点感受。焦菊隐的《踌躇》，写一位朋友死去了，大家都不忍将这一消息告诉他的母亲。当他们终于鼓足勇气到了朋友家中的时候，他的母亲是那样的欢喜，她拿出儿子的照片欣赏着，儿子就是她的命，她生活的支撑。看着已经失去儿子的可怜的母亲，他们犹豫着，到底没有把悲惨的噩耗告诉她。《虚惊》写一家人对出门在外的"哥哥"的惦念。"我"已经给哥哥写了七封信了，都没有盼到回音，对哥哥的担心与日俱增。后来哥哥终于回信了，原来他出外旅游去了，大家虚惊一场。万曼的《夜雨》写一位负气离家的少年，在外漂泊一年，吃了不少苦头，在一个雨夜里忆起家庭的温暖，父母对他的恩情，最后乘车回到了家中。吉仰左的《羡慕》是一篇寓言故事，《歌声》写的是小儿女心态，一个念想，一段回忆。这些小说出自中学生之手，难免有些稚嫩，但是与旧小说已经完全脱离开了，表现出现代小说的某些特征。

　　陈纪滢（1908～1997年），本名陈奇滢，笔名纪滢、丑大哥、生人等，河北安国人，曾就读于北京民国大学。1924年陈纪滢在北平《晨报》开始发表作品，1926年随父前往哈尔滨。1928年他和孔罗荪共同发起成立"蓓蕾文艺社"，为形成东北作家群起了重要的作用。1932年2月哈尔滨沦陷后，陈纪滢任《大公报》驻哈记者，利用邮政局职员身份，为《大公报》传送了许多有重要价值的新闻通讯。1932年8月他奉命撤退至上海，1935年从上海转至武汉，创办《大光报》，延请孔罗荪任文学副刊《紫线》主编。1949年1月陈纪滢去往台湾。

　　20世纪30年代，陈纪滢的编辑家身份非常突出。他先后编辑过《大公报》副刊《小公园》及《大光报》等。编辑报刊之余，陈纪滢也写了不少新闻通讯，其中最重要的作品是他1933年9月发表于《大公报》的长篇报告文学《东北勘察记》。这年夏天，陈纪滢受《大公报》委派，冒着生命危险潜回哈尔滨，秘密采访两个多月，获得了大量珍贵资料。9月14日陈纪滢返回天津，根据自己的采访写成36000余字的长篇报告文学《东北勘察记》，以三版的篇幅发表于《大公报》，署名生人。这篇报告文学以翔实的材料，揭露了日本侵略者残害我东北同胞的暴虐行径，揭穿了伪满洲国觍颜事敌的丑陋本质，热情赞颂了东北民众奋起抗敌卫国的英勇精神，是一篇优秀的爱国主义作品。这篇报告文学发表后，轰动全国，受到读者的广泛欢迎。这篇作品甚至还引起日本方面注意，并就此向南京政府提出交涉，这从另一个方面也显示了《东北勘察记》强劲的批判力量。

　　陈纪滢在20世纪30年代还写了一些小说，如中篇小说《红毹毹的迷惑》、《搜灵集》等。其中，《搜灵集》载于1931年8～10月的《国际协报》副刊《国际公园》。1932年，陈纪滢任天津《大公报》驻哈尔滨特约通讯员，同年8月与孔罗荪等一起撤至上海。在哈尔滨期间陈纪滢发表了一些中短篇小说和散文，中篇小说《搜灵集》用漫画化的笔法，揭露上流社会所谓名人、太太、小姐的丑恶嘴脸。小说着重写了三个人物：灵灵小姐、灵先生和严女士。灵灵小姐出身贫苦，为了改变自己的命运，她发奋学习，"决计在茫茫的路上，去寻光明的途径"。她曾一度被同学们视为"自信、坚忍、百折不挠的英雄"。灵灵中学毕业后到高加索去留学，后来，国内的同学给她去信，说学校、社会、国家都有了新气象，"眼看就成新中国了！"灵灵听信同学的话回到国内，发现并非如此，一切都还在旧轨道上。她的好友严女士做了官太太，过着醉生梦死的生活，不久，灵灵小姐也如严女士一样，出入于酒楼舞厅，绯闻不断。小说深刻地写出了旧的文化传统的强大和难以改变，同时也是对新文化追求女性解放的讽刺。小说中的灵先生是一个利欲熏心的人，信奉"人不为己，天诛地灭"，他的人生目的就是捞钱、玩女人。他当了半年官就捞了很多钱，然后当上了文艺杂志的主编，做起了社会名流，真是名利双收。在这里，作者对于文艺界的内幕也给予了无情的揭露，但小说的议论太多，一定程度上损害了艺术。

末元（1896～?），原名张沫元，笔名末元、白涛，河北抚宁人，毕业于保定师范学堂。1922年末元到哈尔滨道外基督教会创办的三育中学任国文教员，1925年任《基督教改进月刊》编辑。1937年，"七七事变"前夕，他逃离哈尔滨到北平。末元从1923年开始从事文学创作，写过旧小说《天幕》等，1924年改写新文学。

## 第四节 现代新诗创作的繁荣

新文学运动初期，诗歌打破了旧体诗的格律，使诗体获得了极大的解放。那个时候，似乎人人都能写诗，新诗创作十分繁荣，河北文学也不例外，人们走上文坛，首先从写诗开始。在"五四"时期，河北诗坛形成了两个大的诗歌团体，一个是天津的绿波社，一个是保定的海音社。从创作的成就和影响上看，绿波社的影响大些。保定海音社以张秀中、谢采江、柳风为代表。绿波社的成员较多，代表诗人有于赓虞、赵景深、焦菊隐、徐雉、万曼等。在第一个 10 年全国出版的 100 余部诗集中，河北诗人贡献了 10 多部。以出版时间顺序排列，他们分别是：

于赓虞等 13 人：《春云》，天津教育书社，1923 年 7 月。

谢采江：《野火》，三块协社，1923 年 10 月。

徐雉：《雉的心》，新中国图书馆，1924 年 8 月。

旦如：《苜蓿花》，湖畔社，1925 年 3 月。

张秀中：《晓风》，北京明报社，1926 年 1 月。

焦菊隐：《夜哭》，北新书局，1926 年 8 月。

于赓虞：《晨曦之前》，北新书局，1926 年 10 月。

谢采江：《荒山野唱》，北平海音社，1926 年 11 月。

张秀中：《清晨》，北平海音书局，1927 年 6 月。

柳风：《从深处出》，北平海音社，1927 年 7 月。

张秀中：《动的宇宙》，北平海音书局，1927 年 11 月。

于赓虞：《骷髅上的蔷薇》，北平古城书社，1927 年。

于赓虞：《落花梦》，北新书局，1927 年。

关于绿波社和海音社的创作，后面将作专章评述。

20 世纪 20 年代，在哈尔滨还聚集着一群河北籍知识分子，他们融入当地的文化生活之中，办报纸、编辑刊物、撰写文章，形成了一个无形的创作群体。

凝秋（1906～1988 年），原名陈慧新，笔名慧新、凝秋、塞克，诗人。河北霸县人。1924 年夏，他因为逃避家庭包办婚姻，离家出走，逃到哈尔滨，以写新诗排遣内心苦闷。时任《哈尔滨晨光》文艺部主任的惜梦，让凝秋帮助他编辑《哈尔滨晨光》副刊《光之波动》。1926 年 12 月，《哈尔滨晨光》报因宣传反帝爱国思想被日伪政权查封，凝秋与社长、总编同时被捕。1927 年 3 月，凝秋出狱后去上海，曾参加田汉领导的南国社，演出《南归》等剧。1929 年夏，凝秋返回哈尔滨，准备伺机逃往苏联，因无机会，滞留于哈尔滨，参加了新文学社团蓓蕾社。1925 年 2 月 14 日，他以慧新的笔名在《哈尔滨晨光》副刊《光之波动》上发表了一篇文章《离婚》，叙述他与一个叫秉贞的女学生相爱，因为他有一个父母包办的婚姻，受到双方家长的强烈反对的故事，文章讲述的是他的经历。他在文章中表现出主张自由恋爱、反对包办婚姻的倾向，在读者中引起强烈反响，当时在《哈尔滨晨光》上展开了一场争论，多数人对他与秉贞的恋爱不理解。凝秋还出版了一本诗集《紫色的歌》，现已散失。现今只存 1924～1926 年他在《哈尔滨晨光》副刊上发表的百余首新诗。他最初的诗，都是倾诉婚姻不幸、发泄内心忧愁和痛苦的，例如《孤独者之心》："可恨的这枝不随意的秃笔！/竟不能尽量的写出我满怀的，/忧郁，悲哀。/青春的心园里，/怎能忍，/留下这苦的种子？/找不到爱人的孤独者！/任你哭，/哭与谁看？"随着时间的推移，他心中的创痛逐渐转向沉思，抒情诗转向哲理诗，例如《小诗》："钟声滴碎了心花片片，/却冲不破笼罩心幕的层层悲哀！//怎么清瘦这般？/礼教不许我告人。/——偷窥新月许露不出消息在人间罢？"凝秋的小诗显然受了"五四"时期小诗创作的影响，他还写了一些语录式的小诗，如《幽弦》、《零滴》（50 首）等。

杨树屏（生卒年不详），河北大兴县人，曾在《哈尔滨晨光》任文艺编辑，擅长旧体格律诗。他曾在《哈尔滨晨光》上发表百余首诗词，如《咏雪》、《秋兴八首》、《寒夜》、《感秋》、《落花词》、《贺新郎》等等。他的诗大都是描写风花雪月、四时景物，咏物感怀。

除此之外，在《大公报》上也有一些作者的零散诗作刊出。例如，《大公报·艺林》主编何心冷的白话诗《村儿之歌——悲战祸也》：

> 大队的马来了，/把我们的牛栏占了。/老牛在山边吃草，/被他们牵去宰了。/弟弟清早哭不歇，/要喝的牛乳没有了。//一田豆荚一田瓜，/遍地开满了黄紫的花。/瓜没熟就采，/豆苗儿喂了马。/爸爸一天到晚忙着种的，/这么着可不要气死了他。

诗歌揭露了兵匪给百姓带来的深重灾难，真实记录了当时社会处于战乱之中的历史情景，语言质朴、口语化，已达到较高的水准。

何心冷还在《大公报·艺林》撰写专栏《灯下闲谈》，以格言形式写了散文诗式的作品：

> 现在时代势力大的人物的名字，未见得会像黄天霸那样，使妇孺都放在嘴边，念念不忘。

> 假使上海附近要打仗，一定有许多影片公司会去偷拍几幕外景，便宜他们雇这许多义务演员。

> 率性头痛治头脚痛治脚倒也好，可惜有许多人头痛去治脚，脚痛去治头了。

> 一天到晚骂人家只会学洋派的先生，到下雨天，他也不肯穿那长筒的钉靴。

> 留学生写的中国字，越写得像小孩子一样越好，这样才能显得出他们专心学外国文，连中国字都没功夫去练。

> 陪着太太常看外国影戏的，夫妻间的感情一定要浓厚些。

> 民国的官比前清的官坏得多，就因为打破了迷信，他们知道死了决不会下油锅。

这些文字多是对现实的感慨，富有哲理，发人深省。

## 第五节　通俗文学的发展

天津是通俗文学的大本营，通俗小说在报纸的娱乐版面充当了一个重要的角色，连载小说是报纸吸引读者的一个重要手段。报纸的发展与市民阶层文化消费的需要，使通俗文学得以与新文学相抗衡。20年代初，天津《益世报》和《大公报》刊载了一些通俗小说，在文学栏目以连载形式发表，其中，濯缨的《新新外史》连载时间最长，影响也最大。

濯缨，原名董郁青，满族，天主教徒，通县（现北京通州）人。

1920 年前后在天津被聘为《益世报》副刊《益智粽》编辑，抗战爆发后因病逝世。《新新外史》从 1920 年起在《益世报》连载，一直到 1932 年收场，达十余年之久，在小说连载史上是创下纪录的。小说共 101 回，360 万字。小说的背景是晚清到民国时代，描绘了袁世凯窃取大总统到洪宪时代前的整个社会历史风貌。小说看起来像是一部历史演义，但因为所述历史离现实太近，其中的人物都用化名。然而从情节上看，熟悉历史的人很容易为小说人物对号入座，例如，项子城即袁世凯，冯国华即冯国璋，段毓芝即段祺瑞，李天洪即黎元洪，宋椎夫即宋教仁，臧炳文即章炳麟。

作者用史传笔法，开篇即发表对历史演变的宏观议论：

> 三十年前，三十年后，总有种种的不同。这种道理，要拿旧学名词来批评，大半归之气运。要用新眼光观察，乃是人类进化的原理。从古至今，递演嬗变，所以才有今日的现象。倘若终古不变，只怕到如今还是太古的顽民，浑浑噩噩，老死不相往来，那世界也就归于消极，还有甚么文明可谈。更有甚么历史可记呢？

作者视野开阔，境界很高，对古今中外之事和人类社会运行的规律多有研究和体会，所以能够站在一个较高的历史角度描写那一段风云变幻的历史。

作者对历史事件、风俗人情和人物典故相当熟悉，写起来如数家珍，娓娓道来，人情事态写得十分饱满到位。例如，第三十一回"拷俊仆谢大福见机　闻警报项子城逃难"，写庄之山的贴身小厮小兴儿不小心说漏了嘴，泄露了太后要杀老项的机密，谢大福哄着小兴儿说出事情的原委。小兴儿把他听到这消息的经过细细道来，使人有如临其境之感。第三十三回"六月披裘中丞受贿　三军演戏贝勒登场"，写项子城回老家辉县避难，巡抚宝芬受命监督老项的行动。宝芬第一次去看项子城的时候，项子城装扮成一个老农的模样，身上穿的全是粗布，光着脚，也不穿袜子。但是当宝芬与项子城眼光相对时，宝芬就断定他是项子城无疑，他觉得"乡下农民眼光中哪有这样的威棱"。从一个人的眼神即能看出身份来，这是人生的智慧和经验，作者类似的老道描写随处可见。

作者在叙事时语意锋芒毕露，表现出对现实的批判态度，一副愤世嫉俗的样子。例如，在第七十二回中，他批评北京文化的萎靡与同化力之强大是很深刻的：

> 要说到北京城，一切饮食起居，周旋酬酢，及所有悦目赏心，及时行乐的场合，宗宗样样，全与人类恶根性的嗜好吻合无间。而且来得十分自然，并无丝毫勉强。凡居住在这里的，纵有贲育之勇，也决然拦不住这种浸润滋灌。始而尚能矜持，及至日子长了，便觉着无一不适，这同化力就算成功了。不要说本国人逃不出，便是东西洋人，凡是在北京住过五年以上的，你看罢，多少总带一点中国的官气，并且举动也疏缓了，决没有迫不及待的样子。……想当初明末时候，满洲人雄踞关外，真是人强马壮，个个如生龙活虎一般。彼时汉人看满人的眼光，也同今日我们看东西各强国是一样。哪知他们自到了北京，作了皇帝，总算是志得意满，快活已极。直直快活了三百多年，不知不觉间，早为北京这种同化力所熔铸，把那雄强无比、猛鸷绝伦的满洲民族，竟变成了一种萎靡不堪、颓唐无力的废物活人。

这是对中国文化的批判，也是对清政府的不满，其中隐藏着深厚的满族情结。

连载小说的一个特点是与现实密切关联，在一条基本的故事线条下面，穿插着当时社会发生的事件与现象。在《新新外史》中，作者在对历史的描述中，时常发表对现实的感慨，表现对现实的不满和批判。在第十一回中，作者描写段毓芝陪载兴去中华园听戏，与巡警发生冲突。作者议论说：

你道小段在天津作了几年候补道,为何社会上不认得他?这其中也有一个原故,因为清时代的官,不同民国,一到了监司大员,平素非坐车坐轿不能出门,一切玩笑场中,除去巡警总办借稽查为名,可以不时看看,其余不能随便进去,进去便算失了官礼。至于娼寮妓院,更须躲避。乃至民国,哪还有这些讲究,督军巡阅使全可以公然宿娼。可见民国平等,不是由下而上将人格提高,反是由上而下,将人格坠落了。

这是对民国政坛和官僚们荒淫腐败的批判,对打着民主旗号行无耻之事的社会风气的不满,其中多多少少仍有对清政权的怀念。有时作者几乎忘了讲故事,小说完全变成了时评。例如,第五十六回,写民国初年,军阀们滥杀无辜:

民国二三年间这几年,……凡送进去的民党分子,没有一个不死在弹丸之下。始而还宣布罪状。后来索性连罪状也不宣布了。但见其入,不见其出。也不知这些人消灭在何方何地。其中真是民党的,固然很多。不是民党。或挟嫌诬告。或设计栽赃。因而致死的,也不在少数。彼时北京专有一群恶侦探,奉着官厅的委任。在九城内外。查拿民党。其实那有这许多民党。他们便想出种种的巧法子来。对于初来北京的人。或在北京没有职业的人,始而联络套近。继而引为知己。吐露他自己的真情。不是说孙文所派。便是说黄兴所差。真能拿出委任状来给你看。又以重利说受过委任之后,每月薪金至少也有二三百元。于是被诳的信以为真。居然托他引荐介绍。不几天,委任状也发来了,有时候真能二百块三百块的给洋钱。一到此时,便算大功成就。他们立刻向该官厅报告。某处有乱党。姓甚么叫甚么,及至带军务去剿,果然人赃俱获。委任状也有,私信也有,洋钱也有。立刻送入执法处中。有口难辩。糊里糊涂,就把性命送掉。那位大侦探,可因此又升官又发财。一领

> 赏便是三千五千。一升官便是中校少校。其实那里有乱党，全
> 是他们自己造出来的。

真实记录了社会动乱、军阀草菅人命的残酷现实。

社会的剧烈变迁，使作者对现实社会的变化很不适应，对时尚和社会风气颇多讽刺。例如，在第一百回中，小说写江苏提学使毛庆田以曾国藩为榜样，对太太和少奶奶进行家教，要她们注意勤劳。作者对此大发感慨：

> 这位老先生的家教，假如要叫现代摩登式的小姐太太听见，真是笑掉大牙。不但是时代的落伍者，简直成了洪荒草昧之人了。……如今摩登式的女先生们，大概没有不注重性学（淫字当然要避讳），这都是闲出来的原故。其实终日坐汽车兜风，看电影听戏，吃大菜跳舞，从午后（早晨起不来）忙到天亮，何尝有一刻清闲。古人所说的劳，乃牛马服苦之劳；如今这种劳，才合乎人生享乐之劳。果然一辈子能这样劳下去，纵然劳死也不委屈，可笑曾文正同毛老先生，真是不开窍的愚人，要说到现在世界上，不要说省主席教育厅决然无分，只怕连一个初小教员的资格还够不上呢。

由此可见民国初年社会的淫逸之风的浓厚，也可见作者对于新时代的不满。小说里有一种强烈的怀旧情绪，除此之外，作者还表现了许多旧的观念和思想，如因果报应、封建迷信等。

但是小说在对具体的人和事的记述中却常常表现得很矛盾，这也许是作者的历史局限所致。作者在写历史人物的时候，常常凭着主观的好恶，对人物多有歪曲性描写。如作者在写臧炳文这个人物形象时带着世俗的眼光，把他写成疯子，因为当时章炳麟的革命举动被人视为疯子。作者用夸张的手法写臧炳文的疯狂，写他嗜钱如命，甚至丧失人性，表现了保守的立场。

《新新外史》有一个可贵之处是它的语言，自然流畅，完全是日常的口语，与现代白话文没有什么差别。小说写作的年代是白话文刚刚兴起时，报纸上的小说还有许多文言，或者文白交杂。而濯缨的小说语言在当时就达到了如此的水平，是值得研究的。小说的叙述语言和人物语言都带着一股京味，流利晓畅，入情入理，大大增加了小说的可读性。

《新新外史》在叙事方法上没有多少创新。作者自己说小说用的是一种"流水体裁"，"一回事说完了，便要另换一事，一个人讲罢了，便要别易一人"，"同《官场现形记》是一样的精神"。这就是为什么这部小说能在报上连载十余年的原因，如果是一个直叙到底的连贯的故事，读者恐怕没有这么大的耐心。

通俗小说另一位重要的作家是赵焕亭，在民国时期的武侠小说中有较大影响。

赵焕亭（1877～1951 年），原名绂章，河北玉田人，满族。赵焕亭在 20 年代初开始创作通俗小说，代表作有《奇侠精忠传》、《大侠殷一官轶事》、《马鹞子全传》、《双剑奇侠传》、《北方奇侠传》、《蓝田女侠》、《巾帼英雄秦良玉》、《明末痛史演义》、《惊人奇侠》等。赵焕亭在民国时期影响很大，有"南向北赵"之说，"南向"即向恺然，笔名平江不肖生；"北赵"即赵焕亭。

1936 年，林语堂曾在 1 月出版的《宇宙风》上推荐赵焕亭的《蓝田女侠》。他说："此书在故事体裁上，虽然说离不了旧小说窠臼，而其文笔白话及描写伎俩却不在《老残游记》之下。换句话说，取其文字高人一等，因其不为人所注意，故特提出。"《蓝田女侠》只有 5 万字，是一个中篇。小说写清代康熙福建漳浦洪水成灾，乡绅蓝翁倾资修堤，甚得民心，但遭到奸吏恶棍的敲诈阻拦，后来堤虽然竣工了，蓝翁却被暗算，冤死狱中。蓝翁有一女三男，均自幼好武，女儿名沅华，即蓝田女侠。父亲的冤仇，加之未婚夫一家遭强盗杀害，沅华决心随女尼性涵学艺。性涵先命她作杂役三年，又携她往武功山僻静处静坐三年，最后授以少林、武当两派一动一静之软硬功夫。业成之后，沅华别师下山，惩凶除恶，剪除仇家，又暗中帮助弟弟完成大业后，却留书飘然隐退，云游深山大泽去了。

赵焕亭对武侠精神有自己独到的见解，他在《蓝田女侠》开篇便言："古人有句颠扑不破的话，是叫做'英雄儿女'。如此看来，天下断没有舍掉性情，可以成事业的。儿女两字，范围甚广，凡伦理天性中不容已的事，都包在内，并不仅属于缠绵歌泣。因有这片性情鼓动，所以才演出许多可歌可泣的侠烈事来。英雄作用，是个表面，其实骨子内，还是女儿醇诚，所以一身侠骨，归根还是万斛柔情。不然，便是大盗奸民，还有什么英雄可称。"他认为英雄好汉都是与儿女情怀联系在一起的。他这样写女尼性涵：

> 忽有个女尼云游至此，法名性涵，年只三十余岁，生得端重美丽，只是有一种凛凛冷僻性情，蛇虎强暴一概不怯，便是那孤鬼似的宿在荒庵，初来时节，那些青皮光棍们，见他孤弱可欺，不断的去探头探脑，后来竟有两个结伴儿黉夜跳进。不知怎的，次日两个尸腔儿都掷在庵后，再找那两颗头，却高高挂在百丈悬崖上树梢儿上，那地方便是猿猱也不能到，真奇怪的紧。从此那海潮庵再无人敢轻踏一脚。却是性姑姑时常游行，蔼然可亲。

女尼性涵具有英雄的性格和胆量，不惧强暴，行侠仗义，而同时又具有儿女情怀，为人可亲，沅华也正是从她身上学到了武侠的真义。

《马鹞子全传》，讲述清初御前侍卫、官至平凉提督的王辅臣（绰号马鹞子）的事迹史。在作者笔下，王辅臣既是一位大侠，又常有"妇人之仁"，也就是作者所讲的儿女情怀。马鹞子沉沦于功名利禄，最后卷入三藩之乱，以悲剧终其一生。小说塑造了一位"有缺点的英雄"形象。

《巾帼英雄秦良玉》，"传自正史，有根有蔓"。小说着重描写秦良玉

"忠孝传家，一生戎马，也曾破贼，也曾勤王，相夫继世袭之官，教子尽纯臣之节"的"英雄儿女"气质。

赵焕亭的武侠小说在世面上流行最广的是《奇侠精忠传》，小说讲述侠客义士杨遇春、杨逢春、于益、叶倩霞等人帮助官兵平叛苗族、白莲教起义的故事。

赵焕亭的武侠小说表现出燕赵慷慨悲歌之气。他写侠士、义士，重在血性和义气，不管是官军还是起义的苗民和莲花教派人士，虽然有邪正之分，但主要是表现他们的侠义。例如，《奇侠精忠传》第一百三十三回"痛手足妥姑刺莽汉　剖衷情霞女撮良缘"写妥姑为兄报仇刺杀杨遇春，而遇春却念她："这女子见解不明，却血性义气，委实可嘉。"在倩霞的撮合下，妥姑与遇春成为佳偶。遇春虽然代表官军杀了妥姑的哥哥凌鲤，但他对于凌鲤也很佩服，认为他有血性，是条汉子，还准备去祭他并瞻谒他的母亲。

赵焕亭的小说受河北评书影响很大，书中叙述者往往用评书方式讲述和议论，叙述生动，模拟各种音响和神秘的气氛，生动直观，使人如临其境，如第一百三十一回：

> 方谢赐饮罢茗，忽听帐外"刷刷刷"暴风飘起，接着空际"轰轰"怪响，便如万鼓骇震。突的一股风头扑倒，那沙石便如急雨，直击帐壁。倩霞大惊，一个箭步先去抢守帐门。这时护弁等齐声呐喊，不管三七二十一，一阵硬弩向天空便射。倩霞一望，却见蠹天蠹地黑塔似一件东西，其中微亮闪烁，便如万颗繁星，疾于奔鸟，从西南方涌起，直奔大帐，势将下压。这时护弁噪道："这光景不像飓风，定是移山驱石的邪法儿，快请经略速避为是！"一言未尽，那东西已到帐顶。倩霞急中生智，不待经略吩咐，抢起印飞步出帐。只玉臂高擎的当见，但听"忽喇喇"一声响亮，怪风顿息。那东西方竟流云似平铺下来，挨着人身，却是腥秽轻气。

这里好像如今的影视剧在高科技支持下的特技制作。

赵焕亭擅长写市井人情、世间俗态。如在《蓝田女侠》中，第七回写蓝翁下狱，夫人苏氏上下打点，却不得要领，十个钱有九个掉在水里，一帮奸吏及地痞之流一个个以陈平、张良自居，说得天花乱坠。苏氏听了，找不着主心骨，便不问怎样，如急病乱投医一般，渐渐地衣服器具、房宅也便典出。蓝翁牢中费用，更是无底洞。哪知官中用意，原来只是诈他的财，只是不哼不哈，张着口老等，并不将蓝翁怎样，只给他个长系拖累。小说把世态人情描摹得活灵活现，贪官恶吏的丑恶嘴脸如在眼前。

赵焕亭小说在语言上比较喜欢用奇语奇字，造句生僻一些，不如濯缨的小说语言流畅；在叙事上也有程式化的缺陷，思想上封建正统观念比较浓厚。

# 第二章 李 大 钊

李大钊是伟大的革命家和思想家，在国际共产主义运动史上和中国革命史上具有重要的地位。同时，他也是一位文学家，在中国现代文学史上和河北现代文学史上都有不可替代的意义。

## 第一节 撞响"五四"运动的晨钟

李大钊（1889～1927年），字守常，河北省乐亭县人。在襁褓中即失去父母，由祖父李如珍将其教养成人。1899年，10岁的李大钊与本村15岁的赵纫兰结婚。李大钊幼时在乡村私校读书，1905年入永平府中学读书，1907年秋考入北洋法政专门学堂，学习法政及英语、日语，开始接触西方的政治学说。当时在北洋法政学堂任教的日籍教师吉野作造、今井嘉幸对李大钊的思想影响很大，二人均是日本大正民主运动的领导者。该校中国教师白雅雨是同盟会成员，他的思想对李大钊也产生过重要影响。1913年，李大钊参加了北洋法政学会，并担任《言治》月刊的编辑部长。李大钊在中学读书期间认识了一个比他高两班的蒋卫平，两人成了要好的朋友。蒋卫平具有爱国爱民的热忱、献身事业的精神、行侠仗义的情操，他对李大钊产生了直接影响。不久蒋卫平转到保定陆军速成中学，毕业后，为防备俄国侵略，遍游东北、内蒙，被誉为"关外大侠"，他在调查帝俄边界时被俄国人逮捕杀害。李大钊闻讯极为悲痛，先后写了《哭蒋卫平》、《题蒋卫平遗像》等诗纪念这位爱国之士，李大钊从这时起就立下了报国的志愿。在北洋法政学堂学习期间，李大钊给同学的印象是道德高尚，富于侠义之气，有远见卓识，文章气概豪放，在他的身上表现了典型的燕赵慷慨悲歌之气。

1914年，李大钊获得朋友孙洪伊、汤化龙的经济资助，赴日本东京留学，入早稻田大学政治本科学习。在日期间，适逢袁世凯复辟帝制，李大钊即投入倒袁运动中，与留日学生一起，反对日本政府提出的旨在攫取中国巨大利益的"二十一条"，撰写了《警告全国父老书》，分析国际形势对中国形成的威胁，号召国人"举国一致，众志成城"。当国内反袁运动开始的时候，李大钊为讨袁事宜回到上海，两个星期后赶回东京。早稻田大学以"长期欠席"为由，将他除名。在这期间，中国留日学生总会成立，李大钊主编留日学生总会的机关刊物《国彝》杂志。1915年9月，陈独秀在上海创办了《青年杂志》，李大钊十分关注。在《青年杂志》改为《新青年》的第1号上，李大钊发表了《青春》一文，提出"为世界进文明，为人类造幸福，以青春之我，创建青春之家庭，青春之国家，青春之民族，青春之人类，青春之地球，青春之宇宙"的思想，后来又写了《青年与老人》、《新的！旧的！》集中表达了他的"青春"宇宙观和建立一个新中国的理想。在这个时期，他形成了一个"世纪初"的理想与精神。

1916年，李大钊回国。国内政局动荡，统治集团内部矛盾激化，一些进步党人士不满军阀政府的统治，主张变革。曾任政府教育部长兼学术委员长的汤化龙辞去职务，准备在北京办一份报纸，邀请李大钊主持编辑工作，这份报纸就是《晨钟》。李大钊把报纸当成宣传"青春中华"的阵地。《晨钟》第1号评论栏第一篇文章是李大钊写的《新生命诞生之努力》，同一号附加的创刊纪念版中的第一篇文章是李大钊的《"晨钟"之使命——青春中华之创造》。这篇文章是《晨钟》的宣言，也是新世纪的宣言，新中国的预言：

> 一日有一日之黎明，一稘有一稘之黎明，个人有个人之青春，国家有国家之青春。今者，白发之中华垂亡，青春之中华

未孕，旧祺之黄昏已去，新祺之黎明将来。……

　　青年不死，即中华不亡，《晨钟》之声，即青春之舌，国家不可一日无青年，青年不可一日无觉醒。……

　　老辈之文明，和解之文明也，与境遇和解，与时代和解，与经验和解。青年之文明，奋斗之文明也，与境遇奋斗，与时代奋斗，与经验奋斗。故青年者，人生之王，人生之春，人生之华也。……

《晨钟》诞生第三天时，他以"第三"为题热情地写道：

　　第三者，理想之境，复活之境，日新之境，向上之境，中庸之境，独立之境。

李大钊撞响的不仅是"五四"新文化运动的"晨钟"，同时也是新中国的"晨钟"。

1921 年中国共产党成立后，李大钊一直负责北方区党的工作。1924 年他代表中国共产党与孙中山商谈国共合作。1927 年 4 月 6 日李大钊在北京被奉系军阀张作霖逮捕，28 日从容就义。李大钊有《守常全集》、《李大钊全集》行世，鲁迅在《守常全集·题记》中说："他的遗文却将永住，因为这是先驱者的遗产，革命史上的丰碑。"

## 第二节　中国现代散文的开拓者

由于李大钊在政治思想史和中国革命史上的伟大地位，相对而言，这遮蔽了他在文学史上的贡献。近年来，人们注意到《新青年》的文学性问题。朱寿桐说："《新青年》虽然直接发动了文化革命，但作为杂志则以思想文化批判的办刊宗旨和基本面貌肇其始，以政治理论的探讨和政党立场的阐述终其结，留给人们的印象似乎主要还是政治思想文化刊物，文学性并不是很强。其实只要略加考察，便很容易发现，《新青年》作为综合性期刊，文学性气氛其实相当浓厚，文学性特色其实相当强烈，甚至一度可以视为文学性刊物。"①《新青年》如此，李大钊在人们的印象中更是如此，鲁迅说他与李大钊"所执的业，彼此不同"。学术界对李大钊的研究主要是在党史和思想史方面，文学史对他的定位只是早期的文学活动，对于他的散文评价也只有寥寥几笔。实际上，李大钊可以说是中国现代散文的开拓者和奠基人，其散文创作的思想艺术成就在中国现代散文史上应该有一个科学的定位。

## 一、开创散文文体新形式

李大钊早期的文章似乎不拘形式，或三言两语，或长篇大论，只要能够传达新思想和新观念即可。正是这种率性而为的自由姿态突破了传统散文的束缚，为现代散文开拓了广阔的思想和艺术空间。众所周知，现代杂文是从《新青年》的"杂感录"演化而来的。而李大钊的杂文创作要早于这个时期，从1913年开始，他在《言治》月刊发表了大量的政论和杂文，如《暗杀与群德》、《论民权之旁落》、《论官僚主义》、《政客之趣味》等。《暗杀与群德》用辩证的思想论述暗杀是一把双刃剑："暗杀可倡于有德之群，不可倡于丧德之群。"暗杀对于仁人志士，是不得已而为之，且"引以为大不幸"；而强暴者为之，"反恃此为快心之具"，所以"暗杀之风不可长于群德堕丧之国"。显然，对于当时革命过程中流行的暗杀手段，李大钊持谨慎态度。在《政客之趣味》一文中，李大钊分析政客追名逐利的本性。当政客官场失意，或为无底洞的名利感到失望时，即会转为鬼混的生活，因此他断言："政客之生活，既为鬼混之生活，政客满民国，民国遂亦为鬼混的民国。"虽然文章是用文言文所写，但其内容已具备现代杂文的精神。1916年，李大钊在《晨钟报》上发表的杂文《权》一文，也是极好的杂文，他列举历史和现实的当权者为"权"而专制的事实，指出："权无限则专，权不清则争，惟专与争，乃立宪政治之大忌，而（专）制国民之常态也。故欲行立宪

---

① 朱寿桐：《〈新青年〉文学与新文学传统》，《文艺报》，2005年6月2日。

政治，必先去专与争，欲去专与争，必先划除专制国民之根性。"《新青年》开辟"随感录"栏目后，不少报纸杂志增设了"随感录"栏目。李大钊在《每周评论》和《新生活》上发表了大量的小杂感，三言两语，类似格言警语，为现代杂文文体的形成和发展奠定了基础。这些小杂感大都是时评，是对中国政治生活时弊的批判，尖锐深刻，以少胜多。李大钊的杂文剖析深刻，击中要害，像鲁迅的杂文一样，如投枪匕首。

　　从中国现代散文发展的线索看，"五四"时期以杂文为主，"五四"落潮以后，散文文体呈现多样化趋势。散文史家认为，李大钊于1919年8月发表在《新生活》上的《五峰游记》"是现代散文史上早期的国内游记"，"是小品散文草创阶段的标本"。① 除此之外，李大钊的随笔创作从时间上看也早于他人。1917年4月发表于《甲寅》日刊的《都会少年与新春旅行》与《动的生活与静的生活》、1920年6月发表于《新生活》的《自然与人生》都是较早的艺术随笔。在《自然与人生》一文中，他思考了生与死的问题，他认为生死是一种自然现象：

　　　　对于自然的现象的"生"，既不感什么可以恐怖；那么对于自然的现象的"死"，也不应该感什么可以恐怖。我们直可以断定死是没有什么恐惧的。死既与生同是自然的现象，那么，死如果是可悲哀的，生也是可悲哀的；死如果是有苦痛的，生也是有苦痛的。生死相较，没有多大的区别。

李大钊从辩证的角度感悟生与死，达到了豁达洒脱的境界，这是他勇于投身革命斗争，置个人的生死于度外的思想基础。李大钊在工作之余，偶有闲暇的日子，会以一种休闲的形式写作，或者通信形式，或者游记形式，或者艺术随笔，写他对自然的热爱，对人生的感想。这类作品尽管数量不多，但体现了李大钊人生的另一面，即一个革命者的别样情怀。

---

① 俞元桂主编：《中国现代散文史》，山东文艺出版社，1997年，第70页。

对李大钊的文章我们不能从狭义的文学角度去看，他的文章遵循的是中国传统的文章之道，文史哲合一。对他的文章我们可以从政治角度去解读，也可以从哲学角度去解读，亦可从文学角度去看。这类论文与中国传统的散文相近，是一种抒情言志的散文。他在《新青年》上发表的《青春》一文，中心是对青春中国的想象，对中国未来的想象，从自然发展规律、圣者的言论、人类的发展过程等诸多方面论述新老替换的规律、青春转换的大势之必然。这篇文章虽然用文言所写，但是文章体现的新思想新观念、表现的激昂亢奋的情感，从精神实质上看具有现代散文素质。他的《美与高》、《今》、《今与古》、《时》等文章都是议论说理的好文章，把古代政论和现代时评融为一体，演变成一种现代的议论文。

## 二、传统文化、现代思想和革命精神的融会

李大钊早期的文章反映传统思想多一点。李大钊是从传统中走出来的革命家，他接受过中国旧式的教育，受中国传统文化的影响很深。在他身上后人可以集中看到儒家文化的影响，更可见到燕赵文化之慷慨悲歌之气。1913年，他在《文豪》一文中，历举古今中外文豪皆艰苦备尝，而创造巨帙鸿篇、独能照耀千古的例子，认为文学的作用在于用世，在于补造物者之缺陷。"文豪与世运之关系，其见重于社会，不在盛世，而在衰世。"文学家就是在社会衰微的时候应运而生的，"以全副血泪，倾注墨池，启发众生之天良，觉醒众生之忏悔"，以达救人救世之目的，历尽艰辛而不辞。同时他还指出，虽然"千古之文章，千古文人之血泪"，但是文人不可以行厌世之文，断其希望。"徒为厌世之文，不布忏悔之旨，致社会蒙自杀流行之影响。"这样的后果是文人无法承受的。他呼吁当代作者，要大声疾呼，以唤醒沉睡于罪恶迷梦中的众生，李大钊很早就确立了文学启蒙的思想。在这篇文章中，他思考了文豪的命运，总结"文章憎命达"的原因："一世界观，一同情心。"文豪

思想境界的高远，使其能"人天物我，息息相见以神，故能得宇宙之真趣，而令读之者，有优美之感"。这篇文章，表现出李大钊为社会为民众著述、甘愿牺牲奉献的精神和信念，也是他对于中国传统的经世致用思想的继承。

李大钊作为一位现代知识分子，最可贵的思想是思变。中国传统文化的一个重要特征就是求稳，在这一点上，李大钊走出了传统，使他的思想带有现代文化的特色，具有强烈的创新精神和革命思想。从他的文章中可以感受到他对未来的创造欲望和建设一个新中国的想象。他在《青春》一文中从自然界到人类社会，详尽论述了新旧更替的规律。他认为从进化论的观点来看，"既有进化，必有退化"。"有生即有死，有盛即有衰，有阴即有阳，有否即有泰，有剥即有复，有屈即有信，有消即有长，有盈即有虚，有吉即有凶，有祸即有福，有青春即有白首，有健壮即有颓老。"由此推知，一个民族也是如此："有青春之民族，斯有白首之民族，有青春之国家，斯有白首之国家。"从历史上看，新兴国家与陈腐之国相遇，陈腐之国必改，青春之国与白首之国相遇，白首之国必改。因此，李大钊认为，中国已成老大之邦，白首之国，必须更新改造，而且他看到世界正在发生的变化，由此产生了一种求变的紧迫感。1917 年，他在《〈甲寅〉之新生命》中说："今日之世界进化，其蜕演之度，可谓流动矣，频繁矣，迅捷矣，短促矣。"因此，只有努力顺应这种变化的潮流才能求得民族的生存。李大钊深刻认识到了这一点，所以他要改造中国的愿望、更新中国的愿望比谁都要迫切，表现在他的文章中就是一种峻急的风格、凌厉的气势。他在《新纪元》一文中更是热情洋溢地呼唤新纪元的到来："新纪元来！新纪元来！"但是李大钊指出，他所指的新纪元不是陈陈相因的，灯光照旧明，爆竹照旧响，鱼肉照旧吃，春联照旧贴式的自然的更新，而是创造一种理想的新纪元："把那陈旧的组织、腐滞的机能一一的扫荡摧清，别开一种新局面。这样进行的发轫，才能配称新纪元，才能算完成他的崇高的生活。"他对现实改造的欲望如此强烈，以至于他的文章始终贯穿这一主题。

李大钊的现代思想还表现为他总在与世界的对比中思考中国的事情，把中国放到世界的格局中去审视。他在《"少年中国"的"少年运动"》一文中主张沟通城市和乡村，从物质和文化两方面去打破城市和乡村的隔膜。他还指出："我们既然是二十世纪的少年，就应该把眼光放的远些，不要受腐败家庭的束缚，不要受狭隘爱国心的拘牵。我们的新生活，小到完成我的个性，大到企图世界的幸福。我们的家庭的范围，已经扩充到全世界了，其余都是进化轨道上的遗迹，都该打破。我们应该拿世界的生活作家庭的生活，我们应该承认爱人的运动比爱国的运动更重。"他在《动的生活与静的生活》一文中已经敏感地意识到现代社会步伐的加快，西方已把动的生活侵入到东方传统的静的生活之中，他认为"今日动的世界之中，非创造一种动的生活，不足以自存"，这实在是先知者的英明之见。

作为一位职业革命家，李大钊的文艺思想是带有革命功利性的。1918年，李大钊在《俄罗斯文学与革命》中，集中阐释了他的文学革命思想。他认为俄国文学"为自由之警钟，为革命之先声"。"俄国革命全为俄罗斯文学之反响"，是俄罗斯文学引领着革命。李大钊对俄罗斯文学作了极高的评价，意在指引中国文学走向俄罗斯文学的方向。基于此，李大钊的文章革命色彩更浓，革命的目的性更加明确，他后来在"五四"时期写的一系列文章都是围绕这一革命宗旨的。《庶民的胜利》、《再论问题与主义》、《我的马克思主义观》等，使李大钊逐步由一个进步的知识分子完成了向马克思主义者的转变，最终成为一个坚定的共产主义者、一个不屈的革命家。

## 三、散文创作独具艺术个性

李大钊散文的艺术风格是一个伟大的思想家的体现，表现了一代伟人的艺术风范。

李大钊的散文立意高远，他的文章往往站在纵观古今中外的视野上，在对比变化中看世间的演化与人世的沧桑。《今与古》开篇就说："宇宙的运命，人间的历史，都可以看作无始无终的大实在的瀑流，不断的奔驰，不断的流转，过去的一往不还，未来的万劫不已。于是时有今古，人有今古，乃至文学、诗歌、科学、艺术、礼、俗、政、教，都有今古。今古的质态既殊，今古的争论遂起。"李大钊站在历史的高度指出了古今之争的合理性和必然性。接下来他梳理了西方社会几次大的古今之争，通过争论，在知识和理论上获得了进步，最后通常是崇今派获得胜利，所以正确的态度是："你若爱千古，你当爱现在。"文章的胸襟、气度都是不同凡响的。

李大钊在散文创作中把远大的抱负和政治理想转化为艺术想象，或者说一个社会形象，即"新中国"。1918年，李大钊在《言治》季刊发表文言小说《雪地冰天两少年》，署名剑影。小说讲述一个浪迹天涯的少年，途中与野兽搏斗，与恶劣的环境搏斗，后来遇到一位知己，两人共商民族国家大计，展望宏图伟业。他们主张建立一个合汉满蒙回藏的民族精神而成的新中华民族，同立于民主宪法之下，自由以展其特能，以行其自治，表现出政治家的远见。其后，李大钊关于建立"新中国"的思想逐渐清晰，在他的文章中总是贯穿着这种理想主义的热情，有一种对于未来世界的想象。在《"少年中国"的"少年运动"》中，李大钊把改造旧中国、建设新中国的理想化为形象，他说："我所理想的'少年中国'，是由物质和精神两方面改造而成的'少年中国'，是灵肉一致的'少年中国'。"少年中国的形象在李大钊的想象中是鲜活的、生动的，是与目前的老大中国完全不同的，一个充满生机与活力的生长着、奔跑着的动感形象。

李大钊散文还表现出深刻的哲理性。他思想中有一种紧迫的时间意识，他思考人的一生在历史长河中的意义、个人的生命在时空坐标中的价值：时间是一把双刃剑，"时是伟大的创造者，时亦是伟大的破坏者。

历史的楼台，是他的创造的工程。历史的废墟，是他的破坏的遗迹"。既然如此，人生应该怎样把握？在空间上可以往返，而时间上，只有前进，不能往返，我们"只有行动，只有作为，只有迈往，只有努进，没有一瞬徘徊的工夫，没有半点踌躇的余地"。"而且我们的行动不允许反悔，走过去了就不可复返。历史的人物和事件，是只过一趟的，只演一回的。"李大钊通过对时间的感悟警示自己和世人抓紧时间行动，而且要明确目标，且勿盲目。李大钊的许多文章都是用辨析的态度写对立的两面，如《动的生活与静的生活》、《新的！旧的！》、《今与古》等，表现出很强的哲理色彩。

李大钊的文章是用他的生命和血肉铸成的，充满了昂扬的热情和激情，字里行间洋溢着青春的魅力。正如他在《都会少年与新春旅行》一文中所说："我爱少年，我爱新春，我爱自然；我尤爱我少年以新春旅行记，为少年与新春与自然缔结神交之盟书。行矣，都会少年！行矣，新春旅行之少年！"李大钊的精神与青春同在，与新中国同在。一种无限向往的激情鼓荡着他，他的文章常用排比句式，气势磅礴，令人回肠荡气。我们阅读李大钊的文章首先感受的是作者的人格精神，蓬勃向上的热情，牺牲奉献的信念，高度的历史责任感，这些都给人以震动和鼓舞。

李大钊不是为文学而文学，他在《什么是新文学》一文中陈述过自己的观点，他认为"我们所要求的新文学，是为社会写实的文学，不是为个人造名的文学"，是对国家和民族高度的责任感推动他去写作。他的文章在思想史上有其独特的价值，从文学角度看，也是文学的诗篇。

## 第三节　诗　歌　创　作

李大钊的诗歌现存 27 首，其中旧体诗 19 首，白话新诗 8 首。《登楼杂感》、《哭蒋卫平》等 12 首发表于《言治》月刊，《复辟变后寄友人》等 6 首刊于《言治》季刊，写于 1918 年以后的白话新诗，大多发表于《新青年》和《少年中国》等刊物上。李大钊的旧体诗都是抒情言志，有感而发，表现他对国家民族的忧虑，抒发个人的理想和抱负。李大钊古典诗词的修养很深，他的诗风格沉郁、凝练，感情真挚饱满。1908 年他作《登楼杂感》（二首）："荆天棘地寄蜉蝣，青鬓无端欲白头。/拊髀未提三尺剑，逃形思放五湖舟。久居燕市伤屠狗，数觅郑商学贩牛。/一事无成嗟半老，沈沈梦里度春秋。"诗中表现出一种生命的紧迫感和事业无成的焦虑感。《题蒋卫平遗像》表现了对烈士的仰怀和保家卫国实现烈士遗志的愿望：

> 国殇满地都堪哭，泪眼乾坤涕未收。/半世英灵沉漠北，经年骸骨冷江头。/辽东化鹤归来日，燕市屠牛漂泊秋。/万里招魂竟何处？断肠风雨上高楼。//龙沙旧是伤心地，凭吊经秋祗劫灰。/我入平山迟一步，君征绝塞未曾回。/玉门魂返关山黑，华表人归猿鹤哀。/千载胥灵应有恨，不教胡马渡江来。

李大钊是较早作白话诗的人，1916 年春，他写的《黄种歌》，虽有些歌词的意味，但也可被看做是新诗：

> 黄种应享黄海权，/亚人应种亚洲田。/青年！青年！/切莫同种自相残，/坐教欧美着先鞭，不怕死，不要钱，丈夫决不受人怜，/洪水纵滔天，只手狂澜，/方不负石笔铁砚，后哲先贤。

《新青年》由文言改为白话以后，李大钊写了不少白话新诗，虽然还留有旧诗的痕迹，但其用心改革的意愿是显然的。写于 1918 年的《山中即景》（三首）是带有哲理性的诗：

> 是自然的美，是美的自然；/绝无人迹处，空山响流泉。//云在青山外，人在白云内；/云飞人自还，尚有青山在。//一年一度果树红，一年一度果花落；/借问今朝摘果人，忆否春

雨梨花白？

意境优美，思想澄明透亮，令人回味。

《欢迎独秀出狱》（三首）是一篇大家熟知的作品，表达发自内心的喜悦，热情奔放，抑制不住的激动和欣喜：

> 你今出狱了，我们很欢喜！/他们的强权和威力，/终究战
> 不胜真理。/什么监狱什么死，/都不能屈服了你；/因为你拥
> 护真理，/所以真理拥护你。

李大钊的这些白话诗与胡适的白话诗相近，比较直白，带着早期白话诗的特点，散文化、口语化比较明显。但李大钊不是为诗而诗，他的诗都是有感而发，感情真挚，热情洋溢。

# 第三章　冯　　至

冯至是中国现代诗坛杰出的抒情诗人，其诗歌创作贯穿了半个多世纪，在中国新诗史上具有重要地位。

## 第一节　生平与创作

冯至，原名冯承植，字君培。1905 年 9 月 17 日出生于直隶省涿州（今河北省涿州市）。冯家世代经营盐业，是涿州城内的大户。但到冯至降生时，家道已经中落。冯至 5 岁时，父母教他看图识字，8 岁时，就读于叔祖创办的私立小学，9 岁时，母亲不幸去世。12 岁时，冯至考入北京京师公立第四中学学习。在北京，冯至目睹了"五四"运动发生和发展的全过程。通过《新青年》、《新潮》、《少年中国》、《学灯》、《晨报》副刊等刊物，冯至接触到草创时期的中国新诗，对此产生了极大兴趣，想参与到新文化建设中来。当时文学刊物如雨后春笋般涌现，冯至也萌发了办刊物的念头。他与陈展云等朋友仿效《新青年》办了一个《青年》杂志，与全国各地的新刊物进行交流。但因种种原因，《青年》旬刊仅出了四期。1920 年，15 岁的冯至中学毕业后回到家乡。正当他在人生道路和诗歌创作上感到迷茫的时候，他读到了宗白华、田汉、郭沫若三人的通信集《三叶集》，这部通信集对冯至"起了诗的启蒙作用"。在家乡的寂寞和孤独使冯至的心灵敏感和细腻起来。1921 年的一天，一个穿着绿衣服的邮递员引发了他的灵感，他写出了《绿衣人》这首诗：

　　一个绿衣的邮夫，/低着头儿走路，/——也有时看看路旁。/他的面貌很平常，/大半安于他的生活，/不带一点悲伤。/谁来注意他/日日的来来往往！/但他小小的手中，/拿了些梦中人的运命。/当他正在敲这个人的门，/谁又留神或想——/"这个人可怕的时候到了！"

这是冯至现存最早的诗作。冯至称这首诗是他诗歌创作真正的开始。1921年，冯至考入北京大学预科。从1921年到1927年，冯至在北京大学广泛阅读中外文学作品，视野大开。他对郭沫若的诗歌，尤其是《女神》非常感兴趣。他说："有了《女神》，我才知道什么样的诗是好诗，我对于诗才初步有了欣赏和判断的能力；有了《女神》，我才明确一首诗应该写成什么样子，对自己提出较高的要求，应该向那个方向努力。"[①] 他把郭沫若的诗看做是新诗的典范。1923年，冯至与陈翔鹤、陈炜谟、林如稷组织了"浅草社"，在《浅草季刊》发表诗和散文。"浅草社"解散后，1925年冯至与陈翔鹤等联合杨晦组成了"沉钟社"。他们当中，陈翔鹤、陈炜谟主要写小说，杨晦主要写话剧，冯至主要写诗。从总体成就和影响来看，冯至的诗歌成就最高，影响也最大。1927年，冯至在大学毕业前夕出版了他的第一部诗集《昨日之歌》。全书收入他于1921～1926年写的诗52首，其中叙事诗4首，其他均为抒情诗，这是冯至影响最大的诗歌集。鲁迅称冯至是"中国最为杰出的抒情诗人"。

《昨日之歌》写于"五四"落潮时期，他所表现的不是"五四"时期的呐喊，而是苦闷和压抑。代表这个时期最高成就的诗是《蛇》：

我的寂寞是一条蛇，/冰冷地没有言语——/姑娘，你万一梦到它时，/千万啊，莫要悚惧！//它是我忠诚的侣伴，/心里害着热烈的乡思；/它在想着那茂密的草原——/你头上的浓郁的乌丝。//它月光一般地轻轻地，/从你那儿潜潜走过；/为我把你的梦境衔了来，/像一只绯红的花朵！

---

① 冯至：《我读〈女神〉的时候》，《冯至全集》，第6卷，河北教育出版社，1999年，第342页。

冯至说他写这首诗是受到西方的一幅画的影响，那幅画画面上是一条蛇，口里衔着一朵花，这激发了他的灵感。

1927年夏，冯至从北京大学德文系毕业，到哈尔滨第一中学教书。在那里他感到异常孤独和苦闷，在这期间，他写了长诗《北游》，把心中的积郁倾诉出来。1928年，冯至的《北游及其他》出版。诗集分为三辑：第一辑《无花果》，收入冯至1926～1927年的抒情诗；第二集《北游》；第三集《暮春的花园》，收入冯至1928～1929年回到北平后写的诗。

1930年，冯至与废名合编《骆驼草》。1930年10月至1935年6月，冯至到德国留学，完成了博士论文《自然与精神的类比——诺瓦利斯的文体原则》，同时，他对奥地利诗人里尔克产生了极大兴趣。

冯至在诗歌创作的同时还写了一些小说，其中《禅与晚祷》、《仲尼之将丧》被鲁迅选入《中国新文学大系·小说二集》。1942年，冯至出版了《十四行集》，用西方格律诗的形式进行创作，取得了很高的成就，被译成英文、德文、荷兰文、日文等多种文字，获得了高度评价，这是冯至对中国现代新诗的又一杰出贡献。1943年，冯至散文集《山水》出版。在抗战期间，冯至还创作了历史讽喻小说《伍子胥》，1947年出版，被誉为"中国的奥德赛"。小说的故事取材于《左传》、《史记》以及《吴越春秋》等史籍。作者用诗的笔法，把古代的逃亡故事和抗战时期时代与个人的生命体验融合在一起，把复仇的主题转化为选择的主题，表现了存在主义的哲学。新中国成立后冯至任北京大学西语系主任，1964年调任中国社会科学院哲学社会科学部外国文学研究所所长。1993年2月22日冯至去世。1999年，《冯至全集》出版。

## 第二节 诗 歌 创 作

冯至的诗歌创作从文体上看是丰富的，包括抒情诗、叙事诗、十四行诗，下面分而述之。

## 一、抒情诗

从 1921 到 1926 年冯至在《创造》季刊、《浅草》季刊、《文艺旬刊》、《沉钟》周刊等报刊发表了大量新诗，1927 年，编选 52 首，题为《昨日之歌》，由北新书局出版发行。从思想上看，冯至的创作可以分为几个不同的时期，在不同的时期，他的思想也在不断变化。"五四"时期为创作的初期，冯至表现的是青春的迷茫，爱情的理想，如袁可嘉所说，是"青春之歌"。40 年代为创作的中期，表现的是冯至对人生和宇宙的感悟和体验，哲学的沉思，是沉思的歌。新中国成立后为其创作的后期，则是他对历史和个人的反思。但不管哪个时期，贯穿始终的是一种奉献精神，对爱情的执著。《在阴影中》，诗歌主人公愿意在地狱里受尽煎熬，但愿给她换来光明无限，有一种"我不下地狱，谁下地狱"的气概。读着冯至的诗，常有一种感动，这种感动不是由于诗人的激情引起的冲动，而是诗人发自内心的深挚的情感引起的震撼。比如《什么能够使你欢喜》：

> 你怎么总不肯给我一点笑声，/到底是什么声音能够使你欢喜？/如果是雨啊，我的泪珠儿也流了许多；/如果是风呢，我也常秋风一般地叹气。/你可真像是古代的骄傲的美女，/专爱听裂帛的声息——/啊，我的时光本也是有用的彩绸一匹，/我为着期待你，已把它扯成了千丝万缕！//你怎么总不肯给我一点笑声，/到底是什么东西能够使你欢喜？/如果是花啊，我的心也是花一般的开着；/如果是水呢，我的眼睛也不是一湾死水。/你可真像是那古代的骄傲的美女，/专爱看蜂火的游戏——/啊，我心中的烽火早已高高地为你燃起，/燃得全身的血液奔腾，日夜都不得安息！

诗人追求爱情而不得，但仍执著热烈地爱着，诗中有一种九曲回肠的幽婉之美，令人动情。袁可嘉说："他抒的情不是那么'热'，却是十分'深'。"①

　　冯至是一位婉约派诗人，学者周棉称他是"婉约诗风的名家"②。在他诗中常见的抒情意象是花朵与温柔的少女。《问》中的他为爱人天天采摘玫瑰，从玫瑰盛开到玫瑰凋谢。在《夜深了》中诗人祈求神引他到那个神秘的地方，一朵花儿正在哭泣，他要"在花儿身边长息！"《春的歌》描写的是诗人与丁香花和海棠花的对话。《墓旁》写诗人来到一家坟墓旁："墓旁一棵木槿花，/便惹得风狂雨妒。/一座女孩的雕像/头儿轻轻地低着——/风在她的睫上边/吹上了一颗雨珠。/我摘下一朵花儿，悄悄放在衣袋里；/同时那颗泪珠儿/也随着落了下去！"诗人想象用花朵擦去女孩儿睫上的泪。《如果你……》把花儿想象成"泪落如雨"："如果你在黄昏的深巷/看见了一个人儿如影，/当他走入暮色时，请你多多地把些花儿/向他抛去！"在《蛇》中，诗人想象情人的梦境也"像一只绯红的花朵"。《南方的夜》是他早期抒情诗的精心之作，诗中说南方有一种"珍奇的花朵"，"经过二十年的寂寞才开一次。——/这时我胸中觉得有一朵花儿隐藏/它要在这静夜里火一样的开放！"《我是一条小河》是冯至的名篇，诗人的想象如花儿一样丰富而美丽：

　　　　我是一条小河/我无心从你身边流过，/你无心把你彩霞般的影儿/投入河水的柔波。//我流过了一座森林，/柔波便荡荡地/把那些碧绿的叶影儿/裁剪成你的衣裳。//我流过一片花丛，/柔波便粼粼地/把那些彩色的花影儿/编织成你的花冠。

在这些诗中，花朵的意象是神与美的化身，是佛拈在手中的那朵花，是菩萨圣瓶中的那枝花。冯至早期的抒情诗风格幽婉缠绵，有一种内在的音乐美。

---

　　① 袁可嘉：《一部动人的四重奏——冯至诗风流变轨迹》，《文学评论》，1991 年，第 4 期。
　　② 周棉：《冯至对中国新诗的贡献》，《江汉论坛》，1986 年，第 7 期。

冯至的诗风内敛含蓄，正如他在诗中所说："我有一颗明珠，/深深藏在怀里；/恐怕它光芒太露，/用重重泪膜蒙起。"他的比喻的新颖恰当，意象的丰富，想象的飞扬，情感的热烈，不愧为中国最杰出的抒情诗人。在《满天星光》中，诗人想象把满天的星光当成颗颗泪珠"用情丝细细地穿起——/穿起了一件外氅/披在爱人的身上！/还有那西边的/弯弯的月儿，也慢慢取了下来，/去梳她那温柔的头发"，表现得既柔情似水，又美丽无比。

## 二、叙事诗

冯至的诗歌艺术成就是很高的，他不仅在抒情诗创作中受到鲁迅的高度赞誉，他的叙事诗也在现代新诗史上占有独特的地位。我国叙事诗不够发达，数量很少，冯至的四首叙事长诗在新诗史上开风气之先。《昨日之歌》中的四首叙事诗包括《吹箫人的故事》、《帷幔》、《蚕马》和《寺门之前》。《吹箫人的故事》很有些哲理，表现了冯至对生活的困惑和矛盾心理。吹箫人原本一个人沉醉于艺术的世界中，忘记了山外的人间。一位姑娘的美妙箫声打动了他，启开了他爱的心扉。他将箫劈作两半熬成药汤治好了爱恋姑娘的心病，而他又因失去了心爱的箫忧郁成疾。姑娘只好像青年一样，用自己的箫做药饵拯救了青年。他们得到了爱情，但失去了箫之后，他们都感到空虚和惆怅。《帷幔》写200年前一位17岁少女遁入空门的故事，原因是她听到自己将要嫁给一个又丑陋又愚蠢的男人，后来无意中遇见了这位被她遗弃的男子，并非她听说的那样，而是一个俊秀的青年。少女悔恨之极，一病不起，在绣完了一个表示人间婚姻不能圆满的帷幔后，抑郁而死。青年男子也从此剃度为僧。这个故事既揭露了封建包办婚姻的祸害，又歌颂了忠贞的爱情，表现得缠绵悱恻，具有浓郁的浪漫主义气息。《蚕马》取材于干宝的《搜神记》"女化蚕"的故事。冯至改造了古代神话，写一匹马对一位女子的感情。一匹白色的骏马，对少女怀着热烈的恋情，但遭到少女父亲的阻拦。后来马被杀了，马皮挂在少女居室的墙壁上。在一个风雨交加的夜晚，马皮裹住了少女，月光中化作了雪白的蚕茧。故事谴责了马的主人对女儿幸福的漠视，也表现了青年男女对美好爱情的憧憬。冯至的叙事诗都有一个美好而凄婉的故事，情节错落有致，曲折动人；立意高远，情感执著，思想崇高，诗的语言精致优美。

## 三、十四行诗

1942 年，冯至的《十四行集》由桂林明日社出版。这部创作集是冯至经过了一个长时期的沉淀后写成的。他说从 1930～1940 年的 10 年间，诗歌创作很少，总计不过十来首。这个阶段，他在德国留学，完成他的博士论文，与德国文学有了一个近距离的接触，在诗歌理论和观念上有一个转换和融合的过程。用十四行的形式写诗，他说"并没有想把这个形式移植到中国来的用意，纯然是为了自己的方便"①。他是在一个不期然的情境下写出十四行诗的。十四行诗究竟表现了诗人怎样的思想和情感？一般认为《十四行集》表现的是人生的感悟、哲学的沉思，表现了存在主义的思想。朱自清认为冯至的《十四行集》建立了中国十四行诗的基础，使得向来怀疑这诗体的人也相信它可以在中国诗里活下去。《十四行集》有 27 首诗，是一个有机的整体，陈思和把它看做是一首完整的交响曲，并且认为这是一部"探索世界性因素的典范之作"，是"中国抗战文学的真正代表作"，"显示了中国诗人在国际化的环境里与世界级大师的对话的自觉"。② 十四行诗表现的是对世界和人类蜕变的哲学沉思。我们注意到，在他的诗中用的比较多的词是"脱落"、"凋零"、"凋落"，他在思考事物的变化和蜕变。第 13 首《歌德》中说："从沉重的病中换来新的健康，/从绝望的爱情里换来新的营养，/你知道飞蛾为什么投向火焰，/蛇为什么脱去旧皮才能生长；/万物都在享用

① 冯至：《〈十四行集〉序》，见《冯至全集》，第 1 卷，河北教育出版社，1999 年，第 214 页。

② 陈思和：《中国现当代文学名篇十五讲》，北京大学出版社，2003 年，第 201 页。

你的那句名言：'死和变'。"如同他说在写《伍子胥》时的一种"抛掷"的感受，在被命运抛出的时候，每一刻都在发生着变化，都在否定着过去："看那小的飞虫，/在它的飞翔内/时时都是新生。"（第 24 首）我们天天走着一条熟悉的小路，却每天都在不知不觉间发生着变化。"把残壳都丢在泥里土里；/我们把我们安排给那个/未来的死亡，像一段歌曲。""这是你伟大的骄傲/却在你的否定里完成。"（第 3 首）而沉淀下来的东西是永恒的："歌声从音乐的身上脱落，/终归剩下了音乐的/身躯/化做一脉的青山默默。"（第 2 首）冯至思考着否定和死亡的意义，死亡和新生的关系。冯至十四行诗创作的成功，表现了诗歌创作的限制性与自由化的辩证关系。十四行诗是很严格的格律诗，而冯至却运用这种形式自由地表现了中国诗人的情感与思想。

## 第三节　散　文　创　作

　　冯至在 20 年代，对小说和散文并没有明确的文体意识。他根据一时的感想随手写一点什么，或者读书笔记，或者是给朋友的信，或者是一点想象。当时他写了不少关于德国文学的评论，如《好花开放在最寂寞的园里》、《故园》、《记克莱思特（H. Kleist）的死》等。他还写了一些怀念父母亲人和朋友的散文，如《父亲的生日》、《若子死了》。冯至对黄昏总有一点独特的感受，他写了《黄昏》，又写了《礼拜日的黄昏》三篇。因为黄昏"不太黑暗，也不太光明，同烛光、茶色、书香都和谐在一起了"。"既不要求，也无所施与"是一种暂时的宁静。这些散文都没有结集。1943 年，冯至结集出版了散文集《山水》，收入他于 1930～1944 年写的散文十篇，1947 年再版时增加三篇：《山村墓碣》、《动物园》、《忆平乐》。蓝棣之认为冯至的诗用原始的眼光看宇宙①，在他的散文里也是如此。冯至在小说《伍子胥》中

---

① 蓝棣之：《现代诗的情感与形式》，人民文学出版社，2002 年，第 71 页。

说"也许只有在这平凡的山水里才容易体验到宇宙中蕴藏了几千万年的秘密"①。伍子胥也就是在山水中间体味到了人生的真味，改变了自己。《山水》中的散文表现的一个主题就是质朴。他用现代的眼光回味原始，感触原始，反思原始。《一棵老树》写一个放牛的老人。这位老人已经与自然融为一体，人世沧桑，在他看来都没有意义，他变成了一头牛、一棵树。《一个消失了的山村》写一个经过民族的争斗后衰亡和消失的村落，变成了原始的遗迹。《动物园》写一场空袭使动物园的动物跑到繁华的大街上，一个喜欢狩猎的人兴奋不已，准备回去拿他的枪，可是他居住的楼房已被炸毁。冯至总是在现代与原始之间徘徊，在现代中寻找原始的踪影，在原始中思考现代的侵蚀。

冯至的散文有一颗诗心。《C君的来访》写作者与中学同学 C君的一次会面，很平常，但是作者感觉到彼此的变化，C君变得消沉了。他体味着其中的意味：平淡，朦胧，"像是一幅淡色的画，一首低音的歌，在我的夏季时吹来了一缕秋风"。冯至的风格是内敛的，像风拂水面，荡起一些细碎的波纹。《西郊遇雨记——寄给废名》写他从废名那里回家途中遇到了暴雨，车子陷在泥水中，帽子被风刮跑了，全身湿透，很是狼狈。但他的灵魂却自由地在大野中奔行起来，他想到了战风车的堂吉诃德，狂风暴雨中呼号的李尔王，还幻想着遭遇强盗的浪漫情景，乃至生病住院时朋友关注的温情。风雨过后，他看到"美妙的落日，色彩的鲜艳，有如一片仙岛；面前的彩虹也弯弯地垂在城中；我想起那里的你，这里的我，和城里的朋友，好像有一缕游丝般的柔情在雨后的天空依依脉脉"。他用诗人的感恩般的感觉写人与自然的相逢、朋友的相知相遇。冯至的散文是质朴的，但也有理性的沉思，令人回味。

---

① 冯至：《伍子胥》，见《冯至全集》，第 3 卷，河北教育出版社，1999 年，第 390 页。

## 第四节　小 说 创 作

　　冯至在写诗和散文的同时，还在写小说。冯至的小说大多具有自传性质，小说的内容大多是写内心的孤独、苦闷或者男女之间的爱恋；人物的经历都是他所经历过的，流露出个人的感伤情绪；语句多用跳跃式，表现出一个诗人的特质。《质铺门前》写于 1923 年 6 月 2 日，发表于同年 10 月《民国日报·文艺旬刊》第 10 期上。这是冯至较早发表的一篇小说，小说写一个大学生典当衣物时的复杂心理，叙述的技巧是稚嫩的。1923 年 12 月载于《浅草》季刊第 1 卷第 3 期的《狰狞》，用梦的形式，揭露了社会对妇女的蹂躏。1926 年载于《沉钟》上的《火》，表现对民众的尊敬。主人公是一个清道夫，衣衫破烂，穷困潦倒，但他却唱着圣歌。在作者听来他的歌声和呻吟都是神圣的，作者甚至想象从清道夫小泥屋中发出火光，照着他模糊的面前，那是地狱深层的火。由这篇小说可见当时流行的大众文艺观念的影响，也表现了作者思想的困惑和彷徨。冯至在给废名的一封信中说，他感到生活太平静了，需要一些刺激。他希望遇上"强盗"，甚至"大病一场"，来改变一成不变的生活，因此他对妓女和清道夫的表现还只是限于想象。在冯至被鲁迅收入《中国新文学大系·小说二集》的《蝉与晚祷（Abendlaeuten）》，作者把气氛置于画家米勒《晚祷》的意境中，写自己内心的孤独，孤独中有对亲人的想念和愉快的回忆，渐渐地进入到《晚祷》的诗画一样的境界。冯至的小说对历史题材比较偏好，他在抗战期间创作历史小说《伍子胥》不是偶然的。1925 年，他在《沉钟》周刊第 2 期发表了《仲尼之将丧》，深入孔子内心写孔子将丧时的情感表现、社会和他的学生的反映。孔子一生都在不倦地追求，但他的理想并没有实现，他的孤独失望，他对死亡的预感，尤其是事业未竟的遗憾，令人痛惜。在"五四"反孔的思潮下，冯至却写出了这样的小说，而且被鲁迅选入《中国新文学大系·小说二集》，是值得深思的。1929 年，他又发表了历史题材的小说《伯年有疾》。写于 1942 年的中篇小说《伍子胥》是冯至小说创作的一个里程碑，文学史对这部小说给予了较高的评价。在这部中篇小说中，冯至把古代的一个复仇故事转变为哲学的思考，用诗人的浪漫描画了人类崇高的心灵。在那动乱的年月，人们蒙受着痛苦、离乱，但是人的精神并没有被蒙蔽，人们选择着自己的生活和价值：子胥选择了生，伍尚选择了死。子胥在逃亡的路上，所经历的人和事件，有些让他感动，有些让他厌恶。一种向善向美的精神在跳荡着。小说的情节是淡化的，不像普通历史小说那样具有曲折复杂的情节，作者更多的是将人物置于一种精神和思考的境地，在不断的变化中思考人生的真谛。在逃亡过程中，子胥复仇的愿望被逐渐淡化，好像蚕脱皮一般不断地重生，特别是江上渔夫的疏淡对他影响最深。当他想把自己心爱的剑赠予渔夫的时候，渔夫吓得倒退了两步，说："我，江上的人，要这有什么用呢？"在子胥的世界里，崇尚宝剑和好的剑法，同时剑也是权力的工具和保障，但在渔夫的眼里却失去了价值，这对伍子胥是一个极大的震撼。他感谢渔夫，他说："你渡我过了江，同时也渡过了我的仇恨。"最后他流落在吴市，成为一个吹箫人，他的音乐倾诉了自己坎坷的经历，心灵的变化，艰难的行进，温柔与赠与，广阔的山川、湖泽，箫音润泽着吴市的民众。作者在这里用诗一般的语言描绘子胥美妙的箫音，它成为人间的天籁，也是人类期望的和平景象。小说表现了作者对人类战争的厌恶，对和平的期待。

冯至为人质朴，低调，他对研究冯至的人总是一再要求他们降低调子，把一些赞词都删去。他很欣赏德国和瑞士交界处的一些乡村的墓碣，上面那些质朴的话语："我生于波登湖畔，我死于肚子痛。""我是一个乡村教员，鞭打一辈子学童。"这就是真实的人生感言。冯至希望自己的人生和创作也得到这样切实的评价。实际上，冯至的影响是很大的，除了鲁迅对他的那些人所共知的赞誉，李广田认为冯至是那种"在平凡中发现了最好东西的……最好的诗人"，称他的散文"实在都是诗的，那么明净，那么含蓄，在平凡事物中见出崇高，在朴素文字中见出华美，实在是散文中的精品"。卞之琳认为冯至的《十四行集》是新诗诞生至新中国成立前最好的十本诗集之一。司马长风认为，冯至的《十四行集》在新中国成立前新诗发展史上"是谨严精致的一部诗集"。冯至的诗歌创作对"九叶诗派"产生了直接的影响。他的《十四行集》越来越受到重视和好评。有人认为冯至是现代主义诗歌之父，他的诗引发了第二次现代主义诗歌的浪潮。文学史对冯至的价值发掘还在不断进行中。

# 第四章 顾 随

顾随（1897～1960年），本名顾宝随，字羡季，号苦水，河北清河县人，生于1897年2月13日，父亲为前清秀才，家塾塾师。顾随自幼随父学习。1907年，顾随入清河县城高等小学堂学习，三年后考入广平府（永年县）中学堂，1915年考入北洋大学，两年后转入北京大学英文系，1920年毕业后投身教育工作。顾随先后在河北及山东各地担任中学英语和国文教员，后应聘河北女师学院。其后顾随转赴北京，先后在燕京大学及辅仁大学、北京师范大学、北平大学、女子文理学院、中法大学及中国大学兼课。新中国成立后顾随曾担任辅仁大学中文系主任，1953年转赴天津，在河北大学的前身天津师范学院中文系任教，1960年9月6日在天津病逝，享年64岁。著有《顾随全集》四卷。

## 第一节 小说创作

顾随幼年时就喜欢读小说，他说："我在十岁前，已经养成了读小说的嗜好；而这一嗜好直到现在，也还并未减退。这一嗜好，到了我十五岁以后，竟发展到渴望自己成为一个小说家。"[①]"五四"时期，顾随与冯至同为"浅草社"成员，他们的创作也比较接近，如鲁迅所说："向外，在摄取异域的营养，向内，在挖掘自己的灵魂。"在一个历史大变动时期，小知识分子精神的脆弱、思想的迷茫、情感的落寞，是一个时代的病症。顾随及时捕捉到这一时代现象，创作了短篇小说《失踪》。

---

① 顾随：《私塾·小说·中学——童年与少年的回忆（未完稿）》，见《顾随全集》，第1卷，河北教育出版社，2000年，第584页。

主人公是 T 城女学的教员，谁知道他的内心隐藏着杀妻的罪恶以及对异性的变态心理。他的妻子在他半年不在家的时候，因为寂寞与表弟发生了暧昧关系，后来妻子生了孩子，他对此极为仇视，于是在妻子的药里下了毒，将其毒死。然而他的心里并不平静，他仇视所有的女性，机械地生活着。后来在课堂上因怀疑纯洁的学生看穿了他而晕倒，从此他失踪了。为此喧闹了一阵子的 T 城，不久也就将这个人忘却了。小说被鲁迅看好，收入到《中国新文学大系·小说二集》。顾随最早发表的文学作品是小说，而且也已达到较高的水平。但综观他的一生，还是以旧体诗词曲为主。他所作的小说和散文刊出的数量不多。1923 年发表的短篇小说《反目》写一个天真的新娘，在新婚之夜偷看自己的丈夫而受到嘲笑。在世俗的压力下，丈夫也同新娘反目，从此不进新娘的房，不见新娘的面，反目终身。小说批判了封建礼教的愚昧。1926 年发表在《沉钟》第十期上的《废墟》写农民房五去看杀人以后，精神受了极大刺激，发了疯，变成了杀人魔。他拿着一把铡刀，见人就劈，把村人劈杀了一多半，没死的也逃到村外，这个村子从此变成了废墟。小说批判了社会的残暴。1933 年他所作的中篇小说《佟二》用现实主义的方法讲述了一个北方农民的悲惨遭遇。佟二是一个老实本分的农民，虽然日子贫寒，还算过得下去。但是随着社会动荡加剧，天灾人祸一起到来，先是天旱、蝗灾，使他颗粒无收，同时各种摊派、税款应接不暇。佟二一家与村民们挣扎在死亡线上。不仅如此，兵匪混战还要叫他掘自家的地作战壕。佟二活不下去了，他决定带领全家下关东。谁知黑暗社会的魔掌无处不在，就在佟二下关东的路上，他遇到了兵匪的打劫，佟二的妻子和两个孩子被打死。佟二掩埋了亲人，自己又被抓了壮丁。他冒着生命危险抢了一匹马逃回家中，身受重伤，过了两天也死去了。在那个动乱的社会，一个好端端的家庭就这样家破人亡。小说真实地再现了民国初年兵荒马乱的社会情景，表现了老百姓挣扎在水深火热之中的悲惨命运。小说的深刻之处还在于，当佟二死后村民所表现的麻木和冷漠，他们关心的不是佟二一家的命运，而是佟二妻子失踪的花边新闻。他们围着与佟二一起逃难的人询问，就是要看看有无刺激性的事件。小说的情节发展是自然而曲折的，叙事张弛有度，对人物心理的把握十分到位，比他初期的小说显得更成熟。1947 年，顾随又写了一部中篇小说《乡村传奇——晚清时代牛店子的故事》。冯至对这部作品颇为称奇，他说："他于 1947 年忽然以惊人之笔写出了长达三万余言的《乡村传奇·晚清时代牛店子的故事》，语言泼辣，情节离奇，辛亥革命前北方一个农村里的众生相，好像跟鲁迅笔下未庄里的人物遥相呼应。"① 因为好久不见顾随写小说，这部小说让冯至感到吃惊。但实际上，顾随一直没有放弃小说家的梦想。他在关注社会和生活，没有相当的用心，也写不出这样具有生活气息的作品。小说用幽默的笔调讲述了北方乡村的生活故事，表现出浓郁的地域色彩，乡土人情、文化习俗，通过生活细节细腻地展示在读者面前，从生活环境、住房、日常生活、过节、民间艺术、饮食文化到乡民的心理特征等等，完整地表现了北方农村的历史风貌。小说的主人公大麻子是一个阿 Q 式的人物，但比阿 Q 更具反抗性。他生活无着，是一个混吃混喝的人，后来遭到村里有钱有势的四先生暗算，被送到衙门打了 200 大板。大麻子回来后到四先生家里表演了一通武功，向四先生示威，虽然没伤着四先生毫发，倒弄得他自己伤痕绽裂，血又流过了大腿，但他感到胜利的欢喜。从这里我们似乎看到了阿 Q 的形象，显然，顾随受到过鲁迅小说的影响。大麻子的儿子如意儿在社火表演中与师傅二牛鼻竞技时失足摔死。大麻子便在二牛鼻要把戏的时候如猛兽般将他撞翻，并且咬掉二牛鼻一只耳朵，最后两人都受了伤。大麻子怕二牛鼻同他打官司，他琢磨着"伤重的便有理"的俗见，无知地在伤口上抹了水银，并且将剩余的水银喝下，最后中毒而死。小说本是一个悲剧，而结果倒像一场闹剧，削弱了小说的思想和艺术的力量。

---

① 冯至：《怀念羡季》，见《冯至全集》，第 5 卷，河北教育出版社，1999 年，第 57 页。

## 第二节　古典诗词创作

顾随热爱中国传统文化，他的思想也受到中国传统文化很深的浸润。他的最大贡献是对于中国古典文学传统的继承。他看不惯胡适等的新诗，他主张："用新精神作旧体诗。""用白话表示新精神，却又将旧诗的体裁当利器。"顾随创作了大量的旧体诗词。他的主要诗词集子包括《无病词》、《味辛词》、《荒原词》、《留春词》、《积木词》、《霰集词》、《濡露词》、《集外词》、《苦水诗存》、《和香奁集》、《倦驼庵诗稿辑存》、《驼庵诗稿辑存》、《集外诗》等。顾随把毕生的精力放在教学和研究古代文学上，他的《驼庵诗话》是他创作和研究的心得。

顾随在"五四"时期曾作新诗。《送伯屏晋京》作于 1921 年 6 月 25 日。诗中用反复的语式，在每节的开头写："伯屏要走了！/三个月的聚会，往来，/而今要分手了！"一唱三叹，表现了对朋友的依依之情。1923 年 2 月，顾随又写诗寄伯屏，并问候在北京的朋友们："君已到京师，/曾见老冯未？/诗思长几许？/近可有新泪？""老冯"即冯至，他还关注着冯至的诗歌创作。1923 年 4 月，他写《"俳句"小诗录呈屏兄》七首。其一："拥被胡想——/想起君培，/想起荫庭，/想起父亲，/再也想不起母亲！"（丧母既久，音容渐杳，兴言及此，能不流涕！）真言真语，真感人也。其三："耳鸣呵，/我听得见你，却看不见你呀！"（所虚拟的"爱的世界"，终究不能实现，故有此叹！）隐喻中能见诗趣。1923 年 5 月，又作《偶感》一首："我骂人家是'小孩子'，/我又夸奖我自己是'小孩子'，/人家是'没有出息'的小孩子，/我是个'天真熳烂'的小孩子。一样的字面两样的解释：我真是个'孩子'见识呢！"在文字游戏中表现一种哲理趣味，也表现得清新可喜。但是"五四"落潮以后，顾随的情绪颇为落寞，"醉里高歌，醒后心无主"是他当时的心态。看来看去，"醒来还是旧情怀"。他开始创作古典诗词。顾随主张用旧形式表现新内容，他的创作用的是旧体形式，内容都是现实生活的写照。顾随大半生都在战乱中度过，如他所说："我生多忧患，心情常不好。"（《留愁》）因此，感时伤世是他诗词创作的一个重要内容，所谓："南天瞻望未休兵，每倚危楼忆上京。"（《岁暮长句三首》）"中原却被夜深埋，那更秋风秋雨逐人来。"（《南歌子》）"江南江北起烟尘，风力猛，笳声动，落日无言天人梦。"（《天仙子》）

顾随重友情，给冯至的诗词就有数首。他常感叹老友聚少离多："知交尽分散，叹关河阻隔。"（《忆少年》）"眼下千秋事业，生前几寸光阴，三千里外故人心。倚阑良久立，北望一沾襟。"（《临江仙》）冯至曾到哈尔滨工作，顾随在词中表现了对好友的思念，同时也有对好友的安慰："相思有路路难通。松花江上好，莫管与谁同。"（《临江仙》）顾随思想中有一种虚无主义的东西时时侵袭而来，他常有一种"牵牛开罢蝶飞来"的失落惆怅之感，常常感物伤怀，不能抑制。他在词中表现最多的还是自己寂寞的情绪，叹岁月空过，事业无成："回头三十一年间，盲人骑瞎马，落叶满空山。"（《临江仙》）"细想三十年间事，如此凄清，一个流萤。自放微光暗处明。"（《采桑子》）这是对自己人生的总结。顾随消极的人生观和悲观的性情，限制了他关注大千世界的兴趣和眼光，也限制了他才华的发挥。总的看来，他古典诗词创作的题材比较狭窄，有些顾影自怜。

从艺术上看，顾随的古典诗词创作也取得了一定的艺术成就。诗画融合是其特点之一，如《醉花间·题叶上寄君培》：

说愁绝，更愁绝。愁绝天边月，十五始团圆，十六还成缺。

野旷树声悲，楼高灯影激。若问此时情，一片新黄叶。

圆月、旷野、树声、远处的高楼、灯影，绘成了一幅夜的剪影。顾随诗词的另一个特点是语言浅近，有些口语化，如《丑奴儿慢》下阕：

尚忆去年重阳，抱病携酒登高。雨中采，黄花插鬓，踏遍蓬蒿。近日情怀，没花没酒没牢骚。文章幻梦，年华流水，剩有魂消。

"近日情怀，没花没酒没牢骚"，近于白话。

顾随的古典诗词数量极大，在思想和艺术上都取得了较大成绩。但是这些诗词题材狭窄，内容比较单调，思想情感的重复较多，加之古典诗词受到时代冷落，因此顾随没有受到中国现代文学史应有的注意。

## 第三节　杂剧创作

1936 年冬，顾随出版了《苦水作剧》，包括杂剧四种：《垂老禅僧再出家》、《祝英台身化蝶》、《马郎妇坐化金沙滩》、《飞将军百战不封侯》。1941 年，他又发表杂剧《馋秀才》。1945 年，顾随又出版了《苦水作剧二集》，包括《陟山观海游春记》上、下两卷。在中国文学史上，顾随是"最后一位发表杂剧的剧作家"。杂剧这一文体在现代几近失传，从这个角度看，顾随的创作有其特殊的意义。顾随所作的杂剧，大多取材于史书记载的故事轶闻，以此寄托他的思想和情感。

《垂老禅僧再出家》写和尚继缘，在大名府兴化寺出家。此时，他的乡亲民间艺人赵炭头携妻子什样景卖艺来到大名府，赵炭头不幸病逝。在此期间，继缘和尚常给他们一些接济。赵炭头弥留之际，把妻子托付继缘和尚。继缘和尚开始对什样景以朋友之妻相待，照顾她生活。什样景请他救人救到底，继缘和尚经过一个多月的思想斗争，与什样景结为夫妇，生下一儿一女。等到儿女成人，什样景病故以后，继缘和尚再度出家。在这出剧中，表面上看，作者的思想超出了佛家的清规戒律，但实际上，正是顾随对佛家思想的更深的理解，即"救人救彻"。继缘和尚在梦中听到了什样景对他"杀人不死，救人不活"的责骂，他感觉到佛家的持守与世俗的需要矛盾的时候，他宁可还俗，他的还俗不是对佛的背叛和不敬，乃是更大意义上的持守。在这里，顾随表现的是一种牺牲精神。这种精神在他的其他剧中也有体现。《马郎妇坐化金沙滩》写延州人民不识大法，堕落迷网，马郎妇愿舍肉身为布施以渡化众生，而当地长老把她当做淫妇加以驱逐，马郎妇遂坐化金沙滩。剧作所歌颂的仍然是牺牲和奉献的精神。

《祝英台身化蝶》是民间故事梁祝故事的改编。《飞将军百战不封侯》是史记中记载的人们熟悉的李广的故事。《馋秀才》写一个富家子弟赵相公把家产挥霍净尽，后流落在弥陀寺中，以教村学为生，自幼贪图口腹之欲，学会烹调之能，人称"馋秀才"。剧中馋秀才的形象有作者自己的投影，清高：

> 〔倘秀才〕又不会成群结党，又不会掂斤拨两，那奔走钻营也并非所长。既不能陪笑脸，又不肯唱花腔，凭什么论功邀赏？

这是顾随的自我宣泄，也是自我表白。赵相公的烹调技术传出去以后，县太爷正寻觅一个高手厨子，他的手下人便托空山和尚请赵相公去侍候。赵相公断然拒绝，他说："我不要他千金赏，不要他高官厚禄，不要他铜绿金黄。"他宁可独守清贫，也不愿侍候着他人醉倒在销金帐，表现了一个知识分子的铮铮铁骨。在杂剧中更能见得作者性情。

《陟山观海游春记》的故事取材于《聊斋志异》中的《连锁》，主要情节与原作大致相同，叙述的是书生杨于畏与鬼魂连娘的爱情故事。杨于畏携书童到云台山去消夏，夜静更深之时，忽听到一个女子吟诗的声音。于是，杨于畏遂生爱慕之意，企盼到此会女子一面。在那荒山野岭，连锁的鬼魂来无踪去无影，更增杨于畏愁绪。杨于畏的真情、连锁求生的意志终于使二人相见。初遇时，连锁对杨于畏仍然不肯深信，二人不断摩擦争论，杨于畏感叹自己犹如"聘了一位严师，只可远观，不可亵玩"，表现了一种崭新的爱情观。当大地春满之时，连锁起死回生的时机到了，杨于畏说，"姐姐若能回生，小生何惜一死"。连锁说：

"痴话，你若死去，我还活来作么？"可谓为情生为情死。连锁说，只需一点生人鲜血，滴入脐中，就可复生。杨于畏就割破自己的胳膊，把鲜血滴入连锁脐内，待她骨肉长成，将她从墓中掘出。故事的结局是原作没有的，杨连二人并马游春，剧名定为《游春记》，也是作者翻新的目的，旨在写人生理想之境界，犹如并马游春，陟山观海。

顾随的杂剧词章写得很有华彩，若在元明之际，顾随的才艺一定能得到充分发挥，但在当时没有产生多大影响，其原因主要在于时代移矣！顾随真有些生不逢时，他自己也很清楚。1921年6月20日，他在写给卢继韶的信中说："我好研究文学，所写出的东西，大半偏于技术，短于思想。"[①]在"五四"那样一个思想启蒙时代，人们看重的是新思想和新观念，技术则退居其次。鲁迅就曾敏锐地感到，当他在创作《离婚》、《示众》这些小说的时候，已经摆脱了外国小说的影响，技术也更加娴熟，但却不大引人注意了。所以他放弃了小说创作，集中精力写杂文。顾随的创作没有能够紧跟时代，他在剧中表现的还是自己的性情。他的学生叶嘉莹认为，顾随的剧作有所隐喻，有所寄托，这是知人之论。但那个时代要求作家不仅表现个人的性情，还要表现时代的精神，不仅要有隐喻和寄托，而且要有高声的呐喊和呼号，这就是顾随文学命运不佳的原因。

---

① 顾随：《顾随全集》，第4卷，河北教育出版社，2000年，第6页。

# 第五章　绿波社诗人群

　　天津是一个商埠，商业气息比较浓郁，"五四"时期的天津文学界相对于北京、上海，文化生活稍显沉寂。在文学上，活跃其间的是一些尚在中学读书的青年学生。1922 年 3 月，赵景深与吕一鸣等编辑出版了新文学刊物《微波》第一辑，这是天津最早公开出版的新文学刊物。1923 年 1 月，焦菊隐主编的文学季刊《虹纹》创刊，周作人题写了刊名。经过一系列的准备，1923 年 2 月 12 日，天津绿波社成立，会员 17 人，后发展到 60 人，主要成员有焦菊隐、赵景深、于赓虞、万曼、朱旭光、王亚蘅、胡倾白等。绿波社创办了诗歌专刊《诗坛》，发刊辞云：

　　　　这一次是我们绿波社初次和诸君相见。我们信着这一种刊物，"诗坛"发表我们的诗和我们对于诗的意见，并且将近代域外的诗择重要介绍过来，把弱小而含苞未放的花儿栽在诗坛里。能否盛开，我们也不敢预定，不过我们总要使他受些和风温雨的滋润，也就是希望社会上的批评和指引。

　　绿波社组织策划了一套丛书，出版诗合集《春云》，收入 13 位绿波社成员的诗，每人一辑，分别为于赓虞《春风》、王亚蘅《海珠》、王瑞麟《银雾》、朱旭光《雨夕》、吉仰左《微笑》、胡倾白《北行》、陈奕涛《安慰》、黄振武《雏菊》、陈励准《心声》、焦菊隐《蝶心》、叶碧《海花》、万曼《歌女》、赵景深《棕叶》。他们创作诗歌、小说，翻译外国文学作品，创办刊物，虽然时间不长，但是留下了值得关注的印痕，近年来，学术界已经开始注意、收集、研究他们的作品。

## 第一节　于赓虞的诗

于赓虞（1902～1963年），河南西平人。1921年于赓虞随伯父赴天津，先入南开学校学习，一年后又转入天津汇文高中专习英文。1923年他与赵景深、焦菊隐等组织绿波社，后编辑《世界日报·文学周刊》、《河北民国日报·鸮》周刊、《华严》月刊。1935年于赓虞赴英国留学，次年回国，后在河南大学、西北大学任教。诗集有《晨曦之前》、《骷髅上的蔷薇》、《魔鬼的舞蹈》、《孤灵》、《世纪的脸》。"五四"前后，于赓虞的诗曾引起过人们的广泛关注。朱自清在《中国新文学大系·诗歌卷》收录了于赓虞五首诗：《影》、《长流》、《飘泊之春天》、《流浪之岁暮》、《山头凝思》。选诗的数量标志着编者对入选作者的评价，可以说，朱自清对于赓虞的诗评价不低。台湾学者舒兰的《北伐前后的新诗作家与作品》一书，把于赓虞放在前几位去写。他以为于赓虞死于1937年，这位所谓的"短命的诗人"给他留下了深刻印象。陆耀东在《中国新诗史》中说："于赓虞在中国新诗史上的地位，直逼闻一多、徐志摩、朱湘。"[1] 他认为于赓虞的写作新诗的时间比李金发早，而且要比他成熟。于赓虞在诗歌风格上也与李金发接近，被称为"魔鬼诗人"，但人们却把荣誉给了李金发，于赓虞在现代文学史上几乎被人遗忘了。直到最近几年，人们才又想起这位寂寞的诗人，对他的诗歌创作重新审视，并编辑了出版了《于赓虞诗文辑存》（上下卷），达800余万字。[2]

于赓虞的文学活动是在天津起步的，而且在组织绿波社的活动中最为引人注目。绿波社作为一个诗歌团体值得文学史重视，作为绿波社诗人群中成绩最大的于赓虞也应引起重视。

于赓虞20岁时从河南西平九女山下来到天津读书，对家乡的怀念

---

① 陆耀东：《中国新诗史》，第1卷，长江文艺出版社，2005年，第372页。
② 解志熙、王文金编校：《于赓虞诗文辑存》，河南大学出版社，2004年。

是他诗歌的一个重要内容，九女山、漂泊、异乡是他在诗中经常使用的词。异乡客成为他内心的阴影，挥之不去。不管身置何处，一想到自己身处异乡，一股感伤情绪便油然而生。他感到"异乡的美花盛况，/何如故乡的布衣素食？"在梦中他梦到的是九女山旁的故乡，苍凉、破荒！然而，"寒夜的清梦，终是留恋着故乡呵！"《归思》、《昨夜入梦》都是想象自己回到家中，听到母亲对自己的思念和呼唤，"我的儿呀，几年来你无踪无影，怎么"的诗句反复在诗中回旋，令人动情。于赓虞到天津后不久，父亲便在家乡去世，在此之前，他的表兄和二哥已相继死去，家乡遭遇兵匪之祸，叔父死于非命，这些人事上的巨大变故，给年轻的诗人以沉重的打击。因此，在他的诗里梦里就是永久的悲哀。他的心好像浸了毒，在诗中只有哭泣："我怕听军号报捷之曲，/鲜淋淋的血河中，没有我心血的小鱼呵！"父亲去世以后，他在服丧期间，精神极度颓废，徜徉于荒山野岭之间，如孤魂野鬼。他写了《九女山之麓》、《野鬼》等诗，哭死去的亲人，哭自己不幸的命运，哭人间的荒凉，长期的精神抑郁损害了他的健康。在病中他更加感到痛苦，有一种叫天不应、叫地不灵的感觉。这时候他的心往往转向无限的天际，对现实完全地绝望了。《遥望天海》就是他在天津病中写的。痛苦中，他把目光投向辽阔的苍穹："月明，你赐甘露于蔷薇，光芒于墓地，/能否照一照我这孤宿冷栗寒极的心扉。"但是最终他还是失望："刺骨的冷风蓦然将我跃动的心欲摧毁；/这生命的残烬中希冀的双翅已减了光辉，/漠然的摸着肉体自恨自怜的看青天无垠。"于赓虞主张"诗的自然论"。早在1922年他就写了《诗的自然论》一文阐发自己关于诗的看法，认为诗要依情为归宿。"该憎恶时便憎恶，该痛哭时便痛哭，该慷慨悲歌时，便慷慨悲歌。"发展人的本性天性，而达于真我，这种观念无疑是正确的。但是由于性格的原因，于赓虞陷于悲观主义的泥潭中不能自拔。他所谓的表现真我成了他的顾影自怜、成为可怜虫似的呼号。他的创作虽然在延续，而在艺术上却毫无进展。他只是一味地宣泄内心的苦闷和绝望的情绪，似乎犯了强迫症一般，无休止地喊着痛苦啊！孤独啊！他后来出版的几本散文诗集《魔鬼的舞蹈》、《孤灵》，既没有散文文体上的创新，也没有内容上的变化，与他的诗完全一样，只有分行不分行之别。从总体上看，于赓虞的诗在内容上较为空洞，主要表现个人的感伤情绪。从艺术上看，于赓虞的诗比较规整，诗句不管长短，在一首诗中，是较为整齐的。在用词上，多用意象性的词，词汇较为繁复，但是通观起来，又显得单调，因为总是那一类悲观凄凉的语系。于赓虞的诗节奏性很强，长长的句式读起来琅琅上口，如《长流》："苍空的流云寂寂的慢慢的从我头顶飞来飞去，/这迢迢异地已是榴花的时节还没有灵鸟的声息。/故园亲人的墓头想已，想已青草篷篷有如云衣，/今夜荒漠冷明的古寺前只有我在听长流禅语。"于赓虞的诗不是写出来的，而是吟唱出来的。他的《红酒曲》、《晚祷》、《歌者》等诗，都像唱歌一样："来，来，来，我的人，让我们痛饮此湖边，/来，来，来，我的人，让我们深吻此湖边。"

　　于赓虞的诗被认为是"恶魔派"，中国的"恶之花"。他因为爱情的失意和对生活的绝望，在诗中表现阴暗的情绪和幻灭的痛苦。这一方面使他的诗产生了一种悲剧的美，另一方面限制了他的视野，使他的诗没有能够走向一个更为广阔的天地。

## 第二节　焦菊隐与赵景深的诗

　　焦菊隐（1905～1975年），天津人。诗人，戏剧家。由于焦菊隐在戏剧编导方面的卓越成就，他早期的文学活动几乎被人遗忘。其实他早在中学时期就开始了文学创作活动，是"五四"时期天津文坛的一名骨干分子。他组织绿波社，编辑刊物，写了大量的诗歌，还有散文和小说，同时，他还在《晨报》副刊和《语丝》发表作品。1926年，他的散文诗集《夜哭》出版。于赓虞为他的《夜哭》作序，介绍了诗人的家庭背景。焦菊隐的家庭曾是一个很荣华的乐园，但最后凋零到难以维持，现在流落到江南的也有，流落到京华的也有，在天津的只有他的父母与妹妹了。骨肉的生别，固已令人饮痛；而人们的冷酷，更使人哀哭欲绝。他说焦菊隐的诗显露出"自我"，潜伏着沉毅的生力，闪耀出"将来"的光辉，风格是缠绵与委婉、沉着与锐利，是新诗的一大收获。那个时代的诗，忧愁是主旋律，焦菊隐的诗也不例外。《夜哭》是作者对时代的一种感受。他说："我只能感觉这远处吹来的夜哭声，有多么悲恸，多么惨情。""夜正凄凉，夜里的哭声颤动了流水，潺潺地在低语，又好似痛泣。"年轻的作者何以如此悲观呢？因为现实与理想的差距总是那么遥远。青春是多梦的季节，梦中是美好的。《夜的舞蹈》表现了作者的内心情怀，那是作者的一个梦，一个翩翩起舞的夜姑娘，美的使者，一切是那么神秘、和谐、轻歌曼舞，但是现实却是愁人的。"睡里，梦中，我只有空伸着预备接收你的双手，你没有来，终究没有来！"1929年，焦菊隐又出版了散文集《他乡》，离开了故乡，在他乡的生活更令人焦虑："他乡的云烟，似故乡的黄沙蔽天；他乡的雨珠，像故乡的北风冰寒。"战争笼罩下的生活愁云惨淡："全宇宙啊，都在悲泣——悲泣这些诚勇的男儿，惨死于惨恻之中。"无奈，作者只有在梦中幻想："行一次残忍，把一切消除"，让阳光"照满洁白的大地，灵芝草和紫罗兰长满了全世界"。从这部作品的目录可以看到，通篇都是"夜"的意象，表现了作者内心的黯然，如《深夜》、《银夜》、《寂月》、《夜祷》、《长夜》、《夜哭》等。焦菊隐说，《他乡》的创作"都是在最感苦痛的年月里呻吟出的"。可见当时知识青年的痛苦与迷茫。

焦菊隐的《夜哭》出版后，三年内再版四次。沈从文对焦菊隐的诗评价甚高，他在《论焦菊隐的〈夜哭〉》一文中说："若我们想从一种时行作品中，测验一个时代文学的兴味高点，《夜哭》是一本最相宜的书。"他说："作者的诗，容纳的文字，是比目下国内任何诗人还丰富的。"沈从文认为从诗的风格来看，焦菊隐介于汪静之和于赓虞之间。①
焦菊隐用散文诗的形式写诗，语言是灵动跳跃的：

> 我们只能感觉这远处吹来的夜哭声，有多么悲婉，多么惨
> 情。她内心思念牛乳样甜而可爱的儿子有多么急切焦忧呢？这
> 我可不能感觉了，我不能感觉，因为黑，寒，与哀怨，包围着
> 我如外衣一样。（《夜哭》）

作为"五四"时期的青年学生和新诗爱好者，焦菊隐显然受到郭沫若诗
歌的影响。他的《蝴蝶之心》从诗的句式上看有郭沫若"女神式"的句
子："飞翔哟！/飞翔哟！""和我飞翔哟，/飞翔到云边哟！"在焦菊隐早
期的诗中，蝴蝶是一个常见的意象，他的诗就有《蝴蝶》、《蝶心》、《蝴
蝶之心》等。咏怀这一意象，表现了诗人渴望自由飞翔的强烈愿望。

赵景深（1902～1985 年），祖籍四川，生于浙江丽水。1919 年夏赵
景深入天津南开中学读书，与焦菊隐、于赓虞等结识，组织绿波社，从
事文学创作和文学刊物编辑工作。1922 年他开始写诗，1928 年出版诗
集《荷花》。他的《秋意》、《幻象》第三首《妒火》被朱自清选入中国
新文学大系。赵景深说他早期的诗带着孩子的天真，诗中充满了爱与光
的影。的确，赵景深的诗在绿波社诸诗人中是比较阳光的。《盲丐》一
诗以诗人的想象写盲丐的内心与外部世界的隔绝。外面是孩子们对盲丐
的咒骂、喧哗和嘲笑，而盲丐的内心却向往着光明、温暖和快乐，想象
着孩子们亮晶晶的口眼、活泼的动作、柔和的耳朵，于是他微笑着唱起
歌，从容地在街上慢行。这里，看得见的世界与看不见的世界形成了反
差："虽然他的眼看不见，/他的心灵已经看得比水晶还明亮"，看不见
反倒心净。赵景深受基督教的影响较深，诗中经常表现宗教意象和思
想，表现对光明的赞美和向往。《幻象》一诗是对圣马利亚形象的想象：
"是圣马利亚，/穿着深蓝的长袍，/戴着紫色的斗篷，/很沉静的一步步

---

① 沈从文：《论焦菊隐的〈夜哭〉》，见《沈从文文集》，第 11 卷，花城出版社，1984 年，第 129 页。

的走着，穆穆的态度显在伊的脸上，/圆的光辉罩在伊的头上。"《棕叶》幻想天使拿着棕叶，安慰自己的烦激之心，把一切沉闷的阴影都抹去了。《秋意》表现的不是如传统文学那样写秋意的萧瑟，而是带着青春梦幻般的感觉写秋意，感觉那秋的凉意如同秋姊姊的嬉戏。赵景深还有一些叙事诗，如《日神曲·中国的民间传说》，讲述民间传说的太阳和月亮兄妹的故事，但叙事还较稚嫩。除此之外，赵景深的诗常有些哲理的意味在里面，比如，《小的世界》第一首："野地上的小菊花，/是这般的小。/但（小）给我心灵的慰安，/却是不可限的微妙。"

## 第三节  徐雉与万曼的诗

徐雉（1899～?），浙江慈溪人，绿波社员，文学研究会会员，40年代在延安失踪。徐雉1921年开始诗歌创作，1924年8月由天津新中国印书馆出版"绿波社"丛书之一，诗集《雉的心》，收入新诗102首。唐弢在谈到《雉的心》时说："《雉的心》与刘大白《旧梦》、康白情《草儿》、汪静之《惠的风》等，同为早期受注意的诗集。"[1]唐弢认为徐雉的诗"面向社会，执着现在"[2]。他主要写情诗，《失恋后》是一篇集小说、散文、诗歌于一体的叙事作品，是徐雉的独创，也是作者情感的自然流露。作品通过叔羽给失恋情人棣华的 11 封信，表现了叔华对爱情的真诚与执著、热烈与疯狂。其中"以诗代信"的诗写得尤为真挚感人。第 2 封信"以诗代信"的诗被朱自清选入《中国新文学大系·诗歌卷》中，题目改为《失恋》，在当时曾传颂一时。

　　鸟儿栖息在树枝上；/树儿倒了，/他便去巢人家的栋梁。/但是，亲爱的姑娘！请告诉我；/假使栋梁也折了，/又叫他飞到何方？//鱼儿游泳在小河里；/河水枯了，/他便飘到

①  唐弢：《雉的心》，见《唐弢文集》，第 5 卷，社会科学文献出版社，1995 年，第 515 页。
②  唐弢：《徐雉的诗和小说·序》，人民文学出版社，1982 年，第 2 页。

汪洋的海里，/但是，亲爱的姑娘！请告诉我；/假使海水也干了，/又叫他向那里找安身之地？//我年轻的时候，/我的心紧紧地系在母亲身上，/母亲死了，/我闲空的心便到处流浪！/后来碰着一个美丽的姑娘，/就把我缠住了。/但是，亲爱的姑娘请告诉我，/假使你不爱我，/我的心更向何处去求归宿？

诗歌写得清新自然，以比兴开始，最后落脚到爱情主题上，表现得自然大胆。诗歌的形式也很美，长短句形成了自然的语调和间歇，有一种音乐的美感。他还有一些诗是写给女友的爱情诗。徐雉三岁丧母，但他对母亲的思念却从未停止过，有许多诗是写给母亲的，表现出对母亲的想象和怀念，如《我的母亲》。诗人已记不起母亲的模样，问遍身边所有的人，不同的人对母亲有不同的描述，但在诗人的心里："我觉得我心中的母亲曾尝遍酸辛，/我又觉得她曾历尽了人间的悲哀。/我觉得我心中的母亲是美丽的，/比一切都美丽！/我觉得我心中的母亲是圣洁的，/比一切都圣洁！"《在母亲的坟墓前》进一步写他对母亲的哀思："她的精灵：化为明媚的孤月，和闪烁的繁星；化为坟上的绿草，和草间的夜露；化为墓旁的大树，和树上的鸣鸟。"徐雉的命运是坎坷的，但他从来没有失去希望，这是他最后走向延安、走向革命的内在动力。1923年，他写了一首诗《希望又来了》：

希望是什么？希望是一团野火，容易被吹熄的。但希望之火，如今又在我的心里燃着了！

希望不断破灭又不断燃起，支持着徐雉不断地创造，不断地进取，直到生命之火熄灭。

在"五四"时期，许多人多写短小的诗，徐雉却多写长诗，他的诗行都比较长。徐雉的诗比较清纯，也相对浅白。唐弢惊讶人们的健忘，在不长的时间里，人们就把徐雉忘了，这不是没有原因的。

万曼（1903～1971年），原名万礼黄，天津人，诗人。1919年万曼开始发表作品，1920年入天津新学书院学习。1923年他加入绿波社，参与编辑《新民意报》副刊《诗刊》、《绿波周报》。1923年万曼毕业后在天津高中和南开中学任教，1933年受聘于济南师范，1942年主持北海文艺社，1951年到开封师范学院任教，60年代任开封市文联副主任。他著有诗歌、小说合集《淡霞和落叶》。

万曼对社会下层百姓的疾苦十分同情。如《歌女》："歌女的珠喉裂了！/胡琴的声音瘩了！/但是依然大街小巷的，/颤着他们那缠绵不忍闻的歌！"又如《给弱者》："吾在报上看见一个短见者，/吾就狠狠地咒他，/懦弱的人儿呵！/你懦弱到什么地步！/你怎么渺视你自己。//引起全世界的火灾，/使浓烟迷漫了地球。/你既牺牲了生命，有什么不能。//狂般抛掷炸弹，/使全人类玉石不分的灭净/你既然牺牲生命，有什么不能。/……/唉！懦弱者呵！/你为什么不发疯般的做个大破坏？/竟这样悄悄地死去呢！"诗歌表现了对现实的强烈不满和反抗。

## 第四节　绿波社其他成员的诗

除上述诗人之外，绿波社还有叶碧、朱旭光、胡倾白、吉仰左、王亚蘅等的诗，也显示了个性。叶碧《隐痛》写个人内心的痛苦感受，十分真切："心里的隐痛，/像烧完的草，/铺在平地，/一点风儿，灰吹没了！/留着一条焦痕，/任怎样的涂抹，/依旧深深的印着。"《融化》写景抒情，也很有意味："雪后的阳光，/仿佛无力，/地下的雪已融化成冰了！/墙阴的积雪，/方自庆幸依然故我呢！"朱旭光的《小诗》表现了诗人对文学社会功用的迷茫，对于诗歌创作方向的思考。"满腔已经沸了的血泪，/洒向暴徒的心窝吧！"诗人曾经把文学当做匕首投枪，与敌人斗争，但是最后他感到："心花枯了，/泪泉干了，/曾经中过一点用吧？"文学太无力了，无法打败强大的恶势力，但是诗人也不愿无所作为，放弃自己的职责，无奈之下，他只好叹息："诗人啊，/不再写人间的烦闷的悲哀了，/只写人间的爱吧！"《了解》也写得意味深长："我从工人的眼中，/了解了工厂主的势力。/我从穷人的眼中，/了解了资本家的盛福。/我从爱人的眼中，/了解了爱情的价值。/于是，/我便从沉默的观察里，/了解了人生的一切，/一切的人生了。"《雨》带着婉转的讽刺："雨哟，/假如你不能洗净了宇宙间的污浊，/就可以请天气变得再冷些，/你就可以变成了洁白的雪，很轻松的铺到各处。/如此，/凡经你所铺过的地方，/便可以藉着你的遮掩，/暂时的洁白了。"吉仰左的诗多写爱情的失败和骨肉的别离，带有感伤情绪，如《冬夜》："在这静寂的冬夜，/再听不到父亲的嗽声，/于是我觉到我是如何一个孤儿了。"胡倾白的诗充满了怀疑的精神，他的《灰色的人生道上》反复质问："上帝真爱我么？"《夜游天津公园——偕伴景深兄》不断重复："逃吧，逃虚空吧！"而他对亲人的怀念则写得真挚感人，《北行——思母而作》写道："变化的白云，/北行游子，把相思寄给她了，/母亲，你收到儿的相思么？白云是最不诚实的呀！""我知道母亲的心，想变作一只鸟，乘月亮的光明，偷偷的离了父亲，飞到黄河岸来看她的游子。"

绿波社诗人的创作是时代的记录，有着"五四"时期青年知识分子的所有特点：对人生的迷茫，对理想的追求，对真挚爱情的向往，也带着那个时期年轻人的幼稚和浮浅。

# 第六章　保定海音社的创作

20世纪20年代，在保定产生了一个创作群体，他们的创作成果后来由他们自己成立的北平"海音书社"集中展示出来。在海音社出版的文学作品征订广告上有这样一些书目：

《漫云》，吕沄沁作散文

《荒山野唱》，谢采江作诗集

《莫泊桑诗集》，张秀中译

《爱妻的逃亡》，柳风作小说

《野火》，谢采江作诗集

《动的宇宙》，谢采江作诗集

《三条腿》，柳风作小说

《烟盒》，柳风作小说

《中国新诗坛的昨日今日和明日》，草川未雨作论文

《梦痕》，谢采江作短歌集

《晓风》，张秀中作短歌集

《从深处出》，柳风作短歌集

《清晨》，张秀中作短歌集

《不快意之歌》，谢采江作短歌集

《爱的浪费》，子兮作小说

《我俩的心》，雅风 丁丁合作诗集

其他还有一些译作。仅从这些书目上可以看到，海音社在文学上做了大量的工作，创作了数量可观的作品。但在现代文学史上，他们几乎不被提及，好像他们根本没有存在过一样，这是令人遗憾的。

# 第一节　张秀中的诗

张秀中（1905~1944年），又名张毓坤，曾用笔名草川未雨。河北省定兴县城关人。祖父张弟才，号景梅，清朝拔贡，善画。张秀中受其影响很大，喜欢画松柏，常以松柏自喻。1921年，张秀中考入保定育德中学，深受"五四"新文化运动影响，在老师谢采江影响下，开始创作新诗，并和李梨等几位同学组织过文学团体，出版两期铅印的文艺刊物《微声》旬刊。1926年，张秀中在育德中学毕业后，到北平以卖画为生，在北京大学旁听文学课。张秀中十分崇拜鲁迅，他将自己创作的诗歌集《晓风》请人转交鲁迅，并写信向鲁迅请教。鲁迅日记记载："1926年2月8日甄永安来，不见，交到张秀中信并《晓风》一本。"

张秀中受"五四""小诗"创作诗潮的影响，开始创作"小诗"。《晓风》是一本类似冰心《繁星》、《春水》形式的小诗集，共收小诗122首，1926年1月由北京明报社出版。诗的内容丰富，是诗人对时代和社会的感应。诗的基调充满激情和希望，第一首就这样写道："晓风起了！/金黄的光芒，/从天边射出，/岛上窥星的人哪！/心放宽些啵/万众的沉睡者/就要苏醒了！"

那是一个万众苏醒的时代，一个启蒙和呐喊的时代，"五四"的灯火照亮了几千年的暗夜，诗人写道："夜间望着明星走，/觉得步下全亮了。"

张秀中的胸襟是宽大的，他的诗不是沉醉于一己悲欢，他说："捉摸人类的情绪时，/我的心就宽阔多了！"他对世界充满爱，对未来充满憧憬。这使他能够在悲哀的情境里生发希望，在愁苦中寻找安慰。"我底朋友！/当你睡在夜之怀里，你心中曾燃著了几颗不灭之光？"（35首）"她的孩子死去了，/看见旁人的孩子也是喜欢啊！"（63首）他用一种哲学的眼光和辩证的思维感悟人生，从寂寞中听到了热闹："好一

个灰色的人间啊！/听，深夜底喇叭声。"（50首）"假如你要死了，/你那心爱的珍物，就要成了他人底开心品了！"（76首）

张秀中的诗也是静夜的沉思，与之对话的是月亮、星星、大海、花儿、鸟儿："我要洗夜间的灵魂，/对着澄澈如水的明月！"（115首）"想和明月谈心吗？/轻悄的浮云遮着呢！"（113首）诗中所表现的思想和情感也许有些稚嫩，但文学的韵味是浓郁的。

1927年11月，张秀中又出版了诗集《动的宇宙》。从这本诗集中可以看到，张秀中诗风有了明显变化。在内容上，如果说《晓风》是静夜的沉思的话，那么《动的宇宙》可以说是行走的吟唱。《请你走》这样写道："我底朋友！/你要使你的襟宇阔大吗？/请你——走，走，走，/走到天与地底交线处——"这些诗句在诗中反复吟唱，表明诗人希望走出去，走出知识分子的象牙塔，走出个人生活的小天地，走出狭隘的情感世界，走向更广阔的天地。但是究竟走向何方，诗人却十分迷茫，所向之处是茫茫的天空，所见到的是想象中的天使、天神。《动的宇宙》从诗的形式到内容都十分杂乱，表现出诗人正处在一个转型的关口，内心充满困惑和矛盾。《动的宇宙》一诗是诗人对时代的感应，一种动荡不安的情绪流露其间，全诗都是飞呀，摇啊，摆呀，滚啊……

"三·一八"惨案发生时，张秀中即在游行队伍中，他目睹了这一残酷的事实，写下了《血战》一诗：

> 你挤着我，我挨着你，/你拉着我的手，我牵着他的襟。/我们拔出腰间的斧头，/砍向地球，/活着的地球，/发火的地球。/不能再退，/不能再顾，/我们只有砍，/地球的火就要喷了，/我们的鲜血只要流，/生命的火就会亮了。

这是张秀中后来走向革命道路的一个转折点。

1927年，张秀中和老师谢采江、同学柳风等筹措资金在北平沙滩32号开办了一个小出版社"海音书社"，出版了"短歌丛书"。他先后再版了《晓风》、《清晨》两个诗歌集，还出版了长篇评论集《中国新诗坛的昨日今日和明日》。这是一部最早对中国新诗进行梳理和评论的诗歌理论著作，全书 23 万余言，近年已逐渐引起关注。张秀中首先对新诗理论进行整理阐释，对各家诗歌理论作了客观的评析；在《诗集分评》一节中，对新诗代表作家作了点评，其中包括胡适的《尝试集》、康白情的《草儿》、汪静之的《蕙的风》、徐玉诺的《将来之花园》、冰心的《繁星》和《春水》、谢采江的《野火》、宗白华的《流云》等。

　　1929 年底，"海音书社"被查封。1931 年，张秀中加入北平"左联"，曾担任"左联"党团支部书记。参加北方"左联"后，张秀中的诗风为之一变，由清婉而为粗粝了。他在 1931～1932 年写了大量"普罗诗篇"，结集为《血在沸》，1932 年 7 月由中国普罗诗社出版。正如诗集的名字所彰示的，张秀中这个时期的诗作大都回荡着热血沸腾的声音。"红五月来到了，/我带了许多传单到农村去；/散了一批又一批，/把民众五月的意义广布到劳苦群众中去！//我们的满腔热血沸腾了，/当这红色的五月，/同志们！动员起来，冲破白色恐怖，/发起斗争，领导群众到大街上示威去！"①抒情主人公满怀豪情，临危不惧，要把自己所获得的信念传布到广大的农村去，要动员更多的人加入到自己的队伍中来。"传单是在纷飞着，/广大劳苦群众们饥饿愤怒的火焰燃烧起来了，/响应和参加了这个中国无产阶级！/电车停驶了，'增加工资！减少工作时间！'/'打倒黄色工会！建立自己的工会！'/工友们激昂地鼓掌，他们在欢呼着。/'打死反动军官！哗变到红军去！'/'帮助农民分配土地！参加革命战争！'/兵士弟兄们面色剧然紧张起来，/他们在街头立正行礼！"②诗句不免有些粗糙，却也生动地描绘了 20 世纪 30 年代被动员起来的工人、市民等高呼口号和争取权利的壮观场面，有力展示了红色时代的火热激情。

　　1934 年，张秀中被捕，被投入国民党中央军人监狱，1937 年 8 月

　　① 张秀中：《血在沸·纪念红五月》，见《秀中诗文选》，红旗出版社，1984 年，第 117 页。
　　② 张秀中：《血在沸·五卅大示威》，见《秀中诗文选》，红旗出版社，1984 年，第 132 页。

28 日出狱，到武汉《大众日报》当编辑。报纸被国民党查封后，张秀中去西安力行中学教书。1940 年，张秀中调到太行文联，主编《华北文艺》，1944 年病逝。

## 第二节　谢采江的诗

谢采江（生卒年不详），原名谢庚宸，河北定兴县人，1920 年到保定育德中学任国文教员，曾先后教过张秀中和孙犁。20 世纪 20 年代初，谢采江与张秀中、柳风等一起从事诗歌创作，组织海音社，先后出版了《野火》、《荒山野唱》等诗集。张秀中十分推崇他的老师谢采江，在他的专著《中国新诗坛的昨日今日和明日》中，把谢采江的诗放在一个很重要的位置去论述，将他的诗与冰心的诗作比较。谢采江坦陈，他写诗是受到冰心小诗，特别是《春水》和《繁星》的影响。但张秀中认为："冰心《繁星》、《春水》中的诗是冥想的，谢采江《野火》中的诗是现实的。"他从很多方面把谢采江的诗与冰心对照来说。① 孙犁也很怀念这位中学时代的老师，说他的文字缘与谢采江这位新文学的诗人有很大关系。

与那个时代大多数的知识分子一样，谢采江的诗较多地表现思想的迷茫和知识分子的苦闷。《我的路程》一诗说："昏黑的夜间，/两旁山峰上——虎啸猿啼，/我浑身战慄——/望着前边明灭的星儿，/在深谷中的荆棘上走！"他在《荒山野唱》的题词中说："也许是我的神经异常啊——/繁华热闹的都市，/我只见几堆坟墓；/兴高采烈的男女，/我只见几具行尸；/寂寞哟，苦闷哟，迷困在苍茫的荒山里，/唯有哑声的野唱了！"

谢采江有一些爱情诗写得比较深沉。《我知道》一诗写道："她漂泊

---

① 草川未雨：《中国新诗坛的昨日今日和明日》，转引自张秀中：《秀中诗文选》，红旗出版社，1984 年，第 107 页。

到哪里去了？/是生，还是死？/那全不管，/我单知道，/确乎知道，/深深的知道——她在世上，/她便活着；/我有心灵，/她便活在眼前；/——问旁的干什么？"《荒山野唱·弹簧上》（六十一首）写道："要先杀掉你的情敌，/然后再软卧到爱人的怀里！"

谢采江有不少反映现实的诗，真实记录了他生活的那个年代的动乱情境："放下笔吧，闭住口吧，/杀气腾腾的阵前，/不容说，更不容写。"（《荒山野唱·弹簧上》第二十四首）"谁说不怕死呢？/无处可归的人，/只好投向沙场了！"（《荒山野唱·弹簧上》第二十七首）"这样血肉横飞的阵前，要找住敌人的头，再来哭我们的死者。"（《荒山野唱·弹簧上》第四十三首）《荒山野唱》中的《伤兵》是一首较长的叙事诗，叙述在战争中伤兵的悲惨境况："一列车，一列车，一列车，/载来了这许多的伤兵！/军医院是住不够的，/赶走了学生，/占据了学校。"在描述了伤兵的各种惨相之后，诗人愤怒地发问："呵！这是谁以人命为儿戏？/打伤了这么多的好兄弟！"伤兵得不到及时的治疗，哭喊，叫骂，最后气绝而死。诗中写道："我们到野外去看吧，/铁道旁，/成林的木牌儿下，/俱是葬埋的兵士，/这认也认不清的乱葬冈，/清明日有谁来祭扫，斜阳里有谁来凭吊？"全诗表现了诗人的人道主义精神和对军阀混战的现实的不满。

谢采江《荒山野唱·望云歌》中有些诗带有民谣风，如《漫歌》（一）"刚出嫁，/回家去，/想起新女婿，/抱住小兄弟。"

## 第三节　柳风的小说创作

柳风（1905～？），原名甄永安，字升平，河北大名县人。20 世纪 20 年代与张秀中、谢采江等一起从事文学创作，出版诗集《从深处出》、中篇小说《烟盒》、《三条腿》、《爱妻的逃亡》等，1937 年赴延安。1950 年柳风任陕西省委宣传部秘书，1957 年调陕西省剧目工作室任主任，从事戏曲创作和研究。

　　小说《三条腿》在售书广告上有一个注脚："三条腿者介于人和动物之间的动物也。"这说明小说意在讽刺某些披着人皮的动物。小说主人公浩然，与其学生发生爱情，后来女生怀孕生产的时候，他却借故逃离。女生因经济不能独立，向他讨要生活费，他只给她一块钱作为产妇之酬劳。小说的目的是警示青年女性不要依赖男性。《爱妻的逃亡》在发售广告中说是"一部忠实而巧妙的描写灵与肉冲突的中篇创作小说"。写一对青年男女的爱情，男子因爱其妻，所以不愿离开，女的因爱其夫，所以故意逃亡。此书出版后被视为不良小说受到查禁。《烟盒》是一部反映北京现实社会问题的小说。作者把谢小青这个人物作为视角和小说的基本线索，对当时的社会作多角度的观察和批判。谢小青是一个男人化的女性，她打扮成男性，甚至出入妓院，心理有些变态。但是小说的主要目的不是写这一个人。她只是一个观察社会的视点，她打扮成男性，并且整天在外游荡，从庆云班到西河沿到前门，再到西长安街六部口，到西单、东安市场、中央公园、天安门、南池子……几乎把北京扫描一遍，她所接触的人包括妓女、警察、人力车夫、印刷厂的工人等。通过她的眼，揭露社会的黑暗和丑恶。她所见到的全是苦难、恶行。"唉！地狱！"这是她的感叹。"世界上完全是横行的死与杀，末日到来！这些东西用罪恶催促著末日的到来！"作者对现实社会的愤慨溢于言表，在叙事中时常有一些议论。例如，讲到妓女的悲惨命运时，小说议论说："这些项（向）来的虚伪，把鞭打出来的姑娘关入妓馆中。说是这少女愿意出身为娼，有口供以及字据的甘结，让从来不识字的女子，在纸上画个十字，这就是一切情愿的大证据，哪怕把她迫死苦死，这都可以那个十字为证据，说是她甘心情愿，高明的法律也就这样评定，不但许可，并且说非此不可，这就是它对于人民的保护。"对妓馆里势利的老鸨婆，小说毫不留情地批判说："这些中人是苦人的阎王，却又是有钱的小鬼，当人穷得要死的时候，他们就摇头摇脑的硬说人家的东西怎么样怎么样的不值钱，简直是非白掷不可，还是求着他们开恩才得估一个小价，可是他们就从中抽出了不少的利。及至见了有钱的呢，他们就立刻变成了个话匣子，说说这个又道道那个，横竖所有他能作中人的东西就都成了好的，都有大用了，而且比在苦人手中时立刻就价钱高了许多。这一种社会上的奸诈派，取了物品的流通权，抽苦人的筋的就全是这些鬼混们。"小说对社会黑暗现实的揭露有深刻之处，话语时露锋芒，有一定的社会批判价值。但小说的情节比较散乱，叙事线索不清，语言也不够精致，艺术成就不高。

　　保定海音社的诗与小说创作数量与规模都不算小，在当时还是产生了一定的影响，而中国现代文学史却将他们遗忘了。其中的原因，一方面是这个创作群体没能进入文学主潮之中，有些被边缘化了；另一方面，也是因为他们之中没有一个代表性的诗人作家，能够创造出经典或者上品之作，受到读者持续的关注。

# 第三编

20世纪30年代的河北文学

（1927~1937年）

　　"五四"时期的河北文学，从主流上说，还属于"侨寓文学"，以李大钊、冯至、顾随为代表的河北籍作家都在北平从事文学创作活动，河北本土的文学创作尚未引起人们关注。进入 30 年代以后，立足于本土的河北作家显著增加。由于受到"五四"新文化运动的辐射和北方"左联"文艺思想的影响，河北的新文学获得了相当程度的发展。在 30 年代的左翼文艺运动中，冀中的路一、梁斌、张秀中、张秀岩、张寒晖、谷万川；冀南的王林、方纪、公木等分别到北平和上海参加了"左联"，保定还成立了"左联"的基层组织：保定"左联"，远千里、周幼年、杨春周、刘秉彦等为主要成员，此外，冀南的王亚平、袁勃、曼晴等在北平建立了"左联"的外围组织：中国诗歌会河北分会。

　　在创作题材方面，30 年代的河北作家更加注意表现河北的地方文化，其创作更具地域特色，如安娥《燕赵儿女》一诗所说"我要把燕赵二字写它个千行！"这一时期的河北文学更加突出表现出刚毅沉雄的燕赵文化特征。

# 第一章　文学思潮与运动

20世纪20年代后期，中国新文学告别了"五四"时期，进入一个新的发展阶段。这个阶段随着1937年"七七事变"爆发而结束，文学史上通常称之为"三十年代文学"。由于历史发展的要求和文学自身规律的推移，此一时期文学面貌发生重大变化，呈现出明显不同于"五四文学"的历史特征。

## 第一节　30年代河北文学演变概说

与"五四文学"相比，第二个10年的中国现代文学格局出现了多方面的根本性转变。首先，文学主导倾向发生重大转换。"五四"时期是中国历史上人的觉醒期，"人的文学"占据那个阶段的文学潮头，"个性解放"以强大的声势席卷九州大地。不过，"五四"新文化运动本身又"是一曲多声部大合唱，其中既有激进，也有保守；既有革命，也有改良；既有雅，也有俗；既有对现代性的呼唤，也有对现代性的反抗"。① 作为其中重要一支的"革命文学"随着历史发展不断壮大，终于在1928年前后酿成一场声势浩大的无产阶级文学运动，掀开了文学历史的新篇章。"救亡意识"和阶级要求得到不断强化，新文学的主导倾向逐渐实现了由个性解放向阶级解放、民族解放的转化。"人的文学"仍然得到许多作家的坚持，其主题也在新的历史条件下有了新的发展与拓新；但是毫无疑问，左翼文学取而代之，成为新的历史潮头。其次，文学的多元发展格局日趋明显，许多文学风格、流派得到尝试、发展，并取得很大成绩。在这10余

---

① 程光炜等主编：《中国现代文学史》，中国人民大学出版社，2000年，第161页。

年时间里，除去占据历史潮头的左翼文学之外，京派文学、现代话剧、现代派诗歌、市民小说、社会剖析派小说、"新感觉派"小说、通俗小说等，都取得了丰硕的文学成果，形成一个个耀眼的文学星群。他们的文学创作视界开阔、思想深厚、艺术成熟，呈现出思潮迭起、流派纷呈的文学发展新格局，大大丰富了中国新文学的表现内容和表现形态，无疑是继"五四文学"以后中国新文学的又一个发展高峰。

在20世纪30年代中国新文学构成中，河北作家队伍里尽管没有出现引领文学潮流的风骚人物，但他们作为一个有着悠久文学传统和坚韧的奋斗精神的文学群体，在各种文学门类、各种文学流派中都进行了可贵的探索，并取得相当可观的文学成绩。在"左翼"文学这个时代主潮中，王亚平、宋之的、安娥、张寒晖等河北作家以强烈的民族责任感和自觉的阶级意识投身到民族解放和阶级解放的时代潮流中，并在火热的革命实践中创作出许多散发着精神热力、绽放着艺术光芒的文学作品。发生在河北省定县的大众文艺实验则是20世纪30年代一次重要的文艺事件，熊佛西等一批戏剧家和作家怀着扫除农村愚昧、推动现代化进程、富强国家、拯救民族的热望，不辞辛苦深入农村，开展文化普及、思想启蒙工作。虽然他们的努力因抗战爆发而半途夭折，但他们带有实验性质的努力带给后人的启示是非常巨大的。在京派文学创作中，冯至、田涛、许君远等河北作家在对中国现代化进程中田园衰退、人性伤损的反思中营构自己的篇什，表达了他们对文化传统的卫护、对美好人性的坚守。在平民文学创作中，老向、老谈等河北作家追随老舍、林语堂等文学大家，努力以平民的眼光打量世界、钩织文思，于幽默、风趣的笔调中表达普通人的思想情感。在现代话剧的创作中，宋之的、张寒晖、李朴园等河北剧作家付出了很大的努力，创作出不少精彩篇章。在报告文学的创作中，宋之的、陈纪滢等河北作家也都认真耕耘，成绩斐然。在诗歌创作领域，除活跃在京津一带的诗人外，创作成绩比较突出的还有杭州的纪弦、沈阳的冰痕等。在通俗文学创作中，赵焕亭的武侠小说赢得了读者的广泛欢迎，与向恺然并称"北赵南向"。总的来说，这一时期，尽管中国新文学中心南移，影响了河北文学更大规模的发展，但无可否认，它仍称得上是河北文学积极探求、不断走向发展壮大的阶段。

## 第二节　积极建设左翼文艺主潮

左翼文学运动是在 20 世纪 20 年代后期由一场文学大论战拉开大幕的。1927 年秋天开始，后期创造社的理论主将冯乃超、朱镜我、彭康、李初梨以及太阳社的蒋光赤、钱杏邨、孟超等从日本归国，在《文化批判》、《太阳月刊》等刊物上连续发表文章，大张旗鼓地批判"五四文学革命"，提倡"无产阶级文学"，引起了一场革命文学大论争。论争促进了马克思列宁主义世界观和文艺观在中国的广泛传播，最终促成 1930年 3 月 2 日 "左联" 的成立，使中国的左翼文学汇入了整个世界红色文学的大潮。1930 年，在苏联莫斯科召开的第二次国际革命作家代表会议上，革命文学国际局更名为国际革命作家联盟，吸收中国 "左联" 为团体成员之一，并作出《对于中国无产文学的决议案》，提出 "用种种方法加紧无产文学对于大众的影响"。从此，中国左翼文学成为国际共产主义文学运动飘扬在中国的一面旗帜。

从世界文学的范围来看，20 世纪 30 年代其实是左翼文学引领风骚的时代。20 世纪是整个人类的革命世纪，国家要独立，民族要解放，人民要自由，变革的呼声响彻东西方。十月革命以后，苏联成为国际无产阶级文学运动的中心，从 "无产阶级文化派"，到 "拉普"，提出了一系列革命文学理论，辐射到许多欧美资本主义国家和亚非拉殖民地半殖民地国家。其中日本左翼文学运动中的福本主义和 "纳普"（即 "全日本无产者艺术联盟"）则对中国的左翼文学运动产生了直接的影响。1929 年始，整个西方工业世界陷入了严重的经济危机，人们普遍对工业文明产生怀疑，并把目光转向新兴的苏联，因此出现了一个世界范围的"红色的30年代"。在这样一个革命激流汹涌澎湃的年代里，具有革命主题的左翼文学自然成为时代的弄潮儿。

早在"五四"时期，河北就出现了积极宣传马克思列宁主义、提倡革命文学的先驱人物李大钊。他在1919年12月8日发表的《什么是新文学》一文中指出："用白话作的文章，算不得新文学；……我们所要求的新文学，是为社会写实的文学，不是为个人造名的文学；是以博爱心为基础的文学，不是以好名心为基础的文学；是为文学而创作的文学，不是为文学本身以外的什么东西而创作的文学……宏深的思想、学理，坚信的主义，优美的文艺，博爱的精神，就是新文学运动的土壤、根基。"其中的提法虽然还不甚明朗，但无疑包含着革命的内容，是革命文学最早的胚芽。到20世纪30年代，尽管河北大地笼罩在北方军阀铁桶般的控制之下，环境十分恶劣，但是，许多河北作家仍然感应着时代脉动勇敢地投入到左翼文学运动之中。他们中很多人主要活跃在北方，积极参与了北方"左联"与天津"左联"组织发起的各项活动，积极发动保定、唐山、张家口等地进步师生开展左翼文学创作活动。除此之外，他们还参与发起了北方剧联、中国诗歌会河北分会等，比如，宋之的和于伶等共同发起组织了北方剧联；王亚平与袁勃等共同发起组织了中国诗歌会河北分会。他们中也有一些人南下上海或东渡日本，积极从事左翼文学活动。在上海，宋之的参加了剧联理论组活动，并领导新地剧社积极开展演出，期间他还应邀赴太原，从事话剧和电影编剧工作，为左翼戏剧、电影发展作出许多贡献。安娥本是一位党的工作者，与组织失去联系后，积极参加左翼文艺活动，创作了不少感人至深的诗篇和电影插曲。在东京，王亚平与蒲风等一起组织了中国诗歌会东京分会，出版文学刊物《东京诗歌》。不过，总的来看，在左翼文学运动中，河北作家主要还是活跃于北京、天津、保定等中国北方城市，作出的贡献相比较也更大。下面就集中介绍一些河北作家在北方左翼文学运动中所做出的成绩。

北方左翼文学运动发端于北平，延及天津、保定等地。中国"左联"在上海成立后不久，北平一些进步作家就开始酝酿、讨论成立北方"左联"。经过半年多的筹备，1930 年 9 月 8 日召开成立大会，推选段雪笙、潘漠华、谢冰莹、张璋、梁冰等为执行委员，推举孙席珍、潘漠华、台静农、刘尊棋、杨刚等 5 人为常委。大会还通过了行动纲领，并发布了北方"左联"宣言。宣言指出，资本主义正在没落，无产阶级正在兴起，苏维埃政权正在南中国数省逐步建立，强调"中国左翼作家联盟北方部的成立，也就是为适应此种要求，担负北方全部分的文化斗争的任务"。宣言提出"左联"北方部的理论纲领"是以辩证法为方法，以唯物论为基础，坚决的与统治阶级的一切理论斗争，建立自己阶级的文化"。北方"左联"成立时盟员不过二三十人，后来陆续增加，下设东城小组，在北京大学附近；西城小组，在中国大学附近。正式盟员虽不多，但北京大学、清华大学、北京师范大学、中国大学、辅仁大学、中法大学等高校以及大同中学、汇文中学等均设有"左联"外围组织——读书会（或文学研究社），由盟员组织领导，参加人数比较多。北方"左联"积极编辑出版小型文学刊物，其中影响比较大的有《科学新闻》、《北国》、《冰流》、《前哨》、《文学通讯》等。北方"左联"还积极开展宣传活动，其中比较重要的有南下抗日示威、公祭李大钊、邀请鲁迅到北师大演讲等等。时值中国文化中心南移，北方军阀实施恐怖统治，北平文坛本是一片冷落，而成立北方"左联"并积极开展活动无疑吹进了一股新鲜空气，使之增添了不少亮色。

北方"左联"成立后，还派盟员到天津高校、中学宣传发动进步师生，开展左翼文学运动，成立了北方"左联"天津支部。天津的左翼运动在 1929 年就开始了。中国共产党派往北方工作的符浩、谢冰莹等联络了部分从事革命工作的文学爱好者，组织成立了星星文艺社，公开出版发行《星星》半月刊，倡导无产阶级革命文学。刊物发刊词《星星的光芒》旗帜鲜明地提出："它不是少爷小姐的文艺园地，也非博士学者的理论场所，仅是一群热血青年，感觉自身的痛苦，同时也同情于被压迫者的痛苦，所发出的呼声。""我们是纯洁的青年，我们仅仅认识正义和公理；我们顾不了力量的微弱，我们要作下列的喊叫：打倒帝国主义！拥护被压迫民众的解放运动！反对统治阶级的压迫和屠杀！反对一切争权夺利的战争。"[①] 1930年12月，在中共天津地下党的领导下，由吴砚农等同志发起成立北方"左联"天津支部，成员有顾湘（顾伯苓）、王士钟、王士钧、张香山等，大多为进步文学青年。他们在南开大学、北洋大学、南开中学、河北女子师范学校等校建立外围组织读书会，开展政治活动，传阅进步书刊，从事文学写作。因白色恐怖，一度中断活动，1932年暑假恢复。1933年10月，因大部分成员被捕，停止活动。在北方"左联"、北方"左联"天津支部的活动中，河北作家积极参与并贡献了自己的力量。在北方"左联"成立之初，河北作家梁冰就参与了组织发起工作。梁冰，生卒年不详，河北保定人，当时为北京大学心理系在读学生。此后陆续加入北方"左联"的河北籍作家有张松如、谷万川、张秀中、徐盈、方殷、臧云远等。张秀中早在"五四"时期即开始诗歌创作，1930年他加入中国共产党，次年参加北方"左联"，后任河北省委副秘书长，参与编辑省委党刊《北方红旗》，又与陆万美合编"左联"机关刊物《文学前哨》，兼任北平"左联"党团书记，在北方"左联"后期发挥了重要的组织、领导作用。1934年5月，张秀中被捕，移押在南京监狱，1937年8月获释。张秀中先后在汉口、西安等地从事抗日救亡宣传工作，1940年到太行山解放区，曾任《华北文艺》编委中华全国文艺界抗敌协会晋东南分会理事。1944年因病去世。张松如（1910～1998年），河北束鹿人，笔名公木、龚棘木、章涛等。1928年到北京辅仁大学和师范大学读书，1930年加入北方"左联"。1932年11月中旬，乘鲁迅回北平探望母亲病情之机，公木曾和潘炳

---

① 同人：《星星的光芒》，《星星》半月刊，1929年4月，第1期。

皋、王志之等一起以学生代表的名义邀请鲁迅到北京师范大学演讲。鲁迅欣然应允，作了题为《革命文学与遵命文学》的文学演讲。在演讲中，鲁迅深入剖析"民族主义文学"的虚弱本质，批评"第三种人"文学主张不切实际的一面，扩大了左翼文艺在青年学生中的影响。谷万川（1905～1970年），河北望都县人。1924年谷万川考入北平师范大学附中，开始在《民国日报·觉悟》发表杂感，并搜集编写了童话故事集《大黑狼的故事》，由周作人作序推荐在北新书局出版。1926年谷万川南下考入武汉军校，期间常在军校《革命生活》、汉口《民国日报》、《中央日报》副刊等发表作品。1929年谷万川回北平考入北京师范大学国文系，曾与同学阮庆荪、陈伯欧、陶雄等创立"人间社"，一起阅读讨论进步书籍，思想转为"左倾"。20世纪30年代他加入北方"左联"，并与陈北鸥等合办《文学杂志》。在该刊创刊号上发表《论文学上底腐败的自由主义》，引用列宁的话批判苏汶的超阶级的文学观点。方殷、臧云远曾与端木蕻良等一起编辑北方文总机关刊物《科学新闻》。

北方"左联"保定小组是北方左翼文学运动的重要分支，保定左翼文学运动的蓬勃开展，充分显示了河北省作家积极投身左翼文学主潮的热忱。保定小组是1930年底在中共保定特委领导下，由北方"左联"盟员徐盈、周永言（字幼年）、梁冰等协助组织建立的。周永言最早在省立第二师范学校展开活动，发展了远千里、刘光宗、刘秉彦、臧伯平等数十个盟员，由杨鹤声、刘光宗负责。后来，左翼组织扩展到育德中学和保定农学院。育德中学"左联"小组成立于1932年春，发展了一些盟员，负责人是王仁俊，后为刘秉彦。保定农学院小组成立于1932年夏，由徐盈指导，发展10余个盟员。"左联"保定小组开展的活动主要有：一是广泛地传播了普罗文学。1931年，北平"左联"盟员周永言、何小石、杨纤如等先后到保定，主要通过授课的方式在学生中倡导普罗文学。在他们的带动下，先后建立了"麑尔读书会"、"文学研究会"、"星光文艺社"等进步文学社团，培养了一批文学人才，如远千里、臧伯平与刘秉彦等。二是创办了一些文学刊物，其中有臧伯平与卢勤编辑的《曙前》、刘光宗编辑的《在前哨》，以及保定二师与六中合编的《朝晖》等。三是积极开展抗日救亡宣传活动。1932年五一国际劳动节前夕，保定二师、农学院、育德中学的"左联"盟员和爱国学生在保定举行游行示威，宣传中共的抗日主张，国民党当局出动大批军警镇压，"左联"盟员臧伯平、臧剑秋等被捕。7月初，保定二师的"左联"的盟员和进步学生，在中共保定特委领导下，展开护校斗争，反对国民党反动派对进步学生的镇压。7月6日凌晨，国民党当局再次派出大批军警镇压，杀害大批进步学生，保定"左联"负责人杨鹤声、刘光宗及盟员张树森、王慕桓等先后壮烈牺牲。"左联"小组遭到严重破坏，左翼文艺运动趋于沉寂。1934年春刘秉彦等在育德中学曾一度恢复"左联"组织，开展过一些活动，还编印过几期《小小月报》。但不久，因成员星散，保定"左联"便停止了活动。

总之，在20世纪30年代，河北有一大批青年作家投入了左翼文学主潮，积极参与北方"左联"、中国诗歌会河北分会、北方"左联"天津支部、保定小组的组织发起工作，有的作家还先后当选北方"左联"等左翼组织的负责人，在其中发挥了重要作用。他们也以满腔的热情积极投入左翼文学创作，发表了一些优秀作品。但是，总的看来，参加左翼文学运动的河北作家大都是文学青年，除王亚平、宋之的、安娥、公木、袁勃、曼晴等外，其他作家在这一时期文学创作相对弱一些，不过，在他们却为20世纪40年代晋察冀边区文艺发展准备了人才基础，功不可没。

## 第三节　努力捕捉文明转换的律动及其他

20世纪30年代左翼文艺蓬勃发展，占据了历史的潮头。与此同时，京派文学、海派文学、论语派文学等也都在扎实地生长着，并取得很大成绩。在京派等诸多文学流派的竞相发展中，河北作家积极参与，作出了一定的贡献。

20世纪30年代，京海之争曾经喧闹一时，当时人们的注意力主要放在了意识形态方面。不过，在尘埃落定之后，京海之争的文化色彩越来越清晰地显露出来：它其实是一场当时必然要发生的乡土文明与都市文明的冲突。1928年12月末，张学良易帜拥护三民主义，国民政府取得了形式上的统一。尽管社会两极分化严重，危机四伏，但中国现代化还是由一盘散沙状态进步到民族国家控制下某种程度的有序规划状态，中国的经济发展速度也提高了许多。伴随着现代化进程的提速，乡土文明与都市文明的摩擦必然加剧，一些知识分子，特别是一些生活在北京、上海等大都市的高等知识分子对此感受更深。只不过，由于社会身份、价值选择不同，他们中一部分人，以北京一批大学教授为代表，深切感受到现代文明与乡土文明二者间的紧张关系，在文学创作中表达了守护乡土传统，对抗、融化现代都市文明的思想意愿。他们中的另一部分人，以上海一群出没于十里洋场的知识分子为代表，他们坦然地感受着现代都市新鲜风景、喧闹氛围，因而，不同于前者，他们更乐于在作品中展现现代都市的物质景观和现代人的心理体验。前者被称为京派，后者被称为海派。

京派文学发源于北京，活跃于京津一带。20世纪30年代的北京的生活节奏尚且舒缓、田园气息仍旧浓郁，它的乡土背景依然可以构成文人们的心灵支撑与价值依托的基础。由此滋生出的京派文化在某种意义上可说是乡土文化的典型象征，一方面自觉以京派文化为价值基础来构建自己的文学叙事的京派作家当然就深深打上了乡土文化的烙印。另一方面，京派作家又毕竟是受过"五四"文化洗礼的一代，他们并不以狭隘的心态拒斥西方文明，只不过对资本主义商业文明保持警醒和反思的立场。这反映到文学观念和主张上，是京派作家以自由主义的姿态反对政治和意识形态对文学的干预和制约，同时，又以对"纯正的文学趣味"的追求，来对抗文学的商品化。京派作家共通的特质是他们的文体都带有一种抒情性，交织着对现代性既追求又疑虑的困惑，抒发了他们由于本土的传统美感在现代性的强大冲击下日渐丧失所带来的怅惘体验和挽歌情怀。

一些河北作家积极汇入到京派文学创作中，其中有冯至、顾随、田涛、许君远、毕奂午等。冯至的思想视界与文学才能在20世纪30年代京派作家群中都属一流，本有可能在京派文学创作中作出更大的贡献，但由于他1931年便离开北京赴德国留学，创作相对少一些，在这一时期的影响自然也小一些。尽管这样，京派文学仍不应忽视他的重要存在。他创作于塞纳河畔的一些优美散文，虽然其中浓郁的异域风情很难让人联想到作家的京派身份，但其实冯至在自然风光的酣畅抒写中正表达了京派作家对抗商业文明、回归大自然的共同文化意趣。顾随成名于"五四"时期，20世纪30年代他以故乡清河为背景的几篇小说中，于哀婉的笔调里写出了曾经的淳朴民风和现实的荒乱田园，表达了对记忆中乡土生活的深深怀想。田涛更重要的创作发展期在40年代，是后期京派文学重要代表，但在20世纪30年代他已经有不俗的创作成绩。小说中他以都市文明的视角回望乡村生活，以乡土文明的视角打量都市生活，在两种视角的反复转换中表达了对现代文明既向往又抵拒的矛盾、复杂的心绪。许君远、毕奂午分别运用小说、诗歌的形式表达自己有关乡村生活的美好记忆，同时又都不约而同地流露出某种难以掩饰的伤感。这使他们的创作染上一层田园挽歌的色彩。

海派文学发源于上海，它是上海畸形现代化的产物。20世纪30年代上海的经济、文化等确实达到了当时世界先进水平，不过，它同时也带有无法回避的半殖民地的胎痕。海派作家表现出强烈的现代意识。诗歌方面，他们从艾略特、庞德、瓦雷里等西方现代主义诗人那里汲取诗学营养，借助意象、隐喻、通感、象征来"传达现代人在现代生活中所感受的现代的情绪"①。小说方面，他们借鉴日本新感觉派注重传达瞬间感觉体验、潜意识的艺术观念，充分调动各种现代技巧来传达都市的丰富的感性体验。海派文化对于 20 世纪 30 年代的河北作家来说有些遥远，海派文学在他们中大多数人看来也比较陌生甚至有些古怪。但河北作家也并没有明显表现出拒斥海派文化，有的甚至还积极投入到海派文学的倡导与创作之中，如路易士。路易士（1913～?），原名路逾，20 世纪 30 年代常用的笔名是路易士，抗战后改用笔名纪弦。1913 年生于河北清苑，1924 年移居扬州。1929 年路易士开始写诗，唯美主义气息很浓。1931 年"九·一八"事变后，民族危亡迫在眉睫的现实刺激他走出象牙塔，在十字街头目睹了民众的深重苦难后，写了一些控诉与反抗的普罗诗篇。1934 年春天，在李金发、戴望舒诗歌的影响下，路易士的诗风再次发生转变，开始踏入现代派诗歌创作的门槛。这一时期他与戴望舒、徐迟等现代派诗人交往甚密，创作的诗歌主题也由原先的对社会的控诉与反抗转为对内心孤独的抒发与悲悼。路易士这颗生于河北的诗芽因饱受江南水土的滋养而萌发出郁勃的现代诗思，似乎意味着河北作家经过长期的艰苦摸索，终究会踏上文学现代化的坦途。

在 20 世纪 30 年代的文学格局中，还有一个比较重要的事件，即林语堂在上海《论语》杂志上所倡导的论语派文学。论语派尊奉林语堂所倡导的"以自我为中心，以闲适为格调"的文学主张，积极顺应新兴市民阶层的欣赏习惯，曾经创作出大量诙谐、幽默的文章，拥有众多的读者，但它却一直被视为文学的歧途，难以进入文学"正史"。不过，随着市场经济逐步发展，随着人们理论视界逐步放宽，林语堂及其所倡导的论语派文学正在得到比较公正的评判。其实，如果从一种大的文化视角来重新打量论语派文学创作，它本是一群自由主义作家在没有言论自由的文化专制下，所采取的一种合法主义的反抗方式和独特的写作策略。与左翼作家的平民立场不同，他们更多地体现了市民阶层的文化需

---

① 施蛰存：《关于本刊中的诗》，《现代》，1932 年 11 月，第 2 卷第 1 期。

求，是市民知识分子生存智能和个人主义的结晶。他们不采取与国民党政府直接对抗的姿态，而是吸引读者以游戏或滑稽谐笑文字参与"亵渎神灵"，将一切社会现象纳入自己的嘲笑与谐谑中，从而在言论禁忌的年代为知识分子开拓出一个合法的批评空间。

受林语堂影响，河北作家老向、老谈等充分发挥他们喜欢诙谐、幽默的天性，创作了大量讥讽时政、揶揄世态的俏皮文字，成为论语派的两员虎将，与幽默文学大师老舍并称"三老"。老向、老谈的出现，为河北文学参与现代文学的创造提供了另一种可能性，即智性参与。河北文学常被人称为慷慨悲歌，这种论调其实是以激情文字的无限放大遮蔽了其他多种文学存在的事实。河北多有慷慨之士，但也不乏机趣人物；河北文学盛产激情笔墨，但也时现智性创作。河北文学历史的源头上，就有产生于民间的"静女其姝，/俟我于城隅。/爱而不见，/搔首踟蹰"这样绵婉的艺术根脉，也有触龙这样曲尽人情，令赵太后欣然更张的文化机智，特别是到晚清时期，河北出现了纪晓岚这样一个慧心旁逸、机敏超常的趣味人物，他创作的《阅微草堂笔记》更显示出河北文化朴实背面的高度智慧。而在现代文学史上，老向、老谈等河北作家又一次发挥了河北文化的智性资源，在貌似随意的文字里常常暗藏玄机，于谈笑间总能勘出蒙昧的症结，撕破虚伪的戏幕，让读者茅塞顿开、颐窍大张，发出会心的微笑。

除此之外，保定、阜平等地一些年轻的作家也在认真地耕耘着，留下了几处文学印痕。在保定，1928年秋，黎锦熙、张希彖、汪公严等发起成立河北大学文学研究会，创办《河北大学文学丛刊》。该团体文学创作与理论研究并重，从《河北大学文学丛刊》创刊号的内容来看，它设有"论著"与"作品"两栏，"作品"栏目刊载的都是诗词，有现代诗，但以古体诗为多。"论著"栏刊载了黎锦熙的《新文学的历史观》、江东的《中美文学之比较观》、司塔的《文学作品与文学》等。第4期设有"论著"、"小说"、"戏剧"、"新诗"、"寓言"、"旧体诗词"、

"随笔"等栏目。"论著"栏刊载了黎锦熙的《文学定义的比较》，"小说"栏则有赵亦翔的短篇《囚鬼》、荇州的短篇《黑炭》和《中秋月下》，"戏剧"栏有彭主圈的《新天河配》等。以丛刊的栏目设置和刊发作品内容来看，这个文学团体组织比较松散，并没有划一的文学主张。由创刊号到第4期栏目与内容的变化来看，则可以看出它的栏目在不断丰富，文体的现代意识在逐步增强，整个团体在文学现代化大潮中稳健地向前发展。在阜平，1931年春，在中共阜平县地下组织负责人王宗良的倡议下，旭光文学研究社在县城南关袁家胡同召开成立大会，张业宏、李心仁、王懋谦、李剑等20余位青年学生参加。袁同兴在会上作了筹备经过的报告。会议通过了社团的工作纲领和简章，选举袁同兴为文学社社长，王宗良为副社长。1931年8月，旭光社创办了文学季刊《旭光》，由袁同兴任编辑部主任，王宗良任副主任。季刊设小说、诗歌、散文、论文等栏目，每期销售500册左右。不久，他们又创办面向小学生的文学月刊《安琪儿》，王宗良任主编，丰子恺为该刊设计、绘制了封面。1932年秋，经社务会议研究决定，由在保定求学的袁同兴与保定河北日报社协商，在《河北日报》开辟星期文艺副刊《曙霞》，共出了30余期。停刊后，旭光社又和徐州日报社订立合同，在《新徐日报》上编发副刊《狂奔》周刊，年底终刊。周刊上曾刊载袁同兴反映贫苦农民勤俭致富的中篇小说《王老头子》。1934年4月30日，中共阜平县地下党组织遭破坏，8名党员被捕，其中旭光社发起人之一王宗良和重要成员李心仁惨遭杀害，旭光社被迫停止活动。

## 第四节　执著开展大众化文艺实验

大众化是20世纪30年代一个非常响亮的主题，它是对"五四"精英文化方案的一个反动，同时也可以说是一个发展。"五四"运动对中国最突出的贡献在于它毫不含糊地擎起现代化的旗帜，并从政治、经济、文化、精神各个方面开启了对中国的现代化设计。但是，过度精英化构成"五四"运动的诸多瓶颈之一，阻碍了它进一步向前发展。而20世纪30年代兴起的大众化潮流无疑打破了这一瓶颈，推动中国现代化方案由书斋走向社会，由理论走向实践。

在大众化这一时代潮流中，"左联"、剧联等左翼文化组织积极倡导关注现实，关注工人、农民生活，左翼作家积极深入民间，感受民生，创作了许多反映民间疾苦和民众呼声的文艺作品，促进了民众的觉醒，扩大了中国现代化的群众基础。他们走在时代前列，作出了重大贡献。除此之外，还有一些民间力量，自发地汇入大众化潮流，进行了积极、认真的探索，也取得了很大成绩。比如，陶行知、阎哲吾等在江苏及山东等地创办农民剧社，普及现代文化知识，探寻传统乡村社会向现代乡村社会的转型之路。而由晏阳初主持，陈筑山、熊佛西、陈治策、孙伏园等一大批高等知识分子参与的河北定县平民教育与大众化文艺实验无疑更值得介绍，它是20世纪30年代大众化潮流中一个十分重要的事件，它持续时间之久，开展工作之扎实，取得成果之丰富，都值得我们认真检视与梳理。

20世纪30年代定县平民教育与大众化文艺实验之所以取得巨大成功，是由于定县有着几十年的乡村教育与自治的经验积累。19世纪中叶以降，世界列强纷至沓来，咄咄逼人，而中国传统社会几无一丝活力来应对这种千年变局。在胜负早有定数的对决中，中国社会无论上层精英还是下层志士都逐步意识到，中国政治、经济、文化、精神诸多方面非变不可。由坚船利炮到鼎革朝政，由改良维新到辛亥革命，在数十年屡败屡战中，现代化的思路日益显豁地展现在国人面前。而河北定县翟城村的乡绅米鉴三是中国乡村精英中较早看破这一时代变局的优秀代表。他于1894年开始在本村自筹资金创办现代学校，并有计划地进行乡村改造。1914年翟城村乡村改造带来的诸多变化引起县政府重视，进一步引起省府、北洋政府的注意，多次拨款嘉奖，翟城村新式教育更具规模，并正式启动村庄自治规划——创办村自治公所、讲习所、图书馆、爱国社等。从日本留学归来的米迪刚借鉴日本乡村自治建设的经验，为父亲米鉴三的乡村自治实验注入更多的现代因素。他以儒家"大学"之"三纲"（明德、亲民、止善）"八目"（格物、致知，正心、诚意，修身、齐家，治国、平天下）为学理根据，以宋代蓝田吕大忠《吕氏乡约》为范式，融汇日本乡村自治思想，将村庄自治与改造社会结合起来，提出新的乡村改造方案，把村庄自治向前推进了一大步。

米氏父子所兴办的乡村现代教育与乡村自治实验，体现了民间力量在近代以来西方强势压力下所迸发的现代化要求，显示了精英阶层的现代化方案走向大众的必要性与可能性，同时也为20世纪30年代晏阳初所主持的更大规模的大众化实验准备了坚实的群众基础。当然，在乡村自治实验的逐步向前推进中，米氏父子也日益感到自己知识储备的不足与深度规划能力的欠缺，于是，1924年在得知"中华平民教育促进会"成立了"乡村教育部"的消息后，米迪刚便盛情邀请以晏阳初为总干事的"中华平民教育促进会"（简称平教会）到翟城进行乡村改造实验。

晏阳初（1890～1990年），是一位矢志平民教育事业的杰出教育家。他曾留学美国，获普林斯顿大学教育学硕士学位。留学期间晏阳初曾赴法国参加基督教青年会主持的为华工服务的工作，帮助华工编写识字课本，使无数华工短时间内即扫除文盲。他编印的《驻法华工周报》，内容丰富实用，用字通俗易懂，受到华工的广泛欢迎，这是中国平民教育的开端。1920年8月，晏阳初告别美国回到上海，在中华基督教青年会全国协会工作，主持智育部新设的平民教育科。他利用一年多时间跑了19个省，对各省平民教育现状进行深入调查，参考东南大学教授陈鹤琴"语体文应用字汇"研究成果，科学遴选出最常见的1000多个汉字，编写成新的《平民千字课》。经上海、长沙、烟台、嘉兴等地平民学校多次实验证明，教学效果十分显著。1923年6月20日，中华平民教育促进会在北京正式成立，推选晏阳初为总干事。1924年8月，晏阳初到北京就职。在他的动议下，平教会成立乡村教育部，由曾经在美国康奈尔大学专门研究乡村教育的傅葆琛担任主任，负责将平教运动推向农村。不久，平教会接到米迪刚的盛情邀请，晏阳初以为翟城地处华北平原中部，代表性强，极宜进行乡村平教实验，便爽快地答应下来。经过充分准备，1927 年冬，平教会农民教育部迁至翟城，随后，晏阳初延请了一批留学欧美的农业、教育、医学、文学、工程等博士，和他们一起携全家老少由北京移居翟城，开始了乡村教育的研究与实践。1929 年秋，平教会总部也迁到定县，乡村平民教育实验由试点推广到全县。1931 年，平教会与河北省县政建设研究院（定县实验区）建立工作关系，以民间学术组织与官方政治机构合作的方式，在定县21 个村庄建立教育、政治、经济和卫生制度性建设的示范点。1932 年，由于平民教育在制度和方法方面的研究实验取得成功，转向全面推广。1937 年，由于日本入侵华北，抗日战争全面爆发，轰轰烈烈的定县平教运动被迫中断。

定县平教实验，汇集了大批高等知识分子。比如，平教总会平民文学部主任陈筑山，16 岁考中秀才，旋往日本、美国留学 11 年，主修政治与哲学，曾任民国第一届国会参议员，国立北京法政专科学校校长；平教总会视听教育部主任郑锦（褧裳），曾创办国立北京艺术专科学校；平教会刊物《农民报》主编孙伏园，曾留学法国，任北京大学讲师、《北京晨报》副刊主编；定县戏剧工作委员会主任熊佛西(1900～1965 年)，曾获美国哈佛大学戏剧专业博士学位，曾任北平国立艺术专门学校戏剧系主任。定县戏剧工作委员会干事陈治策（1894～1954 年），中国戏剧教育家、导演，1920 年毕业于北京大学文学系，1924 年赴美国华盛顿卡尼基大学戏剧系学习，1927 年回国后曾与熊佛西、余上沅创办国立北平艺术专门学校戏剧系，曾与赵元任、熊佛西等进行小剧场实验，将《月亮上升》、《茶花女》等世界名著搬上舞台；平教总会平民文学部干事瞿世英（菊农），曾获美国哈佛大学博士学位；平教总会生计教育部主任冯锐（梯霞），曾获美国康奈尔大学农学博士学位，曾任广州岭南大学、南京东南大学教授。另外还有陈志潜、汤茂如、刘拓等，也都是高等知识分子。

　　与米氏父子的村治"国民教育"相比，20世纪30年代晏阳初等进行的平民教育规模要大得多，而且教育理念也发生重大变化，更具有现代意识。平民教育的口号是"除文盲，做新民"。首先，"新民"所包含的"国"的概念由儒家传统意义上的国家转化为现代意义上的民族国家。其次，"新民"所包含的民本思想，是以具体的底层最广大的民众为出发点和归宿的，而不再抽象地把"民"当做实现国家意志的工具。同时，平民教育的目标更明确，步骤更科学，方式更合理。在晏阳初的设计中，将平民教育的目标科学地概括为四种能力的养成，即智识力、生产力、健康力和团结力的养成。他指出，当时的中国，饥饿、战争、疾病、文盲盛行，平民特别是农民普遍处于愚、穷、病、私的境地。民为邦本，本固邦宁，为了使农民脱离四种病患，使国家强盛，就必须推行"四大教育"，即"以文艺教育救愚，以生计教育救穷，以卫生教育救弱，以公民教育救私"。造就"新民"的步骤，共分三步："第一步是识字教育，第二步是公民教育，第三步是生计教育。平民教育的最后目的，是在使200兆（2亿）失学男女皆具共和国民应有的精神和态度。"① 造就"新民"的方式有三种——学校式、家庭式和社会式。在学校式教育中，又设立初级男女平民学校、高级男女平民学校和平民职业学校，学校教育是平民教育的主体。家庭教育，沿袭并发展了翟城村治"德业实践会"分类施教的做法，把家庭成员按照年龄和角色分成家主、主妇、少年、闺女、幼童等5种，分别组织集会实施教育。这是最具有中国特色的农村教育，其目的，一方面"使家庭社会化"，另一方面可见教育以全民为对象的广泛性。② 社会式教育，也采用了翟城的做法，通过组织各种联谊公益活动、办刊物、图

---

　　① 晏阳初语。见李济东编：《晏阳初与定县平民教育》，河北教育出版社，1990年，第24页。

　　② 晏阳初：《定县实验工作提要》，见李济东编：《晏阳初与定县平民教育》，河北教育出版社，1990年，第167～168页。

书下乡、广播等方式宣传教育民众。

在平教会所推行的四大教育中，文艺教育占据首要位置，发挥了重要作用。在定县平教运动中，文艺教育是由平教总会平民文学部主任陈筑山负责实施的，包括平民文学实验与平民戏剧实验两个方面。

平民文学实验，包括以下几方面内容：第一，编印《平民千字课》、《高级农民课本》等。平民千字课是用 1320 个汉字编成的。这些字是从当时社会通行的账簿、契约、政府布告、戏曲唱本等文章中，依据出现的次数筛选出来的。其编写的课文内容，是专门针对农民围绕平教会所提倡的文艺、生计、卫生、公民四种教育展开，为平教会所倡导的"除文盲、作新民"的总目标服务。为了适应市民、农民、士兵不同阶层的需要，他们还将《平民千字课》编成《市民千字课》、《农民千字课》、《士兵千字课》三个不同版本。1929 年下半年，定县实验区扩大，更多的乡村成立了平民学校，根据教育实践的发展，对《农民千字课》进行了多次修改。1930年，定县实验区办起了高级平民学校，于是平教会便编了一套《高级农民课本》。《高级农民课本》共计 2 册，每册 12 课，每篇课文有七八十个字，甚至有上百字的。编写《高级农民课本》所用的汉字也增加到 3420 个，为了方便学习，还在课本中引入注音符号。

第二，编印《平民读物》（又叫《平民小丛书》）。它是应平民学校毕业同学或者相同文化程度的青年或中年人的需要而编辑的。所用汉字，以平教会《通用字表》的 3240 个汉字为准绳。每册三五千字，为了便于携带，印成 64 开本（《平民千字课》则均用 32 开本）。从 1925 年前后开始到 1936 年止，平教会共编印了 491 种《平民读物》。《平民读物》的内容，从广义上说，可分为科学和文艺两大类别。科学方面的内容，就是平教会所主张的生计教育与卫生教育两种，文艺类则包括文艺教育与公民教育两种。两大类别各有 300 册左右。内容相当丰富，有人称《平民读物》为平民百科全书，虽然不免夸张，但也近乎实际。首先，文艺类分为小说、故事、鼓词、剧本等。小说有《老王的故事》，讲的是"睁眼瞎"老王，因为不识字而到处吃亏上当的经历；《玉儿的痛苦》，讲的是玉儿被她母亲强迫缠足时所受到的精神上与肉体上的种种痛苦；历史题材的小说则有《古史演义》、《秦汉演义》和《三国演义》等。故事有《英雄胡阿毛》，讲的是上海"一·二八"事变中，汽车司机胡阿毛愤怒地开车投入黄浦江，与日本侵略者同归于尽的英勇事迹。改编的旧大鼓书有《小姑贤》，讲的是婆婆折磨儿媳，她的女儿反复相劝，恶婆婆终于改变了对待媳妇的态度；《三婿上寿》，讲的是嫌贫爱富的岳父瞧不起当农民的三女婿，在寿宴上故意与三女婿为难，三女儿当面批评父亲，并说农民是大家的衣食父母，应该得到尊重。"九·一八"事变以后，平教会特意编辑了《国难教育丛书》，共计 10 册，其中有的就国难期间政治、经济方面的一些问题提出建议，也有一部分关于抗敌救国的历史或现实的故事，歌颂岳飞、文天祥、胡阿毛等英雄人物，每册四五千字，也用 64 开本印刷。其次是科学类。当时在定县实验区内，在生计教育方面，设立了农场，其中有选种、植树、改良农具、推广波支猪和来行鸡等等；在卫生教育方面，城内设立规模较大的保健院，在各村、区等设保健员（相当于后来风行一时的"赤脚医生"）。这些工作内容都被编入《平民读物》。此外，还编入一些自然科学方面的常识，如《谈天》、《说地》、《论人》。为了测验所编的平民读物是否适合读者的需要，他们在定县平民学校的毕业生中进行了多次的试读工作。每次试读，都有详细记录，根据反馈意见对"不妥当处"进行修改补充。这里所谓"不妥当处"，包括意义含混、句子不顺口等等。

第三，编印《农民报》。平教会主编的《农民报》是一份周刊，创刊于 1925 年 3 月，1937 年上半年平教会离开定县实验区时停刊。篇幅为对开报纸的一面，内容以农业知识为主，也有小说、故事、谜语、歇后语、漫画等，版面是颇为活泼的。孙伏园于 1931 年暑期到定县主持平民文学部工作后，很重视《农民报》，每一期，他都要写一篇近于"社论"一类的短文。定县实验区内的平民学校的毕业同学不但喜欢阅读《农民报》，而且纷纷向《农民报》投稿。

第四，编印《平民字典》。开始于1929年，虽已编成，后又经过修改，但迄未印行。所收汉字，以平教会编选的3420字的《通用字表》为基础，再加以扩充，成为6200字。它的检字方法，没有沿用普通字典的部首检字法，而创造了一种较为简单的检字方法。

第五，编印《历史图说》。就是中国历史上一些杰出人物的连环图画。其形式，是用16开道林纸，以册页形式石印而成，每个历史人物成一套。它的编写方法，是把每一位历史人物的一生，依照各自的历史情况，分成若干段落，每个段落用简明的文字加以说明，然后根据说明绘一幅图画。图画在上，说明在下，共占一个册页，最后对这位历史人物写一道赞歌，并谱成曲子。每个人物图说的首页，则概括其一生的重要表现，作为题目。《历史图说》选了30多位历史人物，编成约37套，有《廉蔺之交》、《荆轲刺秦王》、《精忠报国的岳飞》、《杀身成仁的文天祥》、《周处除三害》等等。关于历史人物的"说明"和"歌词"，由堵述初拟稿，陈筑山审定。书内插图，由王建铎绘制。歌词的曲谱，由任致嵘所作。

第六，民间戏曲的搜集与整理。定县及附近地区，有极其丰富的民间戏曲流行，并且经常演出。这种民间戏曲，对平教会进行的平民文学有借鉴作用。平教会社会调查部李景汉在主持定县全县社会调查时，把定县的秧歌剧搜集起来，编为《定县秧歌选》，约30万字，共两大册，于20世纪30年代中期出版。平教会平民文学部干事席征庸对定县流行的大鼓书进行了辛苦搜集。大鼓书分大书（长篇）、小段（短篇）两种。席征庸说："大书内容与《施公案》等旧小说类似；尽管情节多曲折离奇，但人物、情节都有一种套子，无论男女老少、文武忠奸及他们的面貌，性格都千篇一律或大同小异，在文艺性上无甚可取。小段则不然，故事取材面广，多有深意，行文生动活泼，文艺性较强。"他利用半年时间，记录了大书3部，小段10多段，共约60多万字。此外，还有谜语、歇后语等，虽然搜集了一些，但不够全面。

1932年初，定县实验区设立了戏剧工作委员会，由戏剧家熊佛西、陈治策主持。20世纪20年代末期，熊佛西、陈治策二人本是小剧场实验的

积极倡导者和实践者，沉迷于纯艺术探索之中，不太关心世事。1931 年
"九·一八"事变爆发，举国上下群情激愤，学生纷纷走出校园，到大众中
去宣传抗日救国。"小剧场"艺术实验的观众圈子越来越小，这深深刺激了
他们，并且引发他们对过去戏剧艺术追求的反思。他们意识到，现代戏剧
要想进一步发展，必须走出"象牙塔"，到"大众"中去。而且，与其他关
注城市大众的戏剧家不同，熊佛西与陈治策把视线投向农民，因为他们觉
得，农民占全国人口总额的 85％以上，他们才是"今日中国的大众"。于
是，1932 年 1 月，熊佛西、陈治策便应晏阳初的邀请，率领部分师生奔赴
河北定县农村开展戏剧大众化的实验。尽管农村大众化戏剧实验始自平民
教育家陶行知在南京晓庄师范建立的晓庄剧社，他自行编剧、晓庄剧社演
出的农民剧《香姑的烦恼》受到南京、萧山等地农民欢迎；尽管谷剑尘在
江苏无锡省立教育学院，阎哲吾在山东济南，李一非在河北通县民众教育
馆也都进行过大众化戏剧探索，但是，其中坚持最久而又最有成效的，当
属熊佛西、陈治策等在定县进行的戏剧大众化实验。

　　一方面，熊佛西、陈治策的大众化戏剧实验是中华平民教育促进会晏
阳初所领导的"定县乡村建设实验"的一个有机组成部分。因此，熊佛西
在戏剧创作、演出中十分注意戏剧的教育功能。他强调，"戏剧是组织民众
最有力量的艺术"，"剧场是集团活动的中心"，"台上与台下，绝没有个人
的影子，只有集团的灵魂。千万人的理智与情感，都融化在一起，成为一
个机体，成为一个力量。同时这样的组织民众，其进程是无形无影的，因
之效果比较最大"。另一方面，熊佛西、陈治策却并没有因为强调教育功
能，就忽略农民的审美需求，而是十分注意熟悉和了解农民，发现他们的
艺术趣味和表演潜能，从而摸索出一套适合他们参与的戏剧样式，让他们
在戏剧活动中领悟并追求人生的更高境界。熊佛西认为，农民话剧要以农
民为本，"论及内容，我们必须照顾到两个条件：一是农民需要的，二是
农民能够接受的"。中国的农民长期以来"被打入黑暗、阴湿的苦痛里，
好像见不到天日，下沉、堕落，造成他们向下的意识"，他们需要的是

"向上的意识"，这样他们的生活才能达到"完美人格的极峰"。同时，中国的农民千百年来形成了自己的欣赏趣味和习惯，更偏爱戏剧的故事性，"很具体而生动的故事，这故事最好是多靠运动——特别是外部的动作——来表现"，更喜欢类型化的戏剧人物，性格要鲜明清晰，对话要简单具体而浅露。这些原则在后来的演出实践中被证明是正确的。

熊佛西、陈治策的定县大众化戏剧实验取得很多收获：第一，创作、改编一批适合农民接受能力与欣赏习惯的剧本。改编的剧作有《卧薪尝胆》、《兰芝与仲卿》，俄国作家果戈理的《巡按》、爱尔兰女作家格瑞格雷的《月亮上升》。创作的剧作有熊佛西的《屠夫》、《过渡》、《锄头健儿》等，杨村彬的《龙王渠》，陈治策的《鸟国》等。第二，培养农民演员，组织"农民自己演剧给自己看"。曾经训练农民组建了 13 个农民剧团，并重点培养了 2 个农民实验剧团，农民自己演出的剧目有《四个乞丐》、《牛》、《狐仙庙》等。第三，建立适应农民戏剧要求的"剧场"。经过几年摸索，最后创造了以"跳出镜框，与观众握手；揭开屋顶，打破围墙，与自然同化"为特色的"露天剧场"。如改造后的东不落岗露天剧场就建在废庙的旧址上，整个剧场呈卵形，"主台"与"副台"一前一后，中间是"广场"，既是观众席，又做演员出入于前后台的通道。当演出在广场与前后台流动时，观众就在广场中或立或走动着看，有时演出在广场中心进行，观众就座（立）在前后台或广场周围看。这样的破除了演员与观众隔阂、追求随意自然的露天剧场可以说是一种"极富有伸缩性的新型剧场"。第四，探讨"观众与演员混合"的新式演出方式。经过实验，创造了"台上台下沟通式"、"观众包围演员式"、"演员包围观众式"、"流动式"等多种形式。在追求演员与观众的新关系背后，这显然包含着戏剧观念上的深刻变化。这种戏剧观念的变化，一方面契合了中国民间会戏表演传统中追求"狂放"、"自由"，追求观众与演者混合的审美方式；另一方面，也符合 20 世纪 30 年代世界戏剧呼应了伴随"由分析走入综合"的哲学潮流的变化而出现的"沟通演员与观众"的发展潮流。

# 第二章　文 学 创 作

20世纪30年代，河北文学创作取得了可喜收获，在诗歌、小说、戏剧、散文领域都涌现出一些出色的作家，创作了许多优秀作品。

## 第一节　诗 歌 创 作

河北作家为左翼诗歌的蓬勃发展作出了重要贡献。除王亚平外，还有安娥、袁勃、曼晴、公木、张秀中等，都积极从事左翼诗歌创作，并且成绩可嘉。

安娥（1905~1976年），原名张式侬，又名张式沅，笔名何平、张菊生、安娥等，河北省获鹿县范谈村（今属石家庄市长安区）人。安娥曾就读于保定第二女子师范学校，1923年入国立北京美术专门学校西画系学习，1925年加入中国共产党。1926年，安娥被中共党组织派往大连从事宣传和女工运动，后赴莫斯科中山大学学习。1929年，安娥回到国内，在上海中共中央特工部工作。1932年因党机关遭到破坏，安娥与组织失去联系，经作曲家任光介绍进入百代唱片公司歌曲部工作，曾先后参加"中国左翼作家联盟"、"左翼戏剧家联盟"等。抗战时期，安娥辗转武汉、重庆、桂林、昆明等地，从事文化工作，曾任记者等职，抗战胜利后回上海，1948年赴解放区，1949年出席第一次文代会，并重新入党。新中国成立后安娥历任北京人民艺术剧院、中央实验剧院、中国剧协创作员。1956年因病失去工作能力，1976年不幸病逝。

20世纪30年代，安娥与任光、聂耳等合作创作了大量脍炙人口的歌曲，闻名大江南北。在1932年至抗战爆发的4年多时间里，由安娥作词，任光谱曲，他们先后创作了《女性的呐喊》、《渔光曲》、《卖报歌》、《打回老家去》、《路是我们开》、《我们不怕流血》、《抗敌歌》、《战士哀歌》等进步歌曲和救亡歌曲。其中一些优秀作品历经岁月的涤荡，至今仍在传唱。其成名作《渔光曲》创作于1934年，是同名电影的主题曲。安娥有很高的语言天赋，她创作的《渔光曲》歌词既渗透着古典诗词的传统韵味，又糅合了现代生活语言的质朴清新，生动地描绘了渔村破产的凄凉景象，表达了作者对贫苦渔民生活的同情和对中国前途命运的隐忧。电影《渔光曲》在上海公映时创下了连映84天的辉煌纪录，在影片中多次出现的主题歌也随之传唱全国、家喻户晓。代表作《打回老家去》创作于1936年，简洁明朗、铿锵有力的歌词，唱出了当时不屈不挠的中国人民抗击侵略、保家卫国的慷慨心声。歌曲一经发布，人们便争相传唱，一时间唱彻大江南北，被认为是"当时仅次于聂耳《义勇军进行曲》、最为广大群众喜爱的救亡歌曲"①。另外，安娥与聂耳联合创作的《卖报歌》也得到广泛传唱。歌曲的灵感来自聂耳的一次偶遇：他在上海霞飞路上听到一个卖报的小姑娘叫卖声非常悦耳，深深被其打动。经攀谈，得知小姑娘家境贫寒，父母染病，全家就靠她卖报挣点钱维持生活，聂耳非常同情她，就决定创作一首《卖报歌》。聂耳找到安娥，两人合作，很快一首悦耳动听的《卖报歌》就诞生了。

20世纪30年代，安娥还创作了不少优秀诗篇，收入诗集《燕赵儿女》。安娥这个时期的诗歌作品回荡着强烈的女性意识和激越的反抗精神。她在诗作《伟大的母性》盛赞母性的伟大："母性开创了人类之花！/她为社会担负伟大的任务，/她为孽子建立避难之家。/她伟大仁慈的爱护，从不计较代价；/她艰苦牺牲的精神，/胜过火线的军马！/她割着心血和骨肉，/为社会栽培革命的新芽。"她在诗作《母亲的宣布》中以未婚妈妈的身份大声质问男权社会、严正申诉女性的权利：

① 丁洁：《安娥：在烽火中谱写飞扬的抗日战歌——访安娥之子田大畏》，《中国艺术报》，2005年8月19日，总第521期第20版。

"生孩子并不是女人的罪过，/为什么要隐瞒着不敢说破？/因为我不愿意，/不愿意在你小小的心灵上，/平白地加上一层折搓！我没有罪，/你没有错，/我们认为，/这是男性社会的压迫！"进而发出反抗男性制度的厉声呼喊："千万条捆绑女性的绳索啊！/把我们手脚紧紧捆扎！/千万根拷打女性的钢鞭啊！/向我们身上无情的毒打，/打死我们，/还要我们情愿认罪；/这四千年，/永远脱不掉的痛苦疮痂！/假如说：/男人们是被压迫的奴隶，/我们更是，/奴隶压迫下的牛马！/我们要抛弃这羞辱的生活！/我们要反抗这可咒的生涯！/我们要说服被压迫的弟兄们，/共同来打碎这沉重的铁枷！"安娥的诗慷慨激越，充满凌厉之气，显示了革命女性廓大的思想视界和社会改造者非凡的斗争勇气。20世纪30年代，安娥还创作了一部诗剧《高粱红了》。该作初稿完成于1935年，后多次进行修改，是作者得知家乡河北大片土地沦落敌手，痛心至极发而为怒吼的结晶。在诗剧中，作者抒发了热爱家乡、痛恨日本侵略者的赤子情怀，表达了驱逐外敌、收复大好河山的坚定决心。

袁勃（1911～1967年），原名何风文，河北省广宗县刁家营人，现代诗人、文艺理论家。1930年左右袁勃到北平就读于"中大"。1931年冬，他与王亚平等创办《紫微星》，发表诗歌作品。1932年冬，袁勃参加中国诗歌会，并与王亚平、曼晴等人发起成立中国诗歌会河北分会，参与编辑会刊《新诗歌》杂志。1934年为躲避当局追捕，他逃往山东青岛，与王亚平一起创办了《诗歌新辑》、《诗歌季刊》等。1936年夏，袁勃与方殷、孟英等发起建立中国诗歌作者协会，编辑《诗歌杂志》。抗战期间，袁勃参加西北战地服务团，先后在武汉、重庆等地从事抗日救亡宣传工作，解放战争时期，历任晋冀鲁豫《人民日报》编辑部主任，华北《人民日报》副总编辑。新中国成立后，袁勃历任云南省人民政府新闻出版处处长，中共云南省委宣传部副部长兼云南日报社长，省委宣传部长，省委常委，当选中国文联第三届全国委员，中国作协昆明分会主席。1967年，袁勃受林彪、"四人帮"迫害，含冤去世。

20世纪30年代，袁勃对于左翼文学的贡献包括诗歌创作与诗歌评论两个方面。在创作方面，他发表了大量优秀诗篇，并于1936年出版了诗集《真理的船》。他这一时期的诗作十分高蹈，表达了一个献身理想事业的青年诗人纯粹的精神吁求。袁勃在同名诗篇《真理的船》中写道："人类代代生生驾着一只真理的船，/用尽气力撑向遥远的未来的彼岸。/那彼岸是人类理想中的天国，那天国是人类希望中的乐园。/那里自由在飞扬，/那里光明在照耀，/那里和平在实现。"受时代激情的熏染，诗人对人类前景充满信心，并用自己富有生气的语言把它描绘得生动迷人，同时在对人类美好前景的描画中，充分表达了作者对自由、和平的热切向往。20世纪30年代的环境毕竟又是充满危险的，诗人也难免会有犹疑与彷徨。不过，犹疑与彷徨总是短暂的，诗人总是能够很快从低沉中走出，重新激情满怀："同伴们当着面说我残废的可惜，/背地里，讥笑我失掉了勇气。/但我何曾失去？/我，豪气高跃穿苍，/伸开铁臂膀，/正可打碎山岳捣翻海洋。/……啊！我何曾失去？/我将永远献身于追随希望的争持中。"①诗人的自信来自自我与集体的融汇，来自有限向无限的超越，"这豪气，是我和同伴共同的呼吸，/它像朵行云，漫过山巅，渡过溪流，/在无边的葱蔚的原野中飞扬"。诗人对丑陋的现实感到强烈不满："中华，你失去了往日的和平，往日的美丽，/你美好的原野涂满了血迹，/我——你的歌唱者，/歌声已嘶，悲哀紧紧地钉在了心里。我怎么再忍心的歌颂你？/中华，你一部分私心不肖的子孙，/横把战祸从天空布满了大地，/飞机乱掷炸弹，遍处播放瓦斯的毒气，/横将恶毒加害衷心保卫你的儿女。/我怎能再忍心的歌颂你？/大江中异族的旗帜日日招展，/异族的铁马也将步步踏到黄河北岸。/啊！中华，你完美的灵魂早被剥蚀，/饥饿、灾害、死亡的毒菌，/也弥漫了你美好的身躯……/我——你的歌唱者，/歌声已嘶，悲哀紧紧地钉在了心里。中华！我不能再忍心的歌颂你了！"进而，发出了反抗的吼声："我们并

---

① 袁勃：《我何曾失去》，见《袁勃诗文选》，云南人民出版社，1981年，第17~18页。

不能算是疯狂，/拼着血肉追取伟大的理想，/……田野中，工厂中，学校中，兵营中，/一齐咆哮起来了，/一齐怒吼起来了，/'我们要走上斗争的前哨！'"

　　袁勃还是北方左翼文学评论的一支健笔。他在20世纪30年代曾写下许多优秀评论文章，深刻阐述了左翼文学的理论主张，从新的角度透视诗歌现象，评说诗歌作品。他写于1935年的论文《诗歌的机运》，充分肯定了中国诗歌会所倡导的现实主义诗歌运动的重要意义，指出新兴的诗歌"离弃了卑俗的固定的诗形"，摄取了多样性的生活内容，而且十分注意追求诗歌的音乐性，注意强化诗与歌的融合，标志着已经"迈入伟大的诗歌的建设和创造的时期了"。文章还高度评价了中国诗歌会河北分会在新诗歌运动中所作出的贡献，认为它所创办的"巨型的《诗歌季刊》……融汇全国各诗人的作品于一炉，内容的充实，表现的有力，技术的精进，态度的正当，大胆的发表精神……博得了全国一致的好评"。文章也并不回避新兴诗歌所存在的缺点，而且指出今后努力的方向："在各代的伟大的代表作中，民间歌谣里，国际各作家的崭新作风中，去发掘更高的、更炼化的技巧，学习最适合最恰切表现新内容的语言，遗弃那自身的浅薄凡俗的幼稚病以及某诗派残余自命为'花瓶'的单去翻变字眼的死板形式"，另外也要"更深刻地更精细地观察、研究、组列，渗透大众生活，认识社会生命的动因与方向"，"要在诗形里去注入音乐的旋律，在内容里溶进吟唱的歌声"。另外袁勃还写了一些诗评，及时关注诗人的创作。比如，田间的诗集《中国牧歌》刚一出版，袁勃就写了一篇热情洋溢的评论，称道田间诗歌中弥漫的乐观精神，"诗人田间并不为我们民族的苦难所困，便作苦闷的呻吟，反之，他却能将其胜利的自信成为歌唱"，并认为他的诗歌形式与内容达到相当的统一，"粗野的句子，愤怒的句子，燃烧的句子，正是随着主题的革新而来的活泼的表现手法"。①

---

　　① 袁勃：《评田间的〈中国牧歌〉》，见《袁勃诗文选》，云南人民出版社，1981年，第196页。

公木（1910～1998年），原名张松如，河北束鹿人。1928年公木到北京辅仁大学读书，后转入北京师范大学。期间他在《大公报》副刊《小公园》发表诗歌处女作《脸儿红》。1930年他加入北方左翼作家联盟，并与谷万川一道致力于填写民歌小调，写出《时事打牙牌》等400多首短歌。1938年公木到延安，在抗大学习四个月后，被分配到抗大政治部宣传科。1940年公木与萧三等发起成立"延安诗社"，编印《诗刊》小报。1942年调入鲁迅艺术文学院文学系任教。抗战胜利后他到沈阳主要从事高校教学工作。1954年公木调北京任文学讲习所副所长、所长。1962年后公木任吉林大学中文系教授、系主任、副校长，任吉林省社科联主席、省作协主席、省文联副主席等。1998年因病去世。

抗战时期，公木取得了更大的文学成绩。1939年诗人光未然与音乐家冼星海联合创作歌曲《黄河大合唱》，一时间轰动整个陕北。受他们影响，公木创作了《八路军军歌》、《八路军进行曲》、《快乐的八路军》等8首歌词，经郑律成谱曲后受到抗大学生的广泛欢迎，特别是其中的《八路军进行曲》，歌词威武豪壮、气势磅礴，歌曲旋律高亢激昂，经抗大学生迅速传遍各个抗日根据地，大大鼓舞了抗日将士的士气。新中国成立后这首歌曲改为《中国人民解放军进行曲》，1987年由中央批准颁定为中国人民解放军军歌。

20世纪30年代河北诗歌创作也是多样化的。除左翼诗歌群体外，还涌现出其他一些诗人。比如，纪弦（1913～　），原名路逾，笔名路易士、纪弦等，河北省清苑县人。幼时纪弦长在北京，1924年南迁扬州，1933年毕业于苏州美专。1928年春纪弦开始发表诗作，1933年出版第一部诗集《易士诗集》。1934年纪弦创办《火山》诗刊，1935年与杜衡合办《今代》杂志，停刊后组织星火文艺社扬州分社，出版诗集《行过之生命》。1936年他东渡日本，回国后与戴望舒、徐迟等创办《新诗》月刊。纪弦开始诗歌创作时，正值新月派风行之际。受其影响，纪弦创作了大量哀婉低回的爱情诗。王绿堡在《易士诗集》序中说：
"在初，易士是一个爱的至上主义者和艺术主义者。"诗集中的《初恋》、
《五言诗》、《短四句》、《姑娘》、《春思》等都是爱情诗。另外一些诗篇
中，则散发浓浓的唯美主义气息，其中《踏海》就写道："我为了美而
生存，/复为美而死，/今死于此美丽之大海，/我心亦可安慰。"1931
年"九·一八"事变发生后，民族危难打破了纪弦爱情至上主义的幻
梦，他开始走向十字街头，写下一些关注苦难现实的诗篇。《站在十字
街头》是他的诗风向现实主义转变的标志，其中写道："我是站在十字
街头，/听我唱：——出来吧，卑怯而耽美的人们！/凭你把象牙之塔筑
得高高，/也难免毁灭于一朝！"此后，他写了一批反映底层民众苦难生
活、赞扬抗争精神的诗篇，如《拉车的话》、《回家》、《喂！伙计》、《农
民纵火队》等。其中《喂！伙计》以小伙计与伙伴对话的口吻写道：
"哪天才能唱我们底歌？/——有个魔鬼堵住我们底嘴！/……哪天才能
跳我们底舞？/——有根链子锁住我们底腿？"抒写了民众对黑暗现实的
愤懑，表达了他们对自由的向往。而《农民纵火队》则以更加高亢的诗
句，叙写了扬州乡下农民反抗官方量田清赋的斗争。量田清赋实际上是
土豪勾结官方榨取农民血汗钱的一场阴谋，农民忍无可忍，自动组织起
来放火烧了土豪的家。但是，农民终因手无寸铁，惨遭地方军队的屠
戮，死亡几十人。愤怒的诗人以农民的口吻控诉土豪"昧了良心"、"伤
心七尺算一丈"，在"上啊！上啊！上啊！""烧啊！烧啊！烧啊！"的复
沓声中，充分展示了农民英勇顽强、坚贞不屈的反抗精神。1934 年，
纪弦又把眼光转向现代派诗潮。他的诗作《时候》发表在《现代》第 5
卷第 5 期，标志着他现代派诗歌创作的开始。诗人不再关注现实的纷
扰，而将注意力转回自己的内心，细细地品味自我的悲愁哀绪，"我底
悲哀是一个长寿的精灵/她的寿命和时间一般长/我底矮矮的亭子间里/
每一立方厘的空气都是悲哀的"。通过诡异的比喻，纪弦把自己的愁绪
抒写得凄婉迷人，"人间生长着烦忧/遍地遍地地生长着/那是无数条暗

赤色的小小的蛇/他们啮破一个行人底鞋/使毒汁布于周身/而中毒的心日渐腐蚀/数不清的烦忧啊/无数条暗赤色的小小的蛇/会来吮吸我枯竭的血了"①。纪弦还写了自己深度的迷茫："我不知——/今天，我对于人生/该取什么态度/过去，未来/对于什么都无把握/我不知/宇宙是个怎样的谜。"②纪弦这个时期的诗作于1935年12月结集为《行过之生命》出版，反映了他的现代生命意识的勃兴。

抗战时期，纪弦全家辗转流亡到武汉、香港等地，1942年重返上海。抗战胜利后，纪弦历任航运公司董事长、明星香水公司秘书、圣芳济中学文史教员。1948年纪弦赴台，在台北市成功中学任教25年后退休。1976年纪弦移居美国。20世纪50年代他曾创办并主编《现代诗》季刊，倡导现代诗运动。1969年纪弦出席菲律宾第一届"世界诗人大会"，被推举为"中国杰出诗人"，获金牌奖，与覃子豪、钟鼎文并称"台湾诗坛三元老"。

冰痕（1902~1977年），原名李文敏，字慧青，河北省望都县人。1928年从北京民国大学教育专修科毕业后赴沈阳，在辽宁省立第一女子中学从事训育工作，同年开始文学创作。曾在沈阳《新民晚报》发表小说《大兵打东洋夫》，讽刺军阀军队欺压百姓的行径，并严词拒绝军阀要她当面道歉的无理要求。此后她在《哈尔滨公报》的《公田》副刊发表过诗歌、散文、报告文学等多类文学作品。20年代末至30年代初，她是除萧红之外为"公田"副刊写稿最多的女作家。她的长诗《苦诉》愤怒地控诉了旧中国种种黑暗势力的罪恶，发出了渴望平等、自由、光明的呐喊，召唤饥寒交迫的人们起来改变中国和自己的命运。此诗发表后在社会上引起强烈反响，于1930年10月被印成单行本发行。此后，她辞去女一中的职务，到哈尔滨专门从事写作，曾两度赴日本留学。1936年她回国后定居上海，辅助其夫郭雨东做党的地下工作。新

---

① 纪弦：《烦忧》，见《行过之生命》，未名书屋，1935年。
② 纪弦：《我不知》，见《行过之生命》，未名书屋，1935年。

中国成立后，冰痕与丈夫一同到北京，从1950年开始到中国人民保险公司图书馆工作。由许广平等介绍冰痕加入中国民主促进会，负责北京市分会的宣传教育工作。1977年因病逝世。

# 第二节　小说创作

在20世纪30年代河北小说创作中，老向是一员虎将，他以自己诙谐、幽默的文字接通了河北文学历史中的智性创作传统，让读者领略到河北文学充满光彩的另一面。

老向（1901～1968年），原名王焕斗，字向辰，笔名老向，河北省束鹿县（今辛集市）人。1916年老向考入北平师范学校。1920年毕业后担任过小学校长，1923年考入北京大学中文系。1925年开始文学创作，第一篇小说《绣花绢》发表在《现代评论》第2卷第50期。1926年老向中断学业，与何容一起到武汉朱培德师参加北伐，任师政治部指导员。1929年重返北京大学学习，次年毕业，先后在青岛大学、吉林大学任教。1932年应邀参加河北定县平民教育会工作，工作之余，老向创作了大量小说、随笔，发表于《论语》、《人间世》、《宇宙风》等刊物，充分显示了他幽默、风趣的才性，获得广泛好评，与老舍、何容并称"三大幽默作家"。1938年3月，中华全国文艺界抗敌协会成立，老向名列发起人，并当选为理事，同时任出版部副主任，为抗战时期通俗文艺的重要鼓吹者和实践者。抗战后，老向曾参与北平国剧学会的恢复和修订国剧剧本，记录民间艺人高元钧曲目的工作。新中国成立后老向在重庆文化局从事戏曲改革工作，创作出川剧剧本《柴市节》等。1958年被错划为右派，"文化大革命"中惨遭批斗，1968年8月含冤离世。

老向开始文学创作之初，追慕陈西滢、徐志摩等京派作家，写出一些"趋雅"之作，如《棚匠》、《茶花会》、《孤女》等，这些多取材于知识分子的日常生活，表现了他们洁身自好、自我爱怜的内心思绪。但作者很快就不满意自己的这种创作趋向，认为境界过于狭窄，是"误入歧途之作"①，并进而明确表示要"弃雅趋俗"，走出书斋，回到乡间。1932年老向到定县参加平教工作，便是这种自觉的选择。老向自称"乡下人，仿佛连灵魂都包着一层黄土泥"②，他从大都市回到乡村，愈发觉得都市在物质华彩妆点下的虚伪、堕落和自私；乡村在物质落后思想蒙昧状态下的纯厚、古朴与宁静。他十分看重农民在现代化建设中的重要地位，认为"中国真正的富源不是煤，也不是铁，而是三万万不知不觉的农民"③，同时，他也并不讳言农民的落后性，明确提出要开启民智，使他们懂得"苦力之苦与苦力之力"，"使他们起来改造、建设……民族才有真正复兴之日"。④他自觉实践文学的大众化，体现了中国知识分子可贵的民族忧患意识和现代意识。老向看重乡村文化价值的精神取向，与沈从文等京派作家有某种类似，但老向力倡大众化，执著践行通俗文学创作，创作理路与京派并非同辙，从中体现出的人生态度则显然积极得多。

老向20世纪30年代的小说大多写于定县平教工作期间，为当时轰动全国的定县大众化文学实验留下了可贵的印痕。在小说中，老向描写了农村愚昧、落后的现实，揭示了知识下乡的必要性。写于1934年中秋后5日的短篇《掉在井里》，讲述了三岁村童廉儿不慎掉入井中，呛水过多，停止了呼吸。廉儿被捞上来后，围观的妇女只知道用迷信的法子替她叫魂，廉儿的妈则跑到菩萨庙里跪请菩萨发发慈悲救活自己的儿子。若是在过去，廉儿就只能这样眼睁睁地死去了。可是，定县开展平教运动后，村里有了保健员，他及时赶到，迅速做人工呼吸，救回了廉儿的性命。故事最后，妇女们纷纷惊讶、赞叹学生们"有这么大的调算！"廉儿的母亲开始考虑"以后常跟那些受过教育的姑娘们学，开通

① 老向：《黄土泥·自序》，上海人间书屋，1936年6月。
② 老向：《黄土泥·自序》，上海人间书屋，1936年6月。
③ 老向：《现代教育八弊》，《论语》，1935年4月1日，第62期。
④ 老向：《现代教育八弊》，《论语》，1935年4月1日，第62期。

开通！"这样的小说还有《难产记愚》、《半疯》等，前者讲述了村里无知的旧式收生婆坑害产妇，而掌握现代医学知识的医生挽救母子生命的故事；后者讲述了村民在"表证农家"甄老干的带动下由抵制农业技术推广到争相学习农作物改良知识的可喜变化。老向创作的这些小说有点问题小说的味道，但作者并没有因此而降低自己的艺术追求。他的语言十分生动，也塑造了一些个性鲜明的人物形象，如愚昧、落后而又善良本分的二大妈，思想进步但性格急躁的甄老干，左摇右摆、莫衷一是的老王，等等。老向的小说具有类似轻喜剧的风格，故事中并没有大奸大恶，都是一些有这样那样缺点但本性善良的小人物，他们常犯糊涂，但在科学知识的引导下最终都会走到正确的轨道上来。小说难免浅显，但于浅显中也可见当时的一种时代风貌，别有一番滋味。

老向也十分清楚周围腐坏不堪的现实，并写出另外一些直面苦难的写实之作。比如，《其实》、《逮走》等，描写了官兵以剿匪为名洗劫乡民、巡警以查验执照为由肆意欺凌车夫，官警恶于匪盗的恶劣现实，于诙谐的叙述中表达了作者内心的愤懑。而老向1933年写于定县、1934年由上海时代图书公司出版的长篇小说《庶务日记》，更是一篇透视官场腐败、描画官僚丑态，激浊扬清、力透纸背的新"官场现形记"。《庶务日记》以日记体的形式，透过庶务科一个小科员的视角，描写了国民党某部大小官员淡漠国事、醉心声色，钩心斗角、蝇营狗苟的丑陋生活，表现了国民党政府有令不行、有禁不止，组织涣散、危如累卵的政治险象，表达了一个有良知的作家对腐败官场的痛恨，对国家前途的隐忧。小说成功刻画了某部次长、吴秘书、朱处长、高科长、赵科员、伍科员等人物形象。某部次长虽然没有直接出场，但在其他人的侧面讲述中给人留下了深刻印象。他虽然身负代理部务的重任，却整天醉心于与姘头的欲望生活，毫不系心于国事危急；他不但自己花天酒地，而且还把庶务科当做自己私家的账房，纵容家人甚至佣人肆意挥霍公款。某部次长实在是一个放纵私欲、丧尽操守的贪官典型。小说中塑造最成功的当数赵科员。他混迹官场多年，油滑琐碎，虚荣做作，好卖弄小聪明，常传播小道消息，是个包打听型的小人物。他一不小心卷入人事纠纷，轻易地就被人搞得名誉扫地，最终在恼恨羞愧中一命呜呼。赵科员有着势利、贪财等缺点，但并没有丧失最后一点善良，他的死让人感受到国民党官场的险恶。吴秘书、朱处长等人物的形象也都比较鲜明。在这部官场小说中，通过生动的叙述、鲜明的人物形象，老向写出了20世纪30年代国民党官场的腐败、堕落，揭出了政治生活的可怕痼疾，预示了民族动荡不安的昏暗前景。在小说的叙写中，老向始终保持诙谐、幽默的笔调，但诙谐、幽默里又确实升腾着一种对无耻者的愤懑与对民族命运的忧虑，这确实是一部有良知的作家写出的充满艺术力量的优秀作品。

韩麟符、谷万川是两位左翼作家，他们以小说的形式表达了对底层民众的关注，表现出强烈的社会批判色彩。

韩麟符（1900～1934年），原名韩致祥，笔名蜂子、小工、黄莺等，河北赤峰县哈拉木头村人。早年韩麟符曾在天津省立一中读书，后转入南开中学学习，与周恩来、于方舟等一起参加学生运动，并以犀利的文笔和出色的演讲口才当选天津市学生联合会副会长。1920年韩麟符和于方舟等组织"新生社"，后在李大钊的帮助下改组为"马克思主义研究会"，加入社会主义青年团。1923年经李大钊介绍韩麟符加入中国共产党，成为职业革命家。1926年韩麟符南下广州任黄埔军校政治教官，1927年参与周恩来等领导的八一南昌起义。起义失败后，韩麟符辗转回到天津，后经中共中央批准，曾出任中共内蒙特支书记，积极开展抗日反蒋活动。1934年韩麟符被国民党特务暗杀于山西省榆次县东苏村，年仅35岁。

韩麟符于1928年左右开始文学创作，在天津报纸的副刊上发表大量诗歌、杂文、小说等。据统计，从1928年9月到1930年末，韩麟符在《大公报》副刊《小公园》就发表杂文157篇、新诗56首，创作力相当旺盛。他的杂文《棒子面哲学》、《黑大米》、《拾麦穗》等，从不同的侧面揭露社会的黑暗和丑恶，剖析劳苦大众贫困不堪的真正原因，矛头直指国民党统治。他的诗歌代表作《逃兵》，通过军阀部队里一个厌弃内战的年轻"逃兵"被枪杀的故事，揭露了社会生活的动荡不安，反映了底层士兵渴望和平的善良愿望。

韩麟符创作了不少小说，大都具有浓厚的社会批判色彩，其中1930 年 1 月开始在《大公报》副刊连载的长篇小说《断户》最出色。该作品描写了民国 18 年间，中国北方农村在军阀混战和自然灾害的双重摧残下，田园荒芜，广大农民妻离子散、家破人亡的惨剧，暴露了人世间的罪恶。断户也称绝户，是中国农村最恶毒的咒语，可是，小说中的主人公却被天灾、兵祸逼得走投无路，自己用黄泥把自己一家封堵在草房里，只求全家人死在一起。农民这种自绝门户的极端行为，反映了他们不堪苦难现实的百般折磨，绝望至极无法自拔的孤苦心境。这部小说故事惨烈、笔锋锐利，具有强烈的现实批判性，还未写完，就被天津当局勒令停载。作者在小说前言《断户——这是一篇废话》中曾写道："世界在我们面前扩张开去，这里有不见天日的昏黑暗淡，相离不远又有灿烂光华，隐隐地那里有最大的声音向我们呼喊。"很明显，作者最终是要引导读者走向争取光明的前途。但是，由于《大公报》副刊《小公园》被勒令停止刊载《断户》，韩麟符也就没有继续写。4 年后韩麟符惨遭暗杀，《断户》也就成了一部永远的断章。

谷万川的文学创作主要集中在 20 世纪 20 年代后期到 30 年代初。1933 年 8 月谷万川因从事革命活动被捕，在狱中备受折磨而精神失常，1938 年出狱回乡后一直处于"疯人"状态。"文化大革命"中谷万川被迫害致死。尽管创作时间不长，作品数量也不多，但是谷万川作品的艺术质量却相当高，比如，民间故事《大黑狼的故事》，童话《黄莺与秋蝉的传说》、《太阳与向日葵底恋爱故事》，神话故事《两种不同的人类》等，曾得到周作人、蒋光慈等人的肯定。

谷万川的成名作当为民间故事集《大黑狼的故事》，该书共收入《大黑狼的故事》、《张瞎说的故事》、《八百钱》等民间故事35篇。其中，《大黑狼的故事》以华北地区广为流传的大黑狼的民间传说为依据并进行艺术加工，描写了大黑狼的凶残、狡诈，接连吃掉老婆儿和她的三姑娘门插关儿、四姑娘门吊拉；表现了大姑娘炊帚枯杈儿和二姑娘扫帚枯杈儿镇定、机智的性格，她们与大黑狼巧妙周旋并最终杀死了大黑狼。该作构思巧妙，叙述生动，有较强的艺术性。

童话作品《黄莺与秋蝉的传说》，发表于《太阳月刊》1928年第6期。该作以幻想的方式讲述了革命时代中红色恋人烈火和红焰的浪漫故事。他们做了一个内容相同的梦，醒来各得半面血红色旗帜。二人不久便接受上级命令一东一西分头出发了。最后，红焰因思念恋人而孤独死去，死后变成一只秋蝉；烈火一路插遍红旗，使沿途穷人获得解放，也因此得罪富人，被富人杀死，烈火死后，变成一只黄莺。整个作品演绎了"革命加恋爱"的主题模式，有些幼稚，但是也应该肯定其热烈的革命激情和奇异的浪漫想象。大概基于此，蒋光慈曾专门在杂志的编后记中提到这篇作品，称赞道："谷万川创作的童话《黄莺与秋蝉的传说》，开中国文坛童话界的新纪元。在现在我们这革命文学运动当中，有了这种创作，我们觉得很可庆幸。"

童话《太阳与向日葵底恋爱故事》，是一篇忧伤的爱情故事。太阳是个信奉泛爱主义的姑娘，她从东海出来，一路上和所有的爱人都亲吻过。来到西山巅上，她又俘获了一个英武的青年的爱情。她吟咏道："我要……我要一朵郁金香，/种植在你的……你的心房上，/用你的眼泪来灌溉，/用你的爱情将它培养！"声犹未落，郁金香早已在青年的心头开花了，"它的气味是那样的馥郁芬芳，使全世界的人闻到了，都齐声欢呼道，'爱之花开了！'"青年不敢相信这么容易就获得了太阳的爱情，他化做一颗高大的向日葵，观察爱人的心。结果发现，太阳无论走到世界的哪个地方，都有她的情人。太阳的秘密被泄露了，她登时恼了，回手以光针刺穿了向日葵的眼睛和心脏。向日葵流尽鲜血，低下头，但身体还是直挺挺地立着。这篇童话表达了作者对纯真爱情的渴望，同时也流露出一些对爱情的怀疑情绪，这可能与他刚刚经历了一场爱情悲剧有关。

作家张秀亚、许君远、毕奂午等的小说创作也非常值得一提。

张秀亚（1919～2001年），笔名陈蓝、亚蓝、心井等，河北省沧县（今属黄骅市）人。1925年张秀亚随家迁居天津，高小毕业后考入河北省立女子师范学校。1928年，年仅9岁的张秀亚就在《益世报》副刊《儿童周刊》发表了《月夜》、《雨天》、《我的家庭》等习作。1935年张秀亚在《大公报·文艺》、《益世报·文学周刊》、《国闻周报》等发表多篇诗歌、散文、小说作品。1936年，萧乾主编的《大公报·文艺》将张秀亚作为文学新人推出，引起广泛关注。同年12月她的短篇小说集《大龙河畔》由天津北方文化流通社出版。1937年，张秀亚考入北京辅仁大学西洋文学系读书，毕业后留该校历史所史学组任职，同时任编译员。1942年春，张秀亚与辅大女院同学辗转至重庆，担任《益世报》副刊《语林》主编，出版小说集《珂萝佐女神》。抗战胜利后张秀亚回北京，在辅仁大学任教。1948年张秀亚去台湾，在台湾辅仁大学任文学研究所及大学部文学教授。张秀亚先后出版《三色堇》、《牧羊女》、《湖上》、《海棠树下小窗前》等小说和散文集多部，被译成多国文字在世界各地发行，晚年移居美国。张秀亚曾获得台湾首届中心文艺奖、首届文艺金奖等，在海内外享有盛誉，堪称一代文学名家。

张秀亚很早就得到母亲的文学启蒙。她的母亲出身宦门，有相当的文学修养，在她的影响下，张秀亚五六岁时就能够编出生动的故事。在师范读书时，她几乎读遍了图书馆里全部的文学藏书。冰心、庐隐等的作品拨动了她青春的心弦，而辛克莱、高尔基的作品则让她在痴迷于捕捉内心感受的同时，也每每探头打量周围苦难的现实生活。张秀亚的第一部短篇小说集《大龙河畔》就充分体现了作者强烈的现实精神。张秀亚在《自序》中明确表示："凭一时感兴创作出来的作品，最多只是以文学为个人感情发泄的工具。惟有那扬起一只手臂，向人海深处，从广阔的人群中，提取作品中的人物，抽绎出大众的共通的情感，才是与时代戚戚攸关的作品。……虽则愁苦的黑云压在我的头上，贫穷的石块撞着我的心，我仍要以支持巨厦的柱石自命！虽则风是暴烈的，雨是狂骤的，但我不肯呈出弱柳般欹斜的姿势。"小说集所收入的 15 篇小说也确实充满着强烈的生活气息，完成了作者对艰难世事的含泪展布。《碾》讲述了天津××街上一个"受尽了人间苛待的人"，一个内心"充满了愤慨悲哀的人"，被贫困碾压得无法生存的故事。主人公二伯本是一个"凭心给人干活的厚实人"和"总觉得别人的肉贴在自己的大腿上不和捻"的耿直人。他却在社会中处处被"挤"被"毁"，最后连饭都没有了，老伴儿也饿死了。《瞎眼睛》描写了一个瞎了一只眼睛的小姑娘。在家里她遭到重男轻女的父母的歧视和虐待，连她的小弟弟也当面骂她"瞎眼睛"；在外面更是遭到邻居们的嘲笑、白眼，没有人同情她、理解她。她恨透了这个世界，她要反抗，可是没有力量。在对底层人苦难生活的讲述中，张秀亚流露出对弱者真挚的同情和关爱。张秀亚的小说并不以故事取胜，而是以细腻的描写、深远的意境打动人。在小说创作中，她无意于编织完整的情节结构及起承转合，往往只"撮取人生的一个横断面，操笔描绘其景象"，来传达她对人生的感触，故而有人称她的小说是诗化小说。

许君远（1903～1988 年），字汝骥，河北安国人。毕业于北京大学英文系。许君远先后供职于《晨报》、《益世报》、《庸报》等，又任北京中国学院英文系讲师，上海《大公报》国际新闻主编。许君远于 1926年开始文学创作，曾在《东方杂志》、《晨报副刊》、《现代评论》等刊物发表小说，虽数量不多，但情感细腻，语言精妙，笔调哀婉而不失节制，几乎篇篇都很优秀，因此颇得徐志摩、陈西滢的好评。1934 年，许君远将其中的《桃树的故事》、《到 P 府去》、《溜冰》、《撕掉的一页》、

《童时的伙伴》、《征途》、《消逝的春光》、《人生小讥讽》、《故居》等，结集为《消逝的春光》由晨报社出版。许君远有着很浓的北京学院派背景，与徐志摩、陈西滢等京派作家过从甚密，因此有人将他列入京派作家之中。他的小说不热心于表现时代矛盾，而比较注重人物内心世界的开掘，张扬自我、宣讲人性，追求和谐的生命境界，也确实有着京派一脉的文风。

毕奂午（1909～2000年），又名毕焕午、毕桓武，河北井陉县贾庄人。1931年毕奂午毕业于北平师范学校，曾执教于南开中学、清华大学。在北平师范学校读书期间，毕奂午开始在《晨报》、《大公报》、《民国日报》、《世界日报》等发表作品，曾与人合编《诗使徒》，协编《慧星》。新中国成立后，毕奂午历任武昌中华大学、武汉大学讲师、教授等职，为中国作协会员、中南文联常委、湖北文联副主席、武汉市文联副主席。著有诗和小说集《掘金记》、《雨夕》。

毕奂午创作量不大，但在诗歌和小说方面均取得突出成绩。诗歌方面，毕奂午善于在短小的篇幅内，用生动的意象、优美的旋律、精炼的语言传达自己深刻的生活发现和独特的生命体验。他的诗作《春城》，在一个充满暖意、富有都市气息的标题下，却写出一腔让人忧伤的乡愁。"也是春天。/永不戴手套的乡下人/挥着解冻的鞭子，/赶着马车，/冒着杏花雨，/隆隆地进城来了。"城市里，"没有一棵苜蓿花！/没有一棵金凤花"，"各样的建筑物之间/都是拥挤着寻求职业的/带着菜色的/黑眉男子"。这些被迫迁徙进入城市的乡下人，感受着乡村毁败、家园不再和被都市排拒、漂泊悬浮的人生苦痛。通过这个富有时代特征的意象，作者生动地传达了自己作为乡土文明消逝的见证者无以言表的乡愁。

毕奂午的小说，也演绎着类似的文学母题。作者以自己高度的敏感和生动的笔墨，为20世纪30年代发生在家乡井陉的工业化转型留下了形象的画影。曾经广受好评的小说《人市》，在不足2000字的篇幅里，写出了乡土文明向工业文明转型的无法逆转的趋势。井陉因为地下埋藏的工业血浆——煤炭而成为河北最早进入文明转型的地区之一，人的身份经历了划时代的转换，"贾家坊一带的居民，渐渐的也知道劳力也可以和货物一样的出卖，于是，他们便每天一清早都聚集在那个大空场上兜售自己的生命"。身份的转换让农民获得了新的生存的可能和精神的某种解放，尽管等待他们的是疲惫不堪甚至死亡，但是"人们仍然是不停止的每天从各个田园和农村中涌来"。毕奂午有着浓厚的人道主义情怀，在承认文明转型的不可逆转的情况下，他坚持将自己的视线锁定在那些钻"黑洞"挣血汗钱的煤黑子身上，写出了中国第一代矿工的血与泪的人生。比如，《下班后》，讲矿工苏保累死累活也无法让一家老小吃饱肚子，绝望的苏保成了酒鬼，妻子则成为以肉换饭吃的放荡女人。苏保受尽矿友的嘲笑，残存的一点自尊让他时时躲避着矿友，他甚至不敢走正道，而选择在绝壁上荡秋千，"苏保近几天回来的时候，都是从那陡峭的土岸上攀着荆条往下坠，一来是因为可以省得绕一个大弯子，二则他是因为实在想躲避那些在邻近洞穴里住家的，在听到他的脚步声时候的不三不四的嘟哝"。在矿工灰暗、阴冷的生活画面背后，可以清晰地读出作者深切的同情与无奈，可以明显地感受到作者目睹乡土文明渐行渐远时的忧愁与怅惘。

## 第三节　散文、报告文学创作

20世纪30年代河北散文、报告文学创作成绩不俗。除宋之的外，张秀亚、老向、何容、陈纪滢等的作品也很可观。

张秀亚早年偏重小说创作，但也写了不少优秀散文，而且，随着时间的推移，散文创作占据了她的兴趣中心，先后出版过《三色堇》、《寻梦草》、《牧羊女》、《凡妮的手册》等20余部散文集，取得了突出成就。张秀亚的散文创作时间跨度达70年，创作风格也有相当的发展变化。

仅从她早年的创作来看，纯真自然、浪漫迷离，是其主导倾向。年轻的张秀亚总是以一支绮丽多姿的彩笔，描绘出一幅幅如真如幻的自然画面，讲述出一个个美丽而又伤感的故事。读她的这些散文，首先会感受到那漂浮在字里行间的一种忧郁的梦幻情调。

张秀亚散文的忧郁情调与她自己内倾的个性密不可分，也与她的童年经历、阅读的外国书籍等有关。张秀亚童年时，父亲终岁宦游他乡，母亲一人在家操持家务、伺候性情急躁的祖母，长年浸渍在忧郁之中，张秀亚很小就从她母亲那里"承袭了那份沉重的忧郁"。另外，张秀亚读了不少外国文学作品，特别是法国作家拉马丁、波德莱尔曾经深深触动了她，他们作品中浓重的忧郁情调暗合了张秀亚精神苦闷的节拍，也打开了她抒写内心悲哀情绪的闸门，"自书中看到一些情感的悲剧，我也开始借助于想象，在诗中写一些悲哀的故事了"①。

张秀亚早年散文的代表作是发表于 1937 年 7 月 11 日一家报纸星期文艺栏《散文特刊》的《寻梦草》，它讲述了一个离奇浪漫的故事。一个有着"精巧的外貌，和比丝绸还细致的灵魂"的女人，"披一袭乌黑的纱衣"来到湖边。她没有仆从，更没有伴侣，孤单一人住在湖边白石屋里。到晚上夜深人静的时候，她走出石屋，走到山腰上的树林里，然后划船在湖面上，四处寻找按照心灵的季节开花，可以给人带来美梦的寻梦草。暑尽寒来，草木凋零，黑衣女人不停地寻找，却始终没有找到寻梦草。最后，她的肢体与心灵都疲倦至极，死在湖边。作品中抒写了作者渴望美好人生的热烈心愿、追求美好人生的执著意志，也表达作者对于美好梦想难以企及的深度伤感。整篇文章想象浪漫奇特、形象迷离飘忽，语言雅丽曼妙，初步展示了张秀亚的凄清妍婉的艺术风格。

《山林之恋》则是一篇自由之歌。作者以与好友菁菁告白的形式，抒发了面对都市繁闹生活的诱惑立志保持精神自由的美好情怀。"你常常误解了我，唯恐城市的尘埃飞上了我的心。我告诉你，我也许会生活

---

① 转引自赵立忠、田宏选编：《张秀亚作品选》，陕西人民出版社，1987 年。

得'失败'，但我不会生活得'俗恶'。"进而，她又以在书中读到的鸟儿舍弃优渥的笼中生活，果决飞归山林的故事来告慰自己的好友："也许曾有一个时期，我还不如这只可爱的红冠雀，我对山林之爱还不如它深切，我曾日日徘徊在'谷粒'与'外面的世界'二者之间。但是，菁菁，你莫失望吧，如今，我不是已飞上了最近一枝，并在其上遥遥凝望那一片苍翠？"文章的可贵，首先在于它的真率，作者毫不隐瞒自己在物质诱惑面前曾有的软弱与犹疑，透显出清澈见底的心灵纯净；其次在于它的超拔，作者并不讳言物质享受，但如果必须以失掉精神自由为代价，就宁可选择自由而舍弃物质享受。在二者取其一的抉择中，作者表现出明确的坚持精神自由的可贵品格。

老向的散文和他的小说一样，也属上乘。他创作的散文带有泥土的清香，表现出浓厚的乡土情结。老向说过，从都市返回乡村，"日日在黄土泥中求生活，大风一起，尘沙蔽天，耳目口鼻被泥沙封锁起来。照道理讲，应该更痛恨'黄土泥'了，谁知又竟不然，偏偏是日渐发现黄土泥的高贵"。不过，作者毕竟曾先后在北平师范学校和北京大学读书，深受现代文明的熏染，也认同于传统文明向现代文明的转换，因此他的泥土味其实是一种经过现代理性淘洗后的新配方，是对西方现代文明中理性、自由、尊重生命等文化精髓的鉴取，是对传统文明中超越物欲、崇尚精神、向往和谐等文化命脉的呵守，也是对传统文明中愚顽、麻木等文化痼疾的讽刺，寄寓了作者的现实隐忧与理想希求，并不同于传统意义上的乡土派写作。

老向自1916年考入北平师范学校就离开了乡村，过起了城市生活。但是，1932年他却告别城市，应邀参加晏阳初主持的定县平民教育运动，1936年转到湖南省继续从事平民教育工作。老向由城市重返乡村，是经过慎重考虑的，其中包含着他对城市浮躁、冷漠一面的厌弃，更有他对乡村生活的天然感情以及对乡村改造的满腔热忱。老向这个时期写作的散文是他当时心境的真实写照。他的《村声》，写了乡村诸种声响，夜间有秋雁、雄鸡、秃枭、群狗的叫声，白天有卖豆腐的破皮鼓声与卖麻糖的小铜锣声，有鸭梨小贩的吆喝声及村妇的骂街声。通篇散文声音繁杂，但是，此时有声胜无声，在繁复的声音描述中读者真切感受到乡村无边的寂静。在对寂静的细致描摹中，老向传达了自己对古朴、安闲的乡村风习的熟稔与喜爱；同时，更传达出他对古朴乡风所包含的迟钝、停滞的不满与难耐。"深山古寺里的和尚，不肯蒲团静坐，养性修真，偏要去听听鸟叫，听听泉鸣；早晚还要叩木鱼，低诵经文；有了这一切还嫌不够，不时还要笙管箫笛铙钹钟鼓的大吹大擂。以前我不懂这是什么出家人的道理，现在，我明白了。街上一个小孩子随便大嚷一声，不是都能把我叫出门么？"文章的这段看似平淡的结语其实满含着激切之情，表达了作者渴盼乡村告别停滞、迟钝，焕发出勃勃生机的美好心愿。

老向的散文常常以笑写悲，以喜写怒。老向喜欢含蓄，即使大喜也并不形于色，即使大悲也并不加于词，但也正是他这种内敛的笔法，使他平淡的叙述里更充满了情感的力度。他的散文《柳芽儿和榆钱儿》，讲的是定县乡村妇女采摘柳芽儿和榆钱儿聊以糊口的事。文中写道："有一天，真个盼到榆钱，柳叶，都成串的挂在枝上了，她们真是兴奋的了不得，她们不一定得到树主人的允许，就三五成群，匆忙的去实行采集，又匆忙的把这新鲜的野味，亲自送到城里来叫卖。"村妇们满脸兴奋地采摘柳芽和榆钱，是比较欢喜的场面，但一群妇女为了这值不了几个小钱的野蔬竟喜不自胜，那么她们生活境况之不堪就可想而知了。正是靠了这样的细节，老向真实、深刻地再现了 20 世纪 30 年代中国北部乡村苦难的现实，表达了对乡村百姓的深切同情。老向对当政者的不满甚至愤怒也是以笑的形式写出来的。"直到今天，卖榆钱儿和柳芽儿还是一种不纳税的生意，虽然期间只有五七天，对于乡下的贫苦人家，总算也是一个有收入的季节。"表面上是为贫苦人家有这样一件好事而庆幸，细读之，就会感到作者对当时苛捐杂税多如毛的丑恶现实的愤慨。

何容（1902～1990年），原名何兆熊，字子祥，河北省深泽县小堡村人，北大英语系毕业。1926年何容与老向一起弃学从军，参加北伐，后负伤退伍，开始文学创作。他曾以"老谈"为笔名在《论语》、《人间世》、《宇宙风》等刊物发表大量散文随笔，其文章幽默风趣，诙谐深刻，颇得林语堂等文学大家的赏识，也深受读者喜爱，与笔锋相近的老舍、老向齐名。

何容有许多传诵一时的散文名篇，如《不抵抗主义之起源考》。该文1933年3月16日发表于《论语》第13期。"九·一八"事变爆发后，日本侵略者灭亡中国的野心昭然若揭，中华民族危在旦夕，举国上下抗日热情十分高涨。可是戴季陶等却提出"佛经救国""国币救国"等荒唐论调，反对抗战。面对这些错谬百出的言论，何容写了《不抵抗主义之起源考》，故意模仿戴季陶等人的语言逻辑来歪解历史，最后得出"不抵抗主义"出自孟子这一荒唐可笑的结论。在这种疯言疯语或假痴假呆的表述中，作者辛辣地讽刺了戴季陶等人挂羊头卖狗肉、貌似救国实为误国的愚蠢主张。这种正话反说、寓庄于谐的表达方式，尽管不是置人于死地的匕首与投枪，却同样能够将貌似威严的东西批驳得体无完肤，引领读者在会心的笑声中展开严肃的思考。有人用"醒脾"来形容何容语言艺术的魅力，"不但回味无穷，并且也有'开心窍'的效能"，确实有几分道理。《话说贪污》，1937年3月1日发表于《宇宙风》第36期，也是一篇笔锋犀利的优秀之作。文章开头便说："假如我们的文化有超越世界各国之点，贪污至少也得算是一点；而且，恐怕是又普遍又高深的一点。我们的贪污技术足以与最精密的会计制度来斗争。假如世界各国需要贪污专家的时候，国联应该到我们这儿来请。据说我们亲爱的'友邦'在'王道乐土'榨取，在技术方面还要借重汉奸。"何容运用大量反语，深刻揭露了20世纪30年代国民党官员贪污成风的丑恶现实，表达了自己作为一位有良知的知识分子对不良政治境况的极度愤慨，对危机四伏的民族命运深切的隐忧。何容还进一步分析了造成官员贪污成风的社会、文化土壤："贪污叫我们的同胞看起来，不算太缺德。……贪污的人，不但自己觉得满体面，别人（大概还是人人）也觉得他可羡慕。"正是这种不良社会风气助长了贪官的嚣张气焰。从文化层面来讲，人们之所纵容甚至羡慕贪官，是由于中国人缺少公德观念。贪官大多时候是侵吞公款，并不直接侵害某一具体的个人的私利，因此公德观念淡薄的中国人便很少产生愤慨。正是这种民族精神结构的严重缺陷，致使贪污失去有效的扼制，成为久治不愈的顽疾，严重影响了中华民族的发展进程。何容说自己十分钦佩老师林语堂"疾恶如仇"的做人态度，在何容的散文作品中恰可以看出他对林语堂这种"疾恶如仇"精神品格的积极继承与发扬。何容的文章的确常以幽默的语言出之，但风趣、诙谐的文字背后是一颗刚直不阿、视丑恶如寇仇的知识分子良心。

## 第四节　戏 剧 创 作

20世纪30年代河北戏剧创作中，著名剧作家熊佛西写下了很辉煌的一页。1932年，作为中国戏剧的拓荒者和奠基者之一，熊佛西怀着改造中国的满腔热情从北京来到河北定县。他不但积极谋划农民演员的选拔、培养工作，认真研究设计适合农民欣赏习惯的农村剧场，耐心指导农民演员的戏剧演出活动，而且还潜心剧本创作，写出了三幕剧《屠户》、《过渡》等。

《屠户》脱稿于1932年8月21日。剧中写王大、王二两兄弟为争抢一间土房的继承权而失了兄弟和气，动手扭打在一起，两妯娌的加入更加剧了家庭的混乱。惯于搬弄是非、坐收渔利的高利贷者孔大爷趁机从中挑拨、煽火，致使两兄弟矛盾更加激化以致要对簿公堂。而孔大爷却暗中作鬼，通过欺骗、恐吓等手段，敲诈王大、王二的钱财，蒙骗他们将房子抵押给自己。被逼得走投无路的王氏二兄弟终于醒悟过来，他们握手言和，共同将得意忘形的孔大爷打翻在地。孔大爷的卑鄙行径还引起店主小七的强烈痛恨，他挺身而出，联合曾经受孔大爷高利贷盘剥的2000多人一起将孔大爷告上法庭，法院派巡长前来捉拿这个为害四乡的恶人归案，接受法律的制裁。

整部剧作通过讲述兄弟失和、外人乘虚而入、险些酿成大祸的故事，告诫人们要吸取教训，珍视手足之情，同时还告诫人们要警惕恶人挑拨离间，要学会用法律武器来保护自身利益不受侵害。它对喜欢贪图小利、容易上当受骗的农民是比较富有教育意义的。从艺术上讲，这部话剧由于是大众化实验之作，不免有人物形象单薄、艺术韵味不足等缺点。但是，它的故事情节简单易懂、戏剧结构紧凑集中，结局恶人受惩，善良者得以伸张正义，比较符合农民审美口味，也比较适合农民的欣赏水平，因此演出后颇受农民观众的欢迎。

《过渡》是熊佛西在定县创作的另一部重要话剧作品，脱稿于1935年10月，12月试演后进行了修正。剧中写道，胡船户垄断大流河渡口，任意抬高过河费，致使贫苦百姓交不起船费而无法过河。为解决村民过河问题，大学毕业生张国本，发动村民一起出力修建桥梁。胡船户十分嫉恨张国本领导的造桥活动，他暗中胁迫自己雇佣的船夫老杜进行破坏。桥架坍塌，船夫老杜不幸从架顶坠下，头颅撞到石头上当场死亡。胡船户恶人先告状，诬陷张国本打死老杜，企图嫁祸于人，张国本据理力争，终于使真相大白。最终胡船户被依法逮捕，过渡被取消，过渡上的财产全部充公造桥。村民们欢欣鼓舞，唱着号子共同投入造桥劳动中。

《过渡》有比较深刻的寓意。它通过张国本带领村民与胡船户坚决斗争并最终取得胜利的故事，试图告诉人们，随着封建制度被推翻、民主制度得以建立后，民众的利益受到法律的应有保护，而那些有意哄抬价格、侵害百姓利益、扰乱百姓生活的不法之徒一定会受到法律严惩。对比20世纪30年代混乱的现实，这部剧作带有很大的幻想性，只能说它寄托了作者美好的愿望，"这座桥就好比'中国国魂'，可以代表我们中华民族的精神！……大家一齐来，一齐来工作，一齐来苦干，一齐来流汗！先打定这个伟大的基础，一切新兴事业都从这上面生！"

该剧成功塑造了张国本、胡船户、老杜等人物形象。张国本是一个有知识、有正义感的热血青年，他大学毕业后不留恋城市、不贪图富贵，回到家乡致力于乡村改造事业。他带领村民勇敢地与恶绅胡船户作斗争，并取得最后胜利。张国本是一个理想人物，充分体现了作者改造乡村、建设新生活的美好愿望。胡船户是一恶绅形象，他极端自私、冷酷，长期拖欠船夫工钱，任意抬高过河费，并唆使船夫暗中破坏桥梁建设。老杜因破坏桥梁不幸摔死后，他又栽赃陷害张国本。胡船户阴险狡诈，但最终被绳之以法。老杜是一个胆小怕事的船夫形象，他害怕丢掉饭碗，违心地去破坏桥梁，不幸摔死。老杜的不幸遭遇，让人痛惜，也让人感到无奈。

该剧在艺术上也比较成功。剧情生动曲折，结构严谨，人物对话琅琅上口，特别是劳动号子的运用，活跃了舞台气氛，增添了剧作的艺术魅力。

张寒晖的戏剧创作，是20世纪30年代河北文学的另一亮点。张寒晖（1902～1946年），原名张蓝璞，字含辉，河北定县人。1916年张寒晖考入定县省立第九中学读书，第二年转入保定高等师范学校附中。1922年张寒晖考入北京人艺戏剧专门学校，人艺停办后，1925年又考入北京艺术专门学校戏剧系。同年10月加入中国共产党。1926年5月，张寒晖与左明等5位艺专学生组织成立"五五剧社"，后发展到30余人参加。他们创办《戏剧》周刊，由张寒晖任主编，明确主张要积极"研究戏剧艺术以促进新社会"，并表示要"以戏剧为终身职志"。1929年，张寒晖积极参与熊佛西、赵元任等发起组织的"北平小剧院"运动，任"北平小剧院"执委会组织部主任。1930年张寒晖到定县民众教育馆工作，1932年到西安任民教馆总务部长，1935年任西安二中国文教员。1942年，张寒晖应陕甘宁边区文协的邀请，到延安边区任文协秘书长、文协总支组织委员。1946年因病去世。

张寒晖最初是以出色的表演才能引起人们注意的。在人艺戏剧专门学校读书时，陈大悲曾经组织张寒晖等学生演出自己的五幕剧《英雄与美人》和胡适的独幕剧《终身大事》。张寒晖在两部戏剧中分别反串女仆人和田老太太，由于他善于模仿女性情态，能够准确揣摩人物心理，发音细柔，演出十分成功，并因此"誉满京城"，被同行们亲切地呼为"蓝璞老太婆"。① 后来，他还参加过丁西林的《压迫》、熊佛西的《一片爱国心》等演出，扮演的也都是女角。张寒晖最擅长的剧目是《一片爱国心》。剧中人物秋子是一个不太容易把握的角色，她本是一位日本女性，后随丈夫定居中国。她既深爱自己的丈夫和子女，又盲目地忠于发动侵华战争的日本军国主义，尖锐的思想矛盾集中在她的身上。张寒晖在扮演秋子时，从内心感情到外部动作，从声音表现到面部表情，都作了精心设计，因而演得非常成功。天津《大公报》曾登载观众来信称赞道："张寒晖君饰演的唐夫人，处在忠爱相矛盾的境遇之中，各种表演，都见天才啊！"②

1925年，张寒晖考入艺专不久，开始话剧创作。处女作《他们的爱情》是一部独幕剧，曾以《你给我怎么说的？》为题于1926年9月13日连载于《戏剧》周刊。该剧讽刺、批判了上流社会虚伪的爱情。剧中男主角匡先生惯于用欺骗手段玩弄女性，他的妻子艾女士也是一个朝秦暮楚、喜新厌旧的人。他们之间所谓的爱情，只是虚情假意和互相欺骗。匡先生曾残忍地抛弃了原来的妻子白锦亭，而后才与艾女士结合；艾女士也背着她的丈夫另找情人。十分巧合的是艾女士的情人白继文和新雇的女仆白锦亭恰巧是一对失散了8年的亲兄妹。他们的父亲8年前因参加革命而被判处满门抄斩，死里逃生的兄妹离散多年，都以为对方已被杀死，却不期在此巧遇。错综复杂的人物关系使这部话剧充满紧

① 梁茂春：《张寒晖传》，陕西人民出版社，1985年，第30~31页。
② 熊大佐：《剧系公演以后的一封信》，《大公报》，1929年9月。

张、激烈的气氛。在紧张激烈的戏剧冲突中，匡先生、艾女士虚伪自私的性格得到展示，他们的爱情神话也被颠覆。在创作技巧方面，《他们的爱情》还显得不够成熟，戏剧矛盾过于巧合，有些人工斧凿的痕迹。

1930年，张寒晖在北京艺术学院戏剧系任助教时，创作了三幕剧《黄绸衫》。故事发生在清朝末年。男主角黄永是一个贩卖古董的小商人，他到山西寻访慈禧用过的翡翠白菜、玉石床等，想以此敬献"当今圣上"，好换取一官半职。黄永离家后，他前妻的女儿和后妻之间爆发了尖锐冲突，当黄永返回时，他的后妻被赶跑了，儿子跟着跑了，女儿也疯了，落了个妻离子散的残破结局。在对黄永家庭矛盾的生动展示的过程中，作者深刻揭露了封建制度的腐朽性，表达了对美好生活的向往。该剧的人物对话接近口语，比较生动。其中"邻妇"的语言最有代表性，她说："你瞧，现在有财有势的，哪个不是脏肝烂肺黑心白眼狼？哼，好人！能毒人害人，就是好汉；善于欺骗讹诈，就是露面子的名人。"又说："这年头儿，什么好人坏人，能丧尽良心的就是有官有势的名人、好汉，认真讲理的就是整个儿的傻子！"语言通俗上口，富有批判锋芒，表达了民众对腐烂政治的唾弃。

1932年，张寒晖到西安民教馆后，为民众剧社编写了陕西方言话剧《不识字的母亲》。这部以农村现实生活为题材的戏剧，是为配合扫盲工作而创作的。剧本描写了一位贫苦的农村妇女和她的儿子，因为没有文化，遭受了高利贷者的欺骗和盘剥。后来，他们觉醒了，积极学习文化，向剥削者发起反抗。张寒晖既是编剧，又做导演，又做演员，全程参与了这部话剧的创作与演出。《不识字的母亲》虽然人物不多，情节也简单，但由于贴近民众生活，吐露了民众的心声，再加上陕西方言的运用，更拉近了与观众的距离，所以非常受观众欢迎，每次上演该剧，民教馆临时搭建的剧场里都挤得水泄不通。

张寒晖还是一位优秀的作曲家，曾经创作了《松花江上》、《军民大生产》等脍炙人口的歌曲。他创作的歌曲有强烈的生活气息。他的成名作《松花江上》的题材来源于现实生活，充分表达了抗日军民痛击侵略者、收复大好河山的爱国心声。它的音调旋律也来自生活，张寒晖不但从传统妇女哭坟的悲惨凄切音调中吸取了素材，还从现实生活中撷取了呼唤嗟叹的声音，糅合成震撼人心的旋律。他创作的歌曲体现了鲜明的时代精神。张寒晖所处的时代，是中华民族危急的时代，是中国人民奋起反击日寇侵略的时代。作者怀着满腔热情，创作出《抗日军民进行曲》、《老百姓抗日歌》等歌曲，热切呼唤民众抗日救国。而且，由于张寒晖自觉将自身置身于时代洪流之中，能够把握住时代脉搏，对抗战的胜利充满坚定的信念，因此他的歌曲大都洋溢着乐观主义情绪，十分振奋人心。他创作的歌曲还具有浓郁的民族风格。张寒晖自幼受到民间音乐的熏染，20世纪30年代初开始自觉搜集民间歌谣和秧歌戏文，并认真揣摩研究，因此，他的音乐创作深深扎根于民间音乐的土壤，具有浓郁的民族风格。在音乐创作中，他有意识地采用老百姓喜闻乐唱的民间形式，唱出老百姓心中想说的话，表达老百姓的感情和愿望，因此深受老百姓欢迎。

# 第三章 宋 之 的

宋之的是中国现代著名剧作家，在中国现代话剧史上具有一定影响，在河北现代文学史上堪称大家。

## 第一节 生平与创作

宋之的（1914～1956 年），原名宋汝昭，1914 年 4 月生于河北省丰润县宋家口头村。父亲宋锡功是农民，祖上给他留下十几亩地；自幼在铁路上做工的二伯父宋锡铭，在家乡购置了十几亩地，也交由他经营，生活本来比较宽裕，后因与人合伙做小生意被骗，亏本严重。打官司时，宋锡功又因不识字屡被讼棍敲诈，并且反遭诬陷，最后败诉，欠下大笔外债。为偿还外债，田地很快被变卖一空，到宋之的 11 岁时，家境衰落，难以为继，父亲只好将他寄养到绥远二伯父家里。宋之的却因祸得福，考入扶轮小学，开始接受现代教育。毕业后又考入绥远省立第一中学，接触到大量新文艺作品，在他幼小的心灵里埋下了文艺的种子。他积极参加学校的游艺活动，尤其喜爱戏剧，初步显现了戏剧天赋。

1929 年，蒋阎军阀大战前夕，绥远时局动荡，宋之的被二伯父送回家乡，考入车轴山中学继续读书。车轴山中学进步力量相当活跃，宋之的同班同学中就有共产党员，教员中也有共产党组织存在。受进步教师和同学的影响，宋之的开始阅读马克思主义书籍，为他日后从事进步戏剧活动奠定了思想基础。1930 年，因家庭经济拮据，宋之的被迫辍学，只身赴北平谋生。工作之余，他阅读了大量的文艺刊物，包括《海燕》、《拓荒者》等进步刊物，萌动了创作欲望。是年5月28日，他首次以宋之的为笔名在《新晨报》副刊发表处女作《黎曙》，由此迈出了文学创作第一步。

同年夏天，宋之的考入北平大学法学院俄文经济系读书，结识于伶、陈沂等，在他们影响下参加了左翼剧团呵莽剧社的反帝公演。演剧活动的实践，使宋之的对戏剧这一艺术形式的社会作用有了进一步的体会，对戏剧艺术的兴趣更浓厚了。1932年宋之的与于伶等人组织苞莉芭①剧社，并经于伶介绍加入左翼戏剧家联盟北平分盟，主编机关刊物《戏剧新闻》。1933年白色恐怖加剧，宋之的被迫离京赴沪，后参加左翼剧联并领导新地剧社、大地剧社等，而且参加了夏衍领导的左翼影评小组，在《民报》副刊"影谭"上撰写影评。1935年宋之的赴太原任西北影业公司和西剧社编剧，创作话剧《罪犯》、电影剧本《无限生涯》。1936年初，阎锡山公开迫害进步人士，宋之的被迫重返上海。9月20日其报告文学《一九三六年春在太原》于《中流》创刊号发表，在文坛引起极大反响，被誉为我国早期报告文学佳作。同年冬，宋之的加入上海业余剧人协会，创作话剧《武则天》，演出极为轰动。

1937年抗战爆发后，宋之的曾组织并率领上海救亡演出一队在中原城镇的街头、工厂、农村、兵营宣传演出；组织并领导上海业余剧人协会赴川公演；作为副团长率文协作家战地访问团赴晋东南抗日前线访问；皖南事变后奉周恩来指示赴香港参与组织旅港剧人协会；太平洋战争爆发后返渝参与组织领导中国艺术剧社。抗战时期的报告文学《新生活》、《长子风景线》、《墙》不仅歌颂了军民奋起抗战的英雄业绩，还生动形象地报告了普通百姓精神的觉醒。《一个相识者的死》则及时披露国民党残酷制造綦江惨案的真相。这时期宋之的创作的话剧有《雾重庆》、《刑》、《祖国在呼唤》、《春寒》，与老舍合作《国家至上》，与夏衍、于伶合作《戏剧春秋》等。其中《雾重庆》于1940年12月由中国

---

① 俄文"斗争"的音译。

万岁剧团在重庆国泰大戏院上演，盛况空前，从此"雾重庆"成为国民党陪都的代名词。

## 第二节 话 剧 创 作

宋之的有着优秀的戏剧创作方面的才能，其在短暂的一生中，创作了大量话剧剧本。

他的第一个剧本《谁之罪》（演出时更名为《罪犯》）1935年创作于太原。这是一个三幕剧，宋之的通过描写日益恶化的底层生存状况，从一个侧面深入展现了20世纪30年代日益衰坏的社会现实。剧中主人公袁北里本是一介书生，在学校读书时也曾"很惯于梦想的"，从来"不知道天多高地多厚，脑袋里乱想一泡"，但走出校门后严酷的生存现实很快教育了他。尽管他有大学学历，但却无法养活自己的妻子、孩子。他心疼怀有身孕的妻子，爱怜少不更事的孩子，却只能眼睁睁地看着他们挨饿。妻子病倒在床，他却再也借不到一分钱来为妻子看病。善良、懦弱的袁北里被一重重生活的磨难摧残得陷于疯狂，他用家里仅有的一副破被当来一角钱，买了一包砒霜将妻子毒死，一个家庭就这样毁灭了。与袁北里一家有同样遭遇的还有很多，比如，纺纱厂工人赵大妈的丈夫吐血而死后，她一个人拉扯两个吃奶的孩子，还要赡养年老的婆婆，生活举步维艰；煤矿工人刘建飞下窑伤了腿，马上被矿主无情地赶出煤矿，失去了活路；另外还有厨子、残废者等等，他们都走到了生活的末途，他们的家庭都面临着毁灭的危险。

面对底层人们困窘的生存状况，当时的上层社会表现出残忍的冷漠。开着多家公司的董事长魏采忱，当企业运转不灵时，他把所有的损失都转嫁到企业职工身上，正是他的冷酷造成了袁北里、刘建飞等人的生存悲剧，使他们生不如死。留学回国的沈木园，一心只想攀附富家小姐，只想投机跃入上流社会，对底层人们同样表现出过度的冷漠。心地单纯、心怀幻想的魏露茜，是个异数。她虽是魏采忧的女儿，出生在富贵之家，却表现出强烈的人道情怀。她四处调查底层人们困窘的生活状况，并劝说父亲能够利用自己的能力来帮助他们。不过，魏露茜毕竟只是空怀一腔同情，她的父亲根本不会因她而改变自己自私的本性。主流社会的冷漠加剧了底层人们的生存苦难，他们在死亡边缘挣扎，他们内心的苦闷和憎恨与日俱增，整个社会处于极大的危险之中。而刘建飞的铤而走险，就是一个令人惊悚的信号。刘建飞因工伤失去工作能力，企业本有责任安排他日后的生活事宜，可是企业却根本不履行自己的职责，而是把刘建飞扫地出门了事。企业的失责导致刘建飞生活无着，他迫于生计做了"强盗"。

社会混乱、大众贫窘如此，究竟是谁之罪呢？正如本剧剧名所显示的，作者显然是要追问造成底层人们濒临绝境的渊薮在哪里。是底层人自己吗？他们勤勤恳恳地做工，从来不敢懈怠偷懒。面对苦难的来临，他们互相救助，盼望能够渡过难关，他们的勤劳、他们的善良，都说明他们不是自己生存悲剧的制造者。是主流社会的人吗？显然，他们的自私、冷酷加剧了底层人们生存的苦难，他们的鼠目寸光加剧了社会的混乱与动荡，对于社会悲剧的酿成他们有着不可推卸的责任。但是，作者并不是性命论者，他也并不认为魏采忧等生来就是如此冷酷。他的女儿魏露茜的单纯、善良从一个侧面暗示冷酷不是天生的，因而，魏采忧的冷酷、底层人们的苦难，还应该有另外的根本制造者，那就是当时的社会制度。当时的社会制度，从器物到精神层面都未能提供一个让底层人避免绝境的保障。它没有相关的制度来保障企业职工起码的生存权益，也没有相关的文化建设来促成关注弱势群体的社会意识。作者并没有跳出来宣讲自己的社会主张，但他以出色的戏剧写实才能，把读者一步步引到对底层生存苦难、对社会混乱不安的深层思考上来。

《谁之罪》表现了宋之的鲜明的社会批判意识和深厚的人道情怀。宋之的有着丰富的底层生活经验，他对底层人的生存状况有着清楚的了解，对底层人的思想情感有着深刻的认识，对底层人的生存苦难有着深入的思考。并且，由此出发，宋之的进而对整个社会状况进行了认真的盘查，在盘查中思考社会的痼疾，求询社会的出路，形成鲜明的社会批判意识，表现出深厚的人道情怀。宋之的从来就没有想过要搞纯文学，他从一开始就要将自己的社会批判融贯到自己的创作中。因此，他的戏剧创作容纳了丰富而生动的社会内容，涵括了热情而犀利的社会批判。《谁之罪》就是宋之的这种文学立场的生动展示。它表达了对底层人们勤劳善良秉性的充分尊重，对他们生存苦难的深深同情，对漠视底层生存权利的主流社会提出严厉质询，对上层知识分子人道情怀的缺失提出严正批判。

《谁之罪》初步展现出作者优秀的戏剧才能。该剧发表时作者年仅21岁，而整个剧本却表现出少有的成熟。剧中人物语言简洁生动，而且不同人物的语言显示出各自的特点。通过简洁生动、特点各异的语言，该剧成功塑造了袁北里、袁妻、魏采忧、魏露茜、沈木园、刘建飞等多个人物形象。比如，袁北里正直而懦弱，袁妻贤惠、内敛，魏采忧凶狠、冷酷，魏露茜单纯、善良，沈木园趋炎附势，刘建飞以恶抗恶，等等，即使出场不多的人物也能够给读者留下较深印象。剧情设计也比较合理，在一波又一波的矛盾冲突中将全剧推向高潮。正直而懦弱的袁北里在生的挣扎中接连失败，意志崩溃，疯狂中亲手毒死自己心爱的妻子；沉默不语的刘建飞因工受伤被逐出煤矿后生活无着，最后铤而走险抢了魏采忧的大公子。剧终时，两个人同时被警察逮捕。表面上抢劫者伏法、杀人者偿命，正义似乎得到伸张，但是正直的人无路可走，善良的人心起歹念，各种社会危机醒目地呈现于读者面前，不由得让人沉入深重的忧患之中。剧已终，而由此引发的思考却悄然开始，这是戏剧创作的一个成功范例。

《平步登天》1937年2月发表于《中流》第2卷第1期。这是一出独幕喜剧，它于笑声不断中辛辣地讽刺了20世纪30年代国民党政府统治下荒唐的民主生活。剧中主人公李惠生是江南某村村长兼小学校长，他因为弄不来钱养家糊口而被妻子破口大骂、拳脚相加，样子十分狼狈。可是，国民党大选在即，李惠生作为全村的代表忽然一下子风光起来。首先，在上海经商的吴达民半夜登门造访，开口就许诺李惠生可以到他在上海开办的事务所任书记，并拿出三十块钱让李惠生解燃眉之急。转眼周乡绅又来了，他请李惠生过去吃酒，并许诺李惠生可以到上海吃喝玩乐，且答应帮助李惠生在县里补一个科员。李惠生一下子交了偌大好运，所为者何？原来吴、周二人都是来找李惠生运动国选的，他们都希望李惠生能投自己一票。李惠生的妻子故意在周吴二人间左右摇摆，借机引发周吴二人争执，本想坐收渔翁之利，从中多捞些好处，却没想到最后局面完全失控，周吴二人越争越激烈，由文斗转入武斗，相扭着走出李家，要到法庭上一论输赢，李惠生夫妇想借国选小捞一把的迷梦也破产了。

民主选举，本是"五四"以来无数中国仁人志士不惜牺牲生命争取来的一项重大社会进步，可是，在具体实施时却演变成一出闹剧。在这种闹剧中，固然可以看出当时的中国民众尚缺乏实行民主的基本素质，但更可以看出国民党并没有推行民主选举的诚意，它的各级政客不在研究国计民生方面壮大自己的声势、赢得大众拥护，却一心想通过贿选来拉取选票，这种走板的国选正说明中国离真正的民主尚有很大的距离。在《平步登天》中，宋之的准确地抓取现实生活中生动的细节，充分展示吴达民、周乡绅通过在拉选票时一幕幕丑陋的表演，于连续不断的笑声中撕下国选的虚伪饰布，展露出其荒唐本相。整个剧作构思十分巧妙，由李惠生一家的生活窘迫开始，中间突然贵客接踵、好运连降，李氏夫妇平步登天、喜不胜收，最后闹剧结束，而讨债者堵门催迫，李惠生一家沉入更大的困窘中。在由窘入喜、由喜入窘的往复转换中，人物的性格得以形象展现，故事主题得以深刻揭示。读者在一阵阵的笑声中沉入对国选的批判和对民主命运的思考之中。

　　1946年，宋之的在山东大学教书期间，以国选为题材写了另外一部独幕喜剧《群猴》，1948年收入戏剧集《人与畜》。该剧极度漫画式的笔法和过于夸张的语言，可能暗合了共和国成立之初的某种政治情绪，因此该剧在20世纪50年代后所获得的影响远远超过《平步登天》，甚至有一个时期被称为宋之的的代表作之一。其实，如果冷静加以比较，《平步登天》的艺术性要胜于《群猴》，它生动而巧妙的情节构思、大胆而不失节制的讽刺、浓烈而富有韵致的喜剧氛围，都应该得到人们更多的认可。

　　关注妇女解放运动，思考女性的前途命运，是宋之的戏剧创作中的另一个重要主题，其代表作便是曾经获得极大演出成功，也备受人们非议的五幕历史剧《武则天》。《武则天》虽取材于唐代历史，却与现实有着密切关联。在塑造武则天这个历史人物形象时，作者并没有一味拘泥于历史记载，他从自己的创作主题出发，侧重择取了能够反映武则天叛逆精神的史实加以铺陈，以集中展现武则天在"传统的封建社会下——也就是男性中心的社会下"，作为"一个女性的反抗及挣扎"。在剧中，武则天凭借自己的机智与权谋登上皇帝宝座，对男性政治进行了大胆的颠覆。她下令"王公以降，皆习老子"，削弱了有着显著性别歧视的孔子学说的社会影响，为女性发展提供了一定的精神空间；在对武则天种种反抗行为的描写过程中，武则天的叛逆精神得到充分张扬。同时，宋之的也没有回避武则天性格中的乖戾甚至残忍的一面。比如，她由于幼年的不幸遭遇，养成一种仇视男性的褊狭心理。"因为她的父亲早丧，常受叔伯的欺凌。及至入宫，复被迫为尼，这种种环境上的影响，也许正是她窃位的根蒂。"[①]在攫取权力的道路上武则天不择手段，甚至不惜杀死自己的女儿、姐姐，表现出极度残忍的一面。武则天登上皇位后，在自己的后宫中蓄三千面首，肆意玩弄异性，这其实是一种对男性政治的过激报复，它从一个极端走向了另一个极端，陷入了同样一种错误。

　　---

　　① 宋之的：《写作〈武则天〉的自白》，《光明》，1937年6月10日，第3卷第1期。

正是由于宋之的能够从多个侧面来展示武则天的性格特征，才塑造出一个既具有反抗强权精神，又深陷人性迷误之中无力自拔的古代女皇形象。历史剧《武则天》对武则天叛逆精神的张扬，契合了20世纪30年代中国女性争取自由权利的精神欲求，该剧由导演沈西苓搬上舞台后，"立刻轰动上海，女性观众尤为踊跃，连续上演两个月不衰"[1]。

20世纪30年代又是民族危机日益突显、救亡意识不断强化的时代。有着敏锐的时代神经的宋之的很早就洞察到民族的危机，并在戏剧创作中表达了自己振奋民族精神、争取民族自救的历史热忱。

1936年8月，宋之的独幕剧《烙痕》发表于《现实文学》第一卷第二期。该剧讲述了发生在东北某镇的一次对日军占领者的袭击，由于计划泄露，战斗还没有开始就已经失败。剧中，作者并没有正面展开敌我较量，而是将焦点聚集于郭鹤年一家，他们积极谋划、组织袭击日军活动，对胜利充满热切的憧憬。当得知计划泄露、敌人已包围了自己的村庄后，他们毅然拿起枪，投入到一场注定要失败的战斗。被捕后，在敌人的威逼利诱面前，郭鹤年及家人拒绝了屈辱的苟活，选择了英勇的牺牲。全剧在对郭鹤年一家英雄故事的讲述中充分展示了东北人民高涨的抗日救亡热情，大义凛然、视死如归的民族气节。

该剧的独特之处在于，作者在高扬民族救亡意识的同时，融入了对生命、爱情的深刻思考。剧中，日军军官喜多上尉是一个人性尚存的异族占领者，他不满于自己作为战争机器的身份，"有时我感到，我完全是一架机器，吃人的机器，随了人摆布，随了人拨弄。那摆布我的，拨弄我的，却是一个恶魔，一个混蛋！"他向郭鹤年的女儿郭丽之表达了自己的爱情，并希望她能和自己一块回日本过和平的生活。但他毕竟是一个侵略者，当他作为一个胜利者向自己的阶下囚郭丽之求爱，并以郭丽之的性命相要挟时，他首先玷污了自己的爱情。他的求爱对郭丽之是一种羞辱，郭丽之坚决地予以拒绝。郭丽之的拒绝，表达了她作为一个

---

① 宋时编：《宋之的研究资料》，解放军文艺出版社，1981年，第20页。

中国人对人格尊严的珍爱，对民族气节的坚守。郭丽之作为一个年轻女性慷慨赴死，表达了普通民众对抗战的渴望，也蕴含着抗战必胜的信心。

该剧震撼人心的地方还在于，郭家 13 岁的小儿子郭儒之获准可以免于一死，条件是他必须亲手杀死自己的全家。让一个年仅 13 岁的孩子亲手杀死自己的家人，条件当然是惨无人道的，这是一种公然的挑衅，郭家人英勇地选择了接受。郭鹤年对郭儒之说，"你是我的儿子，最小的一个，我爱你超过一切，你将用什么回报我的爱呢？怯懦的一道死掉吗？是吗？儒儿，挣扎吧，你的爸爸正含笑等着你的一刀呢！"郭儒之刹那之间长大了，他最终接受了家人的重托，保全自己的生命，准备将来更英勇地打击日本侵略者。"郭丽之已经走远了，他〔喜多上尉——引者注〕悲哀地回过头来，望着郭儒之，郭儒之正痴呆地但有决心的站在那里。"全剧到此戛然而止，民族的危难醒目地呈现在读者面前，而作为活着的中国人所应当肩负起的救亡责任也重重地撞击着读者的心扉。宋之的这种艺术处理充分显示出他作为一个优秀的剧作家高超的话剧创作才能，以及作为一个坚定的爱国者炽热的民族主义情感。

该剧在抗战初期演出效果显著。僻远的秦岭山区村民没看过话剧，演剧队第一天演出《打鬼子去》，村民们看不懂，后来演宋之的的《烙痕》，他们却看懂了，"一把鼻涕一把泪地跟着剧情哭；他们在打倒日本兵插上中国旗的时候狂呼着跳起来……"①

独幕剧《上前线去》（又名《壮丁》），1938 年 5 月 5 日发表于《新演剧》第一卷第一期。该剧剧情比较简单，抗战爆发后，两个学生到村里进行抗战宣传，动员适龄青年去当兵。乡民甲害怕打仗丢掉性命，便托乡民乙花钱雇人服役。乡民乙却是一个狡猾的兵贩子，他多次收买难民顶替雇主去应征，再让他们半路开小差，接着再顶替其他人去应征，借此大发国难财。乡民甲受乡民乙欺骗后，扭住乡民乙不放，一定要拉

---

① 李束丝：《戏剧在秦岭山里》，《戏剧战线》半月刊，1939 年 9 月 25 日。

他去区里评理。替乡民乙去应征又逃回来的壮丁丙，发现上吊自杀的女子正是自己的妹妹时，从躲藏的地方冲出来。获救的妹妹向壮丁丙讲述了日本鬼子残害家乡百姓的罪恶，讲述了自己的父母兄弟惨死的经过。满腔愤慨的壮丁丙转身怒斥乡民乙的无耻，并表示马上和其他壮丁一起到前方去。男学生热情赞扬壮丁丙等积极投身抗战的英勇精神，批评乡民甲雇人应征逃避兵役的可耻行为，痛斥乡民乙扰乱征兵、破坏抗战的罪恶，并顺应民众的吁求，将乡民乙带回县里接受正义的审判。

　　该剧虽然只是一部独幕剧，但是，在具有浓郁的时代气息和高涨的救亡热情的同时，也表现出了强烈的艺术探索精神，具有相当的先锋色彩。首先，《上前线去》是一部为露天演出而写作的剧本。在该剧的构思创作中，宋之的大胆地将话剧从室内搬到室外，充分适应农村演出环境和农民的欣赏习惯，并尽可能地采取多种艺术手段增加话剧的趣味性，以调动农村观众观看演出的积极性，达到教育民众、促进抗战的目的。其次，打破了传统话剧演员与观众的严格界限，体现了作者戏剧观念的深刻变化。在《上前线去》中，宋之的彻底打破舞台上下的界限，使观众与演员混为一体，并有意识地让观众参与到话剧演出中来，"演员在演这个戏时，要注意和观众答话，最好是把观众也拉到戏里来"①。宋之的这种注重演员与观众感情沟通的艺术探索，达到了与世界戏剧潮流的接轨，具有相当的先锋色彩。

　　《雾重庆》完成于1940年9月，原名《鞭》，后更名为《雾重庆》，由生活书店出版。12月26日，应云卫任导演，由"中国万岁"剧团搬上舞台。该剧"上演后，购票者极其踊跃，致使剧团刊登广告：'上午十时一定售票，请勿于晨六时前即往立等；已看过者请勿再看'"②。1941年9月，该剧在香港共演出5天10场，观众达到"人潮如涌，水泄不通"的程度，创香港话剧演出之新纪录。

---

① 宋之的：《上前线去》，见《宋之的剧作全集》，中国戏剧出版社，1986年，第301页。
② 宋时编：《宋之的研究资料》，解放军文艺出版社，1987年，第29页。

《雾重庆》在演出上的巨大成功，首先来自于它对现实生活的深度介入。宋之的创作《雾重庆》期间，曾经在一次座谈会上表示："一个作家在抗战初期的兴奋情绪已经过去的今天，应该冷静、更深入的去观察现实、把握现实"，"在这更加艰苦困难的抗战新阶段，一个剧本必须使观众看了之后回家睡不着觉，而不是睡得舒舒服服"[①]。在多幕剧《雾重庆》创作中，宋之的很忠实地贯彻了自己的这种现实主义文艺主张。他一改此前抗战动员式戏剧写作方式，将自己的创作重心调转到对战争状态下普通民众生存状态的客观展现上，通过对从北京逃亡到重庆的一群青年学生困苦生活的具体描写，写出了日本对华侵略战争给普通民众造成的身体上、心灵上的深度灼伤，从而在更深层次上写出了抗战与每个人每种生活的密切关联，写出了作为普通民众关心抗战、参与抗战的必要性。正是由于《雾重庆》创作的及物性，它必然会深深刺激观众的神经，引发他们认真回望自己的生活，思索抗战的命运和人生的未来。国民党政客袁慕容的奢华生活与流亡学生贫困生活形成巨大反差，显露出民族冲突裹挟中更加刺目的阶级矛盾，揭示了消除民族危机、建设富强的现代民主国家的艰巨性。它在某种程度上增加了《雾重庆》一剧内容的厚重性和思想的丰富性，使该剧更加耐人寻味。

其次，注重人物精神世界的开掘，充分展示人物形象的真实性、复杂性，是《雾重庆》一剧取得成功的又一要诀。在《雾重庆》的创作过程中，宋之的努力致力于向人的心灵突进，着力表现人的心灵深处的战栗与搏斗。剧中主要人物之一林卷妤本是一位清高的女大学生，日益困窘的生活让她倍感生存的严峻。要活命还是要清高？这个问题时时撞击她的心灵，让她坐立不宁。当林卷妤放下清高，张罗小饭馆摆脱了衣食之忧后，进一步发财致富还是去前线报效国家？新的问题又使她不时陷入苦闷之中。剧中另一主要人物沙大千，是林卷妤的爱人，他由反对林

---

① 座谈会纪要：《从三年来的文艺作品看抗战胜利的前途》，《新蜀报》副刊《蜀道》，1940年10月10日。

卷好开小饭馆到乐在其中，到进行非法经营，到倒卖军用物资牟取暴利，利欲熏心，成为民族的罪人而不能自拔。同时，他毕竟是一个曾经受过大学教育的知识分子，他有时也为自己的堕落感到不安，特别是当袁慕容裹走他的一切资产，他又成为一贫如洗的穷光蛋时，各种想法从各个方向撕扯着他的灵魂，使他陷入疯狂之中。作者正是通过深入到人物的精神世界，仔细探视他们在现实问题的重重刺激下所发出的强烈反应，真实地表现他们心灵深处剧烈的思想冲突与情绪搏斗。深度的人物精神世界开掘，使《雾重庆》中的人物形象十分生动与深刻，长久地留存在观众心中。

最后，《雾重庆》的语言简洁生动，表现出浓郁的生活气息。剧中人物的对白非常紧凑，很少个人独自的道白，非常适于舞台演出。人物的语言真实自然，完全是口语化的。例如，女主人公卷好为生计筹划时所说的话："总要活下去呀。依你说，另外还有什么法子？事情是很多，可没有你我的份。摆香烟摊吧，没什么发展；街上去卖报呢，也养不活两张嘴；去抬轿子吧，你又没力气，想来想去，只有开小饭馆，倒还合适。我掌灶，你跑堂，老艾记账。"生活化的语言使人物与观众产生了亲近感。又如，当大千责怪徐曼的堕落时，卷好说："我觉得什么事情都有个原因。徐曼要不是死了爹妈，生活没办法，现在还不是和我们一样，在大学里念书，摆架子，装小姐吗？一个年纪轻轻的女孩子，在这种情形下，有什么法子呢？况且徐曼，弟弟、妹妹们一大堆，都要她负担的！"在这里，剧作家没有用理想主义，宣扬一些虚伪的道德思想，而是用现实主义的态度评价人与事，揭示出现实社会深刻的矛盾。这样的语言使人感觉可信可亲，也使人物形象与观众产生了亲和力。

## 第三节　报告文学与散文创作

宋之的的散文创作分为报告文学和一般散文两部分。

对于新兴的报告文学，宋之的作出了重要贡献。中国的报告文学虽然萌芽于"五四"时期，瞿秋白的《饿乡纪程》、《赤都心史》中的部分报告文学作品体式已比较完备。但是，自觉地提倡和创作报告文学，还是"左联"成立以后的事。20世纪30年代初期，"左联"执委会通过两个决议：《无产阶级文学运动新的情势及我们的任务》和《中国无产阶级革命文学的新任务》，明确号召作家"到工厂到农村到战线到社会的下层中去……创造我们的报告文学（reportage）吧！"在"左联"的倡导下，20世纪30年代兴起一股报告文学创作热潮。宋之的积极投入到报告文学创作中，他的第一篇作品《一九三六年春在太原》发表于1936年9月20日的《中流》创刊号，像一发炮弹震动了文坛，与夏衍创作的名篇《包身工》一起将中国报告文学推向成熟阶段。此后，宋之的又创作了《新生活——中国工业合作协会西北区之访问》、《墙》、《长子风景线》、《一个相识者的死》等优秀报告文学作品，每篇都散发着浓郁的时代气息与诱人的艺术芬芳。

其中，《一九三六年春在太原》的创作素材来自宋之的在太原的一段亲身经历。1935年初，宋之的应邀到太原出任西北影业公司和西北剧社的编剧。1936年初，山西军阀阎锡山公开右转，肆意迫害进步人士，宋之的对此感到非常愤慨。回到上海后，宋之的时时想起在太原的经历，奋笔疾书，写成《一九三六年春在太原》。该作以喜剧性口吻讲述了阎锡山在太原进行的恐怖政治，表达了作者高度的蔑视。作品中写到，为了防止共产党混入太原，阎锡山下令严格审查每一个居住者，并按条件分别颁发不同等级的'好人证'。有个厨子因为是本地人等可靠条件而被发给最高等级的"好人证"。厨子感到扬眉吐气，非常兴奋。他经常向别人炫耀一番自己的"好人证"，而且为了引起他人随时注意，厨子把他的"好人证"镶了一个花边，且蒙上一层绿色玻璃纸悬在胸前。可是他却被送进了警察局，还处罚了五元钱，原来厨子做梦也没有想到自己安分守己却违反了绥署关于"佩带好人证，不准罩以任何布面或纸面"的条例，成了当局打击的对象。宋之的通过这样一个精彩的小插曲十分鲜明地揭穿了山西当局乱施淫威的嚣张，以及面具背后极其恐惧革命力量的虚弱心态。

首先，在艺术上，宋之的以反语、归谬等多种手法对阎氏恐怖政治进行了辛辣讽刺，比如，他在写到山西当局查禁非法物品时，说山西"素有'不彻底'的称谓，譬如禁烟吧，不准吸鸦片，却准卖药饼。禁与不禁，只在一个名称"。但是禁书的时候却非常彻底。"在公安局公布的禁书目录里，不仅仅是张××章××那些三角形的五等货（最低级的'好人证'）遭了殃，就连李阿毛博士也凑了数。凡白纸上写黑字的，大概全是有些危险的嫌疑吧！"宋之的巧妙地把禁烟与禁书两件事放在一起，稍加议论，就十分准确地揭露出山西地方统治者假禁烟、真敛财，假治安、真致乱的腐败、愚昧、凶恶、虚弱的本质。同时，作者还在作品中插入当时山西地方当局发布的荒谬可笑的公告、新闻消息，使讽刺的效果更加强烈。其次，作品的写实内容以抒情的笔调托出，使写实性与文学性有机地结合在一起。作品开头以"春被关在城外了"这种富于象征和咏叹意味的句子引出下文，中间也都是作者精心选取的富于表现力的细节，最后以"我是多么的怀念春啊"作结，抒情的气氛贯彻始终。在这种抒情氛围里，作者又组织进一个个生动、具体的细节，达到深刻揭露山西恐怖政治的目的。由于该篇十分注意文章形式的变化和写作技巧的灵活运用，因此，茅盾甚至认为它比夏衍的《包身工》还要出色。[①]

《新生活——中国工业合作协会西北区之访问》连载于《大公报·战线》1939 年 10 月 21～24 日第 396～399 期；《墙》写于 1940 年 1 月 13 日，刊发于 1940 年 3 月 15 日《文学月报》第 1 卷第 2 期。这两篇报告文学从两个不同的侧面，深刻反映了中华民族在外敌入侵严峻形势催迫下所迸发出的创新民族文化、积聚民族能量、图取民族解放的精神活力，但是，却一直没有引起评论者的应有重视。

---

① 茅盾：《技巧问题偶感》，见《茅盾全集》，第 21 卷，人民文学出版社，1991 年，第 187 页。

《新生活——中国工业合作协会西北区之访问》以生动的笔调讲述了中国工业合作协会西北区建立、发展的历程。日军的入侵，摧毁了中国基础薄弱的民族工业。大量经过训练的熟练工人溃散逃亡到大西北，"义民们是大冶、阳新、阳泉、井陉等矿内一等的地下开采者；是裕华、申新、汉口第一等厂里最负声誉的纺织名家。他们是资源的主人，精于技术，就像要塞的守军精于射击一样"。而"大西北的地下：是金砂，是石油，是煤与铁的仓库；大西北的山野：是森林，是灌木，是狐与虎以及数不尽的牛羊的故乡；大西北的平原：种麦，产麻，更产棉；大西北，是最丰富的原料供给地，孕育着千万年工业的根基"。如何在惨烈的战争环境下于大西北重新组织起中国的产业工人队伍、发展民族工业，是一个十分重要、十分艰巨的课题。中国工业合作协会以一种完全不同于过去的经营理念来重新整合产业工人队伍，借以激发产业工人的生产热情，提高民族工业的生产能力。受协会委派，卢广绵来到大西北，他耐心说服各种工人，终于组建起印刷、制鞋、纺织等各种合作社。在这些合作社里，"大伙是这工厂的主人，也都是股东。虽然只有五块钱一股，可是人人都有份。厂里人少、心齐，一砖一石、一针一线，都是自己的心血。这种人的谐和较之机械的谐和更有力量"。或许这种经营理念有自身的局限，随着产业规模的扩大需要作根本调整。但是，它适应了中国作为后发国家以及战争环境的实际需要，顺应了产业工人当家做主的民主要求，调动了广大产业工人的劳动积极性，提高了生产力水平，是一种很有创造性的组织形式。宋之的以传神的文笔为其留下形象的记录，见证了中国民族工业在西北的萌芽与发展。

《墙》写出了抗日战争的炮火洗礼下民族精神的蜕变与更生。首先，宋之的近乎残酷地揭开了中华民族的精神疮疤：抗战前的山西十分闭塞，"那些地方的老百姓，生活得简单而闭塞，十五里外的村庄对于他们就是另一个世界，他们没有走过那么远的路"。那里的习俗仍停留在几千年前，"那些地方的女人，是当作商品来买卖的。有些山里的女人——譬如中条山的女人——头上还梳着唐代的髻，古趣盎然。脚裹得只有二三寸，以至走路不用脚，而用膝，把脚拖在后面"。那里的人十分麻木、怯懦，"一位'皇军'截住了一个女人，他的企图是很明显的。那女人哭着，闹着……奇怪的是十丈外修桥的那些老百姓，对这件事，他们当然是看见的，然而他们一动不动，而任那'皇军'放纵着野蛮的天性"。随后，宋之的又满带欣喜之情地讲述了抗战爆发后民族意识的觉醒与民族精神的蜕变，"女人都站起来了。不仅不再梳唐代的髻，而且剪了发……而且参加了妇女救国会"。很多男人当了兵，"那些兵都是自动入伍的"，他们懂得了争取民主权利，"他们进行着选举工作，进行得很热烈"，他们勇敢地投入了战斗，"他们干起来了，干得很顺利，五个院子的敌人在惊惶中被炸死了"。战争带给中华民族以毁灭，但同时也带给她以机遇，使她更替掉自己肌体中腐朽的元素，充实进新鲜、健康的因子，使她迸发出充沛的活力，克服危机，走向新生。宋之的的这篇报告文学可贵之处在于，他深入民族文化结构的内部，探视到抗战爆发后民族精神深层所发生的变化，以及这种变化对于民族解放的重要意义。

《长子风景线》写于 1940 年 1 月 1 日，1940 年 3 月发表在《七月》第 5 集第 2 期上。这篇报告文学以热情的语言介绍了军民团结一致、共同抗击日本侵略者的英雄事迹。宋之的以剪影的方式，选写了黄伯笙和刘建一两位师长分别成功组织的"武装保卫秋收"和"狙击长子城日本侵略者"两场战斗。这两场战斗的胜利，一方面使我军获得充足的粮食，足以维护十万大军度过冬季也度过春季；另一方面则重创日本侵略者，使他们从此龟缩于长子城中，再也不敢轻举妄动，由此长子城成了日本侵略者囚禁自己的监狱。在作品中宋之的还着力再现了农民觉醒后积极支持抗战的动人场面。觉醒后的农民不再恐惧、悲观，他们对抗战的胜利充满信心，一方面积极生产、乐观生活，另一方面则配合军队消灭入侵者。作品中充分展示了中华民族在外敌入侵的形势下所表现出的坚强不屈、英勇反击的英雄精神，是一部壮丽的诗篇。

《一个相识者的死》，1941 年 6 月 21 日发表在香港《大众生活》新 6 号上，这是皖南事变发生后宋之的离开重庆到香港后创作的。在这篇作品中，宋之的披露了国民党残酷制造的綦江惨案的真相。作品中写到，抗战爆发后，一些有爱国心的青年纷纷走出家门，寻求报效祖国的道路，其中有些人加入了国民党在綦江的训练团。可是这个训练团内的统治极其黑暗，他们用一次次的"精神讲话"来钳制学员的思想。学员们为了能够学到军事本领以杀敌报国而在训练团里一天一天艰难地苦熬着。可是统治者并不放心，他们捕风捉影，刑讯逼供，想尽各种办法残害爱国青年。许多青年被不明不白地枪杀或活埋。作者以一个相识并最终被残害至死的爱国青年的口吻讲述綦江惨案的真相，效果突出，震撼力强。

除了上述报告文学作品，宋之的还创作了一些语言生动、感情饱满的优秀散文作品，如《新芽》和《小夫妻》。《新芽》写于 1939 年，篇幅不长，却写出了农民在战争环境里的坚强与乐观。作品中写道："到中条山，正是槐花的季节。巨大的树干下飞舞着白色的小花，使得嫩绿的树丛连鲜艳的红实都为之减色了。山蝉喜欢在它那浓荫里咕噪，天空里有一种薄薄的淡淡的香息。"美丽的夏日景色里点缀着敌人的残暴，他们在溃逃的时候放火烧毁了整个村庄，"不见了房，也不见了墙，仅破瓦残铁还勉强给家主留下了标记"。但是槐树向残暴发出无声的抗争，"火燃烧的地方，树也焦了。但根却未断，心还未死。剥掉那焦糊的皮，还可以看见青苍的肉。并且，我意外的发现了几枝新芽。那么明年春天，这新芽还要生长起来吧！"农民们也以自己的行动表现了他们对残暴的入侵者的蔑视和对明天的美好希望，"过不了几天，农夫们清除了地上的烟火，又在垒着新墙了，这一次，他在山里选择着特别坚固的石头。旧的毁了，新的却在生长着！"这篇散文截取了战争环境中几幅平常却富有典型意义的乡村图景，简练却准确地写出日本侵略者的凶恶、残暴，写出了农民虽遭家园尽毁之痛却怀抱希望顽强自救的韧性。文中通过写树来烘托人物的精神境界的手法非常巧妙，令人印象深刻。

《小夫妻》写于 1941 年初，收入作品集《凯歌》。[①] 该文描述了抗日战争给一对年轻的农村夫妻带来的精神变化，深刻反映了抗日洪流中农村妇女思想的觉醒和妇女地位的提高。妻子大妞是童养媳，结婚时大妞已经 17 岁了，丈夫铁蛋才 11 岁。铁蛋还是个孩子，一心只想玩，晚上还尿床。开始他有些怕大妞，后来见大妞总是让着、哄着自己，铁蛋胆子便大起来，开始骂大妞，有时还打她。可是，大妞却始终对铁蛋很温顺。童养媳是中国封建时代的罪恶现象之一，是对妇女极大的压迫。可是，大妞却默默忍受不公平的命运。她的温顺是传统思想驯服的结果，也是她思想不觉悟的表征，是旧时代打在她身上的烙痕。战争改变了这种千年不变的精神格局。灾难临头，旧的县政权不战而逃，"县长，逃走了，区长也躲起来了，连村长都到 30 里外的亲戚家住去了"。旧政权的溃逃表现了它的虚弱与丑陋，也为新政权的登场留出了空间。新政权表现出崭新的精神面貌和卓越的领导力，他们很快使局面恢复秩序。在大妞看来，新的政权最突出的印象是妇女可以和男人一样参与工作，她们"一律秃尾巴，把军帽压在后脑勺上"。在铁蛋看来，新政权让农民自己选村长很不错，"这还像话"。宋之的用普通但却很典型的细节表现出新政权给农村政治带来的深刻改变——男女平等，民主选举。正是由于这种新的政治设计激发了农民参与政治的热情，增强了新政权的精神凝聚力，为抗日战争最后取得胜利以及此后共和国的建立准备了坚实的群众基础。

通过大妞思想上的巨大变化，该文反映了新的政治带给妇女的思想觉醒和精神解放。"闭塞的心都开了窍，枯死的树也结起果子来了。""大妞咧着嘴，和一个女兵谈得正起劲。女兵把军帽一会儿摘下来，一会儿又戴上。大妞的脸绯红，笑的嘻嘻哈哈。"精神的解放使大妞爆发

---

① 宋之的：《凯歌》，重庆中国文化服务社，1941 年。

出被压抑的激情，显露出从未有过的美丽，连铁蛋都发现了这一点，"'妈的，倒漂亮了呢！'"觉醒的大妞开始向铁蛋的大男子主义进行反抗，在床上，她第一次表达了自己的意愿，"'别价，今天别吧！''我想事呢'"随后，大妞走出家门，投入到农村政治生活中去。她参加了妇女救国会，"坐也没样，立也没样，走路也哼起'呀呀哟'来了"。"头发也剪掉了，后脑勺上一撮毛，像鸭屁股那么样地撅着。"在铁蛋变形的感受描述中，读者却可以真切感受到大妞挣脱封建枷锁后日益自由、健康、美丽的精神风貌。

同时，铁蛋的精神状态也逐渐发生了变化。他最初为大妞的精神变化感到新奇，后来很快发现了自己在家庭中的地位受到威胁，大妞不再唯唯诺诺跟在他后面，而是有了自己的主见，按照自己的见解来设计、安排自己的生活。铁蛋满肚子憋火，可是，大妞做的事事在理，自己又没办法反驳。有一次，大妞因头天晚上开会第二天睡懒觉，还说不让铁蛋管她。铁蛋终于觉得自己得了理，对大妞举起了拳头。可是，很快一伙妇女却找上门，把铁蛋教训了一顿，还骂他是脓包，不去打日本人，却打老婆。妇女们的话让铁蛋很丢面子，但也刺激了他的麻木神经。最后，他积极报名参加了游击队，大妞和他的夫妻关系又一下子好起来了。

尽管这篇文章有些地方处理得不太恰当，比如妇女们把铁蛋头上打了两个包。但是，总的来看，它通过一对年轻夫妻家庭关系的变化，形象地展现了抗战时期农村性别政治结构的调整，以及这种调整给农民精神带来的可喜变化。它表现了作者洞察时代变化的敏锐眼光，选取独特视角和生动材料来准确表现自己对生活的深刻体验的艺术才华。

## 第四节　小说创作

宋之的创作了一些小说，基本上都是写实风格的。它们紧贴现实生活，多侧面地反映了20世纪30～40年代农村生活贫乱交加的病象，揭露了农村士绅阶层鱼肉乡民的罪恶，农民困苦无着、哭告无门的悲惨境况，传达了农民期盼改变社会现状、谋求幸福生活的朴素愿望。

宋之的小说处女作《黎曙》，1930 年 5 月 16 日完成，连载于 1930 年 5 月 28～30 日的《新晨报副刊》，是一部描写绥远农民种植鸦片的中篇小说。黎曙的父亲老李本来有十几亩薄地，一家人的日子虽然十分拮据，倒也勉强可以糊口。后来，风传省政府下令允许农民种烟。愚昧的农民以为遇上了发财的好机会，纷纷向李七叔租地种烟。老李的薄地不适合种烟，也向李七叔另租了五亩地。为此他欠下李七叔 100 元钱。后来，李七叔又说政府要禁烟，并对种烟者课以每亩 20 元的罚金。为此，他又欠下李七叔 100 元钱。结果鸦片烟成熟收割后只卖了 100 多元钱，而欠李七叔的钱连本加息已变成了 250 元。为了还债，老李只好用自己的五亩薄地顶了账。赔了本钱的老李更加忧郁，为了消除愁闷，他和妻子都染上了大烟瘾。很快家里值钱的东西都变成烟土吸食掉，最后一家人连饭也吃不上了。大烟还毁了老李的身体，他浑身没有一点力气，租来的地只好由年幼的黎曙去耕作。黎曙又饥又累，昏倒在田地里。……作品通过黎曙一家的悲惨遭遇，揭露了国民党政府官吏与乡村地主相勾结残酷盘剥农民的罪恶，并通过黎曙一家不惜以种植毒品来谋取钱财的故事写出了农民的愚昧。作品最后，小黎曙以朴素的语言表达了自己思想的初步觉醒，他对小伙伴说，"你千万记住不要听信李七叔的话……"这番话使整篇小说于沉闷压抑中透入一丝新鲜空气，表达了作者对农民解放所寄予的美好期望，期望他们中的年青一代能够认清自己贫困的根本原因，用自己的双手争取自己的幸福未来，"我默想这位将来谋自身解放的急先锋开花、结果"……

短篇小说《孩子回来了》，1936 年 9 月刊于《人民文学》创刊号。该作写一场落空了的拯救期待，表现了被迫扮演拯救者角色的人的尴尬心绪。小说中的"我"从外地回到家乡，受到父亲热烈的唠叨，"就说，你们新派，不恋家。可自然哪，一天往家里跑几趟，不是做事的理。可也不能尽顾了事，连爷娘全忘了哇！"父亲的唠叨里包含着对儿子改变现实能力的不着边际的想象，寄寓了他通过儿子来拯救自己日益破败的家庭生活的美好愿望。他毫不掩饰地对儿子说："家里，亲戚，没一个像样的了！你还当前几年，好，全光了，全倒下咧！咳，如今是只有指着你了！"父亲对"我"担当家庭拯救者的期待残酷地折磨着"我"，"我在他那想象的折磨下狂疯了！一个恶毒的念头侵袭着我，我想撕毁他的希望。我要粉碎他所有的幻想。我要当面给他个打击：我想嘲笑他的儿子，我更想证实那个实干家，不过是一堆废铜烂铁。"但"我"最后并没有付诸行动，因为父亲佝偻的背影使我不忍心再伤害他。这样，"我"便无形中默认了扮演拯救者的命运。但是，"我"只不过是一个被迫担当的拯救者的扮演者，其实并没有什么拯救别人的能力。当姐夫想紧紧地把自己和"我"绑在一起，希望得到我的拯救时，"我终于认清了我的路，我的路上是那样的愁惨，没有姐夫，也不允许有姐夫的"。最后，我只好脱掉拯救者的戏服，仓皇地逃跑了，"姐夫急忙着跑出去了。立刻，我就混没在车厢里，车只停三分钟，就开行了。姐夫回来，已经没有了我"。

小说通过这场落空的拯救期待，从侧面反映了农村日益破败的社会现实。20世纪30年代中期，随着日本侵略者更加嚣张的逼凌，以及外国资本更加深度地渗透，中国民族经济基本上已经濒临崩溃边缘。它导致中国城市、乡村生活日渐破败，民不聊生。而"我"家乡生活的凄惨景象正是这一恶劣形势的鲜明写照。可是，闭目塞听的乡村百姓根本不了解自己生活困窘的真正原因。他们仍愚蠢地将自己的家庭败落归咎于某些荒唐的因缘，比如"姐姐"的公公就将自家的败落归咎于姐姐"犯白虎"，"整天的瞪着眼，拍桌子打板凳，指东骂西的"。他们进而侥幸地想象着通过某个神通广大的人物来躲避灾祸，重振家业。"我"的父亲就是这样的一个人。"我在他的心里，却永远是一个奇异的骄傲。我说是朴素而实在有些不体面的外表，也丝毫没动摇了他。那强烈的自信，几乎是难以解释的。他不理解我的生活，但却把我引为唯一的安慰。幻想着，完全是幻想着我的种种际遇，在其中找寻着娱乐。"在对乡村破败生活的描述中，一方面可以看出作者对乡村前途命运的忧虑，对乡村百姓苦难生活的同情；另一方面也可以看出作者对乡村百姓愚昧无知、怯弱因循的批判。

小说成功刻画了"我"这一"拯救者"形象。"我"应该是一个普通的知识分子，早年离开乡村，多年来在外地混生活，也只能做到勉强可以糊口，根本没有什么拯救他人的能力。可是偏偏父亲认定"我"是一个拯救者，"一块发锈的铁，偏偏要认成了金子"。"我"被父亲的没有边际的幻想和期待严重地折磨着，感到万般的无奈与羞愧，在家住了一天，就赶紧逃走了。小说成功地写出了"我"作为个体的知识分子，在时代大变局中的无力感。同时，小说还表现了"我"深藏心底的责任感和同情心。我并非一个麻木的知识分子，我对父母、对家庭、对故乡本来有着很深的感情，父亲佝偻的身影令"我"十分痛惜，姐姐绝望、痴呆的情状更像闪电一样直击自己的心，而"我"残忍地将姐夫抛在车站后更感到撕裂般的心痛。小说对其他的人物，如父亲、姐姐、姐夫等，虽然着墨不多，却传神地写出了他们各自的性格。

《一四一七——为了难忘却的朋友》，1936年12月23日发表于《光明》第2卷第2期。这是一篇描写狱中生活的小说，集中刻画了工人出身的革命者石开山这一角色。作者在将该篇收入《赐儿集》时，于《后记》中写道："在下笔的时候，受了很大的限制，我不得不时常忍痛割舍那已经想好了的素材。不能如实地记录我那朋友的一切，这是我最大的苦痛。他那钢铁一样坚强的意志，在我的笔下，是打了很大的折扣的。假如天气好的话，我也许会更自由的增删它吧！"尽管如作者所说，他因国民党出版控制不能尽情展开石开山的革命叙事，整篇小说读下来确实有点晦涩。但是，由于作者善于捕捉人物独具特征的细节，因此，小说中的主人公石开山还是给读者留下了比较清晰的印象。他是一个外表冷酷而内心炽热的工人革命者。他有钢铁一样的意志，痛恨动摇、变节行为，被捕入狱后，他毫不畏惧，与敌人进行了针锋相对的斗争，最后壮烈牺牲。他也有一些缺点，比如，他对知识分子心存偏见，把个别知识分子的动摇、变节行为当成知识分子的整体特性。由于作者没有正面展开石开山的革命叙事，而更多地从侧面讲述石开山的一些个体性活动，使石开山这个人物形象既具有革命者普适的英雄品质，也具有他自己独有的某种个性特征。这篇小说因此倒避免了革命叙事的模式化，而具有较强的文学独特性。

《一场热闹》是一部中篇小说，1941年8月6日至11月12日刊发于《青年知识》第1～15号。该作讲述了一场发生于四川嘉陵江畔浅水镇某村的征兵闹剧。兵役宣传调查组第三分队长成玉章是一个青年学生，奉命到某村进行兵役宣传调查工作。成玉章到来之前，该村如一潭死水。尽管国难当头，日本帝国主义的军队已侵占了大半个中国，可是，村里以曹大老爷、王保长、崔士杰、僧克明等为代表的官吏却没有一丝家国之忧，仍一如既往地沉浸在日常玩乐之中。他们抓住一起花案大做文章，勒索当事人冯大有、冯永寿各10块钱，制办一桌酒席。成玉章到来之后，给这个村里的一潭死水投入一粒石子，使之泛起几道波澜。成玉章要挨家核对户口，以便按户抽取壮丁，可是，王保长略施小计，就让成玉章的计划成了泡影。不仅如此，王保长还以他的名义向每个壮丁勒索钱财。成玉章费尽心机，终于凑齐了一保九丁的数，却因此得罪了乡绅曹大老爷，被以勒索巨款的罪名告到他的顶头上司胡科长那里。虽然成玉章最后化险为夷，却并不是因为他本身清白，而是因为王保长送给胡科长500块钱。成玉章彻底失败了，他灰溜溜地离开了嘉陵江畔的这个村庄，该村又恢复了往日的死寂。曹大老爷、王保长等人继续审理被成玉章中断的花案，而农民们却因为这场糊里糊涂的兵役运动而都增添了新债。

在这部小说中，宋之的深刻地揭露了20世纪40年代前后农村精英阶层目光短浅、操守尽失的没落精神本相。农村精英曾经是乡村政治中的优秀代表，他们数千年来比较有效地发挥了组织乡村生活、引导乡村风习的历史作用。但是，近代以来，随着西方现代文明的崛起和全球性漫延，中国传统的乡村文化暴露出极大缺陷，乡村精英也在一次次与西方列强较量的失败中丧失了自信，日渐显现出没落的精神本相。小说里的曹大老爷、王保长、僧克明等人完全沉迷于一己的利害算计之中，一点也不关心正在发生的中日战争，完全不把乡村的前途、国家的未来命运放在心上。成玉章的到来，将国家民族的危急现实带到他们眼前，可是他们竟然置若罔闻。他们心心相通地都把兵役宣传调查当做自己搜刮民脂民膏的大好机会，每个人都盘算着如何让自己在这次利益攫取行动中捞获最大好处。王保长独吞了从壮丁勒索来的巨款后，曹大老爷气愤难当，而当自己的儿子被列壮丁名单后，他更咽不下这口气，一纸匿名信将王保长、成玉章告到胡科长那里。王保长只好送给胡科长 500 块钱消灾免祸。至于王保长与曹大老爷、僧克明私下如何分利，读者无从得知。不过，从他们又和好如初，共坐一处研究冯大有的花案的现象分析，曹、僧二人大概也都得到了比较满意的结果。崔士杰在这次分肥中似乎没有捞到什么好处，不过他或许得到别的某种默许。小说实际上写出了以抗日救亡和以聚敛钱财为目的的明暗两场兵役运动，并且，在由前者向后者的转换中，作者沉痛地揭破了乡村精英稳固的利益结构，以及这种利益结构的腐朽性、危害性。它表明，传统的乡村精英已经失去了进步作用，蜕变成危害乡村、贻误国家前途的没落阶层。

　　小说中成玉章是一个有着救亡热情和历史责任感的青年学生。他像一个初生的牛犊用自己的身体撞向虽然没落却依然强固的乡村精英阶层，他撞得头破血流，却毫无实际的收获。成玉章的失败，从某种意义上说明，乡村改造工程浩大，不是某个个人凭着自己的热情就可以有什么成效的，必须要有一个新生的力量以集体的智慧、比较完备的方案才有可能最终取得成功。当然，作者在小说中并没有正面描写新生力量及其成功的前景，他只是在作品结尾不无悲凉地宣布了成玉章个人主义的失败，"我们唯一所不再听见的人，是成玉章这位英雄，他大概是永远属于庸庸碌碌那一类的"。作者的这种处理方式增强了小说的艺术冲击力，它促使读者充分注意乡村精英阶层日趋没落的精神实质，引发读者思考改造农村政治结构、重组农村生活、重新激发农民政治热情的方式方法。

这部小说在艺术上也十分成熟。作者比较注重刻画人物，其中的主要人物，如曹大老爷、王保长、僧克明、崔士杰、成玉章等，都具有鲜明的性格特征。曹大老爷是村里的富绅，在乡村政治结构中占据首要位置，在历次利益分配活动中都是最大赢家。他不动声色却明察秋毫，最初他希望自己的儿子掌管兵役宣传工作以捞取最大好处；成玉章出现后，他又希望自己的儿子能与成玉章共同掌管兵役宣传工作；在儿子拒绝后，他希望王保长能够与自己分享好处；一切都成为泡影后，曹大老爷便假借正义的名义告发王保长。作为乡村精英阶层的精神领袖，他也最大限度地表现了这一阶层的腐朽性、没落性。依他的身份，本应秉持修身治家平天下的圣人古训，号令乡民共拒外侮，共争抗战胜利。可是他的大脑竟没有一点邦民之恨、家国之忧，他丝毫没有考虑到兵役宣传对于抗战的重要意义，他只是把它理解成又一次勒索百姓钱财的机会。曹大老爷的堕落标志着乡村精英阶层末日的临近。王保长是国民党乡村政治方案下的一个怪胎。他身上汇集了传统保甲制文化的消极因素，又增生了适应国民党不彻底政治的新伎俩，成为一个欺上瞒下、鱼肉乡里的乡村混混。他假借抽壮丁的名义，大肆勒索钱财，当胡科长下令严查此事时，他悄悄送给胡科长500块钱，便顺利过关。王保长在整个事件中如鱼得水，游刃有余，充分表现出他忠厚外表下的狡诈。僧克明本是一个出家僧人，年轻的时候在庙里养女人被逐出山门，前几年才以打仗为由头回到庙里。依他的身份，本应超然世外，引领乡民淡泊名利、追求形上，可是他却无法忘怀欲爱享乐，斤斤计较于利害得失。他对僧侣外在身份的宣扬与对内在欲求的孜孜追求，构成尖锐矛盾，表明他是一个虚伪小人。崔士杰是一个知识分子，曾经有些报效国家的志念，但很快失望于混乱不堪的现实，而变成一个碌碌无为的看客。成玉章的到来，惹起他对沦丧于日寇铁蹄之下的故乡的思念。他也曾想帮助成玉章冲破障碍、搞好兵役调查，但是他顾虑到由此给自己带来的不利后果，很快便打消了这个念头。崔士杰首鼠两端，既有着知识分子的清醒，又有着知识分子的胆小怕事，是一个矛盾性的人物。成玉章是热情的化身，他单纯得像一张白纸，一心只想把兵役调查搞好，可是，面对复杂的现实，他显得过于幼稚，他的失败是注定的。他的失败，既彰显出热情的可贵，也宣示出单纯的热情于事无补。

这部小说的语言自然、老道。宋之的的小说语言有一个从欧化向民族化转变的过程。在他的处女作《黎曙》中欧化现象十分明显，比如，小说开头写道："黎曙今天由钟声自己送往香山慈幼院了，这在我们真是值得庆贺的一件事。我们全这样说：'黎曙总算有了归宿了。'这声音你可以听出是怎样欢娱的呀！"过长的句式，过多的修饰，过多的书面语，读起来非常拗口。而到了《一场热闹》则完全没有了这种缺点，比如，它的开头是这样写的："一大早，地方上的人物们，除掉王保长，都先后在庙上会齐了。人物们对于王保长，并不敬重，但为了礼貌，却只好等着。"句式十分短小，几乎不用什么修饰词，也大都用的是口头语。民族化语言的运用，使这部小说读起来亲切自然，富有韵味。

# 第四章 田　　涛

在 20 世纪 30 年代的河北作家中，田涛是可以重笔书写的一位。他不仅在河北文学史上具有重要地位，在中国现代文学史上也占有一席之地。

## 第一节　生平与创作

田涛（1915～2002 年），原名田德裕，1915 年 3 月生于河北省望都县北合村的一个贫农家庭。家乡一望无际的黄土地给田涛留下永难磨灭的记忆，也激发了他最初的文学想象："在我的家乡大平原，地下水从太行山流下来，家家都有一眼甜水井。汲起的甜水，清澈可鉴。人们从井下汲水灌溉，黑黄色的土地吮足了甜水，便让它孕育的种籽吐出翠绿的嫩芽来。一行行茵绿的幼苗，不过几天，拔地而起，向我展示它们的茁壮，给我投来盎然生机。……蓝天上飘着朵朵白云，禾丛中百虫齐鸣，引吭高歌。绿禾丛中充当我探险的神秘境地，许多的幻思从这翠绿苍莽的世界产生。"而丰富多彩的民间故事更打开了他文学想象力的翅膀。"老公爷爷留有一丛白须，他常常坐进枣树林的窝棚里给我讲故事……令人惊奇的故事，使我产生了对大自然神秘莫测的遐想。"①田涛的少年时代又是一个兵荒马乱的年景，尽管作者说荒年并没有让幼童的他感到多么悲苦，但无可否认，发生在身边的一幕幕悲凉场景确实给他幼小心灵过早地埋下忧郁的种子："那是一个涝灾荒年！黄茫茫的大平原，翠禾倒淹在涝雨黄汤水里，我的神秘的探险境地被毁灭了。我的父

---

① 田涛：《人之初，生活的摇篮》，《新文学史料》，1991 年，第 3 期。

亲看见泡在黄汤水里的庄稼谷禾，哭了。我也看见邻居们望着被水淹没倒下去的谷禾伤心地哽咽起来。我有生初次望见成年人们哭泣，哭得那样伤心。我还没有看见过男子汉大丈夫和白发苍然的老爷们哭过，除了妇女们上坟哭祖代。从此，我产生了忧郁感。"[①]

20世纪30年代初，田涛高小毕业后考入北平师范学校。由于家境贫寒，田涛对自己的"乡下人"身份有着更加切肤的体认，"一个从偏僻乡村来到大城市的乡土孩子，语言行止，都会受到城市人的讥嘲，何况衣服被褥又都是乡土老粗布。那年月，日货、西洋货充斥市场，穿洋布的男女学生，花枝招展。乡村人家的粗布褴衫，低人一等。从精神上，自感是个乡下人"[②]。"乡下人"身份的体认，一方面使他在城市生活里产生强烈的异己感、自卑感，另一方面也刺激他努力学习，以缩小自己与城市间的距离。

在努力融入城市生活的过程中，田涛开始了自己的文学创作。此时，正当京派文学兴起之时，沈从文等固执的"乡下人"叙述方式吸引了田涛的注意，他们对乡土文化资源的看重与挖掘激活了田涛深埋心底的乡土记忆。1935年田涛接连在《国闻周报》、《文学季刊》等刊物发表了《旗手》、《骡车上》等中短篇小说，表达了作者对乡土文化的沉迷，对乡土精神的眷顾。他的小说语言优美，形式多变，特别是《旗手》等篇更显功力，颇得编者与读者的赞誉。创作上旗开得胜，增强了田涛游走城市间的自信，也极大鼓舞了他的文学热情，当年他就搬进北平沙滩西老胡同一家公寓，开始了以文谋生的职业写作生涯。对于田涛创作更有意义的一件事是由于文学趣味的相投，沈从文比较喜欢这位向他投稿的年轻作家。他曾约见田涛到编辑室座谈对稿件的意见，并多次在自己主编的《大公报·文艺副刊》编发田涛的小说。而且，他还将田涛引介给另一位重要的京派作家凌叔华。凌叔华也十分赏识田涛的文学

---

① 田涛：《人之初，生活的摇篮》，《新文学史料》，1991年，第3期。
② 田涛：《记北平公寓生活》，《新文学史料》，1990年，第1期。

才华，便以邀请参加北海公园茶话会的形式，将他推向北平文坛。田涛由此成为20世纪30年代中期一位崭露头角的文坛新秀。在抗战前短短的两三年里，田涛创作了十多篇优秀作品，除前面提到的篇目外，还包括《竹笛》、《马棚里的一夜》、《荒》、《离》等等中短篇小说。其中《荒》曾经备受王统照等作家好评，并由沈从文、靳以举荐入选良友出版公司出版的《二十人所选短篇佳作集》。

抗日战争爆发后，田涛参加了抗战工作，先后到过冀、豫、鄂、皖等地。1938年他在武汉参加了中华全国文艺界抗敌协会，长期到前线从事采访、宣传工作。多年的战争前沿生活，使田涛无数次目睹日本侵略者凶残的屠戮，这激起了他强烈的民族愤慨。田涛将内心的愤慨灌注到自己的文学创作中，写成报告文学《黄河北岸》、《战地剪集》、《大别山荒僻的一角》等。但是，细读田涛的这些作品就会发现，民族义愤并没有使作者失去应有的理性。在作品中，他强烈谴责了日本军国主义屠戮中国人民的罪恶，充分张扬了中国军队抗击侵略者的正义性；但始终与血腥场面保持一定的距离。这种距离体现了田涛对生命的关爱，对人性尊严的维护。田涛的这种人道情怀，使得他的作品相对低调一些，但却更值得读者细心回味。1942年田涛来到大后方重庆，相对稳定的生活环境使作者能够从容地进行小说创作。田涛先后编辑出版短篇小说集《灾魂》、《西归》、《牛的故事》等，此外，他还创作了长篇小说《潮》，中篇小说《子午线》、《地层》[①]等。他的这些小说多数仍以战争为背景，但作者与战争拉开更大距离，表现出对战争环境下人的命运的更大关注。

抗战结束后，田涛继续留在重庆，创作了短篇小说《腊梅花开》，中篇小说《边外》等。完成于抗战后期的长篇小说《沃土》，由巴金编入现代长篇小说丛书之六，于1947年4月出版。这年冬天，田涛乘船赴上海。这个时期，田涛的短篇小说集《灾魂》由巴金编入上海文化生

---

① 一名《焰》，重庆东方书社1944年出版。

活出版社《文学丛刊》第9集，于1948年4月出版。此外他还出版了短篇小说集《希望》、中篇小说《流亡图》等，这个时期最值得一提的是长篇小说《沃土》的出版。《沃土》写得不露声色，但却充分展示了华北平原的神奇、美丽与华北农民的勤劳、善良，这一切又与华北平原多灾多难、华北农民贫苦无告构成巨大反差，表达了作者对全云庆等人身上闪烁的传统人性光芒的留恋，以及对他们苦难命运的反思。

新中国成立后，田涛曾任中南文联编辑部副部长、《长江文艺》副主编，1953年，加入中国作家协会，先后任作协武汉分会、湖北省文联专业作家。1964年，田涛调河北省文联任专业作家，曾任河北省文联副主席，中国作家协会河北分会副主席、名誉主席、顾问等职。2002年4月因病去世，享年87岁。

## 第二节　留住正在逝去的乡村记忆

1937年初，田涛从自己进入文坛两年来创作的小说中选出十几篇，编成短篇小说集《荒》，寄给素不相识的巴金。巴金看后感觉不错，就推荐给一家大书店，却未获结果。[①] 不久抗日战争全面爆发，巴金离开北平南下，但一直没有忘怀此事。到1939年秋，他辗转到香港后，又从过去杂志上搜集出田涛发表过的《荒》、《骡车上》等9篇小说，仍用原名编成一集，作为文学丛刊第6集之一出版。短篇小说集《荒》的出版，肯定了田涛北平时期小说创作的成绩，扩大了作者在文坛的影响，也给他很大的鼓舞，"巴金先生……又在百忙中替我从散落在报刊上的作品重新搜集成书出版，我非常感激，给予我在抗日战场进行创作以极大地鼓励"[②]。

以小说集《荒》为代表，田涛在北平公寓时期的小说创作取得很大

---

① 巴金编：《荒·后记》，文化生活出版社，1940年。
② 田涛：《记北平公寓生活》，《新文学史料》，1990年，第1期。

成绩。他的这些小说，首先可以说是作者精心绘出的20世纪30年代北方原野的自然、风俗画册，从中可以看到历经无数战乱、灾荒的北方原野美丽、辽阔而又破败、荒凉的自然景观，以及北方乡民朴厚、善良而又愚执、麻木的精神风貌。北方原野是辽阔而美丽的，在短篇小说《谷》中，田涛透过老农迈伯的眼光尽情地写出北方原野的美丽来："（迈伯）走出了村庄，东方天空仿佛给他赌气似的板起了红紫的面孔，那几块云彩分散开，中间是一片明亮的天空接吻着大地边沿，慢慢露出一个发光不甚强烈的红球。时候实在不早了，赶早儿上田割收庄稼的农夫们早赶到田里开始工作了，草路是冷清清的，庄稼都挂着晶莹闪耀的露珠，空间迷蒙着稀薄的潮雾，像烟。整片田野都变成枯黄干热的颜色，除了那开着一片片白花的荞麦。顺着这条修窄的黄泥土路走去，两旁都是超过人头的高大庄稼，一片高粱在空中吐出红米穗。路径到了被一个三角斧形的濠坑劈开两岔，迈伯顺了一条弯成弧形的路径走去，再拐了一个活弯子便看见他的谷田。紧贴了他的谷田一边是密密丛丛一块红豆地，红豆地那边有一家男女弯着腰割谷，像竞赛一样，前去的落后的，只听见发出吃啦啦的响声。"北方的原野也有着破败、荒凉的另一面，凄惨之态甚至威迫着人的神经，让人透不出气来："天空静而清澄。沟塘的岸坡生着乱蓬蓬的荒草，据附近乡村人们传说，这里曾作过三次战场，死过无数勇敢的战士，骨骸埋葬在沟塘下。这里时常闹鬼，发生劫盗凶杀案。这里是阴魂、鬼灵集聚地。夜里，大家都怕经过这里一片荒草沟塘。仅有火车按了它每日的行车时刻冲来驰去，震着它那轰隆的铁轮，把这里的沉寂惊碎。但它窜驰一刹那间，在这一个短短的时间过去，嚣喧消亡在远处，寂寞又统治着荒野草沟，蓬勃的芦苇池塘。"①这样充满死亡气息的极致描写，在田涛的小说中并不是很多，但无疑，它却构成田涛小说的一种底色，使他的小说里再轻松、喜悦的文字里都会不时绽开一丝裂痕，露出同样荒芜、凄悲的生命况味。比如，"（小柱

---

① 田涛：《荒》，见《荒》，人民文学出版社，1985年，第32页。

子）领管姐到田野荒草沟里去捉蛐蛐。在荒草沟旁，她听见一个小谷里有蛐蛐叫，一下子不知怎么的，她不想捉那蛐蛐，却想起姥姥和母亲来，于是震荡着喉咙又呜咽起来"①。两个小伙伴一块去野外捉蛐蛐，这应该是一副非常轻松、幸福的场景了。小管姐为什么会哭泣呢？原来，这轻松、幸福的场景背后却隐含着她卖身为奴的人生不幸。正由于充满这种人生的不幸，田涛小说中精心营构的美丽画面都很容易被划开裂痕，渗出凄苦的况味。

　　同时，在这些小说中，田涛还执意要写出北方乡民历尽苦难而保持着的朴厚、善良的心地来。小说中的女性更能理解别人的痛苦，更充满爱心。"姥姥是最慈蔼的妇人，她有从经验得来的忍耐性，虽然心里难过，一张给阳光晒得焦黑的瘦脸也泛起和蔼的微笑，先把小女主人哄得不哭了。再把管姐安慰一番。家庭里空气和平了，病人的房里才安静，寂寞。"《谷》中迈婆的慈爱更加广博，甚至惠及自己家养的狗。"她看见那条嗷嗷叫着在院子里旋圈子的黄狗，滚了个团儿，卧下，还嘶声吠着，像个受伤的孩子，她那一张嘴不禁得又噜苏出来：'嗯，罪孽的，又是他打它的腿咧……'"小说中的男性由于生计的煎熬大都性情暴烈，但粗粝外表下其实也有一颗单纯、明净的心。"怀着一颗悲怜的心，来接管姐去与妈妈见最后一次面的父亲，因为走长路，满头大汗。他停止了脚步，看见自己头上两条红绳小辫子，一把把她拉进怀里，管姐以为又要吃巴掌，心里扑扑跳，全身发抖，也不敢哭咽。但是爹爹并没有打她，最后把她放下，拉住她的小手说：'小管。想妈妈吗？''想，也想你。'这时候，管姐才敢抬起头看爹爹的脸，他的脸热得发红，眼睛水渌渌的，她从不知道爹爹也会哭，她只想：'为什么爹爹的眼睛也淌汗呢？'"小说通过管姐少不更事的眼睛，生动展露出埋藏在一向沉默、暴躁的父亲内心深处对妻子、女儿的真挚感情。

　　当然，在面对北方原野上这群朴厚、善良的乡民百姓时，田涛内心

---

　　① 田涛：《离》，见《荒》，人民文学出版社，1985年，第29～30页。

其实是充满矛盾的。一方面，他十分敬重和怀恋老一代乡民身上勤劳、善良的美德。在小说中，他深情地刻画出迈伯等勤俭持家、本分做人的乡民形象，表达了他对乡土精神的留恋与怀想。另一方面，他也毫不掩饰地写出了乡土精神退化委顿、难以为继的客观现实。这表现在传承着乡土精神的本色乡民连起码的生存都维持不住。比如，迈伯一家一年到头只能吃糠咽菜，管姐的父亲眼睁睁地看着自己的小女儿被卖与富家做丫头，善良的端吉实在忍不住残酷的精神折磨而一次次想抛妻舍子逃出家园。更冷酷的现实是，这些秉承传统乡土精神的农民多少有些守夜人的味道，他们的后人大都表现出对他们的美好情怀的不屑。比如，迈伯的儿子盒子，"（盒子）在作着一个梦幻，整天死守在田里，比坐监牢还苦，他宁愿出去当兵，打打仗，死了，比这个不死不活的农夫痛快多了"。父辈的理想对于成长起来的下一代已经没有什么吸引力，他们渴望逃离乡土，过另外一种生活。这种近乎牴牾的两条纬线的并存，表明接受过现代文明洗礼的田涛，并不泥守于传统田园文明。他的乡土创作，其实是双指向的：一方面，他以乡土精神中单纯、明净的善良本分来反思正在兴起的都市文明的浮躁与势利；另一方面，他并不将乡土精神抽象化、理想化，他坚持以现代精神来烛照传统乡土文明的愚执、麻木。他的后一种思想纬度表现在他对乡民苦难命运的展露与质询。他的小说不厌其烦地描述乡民的苦难生存境遇，这种反复的描述背后隐现着作者对乡土精神的怀疑与批判。因此，也可以说，田涛是以一种开放的眼光来探视传统的乡土文明与现代的都市文明，并对二者提出了自己的批判，在批判的基础上营建另一种更具合理性、更具人性的现代方案。

　　田涛的这种思想矛盾与企求更清晰地表现在他的另两部短篇小说《旗手》和《一人》中。这两部小说分别刊发于《国闻周报》和《新中华》，由于战争环境的影响，巴金未能搜集编入小说集《荒》中，不过它们确实比较重要，也比较优秀，特别是前者，在当时受到编者和读者的广泛好评。小说《旗手》，讲述的是破产的乡民李伍到火车站当旗手谋生的故事，《一人》讲述的则是另一位破产的乡民董子到城市某公寓当伙计谋生的故事。在这两部小说中，作者站在城市与乡村之间，通过进城打工的乡民李伍和董子与市民之间的交往，表达了自己对都市文明与乡土文明的冷静审视与反思。在城乡对比中，乡民李伍与董子表现出勤劳、善良、舍己救人等美好品德，而市民老金、管账先生则表现出懒惰、奸猾、势利等恶劣品性。这样的叙事表达了作者对都市文明中浮躁、市侩一面的批判，对乡土文明中朴厚、善良一面的褒扬。不过，这只是田涛两部小说内涵的一半。另一方面，田涛又不加掩饰地写出了乡民李伍与董子的迟滞、愚钝。李伍面对火车大惊小怪、举止行为又蠢笨如牛，董子说话颠三倒四、遇事常不知所措。在这种近乎矛盾的叙事中，其实正表达了作者既不满于都市文明中的浮躁与势利，也不满于乡土文明中的愚昧与颟顸，表达了作者企求另一种既健康文明又充满人性人情的现代生活的美好愿望。

在这一时期，田涛努力在创作中弘扬人的尊严、展示人性的光芒，以仁爱来弥合人与人之间的裂隙，企求社会的和谐、个体的幸福。最清楚显示作者这种良苦创作用心的是小说《闹》。出身于不同阶层的两个女孩芬芬与凤香，一个是小主人，一个是小仆人。但她们年龄都很小，没有阶层差别的概念。两个女孩一起到野外玩耍，说到鱼肉好吃时，小仆人凤香回忆起小主人一家吃鱼却没让她吃，感到非常生气，两个女孩因此对骂起来。芬芬哭着跑去找她妈告状，凤香才意识到自己闯了祸，感到有些害怕。最后，麦粒老伯带着凤香回到主人家，凤香躲在院子的角落里，麦粒老伯进屋跟主人夫妇讲了一通话。他走后，男主人唤凤香进屋，"并不谴责她一句话。只用很温柔的手掌扶着她汗淋淋的头发"，女主人则从抽屉里拿出一个粽子给她吃。小说写得近乎一篇童话，也可以说它带有一些乌托邦的色彩，不过它确实清楚表达了作者企求消弭纷争、回归人性的美好愿望。

而田涛在这个时期的创作中思想内涵比较丰厚、艺术上更见功力的小说，当推《荒》和《骡车上》。《荒》，1936年10月刊发于《文学》杂志，被认为"是一篇题材新颖、文字简洁庄严的好作品"①。这篇小说最初来自作者对童年兵荒马乱社会现实的沉痛记忆："我的童年是从兵荒马乱、路有饿殍、树木被砍伐、田禾被践踏、土地无人耕种的景况下度过的。在路途上我看到过一个苇塘的岸边，一座古老的庙宇，庙前躺着几具被残害的女尸，惨不忍睹，给我留下了难以磨灭的印象。……离开家乡，进了城市，那片荒凉的苇塘景象、生满荒草的庙宇、秃了头的老树桩，仍然难以忘记。拿起笔来，写出了这篇作品《荒》。"②它类似于后来人们所说的诗化小说，作者无意于钩织完整的故事情节，而是通过两只小雀、古柳、苇塘、被陷害的女尸、七十老娘等生动场景的巧妙粘连，营造出一种荒凉感。这种荒凉感令人惊悚，并引人反思。荒野上一个原本幸福、美满的麻雀小家庭，由于两个小孩子的闯入、破坏而毁于一旦。这个具有象征意味的场景，昭示了人类天性中潜隐着的野蛮、残暴的精神因子，以及这种精神因子巨大的破坏性，表达了作者企求人们省察自身不良欲念的善良用心，表达了作者反对野蛮、渴求文明，反对暴虐、渴求自我完善的美好愿望。

《骡车上》，1935年春刊发于靳以主编的《文学季刊》。正如题目所示，这部小说通篇的故事情节都发生在一架骡车上。保镖老六与车夫喜三在一个严冬的雪夜冒着刺骨的寒风赶着骡车去很远的地方延请医生。他们一个车篷外一个车篷里搭讪着往前赶路。后来喜三实在抵御不住寒风的侵袭，也钻进车篷里来。老六给喜三讲了个故事：一个在外面作了20年活的老长工，背着一个行李，带着他积攒下来的250块钱，走了很远的路，回到阔别了20年的故乡。20年前离家时，他的妻子才20多岁，头发乌黑，脸蛋像苹果一样鲜嫩光明。如今，他的妻子已变成一个灰发苍然的老妇人，满脸紧皱着密纹，枯瘦的颊上惨白得可怕。当

---

① 田涛：《记北平公寓生活》，《新文学史料》，1990年，第1期。
② 田涛：《记北平公寓生活》，《新文学史料》，1990年，第1期。

然，长工也由过去的青壮小伙子变成头发苍白、胡须满脸的老汉了。两个人都变化太大了，以至于他们见面时谁也不敢认谁。说者无意，听者有心，喜三被这个故事深深打动了。他本来十分讨厌女人，讨厌自己的妻子，十多年不肯回老家，现在却"立刻转变成最渴念着自己的妻子了。他也想起了他妻子那乌黑的头发，说不定现在也变成灰白。他心里阴凉了一阵，开始觉醒到人生青春时代的恐怖，心不禁扑扑跳了几下"。而在风雪中辗转了一夜的骡车也鬼使神差般地又出原路，把他们拉到一片树林，已经接近了喜三的故乡了。喜三跳下骡车，"把大鞭抛在雪地上，一直向了那片黑洞洞的大树林奔去。在雪野上乱踏着⋯⋯"整部小说颇有几分现代主义气息，漫漫的雪夜，茫茫的原野，无人驾驭的骡车，黑洞洞的森林，隐喻着人性的迷失与复苏。喜三终于看破沉迷物欲的荒唐可笑，毅然抛弃现实羁绊，回归到自然之中，去寻回真正的人生乐趣。我们应该承认这部小说有些地方打磨得不够圆融，但这并不影响它成为一部优秀作品。

## 第三节　描绘抗战烟火中的人

1985 年 11 月，田涛同时出版了两部小说集：一部是《田涛小说选》，由人民文学出版社出版；一部是《田涛中篇小说选集》，由香港南方书屋出版。这两部小说集同时出版，表明经过半个多世纪的岁月淘洗，田涛的小说创作最终获得了海内外文学界广泛的认同，得到很高的评价。在这两部小说选集中，前者附有一篇《序言》，后者附有一篇《后记》。这两篇序跋为解读田涛的创作理想提供了很有价值的信息。其中，可以清楚地看到田涛抗战时期坚持民族立场、恪守人文情怀的文学诉求。田涛自 1935 年登上文坛后，本来是明确反对战争的，他的早期代表作《荒》便是一个明证。不过，随着 1937 年"七七事变"爆发、抗日战争全面展开，田涛很快调整了自己的战争观，投身于抗战工作并积极从事抗战文学创作，表现出坚定的民族立场。田涛在《序言》中写道："'七七事变'，卢沟桥抗日的炮火打响，我离开了古老的北平，投入了抗战烽火。在战火纷飞的战场上，东奔西跑，同敌人战斗，歌颂民族抗日英雄，为促进抗战而讴歌。"不过，在抗战小说创作中，田涛始终坚持人性的维度，避免了以正义的名义来放纵人的兽性；而且，他还始终坚持个性的立场，在构建民族救亡的宏大叙事的同时，不忘关注个人的喜怒哀乐、个体的生命价值。田涛在《后记》中写道："《流亡图》中的几个投奔抗战的青年男女，都和我在战场上有着共同的命运和遭遇，他们积极热情投入抗日救亡，却遭遇不公平的待遇。"曾经有过抗战时期"救亡压倒启蒙"的说法，如果读过田涛的小说作品，就会发现他的创作是一个有力的反证。循着这样的创作线索，我们会清楚地发现，田涛在抗战时期怀藏着独特的创作追求，并因此在他抗战时期创作的小说中保留了更多鲜活的细节、丰盈的个体生命律动，从而更深刻地展现了日本侵华战争带给整个中华民族的肉体与精神创伤，更清楚地表达了整个中华民族痛恨侵略、渴望收复国土、重建家园的巨大热情。

《牛的故事》收入同名短篇小说集。[①] 这是一篇构思很奇特的抗战小说，它以一只名为阿黄的老牛为主角，通过阿黄的所见所感，充分暴露了日本侵略者的凶残，也写出了亡国者渴望民族解放、生活安宁的美好心愿。阿黄和主人的女儿青姑一起被鬼子从山洞里搜出来，青姑被押到一座庙宇里，阿黄被押到庙宇旁边的破栅栏里。通过阿黄单纯无知的视角，作者描绘了一个血腥的屠牛场面，展示出侵略者兽性发作的狰狞面目："一个走近了怀孕的母牛，刀子一晃，母牛的皮裂开一道殷红的缝，鲜血肠肺模糊成一团湿淋淋掉下来，地下立刻成一片血泊，母牛的四肢抖着跪下来。另外一个鬼子却向着一个生得肥胖的公牛后腿上用锋快的刀子猛力一削，腿子没被削掉，鲜红的血却冒出来。肥胖有力气的公牛拖着那条鲜血淋漓的腿子乱窜，大声的叫着，其余的同伴们也被惊吓得

---

① 田涛：《牛的故事》，见张煌编："创作文丛之三"，桂林华侨书店，1942年。

蹦着。……黄昏，太阳的光线像血一样晒着囚笼的墙壁，怀孕的母牛已经断气了，睡躺在血泊里。被削掉一条后腿的肥胖的公牛还没有死，躺倒在角落里发抖，鲜血还在滴着。囚笼里现在变得十分惊怖，许多的同伴都紧紧地挤在一处角落里战栗，大家似乎时时刻刻都会遭遇到两个同伴一样的悲惨的命运。"这样一群人性丧尽的侵略者会怎样折磨被缚的青姑等中国女性？作者没有写，但鬼子屠牛的凶残场面无疑给读者一种精神压迫，使读者不禁对那群毫无反抗能力的女性亡国者产生揪心般牵挂，对侵略者产生强烈愤怒。小说结尾，阿黄获得解放，"第二天，阿黄跟着另外一队打着乡音的军队走了，仍旧是老主人牵着它，他们有青草给它吃，也给它水喝，它自由自在地，一高兴，便又哞哞叫了"。这种明朗的结局设置给读者带来希望与振奋，激发人们为抗战胜利而努力奋斗。

《子午线》1940年创作于老河口，后由楼适夷收入"大地文学丛书"，大路出版公司出版。这部中篇小说表现了中国军队屡败屡战的抗战精神。由于敌我装备、技术的巨大悬殊，在中日交战中，某司令率领的中国军队几乎一直处于败退的状态，"一辆最新式的小汽车瞪着两个放白光的眼睛，把那些黑暗中的房子和树木都照出来，兜了一个弧形的半圈子，那两只发出极强度光的眼睛，照射出伞形的光辉，车子像射箭一样飞驰去了，后面只望见它屁股上两个红点子，跟着两辆载卫队的大汽车也开过去了"。但是他们并没有轻易放过消灭侵略者的机会，"去摸鬼子的是一班人，由班长韦必德率领。……有两个弟兄刺死了三个看守机关枪的敌人，获得了一架轻机枪……有几位弟兄早已爬到他们蓬壕的进口……弟兄们的手榴弹也在空中飞舞起来，在那狼狈乱窜的鬼子们的影子中爆炸开花。哭叫声中，稠密的枪弹和炮弹在头顶上乱吼起来。后方准备好了的弟兄们也开了火，烟火和尘土在黑暗的夜里滚腾起来，硫磺和弹药的气味扑散着，霎时间，天上的星星都被烟尘遮埋"。正是靠着这种屡败屡战的抗战精神，他们一点点消耗着侵略者的兵力，无形中慢慢扭转着失败的局面。小说更可贵的地方在于，作者敏锐地写出平民百姓逐渐觉醒的过程，表现了他们由盲目逃亡到再也无法忍受充当亡国奴的滋味，积极奋起投身到抗战洪流的精神蜕变。小说开头，东庄伯无论如何"不同意年青人们去当兵，当了兵的人脑袋是挺容易掉的，不用打，归顺了日本那不是就平安无事了？"后来，敌人的凶残杀戮和逃亡生活的困苦无望打消了他甘当亡国奴的幻想，"东庄伯老头子叹出一口气：'阿弥陀佛，阿弥陀佛也不灵验啦！东洋鬼子这样厉害呀……'"于是，他也和年青人一起加入了游击队，"镇城里跑出许多人来围拢着看。'咦，那不是东庄，那老头子也在游击队里哟。'一个戴蛙舌帽的士兵叫起来：'快叫他儿子来！'"东庄伯由幻想苟活到决心抗日的精神蜕变，具有很大的代表性，它意味着中国民众在残酷的现实教育面前终于丢掉幻想，勇敢地拿起武器保家卫国。这精彩的一笔描绘出中国民众最终结成了抗击侵略者的汪洋大海，为中国抗战的最后胜利奏响了序曲。整部小说没有一贯到底的人物，也没有完整的故事情节，作者主要是通过群雕手法，通过一个个无名者集群的勾画，展现出抗战中国军队所遭遇的严重挫折和中国平民百姓所遭遇的深重苦难，展现出中国军队屡败屡战、顽强不屈的英雄气概以及中国民众不甘亡国屈辱奋起抗击侵略者的民族精神。小说中没有宏大话语的抽象宣讲，主要是通过无名小人物集群思想情感的具体描述来展现民族苦难和抗战热情，感情沉郁有力，读之令人感喟、深思。

在描述民族所遭遇的深重苦难、张扬民众抗战热情的同时，田涛还在自己的创作中融注进对生命价值的认真思索、对人性存在的深度追问。他完成于 1942 年 2 月 14 日的长篇小说《潮》，讲述了抗战时期青年学生胡珈航、山鹰的传奇故事。胡珈航到北平寻找父亲，正赶上卢沟桥事变爆发，就同平津流亡学生一起逃离北平。逃亡路上，胡珈航被山鹰幽灵般的眼睛所深深吸引，山鹰也很喜欢这个文质彬彬的大学生。两人和流亡学生一起到冀豫游击区从事抗日宣传，他们之间的感情也越来越深厚。但是，战乱中司令部参谋董子奸污了山鹰，为他们之间的爱情造成巨大阴影。后来，胡珈航与山鹰本是同父异母的身世被揭破，更使两人沉入痛苦的深渊。胡珈航无法承受这种打击，最终发疯而死；山鹰的精神也备受摧残，长时间卧病不起。小说结局比较光明，山鹰克服了个人悲痛，再次走出家门，投身于抗日洪流中。与一般抗战小说不同的是，小说中个人情感主题与抗战主题始终并行发展，并没有出现所谓"救亡压倒启蒙"的倾向。通过胡、山二人的爱情悲剧的叙述，小说传达了爱情易逝、命运难测的人生感慨，显示出作者关注个体生命价值、追求纯洁爱情的青春意志；同时，通过山鹰最终振作精神再次投身抗日宣传的人生选择，小说又传达了国难当头、同仇敌忾的历史情愫，显示出作者心系国家、为民族而战的精神立场。田涛这种在创作中追求民族解放与个性张扬共同发展并达到相当平衡的艺术成绩值得重视，它表明作者具有将"五四"文学成果创造性地融进抗战文学创作的可贵意识，并为之付出了辛勤努力。

短篇小说《希望》感情沉郁而发人深省。这部短篇小说1943年9月写于重庆，后收入同名小说集。作品中，何升云从小县城考入大学，本是何家的希望之所在。父亲何成洵梦想着他有朝一日升官发财、衣锦还乡。可是，何升云大学刚毕业，抗战爆发，他便到战地从事宣传工作。何成洵对儿子的选择十分不满，但更让他光火的是，有一天，何升云破衣烂衫、黑瘦疲惫地出现在他面前，后面还跟着披头散发的媳妇、两个孙子。何成洵自然不好当着初次见面的媳妇呵责儿子，但也实在拿不出好脸色。到晚上一家人都睡下后，何成洵再也忍不住，他对着老伴不住地吵叫咒骂，并说："唉，完了，我这一辈子是不再希望享儿子们的福了。在他小时候，我们天天希望他长大，念书，出去做官，发财回来，谁知道，他长大了，还不如我呢？……唉……"咒骂、叹息清晰地传到何升云夫妻休息的房间，妻子红霄浑身颤抖，"这样下去，我真是忍受不了呀！升云，你是知道我的，我需要休息，需要安静，升云，我可受不了这种神经上的压迫的"。父亲由于儿子的落拓感到在县城里失去尊严，失去人生的希望；妻子有孕在身，生理与心理都十分疲倦。被夹在父亲与妻子中间的何升云左右为难，更是痛苦不堪。通过何升云一家的家庭风波，作者十分细致地传达了战争带给人们的精神摧残。他让读者意识到，战争对人的毁损并不仅仅表现为流血、死亡，它对人的毁损其实无处不在。这样的描写应该说更有分量，更具震撼力。同时，这篇小说在对侵略战争进行控诉的同时，还将读者引向对个体生命价值的思索。何升云作为一个知识分子，在战争中，他失去的不仅是安宁，还有他实现自我价值的机会。投身抗战、报效祖国当然是每一个青年的责任，但是，这显然无法代替何升云实现人生价值的梦想。他不认同父亲那种升官发财的传统人生理念，但也不甘心只充当一个抗战宣传员。对人生意义的丰富追求与战争现实的无情摧折之间形成高度紧张，对这种紧张关系的忠实叙述，逼真地传达出田涛那一代亲历战争的知识分子深层的思想与情感脉动，表达了他们痛惜青春流逝、渴求自我实现的美好愿望。

短篇小说集《希望》中的另一部作品《胞敌》，则对战争环境下的人性进行了更加深度的拷问。钟大金与钟小鸡本是一对同胞兄妹，有一天，哥哥作为汉奸被俘虏、妹妹作为惩办者相逢在战地上。手足之情使钟小鸡举不动一把小小的手枪。"'妹妹，你不认识我是你哥哥呀？'钟小鸡被这句话震动得颤抖了，胳膊像一根棍子一样无力地落下去，手枪拍嗒一声掉在地下。"钟大金的思绪也游离了战争，"'走吧，妹妹，我们还是回我们家里去罢，你愿不愿意过咱们从前的生活？'钟大金讲话时，眼球滚着，想起了许多往事：'我真想不到一步迈错了，亲弟兄变成了敌人……'"同胞之情推延了惩办任务的执行，尽管这推延持续的时间并不长，但它却让人清楚地感受到被战争涂抹得面目狰狞的军人心底埋藏着的温情与爱意。小说结尾，一阵混乱的枪声将这对苦难的兄妹从幻梦中惊醒，残酷的战争再次把他们划分成敌对的两方，哥哥钟大金跳起来向敌人的部队跑去，妹妹钟小鸡则决然地举起枪，"只听叭一声，钟大金刚刚迈第三步时，身体便应着枪声扑倒下去，四肢抖着，由他脊背上露出一个血洞，鲜血喷射出来"。结局并没有什么悬念，这是一位弱势民族优秀作家的唯一选择；但在结局之前，兄妹之间亲情流泻的场景却会长久地定格在读者的大脑中，让人感受到田涛作为一个具有深厚人道主义情怀的作家，对战争残酷性的深远思索以及对人性迷失的深重忧患。弱势民族的人们在争取民族解放过程中，能不能避开战争对民族精神的侵蚀而保持住一份温情与爱意呢？田涛以他的小说创作提出了这个问题，提问中寄寓了作者善良的企望。

## 第四节　书写乡土文明的挽歌

1942 年夏，在战场上奔波了 5 年的田涛来到大后方重庆。本想让自己长年疲惫的身心得以休憩调整，但飞涨的物价一下子又把他扔进度日艰难的困窘境地，"物价飞涨，一天一个样子，货币贬值惊人，依靠稿费生活是极困难的"[①]。田涛又想起远在数千里之外、处于战争的重灾区华北平原上的家乡，想起生死未卜的父母和家人，心中涌起无限的惆怅与惦念。家国之忧与自身命运之慨使他本不开朗的性格显得更加忧郁、深沉，田涛的这种心境明显地渗透到他的长篇小说《沃土》等的创作中。正如杨义所说，"他似乎在题材和情调上返回京派，但由于战时流亡生涯拓展了作家的社会视野，曾经沧海难为山间泉水，长篇在乡土人生方式的展示中，交织着天灾与战乱、饥饿与死亡，交织着贫苦农民的愁苦与焦虑、隐忍与恐惧，浓浓地蒙上了一层对自身命运无以把握的悲剧气氛"[②]。

《沃土》的创作始于北京公寓时期，"虽然我准备要写的长篇如《沃

① 田涛：《浓雾笼罩下的大后方》，《新文学史料》，1991 年，第 1 期。
② 杨义：《中国现代小说史》，人民文学出版社，1988 年，第 112 页。

土》，已经动笔写了前面的一章，第二章开了头，再也写不下去了，抗日救亡的烈火在我身上燃烧"①。他将《沃土》等手稿装入小提箱，走向了战场，从冀南到武汉奔波了5年多，不管环境多么恶劣，始终不肯丢弃自己的手稿。到重庆之初，田涛捉襟见肘，只能写些中短篇维持生计。1943年秋，他应邀前往冯玉祥官邸做客伴读，生活相对从容。不久，冯玉祥外出，田涛终于有空余时间把他的这个长篇写完。当时的气候似乎也要成全这个优秀的长篇，"四川雾季来临，整天云雾蒙蒙，心情沉重，旧日的苦难生活中的人物飘了出来，我又开始了《沃土》的写作。我进入《沃土》境界里的人物中，如临其境，如见其面"②。随着这些人物，田涛又回到家乡，回到父母家人中间，感受到战乱中难得的安宁与抚慰。

　　小说围绕北方农民仝云庆一家卑微但也并非麻木的人生而展开，写得真实而感人。全家的生活充满苦难的意味。仝云庆夫妇已经步入老年，而独子盛地却年幼不能撑起门户。老夫妇俩只好继续带着女儿姹仙、冬霞、春絮和寄养的侄女成湘，像牛马一样一年四季忙碌不停。丈夫仝云庆自然最辛苦，家中最劳累的活计如车水、耕地等都非他莫属；妻子连个姓名都没有，却为整个家庭的生计从早忙到晚，表现了中国妇女忍辱负重的传统美德。她在生独子盛地时得了严重的腰疼病，常年忍受病痛的折磨。特别是农忙时节，连日的劳累使她病症加剧，会把她折磨得死去活来，"腰疼得像被切断了一般，她整日在土炕上辗转反侧，呻吟哭叫"。家中无钱为她延医买药，只好请邻居三朴太太画符祛病。独子盛地年龄太小，根本不懂得父母的辛苦，一心只想着玩耍，这更加剧了一家人生活的苦难意味。但是，盛地毕竟一天天在长大，又给这个家庭带来一丝淡薄的生趣和一线微茫的希望。也许正是这个微茫的希望在暗中支撑着仝云庆夫妇，使他们顽强地忍受着天灾人祸的接连打击。

① 田涛：《记北平公寓生活》［续］，《新文学史料》，1990年，第1期。

② 田涛：《记北平公寓生活》［续］，《新文学史料》，1990年，第1期。

一家老小千辛万苦熬到麦收，可是，四分之三的收成抵了财主崔大爷的租子。更有甚者，涝灾、蝗灾又先后袭击了这个村庄，虽然仰赖仝云庆夫妇一贯省吃俭用积存的一点旧粮，一家人勉强糊口不至于出外讨饭，但是，盛地的婚事计划已久却只得从缓，大女儿姹仙也被迫卖与财主家做妾。饥荒进一步加剧，盛地未婚妻的娘家却反过来催着全家迎亲。媳妇娶回来却发现只有一只眼睛。财主崔大爷又趁火打劫，以收回租地相要挟迫使成湘做二房，成湘悲苦无告含冤自尽。其后，奉军和晋军在村子附近混战，二女儿冬霞被乱兵轮奸，跳井而死。三女儿春絮性情刚烈，不肯顺从命运安排，偷偷和邻村汉子私奔。可是不久，汉子被当成逃兵抓走，春絮返回娘家后，又被半卖半嫁到遥远的他乡。一群天真质朴的少女死的死、嫁的嫁，全家失去往日的热闹，陷入一片寂寞、凄凉中。小说结尾，操劳一生的老妇人吐出几口黏着棉花的血痰，凄苦地离开人世。盛地站在房上，一面用鞋子拍着烟囱，一面哭唤母亲的魂儿回来："娘呀，穿鞋来。娘呀，穿鞋来。……"让人感受到如蚂蚁一般的生死，同时，也感受到如风沙一般的情与爱。

小说成功塑造了仝云庆、老妇人等人物形象。仝云庆是一个忠厚、本分的农民形象。他没有任何不良嗜好，也从不与人发生纷争，只是一心扑在自己的田地上，带着自己的老伴和一群姑娘起早贪黑拼命苦干，做梦都想有个好收成，能够让自己的家富裕起来。他的发家梦受到天灾人祸的重重打击，一再破碎，但是他始终不肯认输。他勤俭持家甚至到了"暴虐"的程度，他整天催逼着年迈多病的老伴与年幼的女儿们和自己一道顶风冒雨不停劳作，即使生病也难得休息。仝云庆的暴躁，其实是他强烈的致富理想与严酷的现实打击长期作用的结果。同时，仝云庆冷硬的外表下还怀藏着一颗善良、温软的心。当老伴因为仝云庆打盛地时下手过重而悲哭不止时，他"凑过来忏悔似的说：'你别再哭了，我以后再也不打盛地了。'说着，被太阳晒得暗红的眼皮里也滚着泪花"。他何尝不懂得疼惜自己的妻儿老小，只是生活的重累让他时常暴躁难耐。久旱之后忽降甘雨，更让这个暴躁的老汉忽然变得像小孩子一样天真可爱，"一向郁积在他心中的烦闷，也被这场甘雨淋散了。他那被太阳晒得黑紫多皱折的脸上，经常浮着愉悦的笑容，不时也常哼唱着流行在这一带土地上的土戏和曲子"。这样的举动与他平常的做派简直判若两人，其实却正显露出他被压埋心底深处的朴素温情。而当老伴寂寞地告别人世后，"望见老妇人枯瘦的脸只剩下一层皮，仝云庆眼皮里也酸起来，对盛地说：'快拿你娘的鞋上去叫叫魂儿吧。'"简短而平淡的一句话，其实包含了仝云庆对妻子深深的愧疚和留恋，他固然不怎么相信叫魂儿会让老伴复生，但他又多么深切地希望能够把老伴唤回身边。老妇人拥有传统女性的许多美德，她心甘情愿地伺候丈夫照管孩子；她很少想到自己，她并不在乎自己在家庭中的无名状态。即使生病了，只要还能起来，她一定不肯赖在床上，一定要和丈夫姑娘们一道去田里劳作，实在病得严重，也只求在床上歇息两天，根本舍不得花钱看病买药。对老伴，她百依百顺，对孩子她疼在心上。盛地被仝云庆暴打后，她撕心裂肺地哭嚎，她其实在以自己的方式，要求丈夫作出不再打孩子的承诺。得知二女儿冬霞被乱兵糟蹋后，一向胆小怕事的老妇人忽然勇敢起来，不管别人怎么劝阻，坚持要去寻找自己的女儿："我这老婆子怕什么，死也要出去看看。"这是母性的真实流露，它一扫老妇人病弱、枯瘦的惯常形象，顿时在读者面前高大庄严起来。还应该重点分析的是仝家众女儿的形象。她们像形态各异的野花，在田野上经过短暂的默默绽放后便相继枯萎甚至凋零了。如果不是她们的亲人，也许没有人注意她们的生死。但是，经过作者的精心描绘，她们永远地留在了作品中。她们性格各异，比如，大女儿姹仙孝顺严刻，二女儿冬霞敏捷灵巧，三女儿春絮结实泼野，侄女成湘多愁善感，甥女小箍儿粗壮能干，盛地媳妇朴实坚韧。她们的命运却近乎一律的充满悲凉色彩。姹仙顺从命运安排，嫁给一个长满胡子、不知大她多少岁的男人做妾，了无生趣。冬霞性情随和却遭遇更惨，花季少女还不知什么是生活，就被一群兽性大发的乱兵糟蹋了，她跳井自尽，让人痛惜不已。春絮最有叛逆性，一心要自己掌握命运，却仍然无法摆脱厄运临头。她以为不求富贵，只和自己喜欢的男人厮守就满足了，可是这样微薄的愿望很快也破灭了，等待她的是远嫁异乡举目无亲的酸苦人生。成湘含冤自尽，小箍儿在继母的吵骂声中挨日子，命运也都很惨。她们的存在，为单调乏味的乡村生活增添了些许色彩和欢乐，也使得整个长篇避免了呆滞与沉闷。她们悲惨的结局，则使得整个小说显得更加沉重，让人绝望。

小说中极富地方特色的乡风民俗写得非常传神，增添了浓郁的文化色彩。写得最迷人的是妇女们聚在地窨子里纺纱的情景。"地窨子里自然是黑洞洞的，只挂了一盏煤油灯，灯焰也没有个指甲大，里面挤满了纺车，全窨子的妇女们便只借着那盏油灯的光纺纱了。如今这窨子里充满了纺车子的呜呜声，和妇女们的谈笑声。"纺纱犹如妇女们的一场盛宴，她们从各自的家中走出来聚集在一起，一边纺纱，一边嬉笑。纺纱还犹如妇女们的节日，她们在这一段时日里获得了充分的自由，地窨子是她们专有的场所，男人被拒之门外，她们在这里可以交流她们之间最私密的心得。另外，小说还写到其他许多独特的风俗习惯。比如，乡村巫术，"足有一刻钟光景，她才慢慢把眼睛张开，又把那伸出的手指在舌尖上沾一下，往病人腰上划一个圈，这咒词可以除病扫邪，不管内外科都可以医好"。比如，小孩子和尿泥过家家，"他们把车辙下的面糊土用手推成堆，然后用胳膊肘子砚一个坑，向着坑里尿泡，等它结了泥壳子，便把泥壳子托起来当饭锅用。大家算一家人，在这泥锅里做饭"。娶亲则是全村人的节日，热闹非凡，"只见满街人山人海，土堆上站满了人，墙头上也爬满了人，抱孩子的老婆子，弯背的老头子，姑娘媳妇，成人幼童，都翘首遥望向街头那车五匹黑骡拖载的大车上，铜喇叭铜锣鼓闪金光的吹打手们，鼓红两腮，挺直胸脯，仰首倨傲的吹着喇叭，挥着锤头敲锣鼓。那前面的一群人，举着红布缠的灯笼，燃着火药顶实的铁炮，直弄得满街遍巷乌烟瘴气，铁炮鸣时，吓得胆小的女人们用手指堵起了耳朵，闪到一旁去"。每当写到这样的文字，作者的文笔便一下子轻盈起来，文采飞扬，其中正寄托了一个饱受战乱之苦的作家对故土家园浓浓的思念与怀想。而且，从今天的眼光来看，20世纪其实是乡土传统逐渐消失的时期，到如今乡村还在，而传承了几千年的乡土文明无疑已土崩瓦解，留存的只是些许文化碎片而已。从这个角度上看，田涛的小说《沃土》无疑是中国乡土文明的一首挽歌，从文字上，它为后来者保留了一些珍贵的乡村记忆。

　　写完《沃土》之后，田涛似乎了结了自己与乡土传统的宿缘，他便调整自己的步伐，追赶时代的风云去了。田涛写于1946年的短篇小说《愤怒》类乎一个精神转换标，显示了他创作的转向。小说中的人都没有名字，一家四口人只简单地称为哥哥、大妹、小妹和母亲。他们的父亲和大姐都被财主逼死了，可是他们仍然得不到安宁。哥哥忍无可忍，决定带着一家人离开这个罪恶的地方，到深山里去过与世无争的生活，他们翻过大山来到一片荒地，与野兽比邻而居。可是，就是这样的生活，他们也没有维持多久。一天，一群持枪者开车闯了进来，而且无端地打死了哥哥，失去了唯一的男人，这个家庭只有死路一条。母亲疯了，"老太太两眼闪着火光，手里的木杖端在胸前，怒目望着坡下的公路，望着这罪恶的东西，最后，她放尽力气，把很大的石块从山坡上滚下公路，把条平坦的公路弄得狼牙锯齿，布满石块。她仍旧不停的把石块滚下去，想把她心胸的愤怒泄尽，把世外袭来的文明罪恶洗清"。这时的田涛还只是把乡民的苦难笼统地称为文明的罪恶，但很明显，他再也不愿压抑自己的愤怒情绪了，他和他的人物一起发起怒来。稍后，田涛又写了中篇小说《灾难》。凤金爷一家本是勤俭人家，生活上理应过得去。可是天灾人祸接踵而至，硬生生把他们好端端一家人搞得家破人亡。先有旷日大旱，接着是夺命的虎疫症，使他们流离失所；好不容易熬过天灾，村霸刘师爷又仗势欺人犁了他家的红薯地，凤金爷到县里告状，却不由分说被押入大狱，悲愤交加，气绝身亡。叫天不灵，叫地不应，受尽欺压的底层人终于发出切齿的复仇之声，"须子含着眼泪说：'奶奶，数珠念佛没有用，这些可恶的东西，是欺软怕硬的。你越软，他越要欺你。要报仇除非硬碰硬和他们干一场！'"在这部小说中，苦难的祸首已经比较具体，受欺压者的仇恨也蓄积太满，一场血雨腥风近在眼前。

尽管从表面上看，田涛20世纪40年代中后期由一个爱与善的呼唤者转化为愤怒的呐喊者，有点不可思议，但从深层来看，也是必然的。田涛从登上文坛之初就表现出两种文学冲动：一种是像左翼作家那样，表现乡村生活中的两极分化现实，彰显乡村弱势群体的被剥削、被欺压的苦难状况，代替弱势群体传达内心的痛苦与愤懑。比如，他早期的小说《债》，就写得血泪斑斑；另一种是像京派作家那样，以爱与善来烛照乡村生活，表现乡村大众美好、纯朴的人性，借以洗涤人们心中的恶念，纾解人们心中的愤怒。这两种冲动其实一直在作用着田涛的创作，使他书写愤懑时没有倒向暴力的疯狂，书写人性时没有忘记人间烟火。

20世纪50年代前期，田涛曾经为保持自己一贯的艺术风格而积极努力，连续写了《在外祖父家里》等20篇散文式小说。这些小说使作者重新回到童年，回到大自然，充满情趣，充满人性化叙述，在读者中反响强烈，颇受好评。但是，长期的文学政治化管理机制，严重压抑、损害了田涛的文学创造力。20世纪80年代后期，文学创作自由得到恢复，田涛很受鼓舞，也曾创作了《他就是这样一个人》等优秀小说。但是，由于最好的创作年华已经错失，田涛并未能够突破他曾经取得的文学成就。

田涛的创作表现出相当的丰富性。他的某些作品如《利息》、《分出后》等，以近乎刺目的细节写出乡村世界黑暗的一角，表现出作者内心深处对人性的怀疑和对作恶者的愤怒。《利息》写的是有钱有势的周老爷，以取消赵伯伯的租种权相要挟，明目张胆地调戏、奸污赵家三个女儿，而赵伯伯一家因为害怕周老爷收回他们赖以为生的租地而忍气吞声。这篇小说是作者刚刚开始文学创作的试笔之作，显得比较稚嫩。不过，它确实表现了作者精神世界比较隐秘的愤怒情感。《分出后》则将怀疑的目光投射到血缘关系上。端吉与父亲分家后，父子成了田主与租户的关系。端吉带着病弱的妻子和年幼的儿子辛苦劳动了半年，收获的三袋麦子有两袋被田主"老头子"笑眯眯地拉走了，等待他们一家三口的只有漫长的饥饿。最应该显示人性光芒的父子血缘竟变得如此淡漠，这样的叙事包含了作者对人性的深度质疑。总体而言，田涛数十年的创作基本上都是在努力建构人性的殿阁。

# 第五章　王　亚　平

　　1932年9月，在"左联"领导下，中国诗歌会在上海成立。他们宣言要"捉住现实，歌唱新世纪的意识"，要使他们的"诗歌成为大众中的一个"。它的成立标志着"左联"诗人对大众化诗歌创作的努力提倡。这一诗潮在北方迅即得到响应，其中最积极的是王亚平，他于北平创建中国诗歌会河北分会，主编北平出版的《新诗歌》。王亚平终其一生都实践着诗歌的大众化，创作出大量明白晓畅而又激情饱满的诗篇，抒发了他立志把生命献给光明的壮丽情怀，其中《灯塔守者》、《黄浦江》、《孩子的疑问》、《大沽口》、《农村的夏天》等，是他的代表作。王亚平由于不凡的诗歌才华和不懈地努力创作而成为一位有重要影响的诗人。

## 第一节　生平与创作

　　1905年3月11日，王亚平出生在河北省威县城关皇神庙村一个普通农民家庭。祖父王芳田是当地有名的民间武术家，总随身携带一只大铜烟袋，既可抽烟，又是防身的武器，他曾提着这只铜烟袋为清朝皇廷的一支骆驼运输队护过镖。祖父的威武曾激励王亚平立志学做顶天立地的硬汉子。祖母是一个宽厚、贤淑的农村妇女，白天带着小亚平到场院里看谷子，或到田里摘棉花、青豆，晚上则把他放在一个小木凳上，给他讲种种美丽的传说。祖母是王亚平第一个文学启蒙老师，给他一生的创作以丰富的营养，也培养了他朴实、宽厚的性格。

　　引导王亚平对诗歌产生浓厚兴趣的是县立高小的两位国文老师：一位叫王伯廉，一位叫康亨庵。王伯廉博学多识，耿介方正，他的座右铭是"我爱花，爱水，爱月；我恨钱，恨官，恨算盘"。康亨庵为人谦虚谨慎，国学功底深厚。两位先生教诲他认真做人，而且在治学方面一个教王亚平精读，一个教他泛读，使他既博览群书，又能深入剖析，为他以后知识水平的提高打下了坚实基础。同时两位先生对诗歌的爱好和造诣也影响了王亚平，使他心里埋下了日后创作诗歌的兴趣种子。

1926年夏末，王亚平在邢台省立第四师范学校毕业。他由于在家乡创办"友声社"，出版《友声报》而受到国民党当局的迫害，开始了他只身流浪、不辞辛苦寻找光明的人生历程。流浪期间，他先后到过南河、沙丘、开封、正定等地，以教书为生。1930年12月，25岁的王亚平受聘做了铁道部塘沽扶轮小学国文教员。此时塘沽已有许多日本人，常发生日本人侮辱中国人的事件，王亚平痛切地感到，敌人的刺刀已经搁在了我们的脖子上，如果中国人不觉醒，不团结起来抗争，那就只有亡国了，王亚平感到唤醒民众的必要性。为此，他花费了大量精力钻研文艺理论，关注各种文艺刊物，并且开始进行以劳工为主题的诗歌创作，希望借此唤醒民众，使民众起来抗争，争取民族的解放和自己的解放。

1931年发生了震惊中外的"九·一八"事变，王亚平在塘沽亲眼目睹了东北开来的难民车，车顶上、车厢里到处爬满了难民，饥饿的眼睛、恐怖的嘴唇、疲惫的面孔、孩子在母亲怀里无力地泣叫、老人哭红了眼睛。这一切和日本人明晃晃的刺刀、凶恶的目光、车站上高悬的太阳旗，交相辉映织成一幅惨烈的国人流亡图。王亚平为这幅流亡图所震惊，他再也无法沉默了，便以诗做武器，投入滚滚的抗日洪流中。他这一时期的作品于1935年结集出版，便是他的第一本诗集《都市的冬》。

这一时期中，王亚平除了奋笔写诗寄情呐喊外，还积极从事文学活动，其中最重要的就是创建中国诗歌会河北分会。1932年9月中国诗歌会在上海宣告成立，消息传到北平，王亚平感到十分激动，他迅即联络袁勃、曼晴等，成立了河北分会，在北方开展诗歌大众化运动。拟章程、订办法、设计诗歌研究大纲，都是王亚平一个人完成的。在王亚平的积极努力下，河北分会发展很快，不到半年工夫就发展了七八十个会员。王亚平还组织创办了河北分会的会刊《新诗歌》，发表了一批大众化的诗歌作品，团结了一批平、津地区的进步诗人。1933年夏，王亚平应蒲风之邀赴上海出席中国诗歌会组织召开的会议，在会上结识了诗人蒲风、穆木天等，扩大了他的文学视界。期间他还读到鲁迅发表在《新诗歌》（上海）上的一篇文章，文章中说道："诗歌虽有眼看的和嘴唱的两种，也究以后一种为好；可惜中国的新诗大概是前一种。……我以为内容且不说，新诗先要有节调，押大致相近的韵，给大家容易记，又顺口，唱得出来。"这篇文章对王亚平震动很大，使他认识到自己诗歌的不足，并促使他思考如何改进自己的诗歌创作。

1935年12月9日，北平爆发了震惊中外的"一二·九"运动，这时已经离开塘沽来到青岛的王亚平感到非常振奋。他立即动身赶回北平，采访了参加学生示威游行被打伤的孟英，听他详细介绍了事变的起因和具体经过。在了解到帝国主义在中国的嚣张气焰和中国政府对帝国主义的屈从、对爱国学生的镇压后，王亚平内心充满了对帝国主义及国民党当局的愤慨和对爱国学生的钦佩。回到青岛后，王亚平奋笔疾书，一个礼拜就写成以"一二·九"运动为题材的专题诗集《十二月的风》。这部诗集揭露了敌人的凶残，赞颂了青年学生的勇敢无畏，抒发了作者反帝爱国的赤诚热情。

1936年10月，鲁迅在上海逝世。王亚平怀着悲痛的心情参加了在青岛举行的追悼鲁迅大会，遭到当局的驱逐，被迫东渡日本。1937年"七七事变"爆发，王亚平立即回国投入抗日洪流，曾在上海编印《拓荒者》，与关露合写诗歌壁报《战号》，并出版"七七事变"后的第一个诗刊《高射炮》。1939年11月王亚平前往重庆，参加了"中华全国文艺界抗敌协会"。1942年起，王亚平会同柳倩、臧云远等先后编印诗歌丛刊《春草集》和《夏叶集》。1944年他又和臧云远、柳倩发起"春草诗社"，编辑"诗家丛刊"——《诗人》和《星群》以及《春草诗刊》等。1946年，王亚平受周恩来委派到冀鲁豫边区从事文艺领导工作，对解放区文艺运动的开展起了很大的促进作用。

新中国成立后，王亚平曾任北京市文联秘书长兼党组书记。1955年王亚平受冲击沉冤20多年，1981年平反。1983年，因哮喘病发作不幸去世，享年78岁。

## 第二节　把生命献给光明

走上文学道路之初，王亚平用自己的诗笔展示了一个年轻的革命者旺盛的热情和坚强的意志。

1933年，王亚平28岁，他的第一本诗集《都市的冬》出版。书名由郭沫若题写，蒲风为之作序，称赞它"便以歌唱"、"善于描述"。作者专门为自己的这本诗集写了一首序诗，介绍了自己年轻的人生履历以及诗歌创作的追求。"我生长在农家，/慈母怀里度过童年：/家乡是一幅美画，/绿色田园笑对着晴天。//我在夕阳下刈过野草，/我在晨霞里掐过花尖，/我学爸爸弄过锄头，/我傍妈妈赏玩月圆。//生活卖了我底命运，/从那时就踏上征尘，/宛如火线的战士，在苦斗里企图生存。//把足迹寄托给大地，/让患难撕去了光阴，燃烧着希望的烈火，在苦甜里消受青春。//记忆不忍再浮起家乡，家乡已改变往日模样；/思想在暗夜里启示去处，/那去处在明天的远方。//旅心常萦绕愁颜的慈父，/梦魂怎能慰念儿的亲娘，/纵诗笔能牵出心头苦话，/恨无力挽回这人间的饥荒。"从序诗中，可以看出王亚平由乡村生活养成的纯朴、善良的品性，也可以看出他由红色时潮催生的革命热情以及坚强意志，正是这两种文化元素构成了王亚平诗歌艺术的精神魅力。

这本诗集，共选辑了王亚平早期的诗作34首。这些诗作真实记录了他从家乡流浪到都市后所目睹的政治风雨和国势危急境况，展示了作者牵挂大众百姓生存状况、忧患国家民族前途命运的政治情怀，传达了作者的革命热情和爱国主义精神。其中《灯塔守者》、《孩子的疑问》等最为典型，备受人们关注。

《灯塔守者》写于1935年1月5日。这是一首只有八行的短诗：

> 白鸥在夜幕里睡熟了，/太平洋上没有一丝帆影。//乌云夺去了星月的光辉，/天空矗立着孤独的塔灯。//远处送来惊人的风啸，四周喧腾着愤怒的涛声。//在这曙色欲来的前夜，/我把生命献给了光明。

诗中充满政治性隐喻。白鸥睡熟、没有一丝帆影的太平洋，隐喻当时的中国矛盾重重，处于政治黑暗之中。乌云中矗立着的孤独的塔灯，隐喻出在黑暗的围困中，革命力量备受摧残、势单力孤。对不利形势的清醒认识并没有削弱诗人的革命信念，他坚信困难只是暂时的，埋藏在人们心底的愤怒一定会汇成新一轮更大的反抗，"远处送来惊人的风啸，/四围喧腾着愤怒的涛声"。正是怀着这样坚定的革命信念，诗人立志要把自己的一生献给革命事业，献给光明，"在这曙色欲来的前夜，/我把生命献给了光明"。全诗除最后一句外几乎没有涉笔抒情主人公，却通过对典型场景的形象、准确的描绘成功塑造了一个在黑暗的太平洋上不避凶险、勇敢尽责的守灯塔者形象，寄托了作者在黑暗中渴望光明、寻找光明并把自己的生命完全奉献给光明的政治胸怀。

正是由于作者怀着这样一颗光明的心灵，所以他敏锐地发现了生活中一处又一处黑暗现实。20世纪30年代是中国民族产业发展比较快的时期，王亚平在初走入城市时也是充满美好憧憬的。但是，随着他对城市现实了解的加深，他却发现了繁闹景象背后的诸多不平。《南北楼》写的是一个碱厂生产车间。车间内污浊不堪："灰暗中三个钢塔——像似吞人魔鬼，/蒸发着炭酸钠，/臭气铁腥油腻味"，在里面做工的工人备受摧残，他们被"毒蚀了心肺/炙焦了面皮/一年三百六十日，/得不到痛快的呼吸"。不少人受伤致残甚至还丢掉了性命，"那一次爆炸了二号汽管，/炸碎了老黄的脑壳，/炸烂了老李双眼。/又一次新来的一个弟兄，/不小心滚进了刀绞，/飞轮把他碾成肉条，/更搭上他妻一条命，吊死在工人室门前"。正是工人们拼死拼活工作，工厂才获得巨大利润，"一个个弟兄在这里老去死去，/一批批青年又继续招进厂来，/就这样造成了伟大生产，/一昼夜能制出一百二十吨碱，/听说这纯碱卖到了东京，/卖到了南洋，/还载上英美的轮船"，可是，巨额利润都被资本家独占了，他们还要假惺惺地说，工厂周转不灵，"要不是为着大家福利，/这碱厂早想关门了"。纺纱厂存在着同样的黑暗现实，年轻的纺织女工在恶劣的环境中工作，过早地失去了青春："永远照不到一线慈和的阳光，/也吹不进一丝凉爽的风儿，/千百只手把住了千百辆纺车，/在灰暗的石室里尽快地旋动。// 过度工作弄成了驼背弯腰，/恶浊空气损伤了呼吸匀和，/惨白的脸上找不出一丝欢笑，青春眼里丧掉了晶莹的光波。"①黑暗的现实也布满城市的街头，没有经济来源的女人为了生存出卖肉体、尊严："粉红色的灯光，/照着她花花簇簇的衣裳。/倚住'太平楼'的门口，/把媚笑投到行人的脸上。"② 产业化进程中的血腥和劳资间贫富悬殊，让王亚平对之产生巨大疑问，当他站在中国最繁华的城市上海最繁华的街道外滩时，他痛切地呼号："黄浦江！黄浦江！/你不是诗人所想象的，那么神秘，美丽！/混浊的波浪，拖载了，污秽的垃圾向江心流去。//黄浦江！黄浦江！/你不是文人所描写的，那么可歌，可唱！/朦胧的月儿，照出了，无数的骷髅困睡在岸上。//黄浦江！黄浦江！/你不是闲人所爱想的，那么清净，凉爽！/腥臭的晚风，卷起了，噪杂的声响在滩头飘荡。//黄浦江！黄浦江！/你不是圣人所赞扬的，那么仁慈、和平！/汹涌的波涛，浮载着，枪炮的血腥向江心流动。"诗人目睹了产业工人繁重的劳动场景，目睹了城市底层民众悲惨的生活状况，由此催生了批判现实的激情和阶级意识启蒙的冲动。怀

---

① 王亚平：《纺纱室里》，见《王亚平诗文选》，中国文联出版社，1986年，第11页。

② 王亚平：《夜的期待者》，见《王亚平诗文选》，中国文联出版社，1986年，第16页。

着改造社会、铲除不公平现象的美好理想，王亚平热切呼唤工人们团结起来，勇敢前进："再不信那欺骗政策！/南楼呀！北楼！/是资本家榨取我们的囚狱。/洁碱呀纯碱！/是弟兄们的生命换来！/便那新式的生产机器/也成了资本家的剥削工具！"①"可喜的是大家的心儿结成一个，/在困苦的斗争里同求解脱，/怕什么？怕什么？人多力量大，/去吧！冲破铁门夺取更好的生活。"②

这个时期，王亚平诗歌创作的另一个重心，是展现日益逼近的民族危局，张扬民族精神。《孩子的疑问》共 4 节，以少不更事的孩子的口吻向爸爸提出 4 个令他幼小的心灵无法明白、感到非常奇怪的问题。第一节写道："爸爸：/塘沽车站不是中国的吗，/为什么日本兵来站岗？/那天，他踢小郭的屁股，/今天，他拿枪对我瞄准着，/多么厉害呀！——爸爸。"日本帝国主义侵占东三省后，又开始向华北地区渗透，华北门户一开，中华民族便危在旦夕。这样的亡国危局年幼的孩子当然无法明白，但是，朴素的民族观念使他对眼前发生的一切感到困惑不解，他不由地向自己的父亲发出一连串的疑问，在孩子天真的询问中，一触即发的民族危机被真实地传达出来。接着，作者通过孩子的眼睛，揭露了日本侵略者在中国的土地上横行霸道的罪恶："爸爸：/候车室里怎么也有日本兵呢？/那天扭去了一个中国人，说他有嫌疑，是汉奸，什么是汉奸呀？爸爸！"最后，诗人仍以孩子的口吻追问中国人受欺压的原因："爸爸：/为什么日本兵老欺侮我们呢？/人们都说东三省叫他们抢去了，/还要占塘沽，占天津，……是真的吗？"天真的提问直逼成年人的良知："大五说：'小日本真该打倒了！'/谁去打倒小日本呀！——爸爸？"对侵略者的憎恨和对祖国无限热爱的感情在这平凡的问话叙写中得以鲜明的凸现。

---

① 王亚平：《南北楼》，见《王亚平诗文选》，中国文联出版社，1986 年，第 10 页。
② 王亚平：《纺纱室里》，见《王亚平诗文选》，中国文联出版社，1986 年，第 12 页。

## 第三节  为祖国的解放而歌唱

1937 年"七七事变"后抗日战争全面展开。远在日本东京的王亚平立刻回到祖国，他一面投身于抗日宣传工作，一面用自己的笔写出一首首慷慨激昂的诗篇。在诗作中，王亚平明确表达了自己的艺术追求："我不愿做一位骑士，/跨着白马，挟着剑 / 向旷野追求浪漫的情感。// 我不愿做一颗甲虫，/把自己可爱的身体 / 拘限在狭小的天地。"① "我的歌，/不是供人玩赏的花朵，/像健康的禾苗，/它的根株 / 扎生在肥美的土地上。// 尖硬的笔，/是我的旗帜，/它反抗侵略者/ 无情地 / 投向仇敌的心肺。"②王亚平崇尚阳刚之气，明确表示与婉约诗风、与个人主义诗派拉开距离，他要用自己的诗笔作为战斗的号角，鼓舞将士奋勇杀敌。

王亚平的诗作中，反复地吟唱了亡国之痛。在《沽河的哀歌》中，他模拟祖国大地的口吻抒写了近代以来中华民族所遭受的百般耻辱："庚子，呵，那耻辱的一年，/八国的战舰打碎了我的庄严，/卖身花押涂上了我的光荣衣衫，/异色旌旗下翻不起往日的波澜，/忍着哀痛让敌人踏到我的胸前！/……关外的腥风卷过大海，/战尘模糊了两岸垂杨，/有时，衔火弹的铁鸟，/在我身上列阵飞翔。/一片血花向大流中爆炸。"在《儿啊，娘给你报仇》中，年幼的中国女孩惨死在日本侵略者炮火中："小姑娘，你死了！/你的血染红路轨，/染红了秋草，/你的脑浆迸流了，/你的腿挂上树梢，/一分钟前，你还跳跃，奔跑，/脸上涌起天真的微笑，/你想去学校？/你背起黄色的书包，/小伙伴都在等你，/你心里充满了快乐。/此时，你永远地倒下了！/你不懂得敌人的无耻，/你不懂得敌人的残暴，/你更不晓得敌人 / 会把你也当做轰炸的

---

① 王亚平：《火雾》，见《王亚平诗文选》，中国文联出版社，1986 年，第 127 页。

② 王亚平：《我的歌活在群众的心里》，见《王亚平诗文选》，中国文联出版社，1986 年，第 105 页。

目标！"在《新摇篮歌》中，王亚平写出襁褓中的婴儿父母双亡、无家可归的悲恸："呵呵呵……呵呵呵……/宝宝不要闹！/敌人烧毁了你的小摇篮，/今天只得睡稻草。//呵呵呵……呵呵呵……/宝宝不要哭，/敌人强占了你的好房屋，今夜天地当被褥。//呵呵呵……呵呵呵……/宝宝快睡吧！敌人残杀了你的亲父母，/我们给你当保姆。"

王亚平更在自己的诗作中抒发了亡国者的愤怒与反抗。那位失去小女儿的母亲，面对残缺不全的尸体发出愤怒的声音："你只记得太阳发红的时候，/迎着你的妈妈，亲切地／招呼：'你回来了！宝宝！'——/这声音今天要变成愤激的哀号，/'儿啊！娘给你报仇！誓把杀你的鬼子赶跑！"夜莺也抛却了爱的呢喃，转换成战斗的总动员："我是夜的歌者，/我的歌／唱给受难的祖国。/有人说你像海棠叶，/其实，你比海棠花还美丽。/我们团结，抗战，/用血，用枪保卫你。敌人损伤你一茎毛发，/我们要为你，/赎回十倍、百倍的代价！"①王亚平长期奔走在战火中，充分领略到抗日将士的爱国热情和英勇气概。他自觉地将自己的情感体验贯注到诗歌创作中，深情地为抗战英雄而歌唱。比如，在叙事诗《血的斗笠》中，王亚平成功塑造出王阿泥这样一个普通而可敬的英雄形象。王阿泥是某七连里一位普通的士兵，他的外貌甚至有些丑陋，"说起话来有些口吃，/左颊上有铜钱大的黑痣，/脸色像霜后的杜梨，/都说他是包公转生的"。可是，王阿泥矢志杀敌报国，苦练杀敌本领，练得一手好枪法，"阿泥的枪法最准，/打靶——十有九次中环心"。敌人的飞机来轰炸，"王阿泥第一个先放枪，/子弹射中了油箱，/空中爆出一缕黑烟，/那怪物像断线的风筝，没灵魂地飘摇着／翻转着，坠到山沟里去了"。受到重创的敌人发起疯狂进攻，"弟兄们忙乱地拉开枪栓，/机关枪的红舌，/吞没着爬行的黑影。/剧烈的喊杀，/使生命颤抖。/王阿泥第一个抛出手榴弹，/弹药爆开了血花，/敌人无声地倒下。/战士们雄踞山口，/为了胜利而战斗，/为了胜利而欢呼！"但是，

---

① 王亚平：《听，夜莺在唱》，见《王亚平诗文选》，中国文联出版社，1986年，第110页。

敌人没有撤退的打算，而七连兵力和弹药都明显不足。王阿泥自告奋勇去挑子弹、请援军。"炮弹炸死了他的助手，/他没有眼泪凭吊，/负起过重的弹箱，/抱着绝望中的希望。/等他完成了任务，/鲜血已封闭起他的嘴唇，/阿泥指一下背上的斗笠，/含着胜利的微笑死了。"作者在塑造王阿泥这个英雄形象时，没有把他脸谱化，而是更多地保留了鲜活的细节，因而使这个英雄的形象鲜明、生动。他口齿笨拙，但逼急了也能冒出激愤的言词；他外表粗憨，内心却一样拥有温柔情思，他整天把未婚妻送的斗笠带在身边，"阿泥最爱他的斗笠，/风里雨里不离头，/睡眠时把它放在身边。/有时他从山石缝里，/采下鲜艳的野花，/当心地缀饰着斗笠，/宛似少女在脸上涂饰脂粉"。

王亚平抗战时期的诗作，以火热的生活气息、充沛的政治热情，感染了读者。他的诗作《五月的中国》像战火中的一只百灵，向人们传递着战斗的豪情和胜利的希望："僻乡的屋檐下，/孩子们唱抗敌救亡歌；/年老人腰里的烟袋，/变成了一柄短刀；/青年人的眼睛，/透视过炮火的烟瘴，/望着曙光欲来的祖国；/妇女们呵拉着耕牛，/在敌机下翻起黄泥。/……中华儿孙的血肉，/筑起真理的堡垒，/为了捍卫人类的幸福，/高扬抗争的旗帜。/让魔鬼的魂灵，/在我们面前发抖；/侵略者的泥足，/在广大土地上沉没。/呵！五月的中国，/向世界骄傲地笑着。"他的诗作《生活的流响》蕴含着深刻的哲理，给战争中苦闷的读者以精神启迪："你愉快地歌唱着，生活的流呵！/从来不知道疲倦，也不会喑哑。/我望着你荡漾的波纹，溅飞的浪花，/你冲溃礁石，跨过了巉岩，/把混乱的泥沙，弃掷在你的脚下。//生活是好的呀！/我一面走，一面呼喊你的名字。/我望着你发痴，发笑，发狂，/我愿投进你的怀抱，以苦痛的 / 奶汁，培育我幸福的苗裔。//我知道，人生的画面，/像风浪那么险，那么不平，/若果你希图在这画面上 / 雕刻永远不能朽灭的业绩，/就得向丑恶宣战。//我知道，懦弱的泪，/医不好溃烂的疮疤，心灵的/苦痛，多少次我像一个婴孩/跌倒了，爬起，带着尘土，含着泪/再走，再探索人生的图景。"

王亚平并非一个空想者，并非不懂得战争的残酷，他之所以能够在血雨腥风的战争年代始终唱着慷慨激昂的战歌，一方面是和他对生活、对人生的理解相关的。在他的一些诗作中，王亚平坦诚地表达了自己的苦闷甚至彷徨。战争是对人的生命的摧毁，是对人的精神的摧残。日本侵略战争无疑是中国人民的一场重大灾难，给中国人民造成深重的身体与心灵的伤害。特别是抗战进入相持阶段，抗战开始时的欢喜完全被残酷的战火洗尽，忧郁弥漫全国，也十分沉重地压在诗人心上，"苦痛，像一道幽暗的深沟，/把我同欢乐隔绝"，"在今天，我敢说，/有人的地方就有忧郁。// 忧郁像一条线，它贯穿人类的生活"①。另一方面，王亚平更展示了自己不惧灾难、勇于战胜灾难的英雄品格。他蔑视灾难，"忧郁像轻微的云烟，/它飘浮在人们的眼前。// 假如你燃起生命的焰火，/它就迅疾在空中弥散"。他赞颂春天的小草和横渡沙漠的骆驼，"我爱春天的小草，/它有比老树更大的生机。// 我爱横渡沙漠的骆驼，/它有比战马更大的耐力"，要像他们一样，凭借自己坚强的意志驱走阴霾，走向胜利。王亚平的坚强，不只是诗人浪漫情怀的简单抒发，更包含着他对自己从事的事业的正义性和光明前途的坚定信念，"我激震的心灵呵！/怀着忧愤，失掉了安静。//我挥动生命的铁锤，/击打苦痛的坚城。//但我预感着欢悦，/我将以带血的双手，迎接自由的幸福！/在击破苦痛的坚城之后"②。正由于王亚平对诗歌有着自己独特的理解，所以在进行诗歌创作时，他不否定个人生命苦痛的存在，但却坚持不肯将苦痛写进诗歌："我不欢喜/把自己灰色的感伤，/轻妙地/唱给听众，/赢一通喝彩的手掌。"他坚持用自己的诗歌来宣示光明的存在，鼓舞人们战胜黑暗获取胜利。"但愿我的思想，/像白帆点点/在时代的波浪上飞越。/我一点也不许/让那腐烂的气息/爬进我新鲜的血液。/我是一

---

① 王亚平：《忧郁》，见《王亚平诗文选》，中国文联出版社，1986年，第116页。

② 王亚平：《苦痛》，见《王亚平诗文选》，中国文联出版社，1986年，第113页。

个健实的矿夫，/头顶起灯火，/手提着钢锤，/通过阴冷的矿穴，/去发掘地下的火源。"① "怆烈的字句/ 是我的炸药，/它深藏在诗篇里/ 时机来了/ 就狂暴地燃烧。// 歌唱吧！燃烧吧！/为了今日的灾难，/明天的欢乐，/纵然是星星之火/ 或一曲醒人的歌。// 燃烧吧！歌唱吧！/让我的声音/ 在黑夜里飞驰，发光，/永远地/ 活在群众的心里！"②

与前一个时期相比，王亚平这个时期的诗歌创作，表现出明显的意识转换，即由诗歌会时期的阶级解放意识转换成抗战时期的民族解放意识，这是作者自觉适应时代变化的结果。在他的诗作中，仍然可以看到劳工、民众等字句，但他们不再是作为有产阶级的反抗者，而是作为民族解放的急先锋出现在诗行中。他的诗，正如他编辑的刊物《高射炮》一样，挟着愤怒射向日本侵略者。在创作中，他自觉地选取能够反映民族解放意识的典型事件和人物来抒发他的抗战热情。比如，他的《儿啊，娘给你报仇》，将 1937 年 10 月 3 日日机轰炸嘉兴后的惨象永久地映入人们的脑海里；他的《血的斗笠》，将为消灭日本侵略者而英勇献身的英雄战士王阿泥的形象生动表现出来。他的诗作明确表达了对集体主义情感的张扬。蒲风在《抗战诗歌讲话》中告诫诗人："现阶段已不是个人主义的时代"，要"以集团的情感为情感，以大众的生活为生活，以大众的行动为行动"③。王亚平对此十分认同，并有意识地压抑个人情感，突出集体理念。他的诗作《火雾》、《野花》、《生活的流响》、《我的歌活在群众的心里》等都显示了这一文学追求。比如，在《生活的流响》中，他以涓涓细泉汇成海洋隐喻集体主义的力量："曾经是涓涓的水泉，/漫过浩瀚的旷野，荒芜的林莽/ 与丛立的峰岩，汇成巨大的/ 流响，你倾注到绿色的海洋"，并直抒胸臆，表达了自己皈依集体的坚定信念："像一道细长而明丽的天河，/你横卧在人类的行程上，/而我，

---

① 王亚平：《火雾》，见《王亚平诗文选》，中国文联出版社，1986 年，第 128 页。
② 王亚平：《我的歌活在群众的心里》，见《王亚平诗文选》，中国文联出版社，1986 年，第 106 页。
③ 黄安榕、陈松溪编选：《蒲风选集》，海峡文艺出版社，1985 年，第 9 页。

就是一颗珍珠似的 / 星火，挨近你，折射出庄严的光辉，/ 我转进，顺着你起伏的岸堤。// 我欢喜领受，也欢喜听见，/ 纵然是一点点涓涓而清朗的 / 从你的心脏里爆出的流响；/ 因为我惯于从平凡生活里 / 掘取真理，追求憧憬的理想。"王亚平的这种文学追求决定了他的诗歌风格是雄浑豪放的。在诗歌创作中，王亚平有意识地排斥唯美派的文风，抛去纤细技巧，选取富有战斗性的意象，短小句式，形成明快有力的节奏，极富鼓动性。比如，他的《瀑布颂》，以瀑布象征一泻千里、不可抵挡的民主力量，让澎湃的情感，喷涌而出。他的《听，夜莺在唱》，"我是夜的歌者，/ 我的歌 / 唱给自由的人类。/ 强盗们 / 像蝗虫密密地 / 扑向和平的土地。/ 我们要挥动 / 反侵略的扫把，/ 将他们扫尽，杀完，/ 再创造世纪的春天"，以夜莺象征为民族解放而歌的诗人，向民众发出战斗动员，向侵略者发出怒吼，情绪激昂，富有感召力。

　　毋庸讳言，王亚平这个时期的诗歌创作也表现出某些偏激。在某些诗作中，他将启蒙与救亡简单地对立起来，在歌咏抗战的同时片面否定启蒙的重要性。这种偏激其实在王亚平抗战前的诗歌创作中就已经出现了，最明显的是他的诗作《失宠了的派克笔》："玲珑，娟秀的派克笔，/ 像春神的翅翼，在我们 / 希望的光辉里飞翔。你吞吐澄蓝的墨水，/ 净洁纸上，织成金色梦想：/ 学位，博士帽，跨越三岛，/ 飞渡东西洋……/ 你曾结就爱网缠绵，/ 情札里牵动少女的心；/ 你曾写来吟风弄月的文章。/ 把浮名巧对万人宣扬。/ 因而，我爱你，需要你——/ 像慈母亲抚她的爱女，/ 永不让远离身旁。/ 但是，现在我要撇掉你了，/ 这原因怎忍对你细讲？/ 去吧！金色的梦！乖乖——/ 你解不开我肩上重负，/ 挡不住风，遮不住雨，/ 唤不醒黑夜沉睡的太阳。"作者对科学文化的这种片面理解和简单否定值得警醒。到了抗战时期，日益激化的民族矛盾，使王亚平极力张扬战士的血勇，这也是无可厚非的。但是，王亚平在有些诗作中，将战士生活绝对化，并以此否定其他样式的生活，则陷入一种偏颇。比如，在诗作《野花》中，"游惰的人们，/ 为了装饰枯焦的生命，/ 把热

红淡黄的花枝，喂养在自己的案上"，作者对那些坚持思想启蒙者的隔膜
与误解是十分明显的。大概也由于王亚平这种认识的偏颇，他没有能够取
得更大的艺术成就，从而跻身于中国最优秀的诗人行列。

## 第四节　走进民间曲艺世界

　　在寻找中国由传统社会向现代社会转型的途径时，文化精英们逐渐
将问题的症结集中在民间世界的精神蜕变上。他们认为，只有人数众多
的民间世界真正认同了他们努力的宗旨，并和他们一道积极地行动起
来，他们改造中国的目的才有可能实现。"五四"时期的白话文运动，
正是由精英们的这种共识而展开的。而20世纪30年代左翼文化精英们
有意识地进一步弱化自己的精英身份，以求获得民间世界的认同，进而
能够带动更大范围的民间力量投入到改造中国的运动中。"七七事变"
爆发后，中国民族的危机达到顶点。迅速崛起的延安政权，更将整合、
领导民间世界作为自己施政的重心。在文化方面，他们对民间的艺术志
趣给予充分重视，并希望通过有组织地改造民间志趣来达到整合、领导
民间世界，实现民族解放，进而实现向现代社会的转型。

　　作为崛起于20世纪30年代中期的左翼诗人，王亚平与民间世界有
着比较密切的关系，对民间世界的文化改造也有着极大的热情。王亚平
的这种文化身份使他对中国共产党的文化政策比较认同，并最终加入到
其所领导的文化改造工程中。1946年，"在党的领导下，作为一个民间
文学的学徒我也参加了艺人的思想改造和艺术革新工作"[①]。在对民间艺
人的改造工作中，王亚平并没有采取居高临下的态度；相反，他真诚地
以一个学徒的身份，尊重民间艺人和他们的艺术，"我和他们交朋友，
听他们唱传统曲词，向他们学习。有时他们唱、口述，我作记录。日子

---

① 王亚平：《〈百鸟朝凤集〉序》，春风文艺出版社，1953年。

久了，记录了许多篇，成了我学习的珍贵资料"①。王亚平对民间艺人的尊重，一方面来自他幼年时期对民间曲艺的喜爱与痴迷："远从童年时代起，每当夏锄、秋收后的农闲季节，艺人常在星月辉映的场院里说唱民间故事和历史故事，我很爱听，给我很深印象，有不少历史人物、历史知识还是从艺人说唱中得到的呢。"② 另一方面，也来自他所从事的改造艺人的工作需要。只有尊重艺人，他们才会解除心中的顾虑，自觉自愿地接受思想改造。正是由于王亚平采取了虚心学习的态度，他在与民间艺人的接触中，才能够和民间艺人无话不谈，也才能够真正领略到民间曲艺丰富、驳杂的精神矿藏，进而对其进行科学的整理、研究。

在对民间曲艺的挖掘、整理过程中，王亚平积累了丰富的经验，形成了自己对民间曲艺的认识和观念。他认为，曲艺是最受民间喜爱的艺术，更具有大众性。"说唱虽说同样是封建社会的产物，和一切旧艺术同样以旧政治、旧经济为依据，但它比起那些庙堂艺术、旧剧来，是有它更接近群众、更有生活感和现实感的一面。"③曲艺一般流行于民间，确实更多地表达了底层民众对生活的认识与期望，表达了他们的悲欢情绪与正义诉求。王亚平对民间文化精神的认同，有其可贵的一面。王亚平还十分赞赏民间曲艺的生动的艺术表现力："旧剧的唱词，多是陈旧、重复、庸俗，有生命的语言比较少。说唱中的语言，表达群众生活、思想、情感的地方比较多；表达的方式生动、有变化、有形象、有新的生命。"④ 民间文化是一个芜杂的汇合，但它确实包含了对生命、对人性的朴素尊重。它是粗糙的，却又是鲜活的、生动的，王亚平对曲艺的首肯，某种意义也是由于他看到了这一点。

王亚平提倡科学地对待民间曲艺。在谈到对待曲艺的态度时，王亚

---

① 王亚平：《〈百鸟朝凤集〉序》，春风文艺出版社，1953年。

② 王亚平：《〈百鸟朝凤集〉序》，春风文艺出版社，1953年。

③ 王亚平：《改进说唱艺术的几个问题》，见《王亚平曲艺文选》，中国曲艺出版社，1987年，第183页。

④ 王亚平：《改进说唱艺术的几个问题》，见《王亚平曲艺文选》，中国曲艺出版社，1987年，第184页。

平批评了两种错误方式：完全拒绝或者完全接受。完全拒绝的态度，导致一些地方对传统曲艺采取粗暴地禁演、禁唱、禁看，而新编的曲艺又因为缺少艺术性找不到观众。"在保定一带某乡村，艺人演唱新段子，竟只卖了三张票，群众不愿意来听，不少大城市的说唱艺人，都不愿再说新活，因为新活不叫座，业务上到了不易维持的地步。"① 这就阻断了精英文化向民间文化的渗透。而完全接受的态度，致使传统曲艺得不到应有的改造，同样无法完成精英文化向民间世界的渗透，这也是王亚平不愿看到的。他认为，必须要纠正这两种偏向，方法就是："必须从认真地接受古典、民间文学的遗产做起。这是一个极有意义的工作，也是一个极繁杂而艰巨的工作，不是几个人能胜任的事情，是所有在这方面有素养、有兴趣的文艺工作者、艺人、专家应该共同努力的事。"② 在充分掌握了传统曲艺资料后，还要进行认真的分析、研究、整理。王亚平认为，在研究整理的过程中，要注意遵循历史唯物主义原则，"必须历史地具体分析那些材料，看看它所表现的是根据什么原著而演唱的，它所表现的是哪一朝代的人物、故事？它怎样、用什么东西丰富了那些人物、故事？什么地方夸大了，夸大的是否合理？什么地方删减了，删减的是否恰当？"王亚平还特别强调艺术性原则，他认为，传统曲艺有着丰富的艺术积淀："一个艺人，既然能凭他的一张嘴，说得住几十个、几百个，甚至上千的听众，的确是一个很不简单的事。这里除了人物、故事能吸引群众以外，主要的是依靠艺人的声音、笑貌、语言、表情来打动听众。"③ 研究者一定要认真分析、总结艺人们成功的艺术经验，只有这样，才算真正继承了曲艺艺术传统，也才有可能推陈出

---

① 王亚平：《认真接受文学遗产，努力创作优秀作品》，见《王亚平曲艺文选》，中国曲艺出版社，1987年，第196页

② 王亚平：《认真接受文学遗产，努力创作优秀作品》，见《王亚平曲艺文选》，中国曲艺出版社，1987年，第193页。

③ 王亚平：《认真接受文学遗产，努力创作优秀作品》，见《王亚平曲艺文选》，中国曲艺出版社，1987年，第194、195页。

新，创作出适合今天听众欣赏水平的优秀作品。

在充分重视研究、整理传统曲艺作品的同时，王亚平也十分重视新曲艺作品的创作。他认为，"只有不断地产生更好的更多的通俗文艺作品，才能够使通俗文学在广大群众中扎下根去，才能反映今天丰富、伟大的现实，创造出光辉灿烂代表新时代的英雄人物，去教育广大的读者与听众"①。

王亚平的曲艺创作始于抗日战争时期，"抗日战争时期，我也曾用半通不通的鼓词一类的形式写过'唱本'"②。当时由于他对曲艺艺术缺乏研究，因此他的作品基本上属于配合抗战宣传的应急之作，艺术性不高。进入解放战争后，王亚平在冀鲁豫解放区从事曲艺管理工作，接触了许多优秀的曲艺艺人和作品，对曲艺艺术有了较深的了解，他的曲艺创作也取得很大进步。比如唱词《春云离婚》，讲被逼嫁与地主做二房的农家女春云，在地主家受尽凌辱。家乡解放后，春云登台诉苦，要求与地主离婚。"县长批准了小春云，/有权自由找对象，/找好对象再结婚。千斤石头落了地，/小春云一路回家喜在心。"整部唱词，再现了农村女性在共产党的领导下获得自由的幸福与欢乐，语言简洁、节奏欢快，有一定的艺术性。

新中国成立后，王亚平当选为中国曲艺研究会副主席兼秘书长。在工作中，他接触了全国各地区的优秀曲艺艺人和作品，对曲艺艺术的理解也更加深刻，他的曲艺创作也进入一个高产期，艺术上也达到了一个较高的水平。

比如，唱词《张羽煮海》，主人公张羽，出身贫寒却满腹诗书，龙女小琼莲与他一见钟情并私订终身。两个人的爱情却受到龙王的阻拦，他将小琼莲囚禁起来，并逼迫她答应嫁给神家子。次年中秋，张羽如期到海边践约却不见小琼莲。正当他胡思乱想、悲从中来的时候，小琼莲派来使女梅香，向他通风报信，并交给他三件宝物。凭借三件宝物，张羽终于战胜老龙王，得以救出龙女小琼莲并结为夫妻。该作故事生动，

---

① 王亚平：《认真接受文学遗产，努力创作优秀作品》，见《王亚平曲艺文选》，中国曲艺出版社，1987年。
② 王亚平：《〈百鸟朝凤集〉序》，春风文艺出版社，1953年。

既符合底层民众的趣好，又传达了婚姻自主的时代要求，因此搬上舞台后，颇受观众喜欢。很快全国数十个剧种竞相移植演出，名闻一时。另外，唱词《孟姜女》也是一部不错的曲艺作品，该作是由王亚平与王尊三合作完成的。在创作这部作品时，王亚平付出了很大心血，"事先搜集了三十余种有关孟姜女的传说材料和作品，经过了分析研究，吸取了其中优美的部分，把情节故事作了新的安排，企图编写成一个较为完整的故事。在运用语言和表现技巧上，想在传统曲词的基础上探求创作新的形式"①。这部作品生动展示了孟姜女对于日常生活平凡而美好的期待，"这一夜晚霞落皎月初上，/两个人耳鬓厮磨论家常"，他们并没有什么宏图大愿，他们谈论的只是家长里短，他们期求的只是自己的家庭生活幸福美满。这样的图景是平淡的，却也是富有魅力的。孟姜女的幸福生活还没有开始，就被秦始皇的暴政毁坏了，"忽听得村头上人马叫嚷，/突然间追兵恶吏闯进闺房"。他们不由分说绑走了丈夫万喜良，"孟姜女追赶不及昏倒在地，/只觉得身无主，心花碎，/这才是狂风暴雨打落了天上的月亮"。丈夫久去不归，孟姜女既孤苦无依，又惦念亲人安危。为了与丈夫团聚，孟姜女不顾旅途劳累与危险，毅然踏上寻夫的漫漫长途。一路上，孟姜女饱受饥寒与欺凌，终于找到了丈夫劳动的工地，却发现亲人早已丧身冷硬的城墙。唱词在对孟姜女不幸遭遇的细致叙说中，充分揭示了底层民众的悲苦心绪，读之令人神伤。王亚平担心该作由于过多地叙说了孟姜女的悲苦遭遇，而显得过于低沉，"在以愤恨的激情，直接揭露秦始皇的暴政上，可能显得不那么强烈了"②。其实，恰恰由于该作的这种结构方式，才避免了直露的弊病而获得了较多的艺术回味。

山东快书《武松打虎》值得一提。王亚平的曲艺作品大都有较强的政治性，如《春云离婚》、《宋江河》等现代题材的作品，政治倾向比较突出。即使对历史题材的曲艺作品的再创作，王亚平也尽可能地贯注自己的政治意识，如《百鸟朝凤》、《打黄狼》等。而《武松打虎》则是一个例外，这

① 王亚平：《〈百鸟朝凤集〉序》，春风文艺出版社，1953年。
② 王亚平：《〈百鸟朝凤集〉序》，春风文艺出版社，1953年。

篇作品生动展示了狂傲的武松，乘着酒兴徒手搏虎的豪举。在这篇作品中，武松的政治身份被淡化，他面对的也不是什么暴君、恶霸，而是景阳冈上一只猛虎。在这场人虎大战中，武松表现出过人的胆量与膂力："趁着老虎没爬起，/一个箭步跳到虎身旁，/用手卡住虎脖子，/紧咬着钢牙用力夯。/千斤拳头往下打，/还抽出脚来踢鼻梁。/……武松越打力越强，/拳头抡开似铁棒，/打了耳门打鼻梁。/一连打了百十下，/直打得老虎七窍冒血浆，/老虎渐渐不吭气，浑身瘫到地皮上。"作品通过对打虎英雄武松形象、生动地刻画，传达了一种人征服自然的勇气与豪情。整部作品以武松的胜利而告终，洋溢着浓郁的喜悦之情，令人鼓舞。在艺术上，这部山东快书，运用了大量的艺术手法，使故事情节生动曲折，人物形象栩栩如生，扣人心弦，引人入胜，确实称得上是一部优秀的曲艺作品。

王亚平的曲艺实验，在取得较大成功的同时，也有一些失误。比如，唱词《黑姑娘》，由于作者过于追求噱头，不自觉地陷入一种文字游戏中："一场婚事说成了，/黑小择了个日子娶黑妞。/他娶亲不用抬花娇，/赶起大车套着小黑牛。/黑小戴着个小黑布帽，/赶着牛车得嗒一喔吼，/走过一段黑砂路，/又走过一条黑水沟……走进新房用目看，/黑桌子、黑椅子、黑漆柜、黑皮箱，还有一对黑枕头。"作品中过多的使用"黑"字，给人牵强之感，无形中削弱了整部作品的艺术表达力。再如唱词《老婆子和小金鱼》，它是根据俄罗斯诗人普希金的童话《渔夫和金鱼的故事》改写的。在附记中，王亚平写道："这篇故事在苏联人民当中很流行，中国虽说有了译本，但人民大众却没有'福分'欣赏，因此才把它改成唱词，一来想使这伟大天才的作品，能够唱给中国人民大众去听；二来想以这伟大天才的作品，给中国民间曲艺一个好的参考。"将优秀的外国文学作品介绍给大众读者，使大众读者有机会欣赏到其他国家民族的文艺，是一个不错的设计。不过，在改写的过程中，王亚平过多地加入了中国大众式的想象，几乎看不到有多少原著的成分，这种过度的改写，已失去了改写的本来意义。